MEMORY HOUSE
记忆坊文化

总有一个人
陪你灯火可亲。

（全2册）

勖力 著

（上）

江苏凤凰文艺出版社
JIANGSU PHOENIX LITERATURE AND ART PUBLISHING

图书在版编目（CIP）数据

禁止想象：全2册 / 勖力著. -- 南京：江苏凤凰文艺出版社，2022.9
ISBN 978-7-5594-6998-4

Ⅰ. ①禁… Ⅱ. ①勖… Ⅲ. ①言情小说－中国－当代 Ⅳ. ① I247.5

中国版本图书馆 CIP 数据核字 (2022) 第 124400 号

禁止想象：全2册

勖力 著

选题策划　北京记忆坊文化
策划编辑　朱　雀
责任编辑　白　涵
营销编辑　杨　迎　史志云　刘　洋
绘图支持　南方喵族　Fulyeon　TUTU
封面设计　白砚川
版式设计　段文婷
出版发行　江苏凤凰文艺出版社
　　　　　南京市中央路165号，邮编：210009
网　　址　http://www.jswenyi.com
印　　刷　环球东方（北京）印务有限公司
开　　本　880mm × 1230mm 1/32
印　　张　13
字　　数　405千字
版　　次　2022年9月第1版
印　　次　2022年9月第1次印刷
书　　号　ISBN 978－7－5594－6998－4
定　　价　65.00元（全2册）

江苏凤凰文艺版图书凡印刷、装订错误，可向出版社调换，联系电话 025-83280257

目　录

C O N T E N T S

Chapter 01 初初见面、齐齐心动

[1]

“你开个价吧！”

平安夜，适逢周三惯例的Lady’s Night（淑女之夜），女士酒品买一赠一。

顾湘没往酒单上看，而是要了杯悬浮威士忌，她替对面的女人点了杯苏打水：“你怀着孕，别碰酒精了。”

外面簌簌地落雪，隔着玻璃幕窗能眺到街对面的光景。铜钱黄的灯火里，有人捧着红玫瑰走出花店，墨绿色的背景墙皮总是那么能衬人，那人招一辆计程车，匆匆坐进车里去。

稀松平常的一幕，顾湘像看一幕无声电影，直至演职人员名单滚动到黑色尽头，“完”字打在荧屏上了，才死心：哦，没有彩蛋了。

“好冷，其实不该约你喝酒的。这个天，应该吃顿寿喜锅，我知道有家刚开的，听说还不错，可惜还没时间去打卡。”

“香香。”

“请叫我顾湘。”约谈人终究收回看外面的目光，回正到眼前的时候，带着冷冷的疏远甚至鄙夷。

鬼知道她今天为什么来这里，明明团建、朋友约一大堆，为什么要答应顾文远来这遭。正如她在电话里骂他的话：“你的私生活我管不着，但是和女儿的同事闹成这样，当真为老不尊极了……”顾湘从来自诩不是个笨人，可惜骂起亲爹来，却滑铁卢了，词穷且气馁。

因为她被动做了回“说媒拉纤”的。

当然，张黎也不是省油的灯。她从头至尾都是有目的的，有目的地

接近、私交顾湘，这才是后者最不能忍的，她骂父亲：“你以为她和你来往图什么，图你的灵魂？很抱歉，你的灵魂早在和我妈过不下去的时候已经典当给她了。”

张黎自然有她自己的一把算盘：“顾湘，你可以瞧不起我。但每个人都有他选择活着的方式。”或者该是生存的方式。

“没毛病。”这个世界，多的是你容不下但又根底存在的事物。桩桩件件都要称心如意的，不是圣人便是强盗。

张黎大顾湘几岁。当初进公司的时候，还是她作为前辈提点过后者，算起来也是半个老师，所以顾湘才说没毛病。今天这个局面，她换个男人图谋，且轮不着顾湘来做正义先锋。

可她张黎琢磨到顾湘父亲头上了，后者很难不闻不问的。

“他说得很明白，不会娶你，准确来说是不会娶任何女人。当初顾文远和我妈离婚的时候，他的生意还没起来，很抱歉，我说他狗改不了吃屎或许出门会挨雷劈。但事实如此，我妈是个眼里揉不得沙子的人，知道了我爸和她的闺密有那种勾当，果断离婚了。尽管我爸现在混得风生水起，但你别不信，他在我妈面前，丝毫立不起来。”

“今天这档子事，给我们家唐女士知道了，头一个被骂得狗血淋头的就是我。”

“现世报的狗东西，身边是人是鬼都分不清。”顾湘学老妈的口吻，“话又说回来，我爸是个差劲儿的丈夫不错，但这些年我和我爸该来往该亲近，我妈也不拦着。因为她知道，顾文远一天没新家庭，将来他的那些家私还是要给到她的女儿。可怜天下父母心，你猜，唐女士知道有个不到三十岁的女人怀着顾文远家业继承人的话，她会怎么样？”

回到上一个结果，依旧是把顾湘骂得找不着北，这是个闭循环。

既然伸头是一刀缩头也是一刀，那么干脆顾湘做次坏人。“看在我们同事一场，我愿意提前跟我爸透支那份遗产，你要多少？只要不过分离谱，我尽量满足你。”

“当然，如果你执意生下这个孩子，也随你。”

“顾湘，你当真怕我生下这个孩子和你争家产吗？”

“换你呢？”顾湘饮一口二层式的鸡尾酒，她习惯吃东西前揩掉口红，今天没有。梅子色的口红印在杯沿上，醒目且鲜艳。

张黎潦草地笑一声：“我不是你。星星也永远不是月亮。”坦诚地讲，她喜欢顾湘这样自顾自的个性，也喜欢能把女儿娇惯成这样的顾文远。

听话人并不买账，烈酒也格外提神，她再坐直些：“如果我是你，果断选择拿钱两起开。顾文远总会老的，他老了，你还鲜活着，这在我看来好残忍。”

“当然，你愿意这么清醒地活几十年也无不可。孩子生下来，他依旧要履行他父亲的义务，以及给予你非婚生子的合法权益。”

“非婚生子”四个字，顾湘刻意咬重了些，这在她看来是强调，在张黎听来是羞辱。她说顾湘哪里都好，就是嘴刻薄了些。殊不知，男人最怕那种嘴上不饶人的女人。

顾湘听后，拿手托腮，懒洋洋地诘问张黎：“所以男人的最怕最喜欢很重要？”

张黎被噎在那里。

到此，顾湘的说客任务了结了。她也懒得管对方听进去与否，都是十来年读书读出来的，凭什么她得苦口婆心劝人积德行善啊，吃力不讨好。教善、育人的事，是老师或者爹妈该干的。

张黎既然能被顾文远的招骗得团团转，一时间叫她急智转出来也很难。顾湘看着眼前人拧巴地不放过自己，怒其不争比厌恶多。

并不是每个人的心迹行迹都那么大同化，这也是人区别于其他生物最本质的意义。所以顾湘一直认为尊重比认可更重要。

哪天张黎真能说服顾文远娶她，或者她就是甘愿未婚也生子，只为得到一份衣食无忧的生活保障。顾湘都不惊讶，这是张黎选择的活法。

按她的话，每个人有他选择活着的方式。

只是她们以后没见面的必要了。

说完，顾湘饮尽杯中酒离开了张黎面前。外面的雪愈来愈大，她索性沾酒了，暂时还不想走，上回欠酒保的账还没给，人来到吧台前，一并算账。

“有红薯干，要吗？”酒保问她。

“好呀！”说话人够坐到高脚椅上，既然有“下酒菜”了，那么就再来一杯，常陆野猫头鹰。

有人和她一样点了这个精酿白啤，酒保两只手左右分配给两座的客人。顾湘起先没在意，余光里只感觉到身边人的手，白皙修长、指节分明，无名指上干干净净。他将瓶口抵着玻璃杯沿，各自微微折角倾斜的角度，酒缓缓往杯里过渡流淌，最后，杯子端正起，蜂蜜色的液体上覆盖着深厚绵密的泡沫。

那人把杯子和酒瓶重新搁回台面时，顾湘这才得以认真去看他的脸。

酒吧今夜白幕上投影的是《罗马假日》。百看不厌的一个名场面：格里高利·派克饰演的记者骗出逃的赫本殿下，真理之口会把说谎人的手咬掉。赫本不敢，他便替她试了，才忐忑地把手放进去，就听派克痛苦地大叫起来。赫本着实骇到了，连忙帮他往外拔，解救出来后却只剩下了袖子。公主掩面晕厥之际，派克才坏笑地把藏在袖子里的手摊伸出来……

赫本很自然地把惊慌失措宣泄到眼前这个男人怀里，爱情总在一些胆怯或唐突里露馅。

而往往这些叫人悖逆自己的、乍惊乍喜的痕迹才是他（她）最本身的意向。

派克先生真高真帅。顾湘身边的男人亦是。这种夜生活社交地，从来不乏精致的面孔。好友陈桉的那句话很准确：世上好看的人很多，优秀的人也不少，但与我投契的为零。

所以陈桉从来是主动派，无论是正经恋爱还是各取所需，她从来只和自己中意的人来往，苦苦追求者对她而言是累赘甚至多余，她并不是个施恩者，更没必要感恩图报。

什么样的人才值得让你拥有勇气？或者习惯了这样便利的各取所需模式，人会不会变得懒惰起来。懒惰于去经营、去够到一些精神层面的东西，顾湘暂且把它归置于真心。

真心是什么心，变心的那个心？陈桉泼她冷水，以及别问那些教条主义的问题。因为没有答案，你唯一要做的就是，天命到你面前的时候，别㞞！

她没㞞，只是今晚话说得太密，脑子很抛锚，也很涨，被鸡毛蒜皮的乌糟事给气得。

还有，搭讪好难。有种与自己的羞耻心博弈的难度。

尤其是“派克”先生识破了她的打量：顾湘在他边上坐着，目光挨他很近，看他几个回合后，男人扭头过来会她，突然且冷峻，不是友好而是阻断。

顾湘当下就懊恼，妆也没补，精神很差，昨晚还熬夜了……

“你……”

平生二十六年来第一次鼓足勇气勾搭男人，最终出师不捷。

“顾湘！”

张黎还没走，她来找顾湘说结案陈词：

“记住你的话，我什么时候拿到钱，什么时候去做手术。”

“你说得对，从一开始我就是想要钱。顾文远是老狐狸，你就是小狐狸。有一说一，其实这个孩子我也很意外，按顾文远的身体，你该是放心的，他一天天不中用，不会再有人出来跟你争家产了。”

张黎这个疯女人，我给她体面她倒反过来恶心我。顾湘嘴里嚼着根红薯干，一个闪神，就咬到了舌头。她倒是扬长而去了，留顾湘干巴巴地坐着。台前，顾湘捂着腮帮子，一脸洋相地回应身边男人的冷漠探究：“说来你可能不信，她说的是我爸。”

舌头破了一块，顾湘跟酒保要块冰含着。反正洋相已经出了，她干脆破罐子破摔，把余下的冰块递给身边的人：“你要吗？”

男人比顾湘嘴里的冰还冷。看她的眼神，和看推销员没什么两样，尽管顾湘捏着个冰夹的样子确实很狗腿。

“我也喜欢喝这个牌子的啤酒，额外加点冰，会降低它的苦涩感。”

说了个寂寞，对方全不予理睬，他手机停在微信页面，也不时看腕表上的时间。这个点不早不晚，如果是男女约会不至于到了地点等，更像是酬酢式的社交。

果不其然，不多时有几个男士过来找他。一行人要进包厢去，“派克”先生要结账了。

忽而——

“我能要你的微信吗？”好奇怪，顾湘矛盾极了，她还是不吃一拍即合这种套路吧。心里在叨咕：答应我，可能就到我的列表里吃灰去了，因为心动到这一秒为止；拒绝我，那么我会在心里骂你一万遍，反复碾压那种。

最好还是拒绝我。受虐狂无疑。

某人这一次端正旋椅过来朝她，目光亦是。审视她的那份严肃乃至冷漠，让顾湘不禁猜疑起他的职业，医生？律师？该不会是卧底吧，就是《无间道》里陈永仁那种。好吧，她承认“脑洞”一时跑开了，总之，就是很冷很酷。

“不能。”他的形容看上去很减龄，但气场猜度的话，三十多岁的年纪；穿着很简单，中规中矩的都市黑白穿搭，最显眼的大概就是腕上那块表了。还好，他拒绝了她，言语到眉梢都是满满的傲慢与偏见。

顾湘好笑地歪歪头，明明被拒绝了，也不难堪。如同老板把她的十年环比分析数据摔回她的面前时，那么诚恳受用：“好吧。”

啤酒快要见底，绵密的泡沫也消停渐无。

“最后一个问题。”大概酒为色媒给的勇气。顾湘并不是个擅于自省总结的人，纯粹觉得他声音好听，反正都快要不见了，问一次匿名市场调查也没什么可丢人的，“是我不够可爱，还是纯粹对这种方式不感兴趣？”

勇者相逢，更勇者胜——

“严肃来说，都有。”

Double Kill（双杀）.一个晚上，顾湘被两把明晃晃的刀杀得干干净净。

那人利索地从高脚椅上下去，挟起的风衣擦过顾湘的腿。

酒保见状不足为奇地笑，还不忘安慰顾湘：“算了，也许是姐妹。”

顾湘听后领情地笑，目送“派克”先生的背影，手里促狭地拿自己的啤酒瓶撞倒了他的，狼狈但穷狠：“臭人！”

[2]

祝顾家囡囡生日快乐。

乙亥腊月廿。

一大束白玫瑰，卡片上落款是顾文远。

江南的冬天好几年没落雪了，今年下得倒是格外殷勤。化雪了多日，蛰伏的寒意也像长线密谋的攻城，没有不得手的道理。

陈桉带着寿喜锅的外卖来看顾湘的时候，顺便帮她签收了，人还没进门，“吐槽”技能就点满了：“你家老爷子吧，渣是渣了点，但也是真有仪式感。”花瓣和花枝上吸附的给养水还湿漉漉的，果真是呢，送花给女人永远是稳妥的殷勤与礼物。

湿发的顾湘从浴香馥郁的卫生间里走出来。这是间四人员工宿舍，因为她年底新调来的，还没人合伙，暂时一人忝居一间。丢开揩头的长毛巾，只从好友手里接过寿喜锅食材的袋子，那一束花，扔那儿吧。

花签收没多久，顾湘的支付宝到账一笔钱，不多不少，正好够她买个包。

陈桉酸道：“还是亲爹好，比任何男人都来得有保障。”这话也只有陈桉敢和她说，换作旁人，顾湘早一个白眼翻死他了。

世上不如意事十之八九，如人饮水冷暖自知。外人看如今的顾湘，都歆羡她有个拼爹的资格，殊不知她七八岁起，父母就分开了。他们闹得最凶的时候，顾湘躲在阁楼上的衣橱里哭，直至精疲力竭。

小时候她觉得父母是不会分开的，也不能分开。分开了她怎么办？她要如何去面对自己的同学、老师，离婚是多么不光彩甚至可耻的事！

但他们终究那么做了，顾湘一度恨极了妈妈，孩儿气的她看到的是爸爸如何挽回妈妈，妈妈都不肯修补这个家庭，她说：“你自私极了！”

妈妈因为香香始终不肯去上学，打了她一巴掌，严苛地告诉她：“我和你爸爸的婚姻是我们自己的事，我们没有义务为了你保全一段失败的经营关系！你上学也是为了你自己，我们每个人都是在为自己活！”

二十岁那年，还在外地上大学的顾湘接到妈妈的电话。要强几十年的唐女士哭着告诉女儿："妈妈可能生病了，香香，我知道不该告诉你的，不该影响你的学习，可我不合格极了，我不想一个人面对，可怎么办？"

"囡囡，你回来抱抱我好不好？"

妈妈开刀的前一晚，顾湘冲顾文远发了好大一通脾气，攒了十几年的情绪一夕间全倒给了他。其中一条就是，你从来不知道妈妈要什么，这就是她这么多年都不愿意和你复合的原因。

是比身体背叛更严重的原罪。

妈妈爱红白玫瑰，她时常自己买，每回收拾完屋子，她总要买些回来添色。她说年轻的时候爱不起这些布尔乔亚的东西，一辈子也没男人送过。

彼时母女俩都以为查出了大病，交代的话也比较沉重、慎重。好在最后一切有惊无险，病理解剖是良性的。出院那天，顾文远送了唐女士一屋子的白玫瑰。

自然是被唐女士喊收垃圾的清走了，之后顾文远也没敢再送过，倒是把这份仪式感弥补给女儿了，老直男的说辞是，你生日也是你妈的苦难日。

还有一点，老直男至今不知道，顾湘早就不过阴历生日了。随他去，这样也好，阴历留给他，阳历陪唐女士。

陈桉是见过顾湘父亲的，保养得很好，一副潇洒风流的商人面貌。诚然，顾湘更袭父亲的基因，浓颜美人，所谓浓颜不是浓妆，而是那种骨相美，立体深刻，疏离冷艳。

应了那句，任是无情也动人。

"有时你不得不承认，这世上其实最浅薄的就是人性。"陈桉宽慰好友多日来的不快。一个男人有钱有颜，对女人已经是杀伤性存在了，难得还有几分仪式感，美其名曰，绅士的品格。

难怪那些莺莺燕燕生扑。

张黎那起子事，陈桉劝香香。算了，就当被狗咬了，难不成你还咬回来？

不，当然不能咬回来，没准狗没死，人先没了。

所以，平安夜回去那晚，顾湘就给他们副总去了邮件，新北区那个平调的缺，她愿意去。

纪纭深夜给她来电，问她怎么回事？

顾湘是那种人前从来不抱怨的个性，私人事件更不会拿到公司场合谈。同纪总的说辞就是，她想再锻炼锻炼。

纪纭冲他们几个小组借调人手是真，但所谓的平调，大家心知肚明，去了就是降了。好在邮件是私发的，纪纭驳回了顾湘的请求，说就当没收到这封邮件。

“纪总，您是在有心放水给我吗？”

“顾湘，那点家务事情绪别带到工作上来。真要走一个，也不该是你！说你蠢，真是轻了。”

顾湘对纪纭知晓她和张黎的过节一点不诧异，当初她能进公司就是纪纭他叔叔的“保媒”。眼下，算戚算友，纪纭都和她打开天窗说亮话：“新北区这个缺我借过去就不会有再要回来的心了，你想好了，为了你父亲这点狗屁倒灶的事，你意气用事值当吗？”

“顾湘，你只是不想和张黎共事而已……”

“纪总，我知道您从上帝视角看这件事很意气，甚至儿戏。但我依旧坚持，必要的话，我愿意提交辞职信。我之所以没有直接走这最容易的一步，是因为我看重这份工作，我花三四年才摘掉了空降兵的帽子，我努力工作、认真配合、积极进取，就是想有朝一日能更进一步，我提升工作，工作再来提升我的生活。可惜事与愿违，我的同事因为一些生意契机结识了我的父亲，乃至发生了些狗屁倒灶的事。别说我父亲现在单身，他们有任何男欢女爱的权利，即便我母亲与顾文远没有离婚，这件事情也上升不到公司制裁的地步……”

“怎么不到，张黎严重影响我们公司的名誉！”纪纭同顾湘辩，两厢难得都有点冒进，最终纪纭先收场，他要顾湘先放几天假，其余的事，他来料理。

“不，纪总。”顾湘态度很坚持，这是他们有限的述职接触以来，她最果断的声音，“我和我父亲也说得很明白，不想我意气离职的话，就请不要干涉我的决定。”

“我即将满二十六周岁，我想我应该尽力避免来自父辈的庇护了。”

那夜，纪纭匆匆挂了电话。周五人事变动就发到全员邮箱了。谁都没想到，是顾湘。“阴谋论2.0版”就变成了：老纪就是故意派她去的，苦一阵回来才能名正言顺地升职。

殊不知，属于二人的点到为止真真点到为止了。这事，顾湘一个人都没说，包括陈桉，一来只是她的猜疑，二来变了味的嫌隙，人言可畏。顾湘是个顶骄傲的人，她不愿意背任何不该有的枷锁。

道德或者人格都挟持着她，君子不立危墙之下。

换言之，但凡不能光明磊落地回应你的感情的，都不配称作喜欢，遑论爱。

陈桉这才恍然大悟：“你是说你不是借调，是被那个纪老贼打入冷宫了？”

“说话能中听点吗？”

“有没有可能是你感觉出了错？”毕竟世上三大错觉之一，就是对方喜欢我。

顾湘不想在吃饭这个当口讨论这么倒胃口的细节，总之，有则改之无则加勉。公司关于纪纭偏袒顾湘的流言已经够盛了，她不想再发酵出别的版本，如今只是空降嫡系之说，哪天传出点别的，顾湘就真正沦落成有嘴说别人，没脸看自己的那类了。

“我就不懂了，简单的路，你非得走复杂了。”陈桉看来，无非是顾文远借纪纭的手，处理掉那个张黎，顾湘还在她的位置做她天塌下来有人顶着的天之骄女。

“那样我会难受死的。也保不准哪天会变成第二个张黎。”

“不，你才不会。”

从顾湘接受任调来新北区分部开始，接连十日无休，项目小组因为设计纰漏全员被罚下场盯新样品，她这个总部过来的新丁也不能免责。陈桉联系她好几天了，微信回复要么迟迟不及时，要么单字节输出，把自己忙得像个潦草、落拓的男人。

眼下，她正蓬头乱发、素面朝天地在支小桌。电磁炉和锅子还是提前跟隔壁同事借的，晓得陈桉要过来。二人一一开始布菜时，陈桉要顾湘先吃几块寿司垫垫肚子。平板电脑里放着的老剧是黎姿那版的《倚天屠龙记》，好友笃定地补充没说完的话："蒙古郡主敏敏特穆尔即便再爱张无忌，也始终不是汉水艄公孤女周芷若。"

这不，眼下她就不声不响、大巧若拙地，把眼里、心里硌硬的全择出去了，躲到了这个偏得无比的地方，连个像样的外卖都没得点的工厂地，只为吃碗清净饭。

"你还不如直接辞职呢，反正你老爹又不是养不起你！"

她才不辞，顾湘再不缺钱，也懂得胜利带来的荣誉感。先不谈她熬完这个项目，对她的职场有多少增益，单算算她最后一个季度的绩效奖没拿到，年终奖他们按惯例是三月统发，以及她即将迈进四年工龄的幅度加薪审核梯队，她也不能辞。

挣自己应得的钱，它不香吗？

陈桉最爱看这市侩一面的顾湘："你回去继承家业还香呢，你爹妈给你起个'香香'的名字真是太到位了。"

"哦，很抱歉，'香香'这名字不是我爹妈起的。"是幼儿园同班的一个小男生，二人一直同班到小学二年级，他一直以为顾湘叫顾香。

分别的贺卡，写的就是：香香，下次再见。

寿喜锅烧开了，无菌鸡蛋液裹着雪花牛肉送进嘴里，来不及咽下的工夫，顾湘瞬间觉得人间还是值得的。

好友的到来，更是让美食核聚变了万万个层次。

正如冬季里冻得瑟瑟的骨头蹚进温泉里。"你几号回去？"各自忙碌，闲落下来，认真问候的也不外乎是些和三餐温饱相干的话，稀松平常但又不可剔免。

"下周。"陈桉不是本地人，要回去过年的。

顾湘"咕咚"了两口乌龙茶，随即从床上的包里翻出自己的车钥匙，她每年都会把车借好友开回去："你待会儿先开走吧。"

“你上班不用啦？”

“还用什么，我现在就住村里了。”顾湘说打算过完年在附近赁一处条件稍微好些的公寓。

主要架不住唐女士来查岗，前天视频，母上大人看到背景如此简陋，各种“芬芳”齐齐问候：“要死的，这是个什么东西。囡囡你这是犯了什么错误，被下放到这么不紧要的分公司了呀！还能不能干，不能干就别干了。”

再看到顾湘提着个蓝色保暖水壶准备泡面吃，更是不得了：“你这个热水瓶你外婆都不用了。”

“催命似的催我赁房子。”顾湘念叨唐女士。

说什么来什么，瞌睡遇到了枕头。顾湘的手机响了，这几天她频繁接到这种中介卖房、租房的电话，唐女士还不至于把她的电话直接给到中介那头，所以顾湘怀疑她的手机被什么大数据监测了。

已经接疲了，看到这种本地座机号码她想都不想，直接按掉，对方又再打进来。

接连两回，两方都不放弃。

新一回合，顾湘不耐烦地接通了，就在准备好的那句“我不需要”出口之际，那头传来的声音带着浓郁的程序化色彩，先是跟她确认个人信息，再声明这里是××辖区夏蓉街派出所。

“顾小姐，您名下的一套商住两用楼涉嫌诈骗租赁及违规交易。请您速来我们派出所配合了解相关情况。”

情况？

什么情况？

“您没开玩笑吧？”

[3]

没开玩笑。

电话有归属地，可供查询。以及派出所联络业主本人的同时，中介那头也通知了原主权变更前的所有人顾先生，顾文远。

人家民警同志说明得很清楚，涉及相关主权人物俱要到场配合了解情况。

因为这起民事案件，涉及学生。请各方慎重对待。

顾湘在电话里就骂老爹了：“你让我消停两天行不行，是不是看年底了，不惹点官非不痛快！”

顾文远在电话那头一个劲儿地喊冤枉，他也不知道是什么情况呀：“香香你先别急，今天还过生日呢！”

喜气不能撞晦气，顾文远的意思是，派出所那边不要香香出面，他来料理。

最后一句直接惹顾湘跳脚了：“行了，人家认真传唤呢，你说不到场能算数吗？还有……我讨厌你们这种爹系发言！”

顾文远当初为了送女儿上S外国语学校，特地在夏蓉街上买了套商住两用的小楼。原意是想替她们母女置换住处，改善居住条件，正好这栋房子的学区名额又可以供香香考S市最好的初高中。

可惜的是，那年报考志愿人数超过学校招生计划人数八倍不止，学校启用电脑派位方式确定获得参加语言能力测评资格的学生。顾湘很不幸地落选了，就在顾文远上下打点人脉关系的时候，顾湘坚持不考了，即便拿钱打点出一个名额，也不见得考得上。她上原区里的一中也挺好的。

这件事难得成为顾文远和唐文静一致的抱憾。当初就不该由着孩子，就该削尖脑袋也要让香香上最好的学校，当然，人的眼光永远很难超前化。

基础决定上层。唐文静难得冲前夫服帖一回：“我要晓得你能混得如今这个模样，谁不想当初步子再迈大点。”

正如二十年前的土著永远想不到，S市有朝一日能发展成现如今这样的城镇辐射几乎一体化。

房子的历史遗留问题姑且不表。顾湘后来考上的高中也还不差，只是母女俩始终没住进这栋楼里。唐文静自是不会要前夫的家私，这房子一直到去年都是顾文远交与助手打理，赁出去的租金也都是一直打到顾湘的账号上。

今年春上在顾文远的一再坚持下，父女俩才去房管局变更了户主所有权。

房东自家的变更权属和租户之间谈不上有多大的关系，除非租赁合同到期，重新起草新的合约条例需要房本所有人出面。

这其中的祸端就出自社会上常有的难管的“二房东”。

这栋小楼从装修到陈设都是顾文远派人按着女儿的心思琢磨出来的。所以从位置到住户体验都不差，原本的租赁方是一对从事自媒体行业的情侣，疑似情变，男方变心后直接扔下一堆烂摊子走了。房租合同还有大半年才到期，且所有相关租赁费用都是男方支付的。

女方被抛弃，这里的房子倘若退租，业主也由不得她出面交割费用，且还要因毁约少得一个月的押金。

思来想去，女方把房子通过相关渠道，八折转租给了第三方，凭着非她签署的租赁合同套现了近八个月的房租。

逃之夭夭。

顾湘和陈桉赶到派出所，听警察同志说到这里，顾湘两手一摊：“她就这样把房子赁出去了？”真是日光之下无新鲜呀，真是一个敢卖，一个敢买呀。

“对方还是学生。”

“可这和我们没有关系呀，警察同志！”顾湘一脸冤大头的表情，哭笑不得，涉事的学生及家长就在边上，貌似还不少人呢。顾湘嘴上不说，心里埋怨：什么人呀，神仙打架小鬼受伤是吧！

那负责笔录的警察小哥继续往下说明纠纷情况。贸然揽租下来的那个男生因为和父母不睦，想单独出来自己住。警察小哥碍于当事人及家长都在场，陈述得很客观：兹事体大，女方家长直接报警了，这才滚雪球般越滚问题越大。

辖区派出所这才传唤业主有权人悉数到场了解、裁决纠纷。

陈桉揽着顾湘的胳膊，一脸“吃瓜”的兴奋：“这是东窗事发，然后有气没处撒，逮谁咬谁的戏码吗？是吗？”

“闭嘴！”

“哈哈哈，房东大人你好冤哦。”

谁说不是呢。

“现在的孩子这么有钱的嘛，动不动租下一栋小楼！我酸了！”

“闭嘴！”

“警察同志，那么，原有的租客人呢？”就在顾湘一本正经地配合小哥哥录笔录的时候，她身后门口传来一阵脚步声，来人进来前在门板上礼貌地叩了两下。只见那女生的父母齐齐站起身来迎，一面迎一面喊：

“赵主任！”

“赵老师，您来了正好。”

顾湘回头，一个身高腿长的男人站在门口，与那日平安夜离去前几乎相同的动作，他把风衣挽在手臂上，人是真的高，头顶离门框差不离一拳的短距。

进来时有足够的压迫感。

貌似是女方家长通知的学校年级督导，顺带着是男方学生所在班级的班主任。

顾湘一脸算漏的表情，缓缓屏住了呼吸，战略性地往后仰了仰脖子，他是老师？！

有人就像是动漫里那种竖着大耳朵偷听人家谈话的狗腿子，全程听完了女方家长的吐沫及疾苦，难为那督导主任那么好的性子，一脸的“你尽管发言，我细心倾听”状。

两个学生都是年级的佼佼者，彼此不同班，但相识得早。女生母亲还是这一届家委会的主席，文化人发起牢骚来，极为长篇大论且迟迟不点题，那位妈妈都快哭了，说孩子叛逆期实在难管，他们家里都快装分贝警报器了，时时刻刻约束各自的声音。

虽说朦胧的情愫没有错，可是到底还是学生啊，学生如果不规训的话，那么出了事，莫谈前程了，人命何辜。

男方学生的父亲最后赶到，才进里，就追着儿子一顿猛揍的架势，那位赵老师预判了学生家长的动作，单手剪住了学生父亲伸来的巴掌：“冷静些，家法如果能解决问题，我想，今天就不必一屋子的人凑在一起，连暖气都不用开了。”某人言声的末尾，目光不经意扫到了顾湘脸上，似有若无地停顿，顾湘下意识地闪躲了下。半秒后，她想：哎？我怕什么，我又不是学生又不是家长咯。

这位不算和善的赵老师向那位警官小哥出示学校相关证件，来出面保释这起民事纠纷。他的意见是学生两方私下和解，至于房子租赁事宜，也希望警方出面调停解约。

对他们这类行为人确实不该缔结任何民事责任合约。

“我也希望房东小姐能知晓这一点。”最后一句他是和顾湘说的，目光清清楚楚落在她脸上。此时，顾湘坐在一张木椅上，他站着，逼着顾湘仰视他，足够地。

有人腾地站起身来，来使声音够到他的高度。“我想你误会了，赵老师起码听清事情始末再来先入为主！”顾湘回嘴，他的证件就在办案警官的案上，上面端正陈述着他的名字：赵孟成。

说着顾湘扭头看一眼警察小哥，示意他：喏，这里有人瞎说八道，诽谤我的常识及人格，哼！

陈桉也帮着对阵，先啧一嘴：“老师大人呀，是你的学生浑不懔，明知故犯惹出的事，拎清点好吧！”再朝香香说话，变着法地阴阳怪气，“你爸说得对，过生日就不该犯小人，回去后放点炮仗去去晦气！”

不至于不至于，顾湘悄悄扯扯陈桉的衣裳。她很想告诉好友，别吵，留点余地，对方就是我跟你说的平安夜遇到的那个“臭人”啊！

队友是用来干吗的？就是关键时候用来“猪”的、掉链子的。陈桉这个死“颜狗”丝毫没接收到顾湘的暗示，反而狠狠地发作怨气，对事不对人，拿白眼招呼：“什么样的老师教出什么样的学生！”

因为那赵孟成听完警察小哥的补充，也没跟顾湘说抱歉，只是用在商言商的口吻征询顾湘本人，旁边的人他瞧都不瞧：“无论如何，还是要解约的不是吗，房东小姐？”

“那始作俑者都失联了，我和谁解约呀！”顾湘跟着没好气，不过他喊她“房东小姐”倒是蛮受用的。

赵、顾二人相视无言。视线是一道无形的玻璃镜面的话，最先出现碎痕的噪音根源，来自顾文远，顾湘的渣爹——

顾文远不放心闺女还是赶来了。大概才从哪个酒局上下来，喝得七荤八素的，好不容易由助手陪着摸到这间询问室来，进来谁也不招呼，逮着那个中介经理就开刀：“我不管你用什么办法，你得把那个头家租客给我找到，想钱想疯了吧，真是年底了，什么妖魔鬼怪都出来，我这房子是留给我闺女的嫁妆，出了官司，你那个店也别想开了，我告诉你！”

天啊，顾文远这个老直男，竟大嗓门地在派出所里输出一股子江湖味的爹言爹语……

顾湘下意识瞟了眼那个赵孟成，然后选择社会性死亡。她瞬间能魂穿到十年前，顾文远当着她的面邀请她的班主任吃饭被拒的尴尬情境里。

老直男嗷嗷完，径直来到闺女跟前：“香香，你别急啊，不关我们的事，随他们闹去。总之，得给我们个说法，这是什么捣糨糊的事啊！”说着，一个眼刀横开了顾湘眼前的赵孟成，顾文远把赵孟成也当肇事者了。

顾湘想骂人，捶捶心口忍住了。

调停的结果是，民警会尽快追究到原租赁方，中介处也会配合寻找联络，至于现有的租客协议肯定是不成立的。也就是说，夏蓉街这套独栋小楼暂且归还到业主手里，暂停租赁、居住使用，待这起民事纠纷正式结案后再自行处置。

学生这边，学校出面担保，家长带回去也要及时跟进监督教育。

一场闹剧，顾湘充其量算是个场记般的存在，直到小楼的钥匙交还到她的手里，她还浑浑噩噩。民警要求涉事人等签字确认，她潦草地签上自己的名字，才丢笔，身边的人便捡起了它，几画连笔写就他的名字。

顾湘瞄了眼，那个“赵”字，写得还勉强看得出来，后面的名……就鬼画符了。

一行人出了派出所，各走一方。现在的家长好难，管不住自己的孩子；现在的师长更难，教书之外还要参与家庭调解，那位赵孟成站在一行人的中心，单手落袋不动声色地说些什么，怎么看，怎么不像是个循循善诱的老师……

顾家爷俩这边更是反拿了剧本，顾湘是开车来的，不必顾文远送，只是她有话要和他说。

“你站住！”

张黎那事自然没下文了，听说她还是辞职了，顾湘只想问清楚，这其中有没有顾文远或者纪纭的动作。顾文远不正面回答女儿的问题，倒是反过来问顾湘：“你怎么得罪纪沅康那侄子了，你说你和那位爷铆什么劲儿，酒桌上点名道姓地说你牛皮筒子！”

又臭又硬。

顾湘穿着件烟灰色的半高领毛衣，外面套了件羽绒马甲，往冷风里一站，瘦瘦单单，素着一脸，再好看的底子也架不住冻得面发青，像个失魂落魄、走火入魔的女鬼。顾文远用舍不得但又怪罪的口吻说：“香香，不行咱就别干了。你来帮我的忙，咱也不看任何人脸色。”

当初这份工作是从父辈牌桌上派出来的，其实可有可无极了，正如父母各自说的体恤话，做得不顺心就别做了。

提起很难，放下是分分钟的事。但放下后呢，不还是得再提？工作从来不只是薪水，顾湘也没父母想的那般娇气。

“行了，总之，你离我身边的女同事远点就行了。”一句话，父女俩脸上俱有些挂不住。

知女莫若父。顾文远晓得自己的孩子，打小就是个死磕的性子，她没错的事，让她打退堂鼓，想也别想。

眼见着彼此无话可叙了，顾湘把手里的小楼钥匙扔回给父亲：“还给你。还有，别动不动就嚷嚷这是你给闺女的嫁妆……”

“就是给你的嫁妆呀。”

“还说！”顾湘喝止亲爹，声音属于爆炭那种，噼里啪啦。

不设防地，有人在她身后出声，或者该说不知道他什么时候走过来的。

“不好意思，打扰一分钟。”那声音又沉又冷，瞬间浇灭了爆炭。

昨晚顾湘发了条微博，是老剧回看的碎碎念——

黎姿版本的赵敏永远是白月光，张无忌与她初见的那一幕，偏偏2003年内地版本的主题曲的其中一句脚注最契合：

初初见面，两人齐齐心动。

顾湘太喜欢这句了。

以至于来人和她说些什么，她也权当耳旁风——

“顾小姐，能方便留个电话号码吗？”

“干什么？”

“方便吗？”

“不方便。”

Chapter 02 当时的月亮

[4]

夏蓉街与S外国语学校只隔一条马路，十来年前这里的房价并不令人咋舌，顾文远又是存心弥补妻女，房子就是为了女儿升学考量的，二话没说付了全款。

前后两开的商住小楼，东临街可以做门市，西临街可以入户住家，两厢不搭界。

这房子许是风水好，顾文远买定没多久，就拿到了敲开几个大客户的入门砖。他并不迷信，但在福荫这方面，宁可信其有。他和前妻正式说过好几回，这房子他要留给香香，早早过到她名下去："我俩过散了，但我同你一样，都希望香香能好，且她一定会好的。"

过来询问顾湘的这个男人是S外的老师，他说明来意："顾小姐的房子今后还租吗？"

顾文远打量这人，气度谈吐都很正派，哪怕被女儿噎回去也没甚所谓，一副谈交易的自持口吻。

"如果找到您头家的租客后，对方确实不租了，我学生这边的合约就转嫁给我可以吗？他们租这个房子是不该，事情不解决家长那边也难定心，保不齐还要闹到学校层面。正巧我个人需要一处离学校不远的地方安顿亲戚家的一个孩子，另有几个孩子过来集中复习，到来年高考结束，出于补偿，我多付顾小姐一个月的租金。"

顾湘闻言，依旧情绪不高地站在原处。

顾文远只当女儿和他不对付，人家老师也是诚恳来问，出于对读书人的尊重吧，顾文远装模作样地申斥了顾湘几句："好好说话，别闹情绪。”说着还把钥匙还给了顾湘，匆匆交代几句就上了助手的车，他是逃，逃女儿在外人面前给他难堪吃。

被喂了一嘴尾气的顾湘，不言不语地听完某人的诉求，再站在风头里等他口中的“稍等”。

他的车子就停在不远处，赵孟成去到自己车前，从车里翻出个记事簿，写下了他的手机号码，重新递回到顾湘面前：“你考虑看看。”

外面太冷了，顾湘出来得急。身上的衣服扛不住，她匆匆坐回自己车里的时候，忙不迭地点火并盼求着暖气能快快升温。

至于她手里那张从赵孟成手里接过的纸条，被她漫不经心地夹在遮阳板上了。车子得倒车下台基，变速杆挂到“R”上，顾湘一面盯着路况，一面再扫一眼车窗外的人，他重回学生身边，谈些什么自是不知道。

车里的人扭头问好友：“我的样子看上去是不是很糟糕？”

陈桉问：“你指哪方面？”

“方方面面。”顾湘懊悔，为什么出门不好好化个妆，为什么披个马甲，糙糙地就出来了。

谁能想到在派出所里还能遇到搭讪未遂的人啊？！

以及，你终究不还是把手机号码给我了吗？

顾湘开心得忘记自己来干吗的了。

昏头几秒后……哦，他只是想租房子。

赵孟成执教第一年就说过，他脾气不好，犯到他手里就没有法不责众这一说。

今天租赁房子这事，一个是自己班上的学生，一个是同级的学生，于公于私他都得处理。

女生姓沈，隔壁班的，父母皆在机关工作。

男生叫陆鸣，父亲是某重工集团的高层，也是赵孟成姐夫的发小。

S外这些或富或贵的几代比比皆是，赵孟成时常在讲台上说笑学生：“恕我直言，你们一个个在我眼里全是猴儿崽子，没有例外。”班上几个欢脱的便反驳："老赵你这是妥妥的精神'打击'，小心我们告督导部去！"

当然，从来未果。刺头老师遇上刺头学生，道理一个比一个懂，就是难改。

他们本部的校长周从森，回回看到赵孟成都语重心长地说："小赵啊，最受欢迎老师是你，最不满意班主任也是你，你要反思啊！分校那边我是和你父亲拍了胸脯，点名要你去的啊！"

赵孟成还是全校最不准时交教案的老师。无论是教研组、年级组长、班主任手册，学期末稽查，他总是最拖沓的那个，S外一学期不备课教学的老师，一属数学组的赵孟成，其二是历史组的齐老师。

二人是S外出了名的老大难，术业好但也带头不守规矩，学生家长是恨也难恨，爱吧……算了。

眼下，女生沈欣瑶的父母求赵主任给个说法。或者，他们做父母的办不到的，求老师利用职务之便能替他们解开这难题。

沈家父母一口咬定，陆鸣大手笔地租这房子没安好心，你租你的，别骗我们的女儿。

陆鸣立规矩般在一旁向父亲保证，就是想找个离学校近点的地方，什么都没有，至于同学来他这里，无非就是一起学习进步而已。

天已不早，全在风里头站着也不是个生意经。才放寒假没两天，赵孟成可没闲着，被学生家长一个电话喊到这里之前，他还在忙下学期的师徒结对资料。

以及，手里一揽子的业务、非业务事体。驱车来派出所之前，他经过夏蓉街那栋小楼时草草停泊看了几眼，眼下他亦是同样的疑问：这房子租金并不便宜吧？

陆父随即检讨，是的，虽然孩子的零用钱给得富余，但这样的小楼动辄一年的房租，还是万万拿不出的。经济也不能放宽到如此田地。

所以陆父问陆鸣："哪儿来的这么多钱？"

如今做家长的未必有做老师的了解孩子。这个年纪，男生最血气方刚的时候，做点离经叛道的事，在所难免极了。赵孟成离这个年纪很远了，但这个年纪做下的荒唐事并不比他们少，又因为他一年年地都在和这个年纪的孩子打交道，所以他很洞悉他们，洞悉这些少年郎在“明知不可而为之”下最拙劣的冲动与反抗。

是年六月，赵孟成才送走一批高三学生，新学期生源里就有两个人情债丢到了他眼前：

一为陆鸣，碍于姐夫的颜面，赵孟成破格在内部调剂下，把原本不是他班级名单内的转到了自己名下。

二为章兰舟，好友章郁云的养子。这其中展开又是篇长家务，不提也罢。总之，好友托付赵孟成的时候，是这样说的：“很难教，看在我俩几十年的情谊，你或打或骂别当着我的面，怪难受的。”章郁云贱兮兮地自诩最护犊子，自己的人怎么骂都可以，外人欺负就是不能够。

今天这起事件，最先给赵孟成透信的就是章兰舟。这位小爷最是个狡猾狐狸，不干他的事他绝不插手。牵连到他，又是最卖乖识相的那个，他跟赵孟成投诚道：“老赵，陆鸣那里出了点事，但无论如何你得相信他，你不保他，他会被他爸给打死的！”

赵孟成问：“这其中有你什么事？”

章兰舟哼哼唧唧，叽叽歪歪。

眼下，陆父询问租房子的一笔不小数目的钱从何而来，他们家长捋不清，赵孟成却及时破案了。

蔫儿坏的人其实还没露面。陆家可能因为经济管控，一时还不允许儿子拿出这么多钱，章家可不同，实实在在的实业集团。三世子过继来的养子，视如己出，兰舟小儿租下个小楼是太便利的一件事了。

是的。这笔支出对章家的孩子是点滴入海般不值一提，但是，赵孟成打电话支配章兰舟同学过来的时候，说：“你家老章现在人在外地，我给你半个小时，是滚是爬，你半个小时后不准时出现在学校南操场的跑道上的话，我就连夜急召章郁云回城。说他的儿子年纪小小，学会他那套了！管还是不管！”

腊月三九天，冷风像刀子割在感官上。

隔着老远就能看到猩红一点的烟火，在风里一缕缕急掣地消散。

赵孟成站在S外南操场的足球看台上，黑色风衣裹紧前襟，风不住地把他唇上衔住的烟的烟灰吹开。月台上的人启口之前，不得不把烟蒂从唇边摘开，夹在左手的指缝间。

章兰舟同学一路疾跑过来，到老赵脚下的时候，险些一个趔趄坐在地上。

“先去跑几圈。”赵孟成指指陆鸣和章兰舟，“每跑完一圈到我这里来检讨一句，视答案而定，要不要再加量，去吧！”

章、陆二人听完老赵的话，同时喊天，章兰舟更是掏出手机拍赵孟成的现行，因为学校全面禁烟，任何教职人员及学生明燃烟火都是要被记过惩罚的。

赵孟成说：“记吧。今天，咱们仨谁都别无辜。”

大不了都被学校除名。学校不缺他一个老师，同样，也不缺他们这一号学生。

别，沉没成本一下场，谁舍得谁不舍得一目了然。两个小崽子即刻乖顺，求老赵高抬贵手。

“跑。跑完跟我说话。”

年轻气盛的精力，过分充裕就释放掉些。赵孟成说：“你们爹妈等着我在你们的操行评语上背书呢，大家都想过个好年，我不想我的学生年后缺条胳膊还是少条腿。”

“今晚这事，你们给我个交代，我也好给你们父母交代。”

夏蓉街上有栋小楼不同于别的房子，西街入户的庭院里，玻璃围出的小花房种满了红白两色玫瑰。传闻是屋主为自己的妻女种下的，房子也是留给女儿的嫁妆。

黛瓦白墙的江南屋宇，庭院里圈一围春色，花期不止，四季难休，艳羡多少经过人。

某日放学，几个少男少女在公交车上隔窗眺望，两个女生齐齐叹道，这是什么神仙父亲啊，好想到里面看看，感觉里面的心血更不会输。

机缘巧合之下，陆鸣同学得知这小楼可以短租出来半年，这才和章兰舟合谋了这个计划。二一添作五的房租，公子哥的论调就是：一时兴起，想赁一处秘密基地，大家周末学习见面方便。

没有其他，没有父母想的那些弯弯绕绕。章兰舟跑完一半罚程，更是气喘吁吁地朝赵孟成大放厥词：“老赵，你和他们不一样，我知道，你比我二叔要仁慈得多，开明得多！你还比他年轻帅气，有体格、有精力……”

“哦？”猝不及防的“彩虹屁”，偏偏有人不吃这套，俯在月台边的栏杆上，朝下瞰，“就这么吹捧我，期末教师匿名测评榜上，我也是垫底的班主任！”赵孟成说，“你们的钩钩叉叉，与我的年终奖金息息相关知道吗？就凭我这么低的评分，也得再加一圈！”

“啊！”操场上的两个少年如同那筋疲到打响鼻的马，左右是跑不动了，尥蹶子了，“事就是这么个事，您老看着办吧！”

“跑完这一圈，就这么办！”赵孟成站在月台上，一副没商量的口吻，彼时他手里还捏着那枚早就熄掉的烟蒂，就在他大好心情练学生的同时，有人握着个手机，电量从35%生生握耗到17%，只编辑出短短一句话：

“你是自己住还是你亲戚家的孩子住？”

30秒后——

“哦，我是夏蓉街77号的房东呀。”

[5]

陈桉说这些年顾湘的审美都没有变，话又说回来，人的审美如同赏味一样，没什么理由与奥妙。

喜欢便是喜欢。

那个姓赵的看上去并不多友好，一张傲慢的冷画皮，谁晓得里子内如何。但以陈桉阅男无数的眼力来看，应该是单身。

“是吗？”顾湘一脸信与不信之间的表情，她是愿意信的，但是，“单身的人什么样？”

她今晚不打算回新北了，在陈桉这里借宿一宿。二人在便利店买一次性内裤，洗漱用品陈桉那里有：“是不是就像哈尔那一身绿色黏液那样，洗也洗不掉。”（动画电影《哈尔的移动城堡》）

说这话的时候，顾湘在冷柜前挑炭烧咖啡，二人隔着一道玻璃面说话，陈桉才不理她的无厘头“脑洞”：“是久而久之，无可无不可的傲慢与慎独。”

“没错！平安夜那晚他就是这样的。”顾湘捏个响指，表示不能再同意。

陈桉看在眼里，由衷揶揄：“你认真了？”旁观者说，顾湘很久没有这么耐性地聊异性了。

当事人面上微微一愣：“多久？”人不能一直心动，但又必然需要这短暂快乐的调剂存在。

刨去高中之前那些碎片式的男生女生暧昧情愫，顾湘真正的恋爱关系有两段。

第一段所谓的初恋还和陈桉有关。

顾、陈二人同年，当初陈桉选择来S城也是因为好友在这儿。工作后很多从前的同学、朋友都疏远了，反而是这个半路子出现的女人成了顾湘的死党，他们S城人更习惯称作小姐妹。说起来她俩的结交史，一篇小作文不在话下。

二人不是发小，不是同学，只是同在N市读书。严格算起来，她们是情敌。

所谓情敌，就是被那个死男人一脚踏两船。陈桉说，最后还是顾湘赢了，起码那男人能为了顾湘来和她分手。分手没什么了不起，关键是，他拗深情人设，给陈桉气得，她倒要见见这个拱她出局的女生是个什么妖艳货色。

妖艳算不上。却是个急脾气的江南俏小妞，谈分手三分钟之内你不走我走的狠角色。倒是把陈桉给吓着了。那时候顾湘母亲正巧住院，原本她就没什么心情谈恋爱了，或者正是因为母亲的手术反而让顾湘下定决心，决心不该以应试的心态对待感情。

为了恋爱而恋爱，以及，摇摆不定、朝秦暮楚简直是她的大忌。所以，她的初恋，因为陈桉而告终，却丝毫不记恨陈桉特地来他们学校找她的心机，还请“情敌”吃了顿晚餐，反过来谢谢陈桉。

“谢我什么？”

“谢你让我没继续做个笨蛋。”顾湘看得很开，感情不是旁的，轻易抢得走的或者骗得走的，那么我索性不要。最重要的一点，情场如赌场、如酒场，见微知著。一些家庭原因，让她对原则性问题看得很重，这种优柔寡断乃至三心二意的男人，哪怕真如他所言“香香，我是真心喜欢你的”又如何？

你没有正确地处理好你的情感关系，你没清清白白和我开始。你害我做歹人。

顾湘最后哭了。才不是哭初恋，是哭她母亲在医院的事，情绪失控总是很狼狈的，事后陈桉说：“你哭起来是真的丑。”

没多久，顾湘从S市返回N大，雨过天晴的是，妈妈的手术很成功，病理解剖是良性的，一切有惊无险。陈桉那天离开他们学校的时候，顾湘借了把伞给她，她过来还，也可能是N大的麻辣烫比他们学校的好吃。

一来二去的，两人竟然意外地很投契，成了朋友。初恋那位自然没了下文，他也不敢，两个前任凑到一块儿了，想破镜重圆也难。

如果说初恋败在人品，那么第二任便是死于现实。

唐女士对顾湘第二任男朋友印象好得不得了，模样、身高、学历都没得挑，几个姨妈、舅舅全都见过了，恨不得当新姑爷昭告天下了，顾湘冷不丁地和人家提分手了。当然，这是唐女士的视角，真正的情况是两年前的中秋节晚上，对方拜会过唐女士后，顾湘送他出巷子的路上，他提了分手。

之所以这个节日还答应顾母的邀请，也是顾湘平日给他及家人太多礼物恩惠，他也只是当作最后一次投桃报李。

“香香，你很好，是我的问题，我想和你暂时分开一下。”

或许他们开始得太顺遂，毕业季的黄昏恋，以至于牵手的那一瞬间就有了得到却已失去的怅然感，死于微澜。

农历的八月，S城在一片桂香里。任何上头的酒、糟糕的心情在这样自然的甜香里都能被化解。

清风明月平等赠予每一个月下人。前任说：“香香其实你很好，但我觉得自己不是那个对的人。”

“虽然你父母离异，但看得出来，他们都是很骄傲的人，协同抚养出来的你更甚。”

顾湘是个骄傲大于一切的人，她家境富裕，父母一个负责娇惯，一个负责严格，这样原生家庭出来的孩子，有着足够深厚的自信，乃至自满。

像层叠万丈的光芒，照透任意处的阴霾。

她鲜少敏感一些细枝末节的东西，比如买单，比如尊重男人的虚荣心。

甚至粗线条地觉察不到其实他穿一件大几千的衬衫并不多开心，而顾湘的理由只是：这件衬衫穿在你身上好看的。

彼时，脑回路简单的顾湘甚至以为：“我爸还是我妈和你说什么了？”

“没有。”恰恰是没有才使得他分开的决心更坚定了些，他很确定，如今这个局面他胜任不了，那么以后会更糟糕，“我父母很喜欢你，香香，你明白为什么吗？因为你有双衣食无忧的父母，尤其是你父亲，在他们看来，我和你成了的话，作为唯一女婿的我，在你们家收益的会远比我付出的多。”

简言之，顾湘让他退缩了，或者让他自卑了，让他不舒服了。

良久，顾湘感谢他的坦白。他也许不够爱她，才坚持不了证明自己，但他足够君子。感情里，让人不舒服、不自在，本身就已经犯了原罪。

没必要再坚持了，于是，顾湘痛快答应了他的分开请求。

对方闻言后，形容苦涩阴暗：“香香，你也没有多喜欢我。”

“你刚才下楼前，我们一起看的那个港片我看了不亚于几十遍。女主角在被调去做便衣前是做巡逻警的，与她拍档的老前辈干到退休在即了，配枪都一弹没发过。怎么说呢，没有经历过枪林弹雨的警察，是不是就不配被叫作‘阿Sir’呢？”

对方不明白她的意思。

顾湘最后与他再会的时候，检讨自己也不忘提醒他，下一次和女生说分手，别说暂时分开一下了，痛痛快快说分开，没有暂时这一说。

因为她不会回头。无论身后的月亮怎么大、怎么圆，它永远停在当时那一秒。

一年前的某一天，顾湘在丝袜奶茶店门口排队时偶遇了前任，他身边的女孩挽着他，二人在商量一份鸡蛋仔上到底要什么口味的冰激凌。

坦诚地讲，人家女孩很漂亮，更多的是可爱。可爱从来只是褒义词。

所以她不诋毁同性。顾湘和陈桉说，她输给了门当户对、输给了男人的被动心，他们需要被需要、被仰首、被热爱。

两年了。好友说香香已经两年没有思凡了。这一次，也许是老天爷在给她暗示了。动真格的了，才会把机缘巧合揉碎了掰给你。

爱情这玩意儿，不是男追女就是女追男，没什么大不了的。能拿下一个老师，也算咱们“爷青结”了，话说——

“我不能想象和老师接吻是个什么滋味。”

顾湘旋开手里的炭烧咖啡，不言不语抿一口，苦涩回甘，再拧回瓶盖的时候才发现，哦，还没结账。

回到陈桉住处，顾湘凭着纸条上的手机号码，给对方发去了询问短信。

她心里有个笼统的念头，就是，面子里子都得有，人她想认识，但包袱不能丢。

不能丢的下场就是，手机都快耗没电了，也没想出什么决胜的发言，最后冒失地问了一句：“你是自己住还是你亲戚家的孩子住？”

这么着也就算了，等着人家来琢磨你的身份也好。偏偏顾湘还上赶着地补了一句：“我是夏蓉街77号的房东呀。”

陈桉批评她，画蛇添足，多此一举。

就在顾湘受教懊悔，但短信文本又不能撤销的当口，对方及时回来消息。

“不是我住。是七八个戚友家的孩子利用周末时间在那儿集中复习，一个女生会住在那里。”

时间脚注是“22:16”。

紧接着，也是约莫30秒后，顾湘的手机又进来一条短信：

“哦，如果您那边可以租的话。”

这头，抱着个即将跌破10%电量手机的顾香香同学，盘腿坐在陈桉的沙发上，一脸“这题我不会”般疑惑：“他是不是故意的，故意‘内涵’我？”学人精！

“学人精”赵老师站在冷风里回复完对方的短信，随即手机锁屏，重新盯着操场上的两个小崽子的圈数，半圈都没饶。

最后，他走下月台的时候，抱着手臂，瞥地上的两个学生，用脚尖拨动章兰舟同学，用阴阳怪气的口吻问：“还活着吗？”

“我想喝水。”

“很好，还活着。”

师生三人再从学校大门出来的时候，因为学校已经封校，进来时，赵孟成是和门卫处打了招呼的，现下出去，赵主任得再签个字。

值班的老宋以为赵主任班上寒假期间搞什么拉练呢，殷勤地问：“明朝还来吗？”

章、陆二人道：“不！”

驾驶座上的某人闻言，得逞又佞臣般笑：“这可由不得你们。”

上车前章兰舟想坐在赵孟成的副驾驶座上，被后者赶到后座上去，眼下章同学旁的都不关心，只一点，少年趴在老赵背椅上：“老赵，你罚也罚了，骂也骂了，答应写的保证书我明天早上就发你邮箱，只一点，你会不会跟我二叔说？”

赵孟成问：“要听真话还是假话？”

少年不服输，选择假话。他知道二叔的好友，嘴巴都优秀不到哪里去！

结果，一张乌鸦嘴——

“假话就是道理。干点人事，什么年纪干什么事！不听话就要挨打，这就是道理！”

“那真话呢？”章、陆再一次异口同声。

“真话就是……你们有什么资格让我和你们说真话。”

我天。车里一阵号啕。

四日后，夏蓉街那起租赁案子有了新进展，民警联系到了顾湘。后者趁着午休时间请假又去了趟派出所，出来的时候，平生第一次，顾湘来到了父亲送她的这一栋小楼庭前。

冬季暖阳无声无息地掺在微尘里，光晕看上去是金色的，渺小但温柔。

车里的顾湘揿掉了电台音乐，这一次她选择打电话给对方。

周五，午休时间。

未过三声“嘟”响，赵孟成那头接通。

“你好，我是顾湘。”

那头背景音很空很阔，夹杂着时不时的说话声及掌声，听起来像是在开会。

“我待会儿打给你。”

声音很低很沉，是那种会上长时间发言或者做简报后的嘶哑。

[6]

江南一带的腊月廿四一贯称作“祭灶”，也作“掸尘”。

赵家今晚宴客。女婿檀越做东，请几个生意场上的朋友，顺带着央求岳父、小舅子作陪。酒过三巡，赵孟成都没回来，檀越有心再等等妻弟，便让留几道素净的菜待会儿再炒，有人附和：“是呀，等等赵老师。”

席上亦有女宾客，各家的太太。其中两位太太凑在一处耳语起来：

“赵家爷俩不和，你瞅瞅檀越那岳丈的脸哦，都快青了。”

“是嘛，我听说那赵孟成从前在市政秘书处的，怎么后来又去教书了？”

出事了呗。起头的那太太左右望望，再同身边人小声言语起来：“担了桩人命事故的骂名，赵家老爷子什么人，即刻发落了自己的儿子，名为下放，呵，实际上护犊子咯。”只是后来，迟迟没让儿子回归，成了桩悬案。

忽而，主位边上的赵孟晞碰碎了盏盖碗，席上人俱是一跳。赵母头一个怪女儿失礼，主位上的檀越安抚岳母，再亲自去捡那些碎瓷片，也和颜打趣妻子："吃得不快，摔东西咯？"

"嘴巴淡，也没人和我说是非，瞌了个盹！"说着，赵孟晞犹是端坐着，任由丈夫殷勤左右。

宾主都看在眼里。那挑是非的袁太太面上一滞，方抬眼就会到赵孟晞信誓旦旦的目光，两厢都不对付。

一个在心里啐：那娇生惯养的样，把男人当什么了。

一个在面上回：有本事大点声，看我撕不撕你的嘴就完了！

就这么着席上打豁起女人眼刀官司的时候，有人姗姗而归。

外面又下雪了，赵孟成进来的时候，肩上、发上俱有白雪的痕迹："对不起，我来晚了。"

江南十校联考结束，赵孟成作为S外数学教研组成员去省里开会了。回城的高速上碰到了大塞车，又得把同行的几位女同僚送到家，这才晚归了。

归来人身高腿长，一身正装，面面俱到的和气与斯文，是那种读书人的细致与清高。与座上宾那些常年浸淫人心与酬酢的男人是两厢不同的气度，他们是世故圆融的狡诈，他是棱角分明的慧黠，拖沓着几分刁钻与惫懒。

赵孟晞头一个怪迟到人："你不会不送啊，还有，为什么女同事总爱坐你的车！你反思！"

"我反思什么。总之，送了是顺便，不送可就上升到人格问题了。"赵孟成解了外裳交给住家的保姆，要诸位在场的女士佐证，他说得对不对，"这年头，男人远不如女人矜贵了。"

此言一出，众人笑成一条声。男人觉得针砭，女人觉得受用。

檀越邀妻弟快快入座，赵父推脱黄酒后劲儿大，他有点上头，诸位慢用，容他先去歇歇了。赵孟成看在眼里，人前也并未有任何温言朝父亲，只说先进去洗把脸。

人甫进楼下客用卫生间，赵孟晞就跟过来了。

赵家姐弟只差一岁。人前人后，彼此也从未有长幼之分，赵孟晞这个老小姐更是朝不知情的外人胡诌，她是妹妹，赵孟成是哥哥。

赵某人说："随你乐意。你说我是你爹，我也没什么可吃亏的。"

赵孟晞骂："你大爷！"

赵某人回："我大爷也是你大爷。"

"你待会儿归座，不准和那袁、何两家的女人说话，烦不烦啊，当着主家的面议论主家！"

赵孟成捧一抔热水洗脸再洗手，完毕，他拿干毛巾揩水，审视胞姊一秒："说你什么了？"

"是说你好吧啦！"赵孟晞恨铁不成钢，"还有，你明知道檀越为你张罗了顿拿和酒，偏偏迟到了；你明知道你家老爷子平生最恨没有时间观念的人，你回回和他对着干！"前段时间赵父朝赵孟成谈他工作调任的事，被后者一言给否了，父子俩为这事有大半个月不曾来往了。

那句话怎么说来着的，有些儿女是来报恩的，而有些儿女显然是来讨债的。

"彼此彼此。"赵孟成被门口的人堵得个实实在在，"檀太太，我现在很饿，让我去吃两口菜好吗？"

"那么和我师妹相亲的事，你去还是不去？"赵孟晞确实把人拦住，她苦口婆心，说就当可怜可怜父母吧。有时候读书多了未必是件好事。他们家那老两口，连催婚催生这些稀松平常的事体，都做得尤为矜持且磨不开面子。"妈就不用说了。老赵其实很盼望你能早点成家生子，读书人的穷骨气作祟，嘴上不承认罢了。"

"是不是结了婚的女人都终究会走到为人淫媒的窠臼上去？"赵孟成没多少耐性听这些妇道话。

赵孟晞不怕他恶心人，因为她有更恶心的："你还想着冯洛？"

有人面色瞬间从不耐烦跌到了波澜的谷底，这一次只言未发。

赵孟晞偏觉得踩到他痛处了，越发顶真起来："前段时间我碰到冯洛了，就凭她男友老的少的一茬又一茬地换，你也不准想着她！果真是，我瞧不起你！她那事办得很不漂亮，决定性地证明了，她和你、和我们赵家二老不是一路人。她走归走，哪天回头再来招惹你，我绝对会撕她！"

“赵孟晞。”赵孟成很是平静地喊了声胞姊，片刻的迟缓与凝重后，说，“你少操心别人了，多点时间与心思保全自己，好？”

骄傲自满的人从来听不进别人关于细枝末节的渗透。

于是乎赵孟成回到席上，来者不拒地应下各种劝酒，在赵孟晞这个傻大姐看来，就是没从旧情人那里缓得过来呢！

席散后，赵孟成随姐夫檀越一块儿出来送客。宾客全走了，郎舅二人没有及时进里，赵孟成喊住檀越说话：“你要的房子我给你找好了，顺带着我这边有几个假期集中复习的学生，也归到那里去……”

“好，年后我就要那孩子过来。”檀越忙着应和。

“等我把话说完。”赵孟成一副端正严肃的形容，“我不知道应承你这桩差事到底该不该，虽说一起复习的学生多一个不多，少一个不少，但檀越！”他们结婚这些年，赵孟成从来认真喊檀越姐夫，怎么着他也比他们虚长这七八岁，“我不管赵孟晞那个傻大姐多傻多愣，你要果真有对不起她的地方，咱们就另当别论。”

檀越那端有点摸不着头脑：“孟晞和你说什么了？我要果真有什么对不住你姐的地方，敢把那孩子托付到你手里？天地良心，不过是个没妈的孩子苦读书罢了。”

月余前，檀越找到赵孟成。说他从前定向培养就业时结识的一个朋友因病去了，现下留下个要返籍高考的孩子，辗转求到了檀越这里，后者没辙，这才央托到赵孟成。

每年高考前，赵孟成总会被各方人情世故席卷。沾亲带故乃至转着直角弯的央托，久而久之他也习惯了，习惯了这一年一度大考之前，系统地帮忙指点复习冲刺。只是脍不厌细，每年他就固定无偿指导七八个学生。往常都在他住所，今年碍于檀越这里托付的女学生特殊，姐夫又表示愿意另给他找个地方，一来离他学校近一点，二来也希望他闲暇的时候能多关照关照那个孩子。

殷勤过了的嫌疑之下，赵孟成才听出弦外之音。原来那位女学生是檀越过去女友的女儿。

“只是女友的女儿，不是你的女儿？”赵问檀。

“当然不是！”檀越拍着胸脯朝妻弟担保，“你要怎么才肯相信？

出份鉴定报告给你要不要！”

男人之间的友谊啊，听起来铁骨铮铮的，其实保不齐就是一种互相包庇的侥幸心，或者该是过期的保护欲。人人都有忘不掉的月亮，那晚它又大又圆，皎洁明亮地钉在天幕上，也钉在他们的心上。

但是，也只能在那一晚。你与其说，爱的或者爱过那个人，不妨说，爱的是那晚不可多得的月亮，当时的月亮。

郎舅二人在庭院里各自烧完一支烟。

“房子就在夏蓉街上，房东愿意出赁到六月结束。只是，房东本人也要住进来，租金可以对应减去一部分。女生，工作白领，你那个初恋家的女儿一个人住也不安全，有个入社会的女生搭伙也好，以策安全。”

“好。还是你想得周到……等等，赵老师你不要一口一个初恋家的好不好，让孟晞听到房子都能喊塌了。”

“你知道就好！”赵某人不为所动，烟头抛至脚下浅浅的雪渍里，踩灭了复而弯身捡起，“周末约了房东签合约，记得准时到。”

赵在百家姓里排首位，偏偏以拼音首字母排序，变成了最靠后。

顾湘把赵孟成的手机号码存进通讯簿里，等着他回电给她。他再打过来的时候，顾湘已经在回新北区的高架上了，夏蓉街离她现在上班的地方差不多四十分钟的车程。避开早高峰的话，她得早上六点多就出门了，她也不知道这么昏头昏脑到底要干什么！

就像陈桉说的：“你认真了？你多久没有这么认真聊过异性了？”

赵孟成给她回电来，听她说明情况：“头家那个租客找到了，也和平解约了，该退还的费用都给到学生家长手里。至于赵老师这边，你当真要租吗？倘若你要租，我可以给你划个对折。”

“因为我本人要住进去了。”

赵孟成那头没有多大的反应，连对话都没跟上。

顾湘紧接着补充，一味托大拿乔的口吻：“你说你是给学生复习用偿，且是周末，我想该是不搭界的。东边门市给你们用，西边住家。我上班也很忙，早出晚归，你那个女学生可以自由出入，住两个女生绰绰有余。”

小时候顾湘贪玩，把手指头捣进了顾文远车的安全带插口孔里，拔不出来，哭得哇哇叫。老顾没辙，开车直接找到了消防局，求消防员给她弄开，顾湘是那种很拗的孩子，明明很疼很怕，偏还要看。

看也不妨事吧，她还一个劲儿地问人家消防员叔叔：“不疼的吧？您该是夹开过太多太多个了吧？您不能是第一天上班呀……”

她是紧张，越紧张话越多。

再比如之前在总部做简报时，纪纭当众批评她：“收起你的小聪明，乖乖给我把实际数据做漂亮，伎俩在我这里看来就是私货！”

眼下私货输出的顾湘就是抱着八成胜算在这儿硬拗甲方人设，你爱买不买。

好在她强扭的瓜甜了，那头，赵孟成平静无澜地应了声：“可以。”

午高峰高架上车还是很多。顾湘听到对方应允了，精神短暂开小差，被左行道上的车强行别了下，她即刻放了声喇叭杠前面的车。

赵孟成许是听到了她的动静，再问了敲定合约的时间，继而及时收线了。

双方约定了在这周末上午十点签这份短租协议。

顾湘也趁周末时光，简单收拾出自己的行李，从员工宿舍搬出来。是日，她起得很早，收拾行李一并捯饬自己。

十点差一刻，她驱车赶到了夏蓉街。彼时已经腊月廿六了，很多在S城工作的外乡人都得了假先行回去了，本地员工都得站好最后一班岗。

顾湘自己的车子已经借给了陈桉，眼下她开来的这辆是父亲的。E系的奔驰，沉稳扎实又不至于过分显眼。

车上下来的女生瘦削明朗，长发散着，在第二场霁雪里，隔着不远不近的距离相看，介于温柔与妩媚之间。

同样停泊下来的檀越熄了车子，坐在车里喟叹一句：“这么年轻的东家啊。别是哪个金丝笼子里飞出来的小雀儿吧？”

副驾驶座上的人不理会檀越的笑话：“是又与你何干？”

檀越不依了："我怕带累坏了孩子啊。"

赵老师长"啊"一声："你初恋家的孩子啊。"

啧，过不去了这是！

结果，赵家郎舅二人私自议论人家，东家反过来也排揎他们了——

买卖双方一前一后到了。顾湘还没来得及拿后备厢的行李，身后就有人和她打招呼了，平淡客套地喊她"顾小姐"。

再介绍今日来跟她签署短租协议的檀越，不等赵孟成说完身边人姓甚名谁，搽着香奈儿58号口红的顾湘撇撇红唇，声音带着江南女生自有的软糯，但不好相与的小脾气。

她觉得被赵孟成要了，干脆直说："赵老师，你没说还有别的买主。"

Chapter03 新房客

[7]

红菱嘴，削肩膀，长颈项。

出口的话，无端地怨怼，带着似有若无的娇气。不对，是十之八九。

檀越一个局外人都听得头皮一紧，难为当事人赵孟成坦坦荡荡地当作耳旁风。

“房子是他要赁给家里孩子住的，实际征用人也确实有我。”他自若地解释。

女东家板着脸，一甩头，去将车子落锁，身上带着浅浅木调的香气，一脸的气鼓鼓：“您事先没有说明，请问赵老师，您这样和您的学生偷着和二房东签约有什么两样？”

“房东小姐，您只要拿钱，我们也保证征用合法，哪里又和我的学生一样呢？”

“你先前没和我说。”

“现在说来不及了？”

“你……”

檀越看不下去了。拦住小舅子，不至于不至于，知道的这是两个人来谈交易，不知道的还以为这是两口子结婚签字前闹变卦了呢！再有，檀越批评小舅子：“你怎么还和小孩子吵起来了，不像话！”

“我不是！”

“她不是。”

一对当事人一齐反驳。

檀越在家里对着赵孟晞，时不时被问送命题，他老早习惯怎么哄女人了。尤其是小女人，眼前这个年纪看上去二十出头的样子，实实在在的小朋友。

人家姑娘见面三分笑，看得出来是个和煦的性子，偏偏这三分和煦在赵孟成开口没几句的话里湮灭了。理由是他没和人家姑娘说清楚承租人另有其人。其实买主是谁又有何妨，妨碍的是，人家姑娘似乎认准了是他赵孟成才有今天这桩买卖。

有人硬是看不穿。或者他不想去看穿。赵孟晞说得对，她说赵孟成就是个老公子。

檀越让小舅子别说话，继而换了个颜面朝对面的女东家："是这样的，房子我是赁给朋友的一个孩子住，她年后借读在S外，顺带着和几个孩子一处集中复习，我小舅子呢，有空来帮忙指导督促下。钱是我出，但是小姐的意思我也明白，您一直是和赵老师洽谈的，冷不丁冒出个第三者。"檀越用词刁钻且刻意，他眼见着对面的女生下意识闪躲了下，"怪我们没和您说清楚。这样啊，还是我小舅子出面，一切手续由他同您签。我只是来看看房子。"

话音刚落，赵孟成乜斜檀越一眼，后者背着手，一副置身事外的烂好人脾气："还是你出面，我不存在。"

急脾气遇上了慢条理，这是最要命的。顾湘酝酿了一个早上的好心情，如同那炭炉子上煨的粥，没承想炭火上来了，一个盹，粥就全扑了。

她眼觉着赵某人对她的不耐烦溢于言表，因为她这顿小题大做的火。

可是他确实有所隐瞒啊！顾湘端着架子不无哀怨地继续瞪着他。一时无话。

倒是赵孟成，他就像陈桉说的那样，无可无不可："怎么样，顾小姐，还租吗？"

"我能问你一个问题吗？"

"你可以问，我未必答。"某人骄傲如斯，两只手闲抄在西裤口袋里，说话间哈气见白，眉眼却依旧是好看的。好看的人就这点便利，一般人有点脾气是毛病，皮囊好的就是个性。

“先前你学生的事，赵老师信他们吗？”

“这和租你的房子有关？”赵孟成眉头略紧一紧，噎她一句不够，“顾小姐干哪行的，娱记？营销号？”

顾湘气成个茄子。

檀越在边上也是摸不着头脑。这是唱哪出啊，今朝日历上怕不是诸事不宜。好新鲜的事，他们家赵老师也有和女人磨牙的时候！

秉着“能不能过？不能过，离！”的原则，檀越来劝赵孟成：“要不我们别租了，我看你和人吵架，很是过意不去呢。”

话音刚落，大小鸡互啄总算休战了。

也是因为顾湘怕狗，隔壁家养了条人高马大的杜宾犬，卧在门庭的台阶上，黑黢黢的，也警觉。有人干脆拿这个当托词，逃也似的进屋了。

两个男人这才随后。

顾湘是到了玄关门口才开始翻钥匙的。一把光秃秃的钥匙，丢在女人的手袋里可想而知有多渺小，尤其有人还在她身后两三步距离的样子，她有点急，越急越翻不到。

那人在她身后提醒她：“也许顾小姐要找的还不只钥匙。”

顾湘扭头看他，赵孟成干脆直说：“我怕就是进得了这道门，你又忘记带别的，比如房本、身份证、契约书……”

是的，谁正经办事的时候都不喜欢那种丢三落四的品行。

推己及人是每个人都该具有的品质。顾湘谢谢他的提醒，她还不至于那么马虎，只是……人容易健忘，好了伤疤忘了疼是一种；重要的东西放在重要的地方，然后我们却把那重要的地方忘得一干二净是另一种。

顾湘转身下台阶，去院外停泊的车里取她的文件袋。再折回来的时候，她朝刚才质疑她的人扬扬手里的物证，心宽又得意：“赵老师说的都在里面，一个都不少。”仿佛刚才他俩的不对盘全然没存在过。

当事人觉得自己好险好险，不然今天就全搞砸了，印象分这东西下去了，多难补回来呀！

赵老师乜一眼她，缺心少肺、嬉皮笑脸。

房屋全由橡木地板铺就。上午十点的太阳，盖满了朝南的落地窗子，映在地板上，是琥珀色的光辉，窗帘没掩上的缘故。

顾湘自己脱了高跟鞋，胡乱套上双防尘脚套，却叫客人直接进来："我约了保洁下午来做全面清洁，你们直接进吧。"说着看一眼赵孟成身边的檀越，因为她不知道对方怎么称呼。

"哦，我姓……"

"他姓施，单名一个主。"赵老师用挟私报复的口吻，插话。

施主？！

"檀，我姓檀，檀木的那个檀。"

顾湘心领神会，随即介绍起这栋房子，他们看到的是西进，东边门市与这里不相通，房本上的平面图也可以看出格局。那边先前是一对做自媒体的情侣SOHO（居家办公）用的，里面基本的办公条件都满足。

"赵老师做复习指导的话问题不大。"她再从文件袋里取出一份自己起草的协议书，甲乙双方约束的条件及租赁费用、支付方式及周期都罗列得一清二楚，"你们先看一下房子，住家处及门市处都可以随意参观。再看一下协议书，没有问题我们就签字，有问题可以再改，回头我再寄给你，双方各自签章。"

合约一式两份，很有条理的契约书。不是网上下载来的那种，是字里行间看得出来是自己草拟的，双方约束的条约措辞很公道也很接地气。檀越夸顾小姐说话做事很利索，该不会就是干房产这行的吧?

"不是。不是做房产的，但也不是娱记，没有营销号。"

扑哧。女东家言一出，檀越就闷笑了声，看来有人真是遇到冤家了。

赵家郎舅二人，一人负责看条约，一人参观审视房子。

自然是赵孟成看条约，他站着，顾湘两手背在身后亦是站着。偌大一个屋子，她没有招呼他坐，他也就直直地站在离玄关不远处。看得出来，他是那种教养很好的人，尽管脾气差了些。眼下顾湘剔去高跟鞋，自顾自地比量着来人的身高，更是觉得他高，足足高出她二十厘米的样子。

合约没问题后，二人才交换证件证明身份。顾湘捏着他的身份证细细端详，画出重点：

一，大她八岁。

二，果然颜值就是正义，身份证照都能拍得这么……好看。

顾湘的身份证来年到期，而对方的该是更新过一次，证件上的照片大概正是顾湘眼下这个年纪。照片上的他还能看出有着少年感的端正与倨傲，眼前的本尊却像陈年的酒，更耐人寻味。

“签吧。”

“什么？”顾湘被他的话喊回神。

赵孟成把她的证件、产权证一一递还回来，也摊手掌要回他自己的：“我说，签约。”

“哦。”

笔尖画过纸张的声音，不多时，双方契约达成。

顾湘问他：“你家的孩子什么时候搬进来？”

“年后。”

“那你呢？”

“高三先开学，初七初八的样子。”某人说话的时候不自觉凝着眉头，但言语还算配合。

“好的。”顾湘满口应下。

赵孟成觑她一眼，仿佛在问：好什么？

“房屋所有的门窗我会找师傅过来检修一遍，入户门我要换锁，两处的钥匙我暂时都不能给到你。如果你家孩子在初七之前搬进来，赵老师可以提前联系我。”

赵孟成“嗯”了一声：“支付宝给我。”他要转账给她。

“微信可以吗？”有人面不改色。

乙方赵老师没辙，退出支付宝，又改回微信。六个月的房租，在原先价格的基础上五五开，再加上一个月的押金，即便折后也不是一笔小数目。

顾湘同学又忍不住八卦了：“赵老师，您这种场外指导是不是很贵啊？”毕竟是S外国语学校的老师哎。

赵某人这一次没有嫌她烦，而是说：“你要来的话，我也可以给你打个对折。”

顾湘又被他气饱了一成。

言归正传，她翻出自己的二维码给他扫。

“嘀”的一声，赵孟成扫过后才发现不是收钱码，而是名片码。

顾湘面无波澜，内心滚烫。是的，她是故意的，她故意给他扫名片码。反正已经被他拒绝过一次，再来一次也无妨，再说这一次她明明师出有名呀。

他们是正经的甲乙契约关系呀。

鼓舞人心的是，赵孟成这一次通过了，他申请添加对方为好友。

哦耶！

“真是个不错的房子。”那厢，檀越从楼上慢步下楼，一边下一边夸赞道，“保养得也好。”

伴随着“笃笃”下楼的脚步声，顾湘收到了“好友”赵孟成转过来的租赁款。

一切悄无声息地进来。她随即点他的头像，到了个人栏，昵称就是简简单单的：zmc。

事了拂衣去。敲定好合约，一方一式，赵孟成并喊着他姐夫要走了。

顾湘落落大方地送他们到门口，她看着赵孟成把手里那份合约折了又折，然后塞到他大衣内侧的里袋中。

东家认真地与他们说再会，檀、赵二人，只有檀先生回头了，和顾湘招招手，再会再会。

赵家郎舅二人坐进车里。

阖门声伴随着檀越的取笑声：“好了好了，这下孟晞那头的相亲不要去了。所以，拒绝那头也是因为这头？”

“什么这头那头？”

檀越依旧自顾自地理逻辑：“不管，你既然这里面徇着私，那么这笔钱该你自己出！”

"呵！那这个合约我干脆给你老婆瞧瞧。"

"我不怕。你也知道孟晞那个性子，晓得你总算红鸾星动了，还不趿着个拖鞋也要来看看是什么样的三头六臂呀！"

赵孟成坐在副驾驶座上，才不给他们辖制的理由，指托太阳穴，一股子可笑不可笑的蔑视："尽管去。她要来看谁有三个头六个膀子的，和我有什么关系！"

"这话可是你说的。"

[8]

庚子年正月初一。

叫醒顾湘的一不是例会、二不是梦想，是唐女士口中的"没出息"，大正月里头一天就睡过八点的人，最没出息。

这些年这一日，唐女士都是这样要求顾湘的，其他的三百六十四天，我管你睡到几点，就今天不行。

况且外婆还在。

"顾湘快点起啊，我们等着你吃早饭，好意思的！"新年头一朝，顾湘就被针对了，这原是有缘故的。

唐文静从前在家里的时候是老幺。爹妈都惯得很，如今剩老太太一个人了，子媳那边也就那样，好一阵歹一阵。今年又逢老太太八十三岁，老话说这上了年纪的人逢一个三就是一个缺，要上姑娘家去跨跨这个"缺"。唐文静干脆就和兄嫂商量，由老太太上她这里住个半年吧。其他几个女儿也各自有家庭、有小辈，只有唐老幺还能顾得上老母亲了。

唐老太太挎着她的体己匣子来姑娘家准备过年的时候说，这子女啊，生多生少是一回事，到老了有人想到你才是正经的。二十年前，小姑娘要和女婿离婚的时候，唐母可不是这么说的，她一味地赌咒说自己没福气，还过给了子女。唐母劝姑娘："不能离啊，离了你这辈子可就完了。女人不比男人啊，世道再怎么变，女人都强不到男人前头去的。男人偷腥就好比那馋嘴的猫，改是改不掉的，但你真因为它出去馋了碗别人家的鱼汤饭就不要它了，又能保证下一只猫能服服帖帖守着你？"

唐文静没有同爹妈辩，她晓得各人有各人的眼界与局限，母亲说出这番话也不是没有她的道理。如果说婚姻是一场计时的投注，那么掐秒的那一刻止，无论你明面上的得失是多少，终归是庄家笑到最后，下场的散户没有真正的赢家。

因为你把时间押在那儿了。

唐文静与顾文远离婚没几年，他就发迹了。唐母为此更是扼腕般说："嗐，我说什么的，你看看，我说让你忍下这口气你偏不听，现在人家翻身了，你呢，还不是踩你的缝纫机，开个不大不小的铺子，饿不死也活不像样！"

搁唐母的论调，要是当年没和女婿离这个婚，现在的唐文静过的什么日子！还消起早贪黑地摸索？老母亲说到懊恨处，不免拿造化说事，说来说去，你就是没有享福的命！

昨晚除夕宴，顾文远不请自来，才有了以上唐母的唠叨经。

前姑爷晓得老太太来这里过年，开车送来了好些补品吃食，要说顾文远这个人，情场上的人品差是差了点，但待身边人是没话说，这些年因着和女儿的来往，不曾有一日慢待了唐家那些亲戚。前些年，舅老爷家的儿子买房子差些首付钱，绕过唐文静这层，去管早没了关系的姑父借，后者也一口答应了。为此，唐文静说过他好多回："你拉不下脸要做好人我不管你，但你别口口声声因为我、因为香香，我们娘俩都不会给你做什么担保，哪天他们还不上，也是你该！"

该不该也就那样吧。顾文远没所谓："你晓得我没忘了你们母女就好。"

老太太偏要留顾文远吃晚饭。饭桌上，说到了香香搬去夏蓉街小楼住的事。

唐文静有些意外，一来香香只字没提这事；二来，终究女儿大了，晓得钱是个好东西了，同亲生父亲越发地亲近了。

顾湘搁下筷子跟妈妈解释："我上班到昨晚，一大早起来就帮着忙东忙西，还没来得及跟你说。"

"现在不是说了？"唐女士的话听起来免不得有几分机锋。

顾湘在桌下狠踢顾文远一脚，就你嘴巴快。你那些狗屁倒灶的事，我还替你瞒着呢！

别让我说出什么好歹来！

顾文远想不到那一层，老直男觉得女儿总算接受他的这份礼物了，该是桩值得庆贺的事。

“你裁缝铺的生意我看就关了吧，带外婆一起去那边住，那边宽敞。”

“顾总，大过年的别关不关的，我说你生意关张，你气不气？”唐文静没好气地白一眼顾文远，手里依旧在稳稳当当地分例汤。一年三百六十五天，也就除夕这顿，唐女士会做几道功夫菜。早几天前就准备食材了，煎炸蒸炒煨都有。一份笋干老鸭汤，足足煲了几个钟头，她盛了碗给老母亲，余下的……就汤勺一丢：“自己盛吧。”

顾姓父女自力更生，不敢有怨言。

席上一时无话。

顾文远走后，顾湘想和妈妈聊一聊，也吃了闭门羹。外婆帮着香香说话：“桌上牛肉海参羹还没吃够啊，还追着要吃？”

祖孙俩坐在厅里吃瓜果看春晚，外婆封了个大红包给香香。顾湘觉得过了二十五岁就不好意思收压岁钱了，老太太不开心呢：“你只要没出门子，我在一天都要给你们封子的。今年格外给个大的。”因为孙儿辈多，往年老太太都是一个孩子给一百，意思意思，今年给香香封了个“一千零一块”，那一块的纸币簇新，外婆说是特地去银行换的哟，“祝我们香香心想事成，当然，能给我找个千里挑一的外孙女婿那是最好的！”

“我可没催啊，我说的是最好！”外婆讲完紧接着补了句，老小孩似的生怕被归为催婚那不讨趣的一队。

至于唐女士那边，顾湘有心逗母亲：“有人该不是因为外婆给了个大封子，她临时拿不出手了吧？”

收拾完桌子碗盏，又跑去修剪她的花花草草的唐女士，嘴巴比她手里的剪子还利：“我自然是拿不出手，我又为什么要拿得出来。一没房子给你，二没体己镶你，以至于你搬去你的嫁妆楼里住，都不必知会我。你姓顾，我姓什么。”

嗐，打住呀。顾湘听着唐女士这番话，眼见着妈妈吃心了，也误会她了。原来一切都是纸老虎，唐女士这些年一味地跟顾湘上课，要她在顾文远那里留个心眼，你爹是个什么花花肠子的人我最清楚，他该不该我的不要紧，只是他自己的亲生女儿不能该。他就是再结八次婚，你顾湘都是他的长女，正经原配生的孩子，他敢少你一个子，我都不答应。

可是当真到了这一步，到了所谓父女投契，因为钱，女儿更看重父亲这一步，唐文静又委屈了，委屈人到底这么世俗，这么拜高踩低。多少心血都抵不上金钱给予的力量与诱惑。

“如果我说我搬去爸爸给的那个房子有另外的原因，你要不要听？”

“哼……”

“你不是常要我看着顾文远的嘛，你不是要我坚定拿自己该得的那份的嘛？”

唐文静委屈的不是女儿接受了那栋房子，接不接受房本上也早就是香香的名字了。她委屈的是，女儿终究长大了，有她自己的主张了，这份主张不需要同你去沟通、去商量，乃至事后你也不一定是第一知情人。

这份委屈她难同女儿诉，仿佛已然提前领会到，将来香香嫁人了，留唐文静一个人在这栋房子里会有的孤独与冷清。

但如同二十年前，她逼迫女儿正视父母婚姻破碎的事实时说的话那样，我们每个人都得为自己活。

孩子从来不是父母的附件或是延续，他们有自己的命运，有自己的爱与憎。这些年唐文静也是这样要求顾湘的，任何时候都得有自己的事业与坚持，有自己的爱好与原则。女人太较真了不可爱，但一味地盲从也只是活了个睁眼瞎。

香香，你要明白你要什么。这比你在做什么更重要。

好端端一个除夕，被一个不算嫌隙的嫌隙糟蹋了。唐文静推脱累了，不陪她们一老一小守岁了。顾湘也觉得眼下不是个谈长篇大论的好时机，这几年她越来越正视妈妈的情绪了，就是人老了，会无端滋生出好多敏感微小的危机，有否定别人的，更有否定自己的。

她习惯等彼此冷静后再聊。

没承想，一夜过去。初一早上，唐女士的气还没翻篇，八点差一刻，在那儿扯着嗓子喊顾湘起床。

约莫半个小时后，顾湘从房间里出来。新年新气象，她难得没有违拗长辈的意愿，自己买的那些冷调的衣服丢在一边，穿了件红呢大衣，妆也化得通透精神。

这件呢大衣是唐文静自己手工给香香做的。用的是好些年前她淘到的一块上好的呢子料，温暖手工，S城找不出第二件。

没有任何品牌，偏偏穿在顾湘身上，挺括英气且不失女儿色。

顾湘牢骚这条系带是怎么也系不紧，滑得很："唐师傅，你要不要售后一下？"

妈妈是一个旗袍师傅，这些年真正做旗袍的人少了，她的那爿铺子也随着市场改革成普通的成衣铺子，偶尔接着老主顾的回头单。听着顾湘质疑她手艺有问题，唐文静连忙放下手里准备吃早茶的煮干丝，擦了手便来查看。

妈妈的手还没碰到大衣的系带时，顾湘便一把拕住唐文静："你就是吃醋了，醋我和顾文远亲近了。怕我是那种恋财而忘本的人！"

"唐女士，你好矛盾哦！"

"好了大过年的，别生我气了。"

"我总不能告诉你……"母女俩忸怩之间，顾湘更像个男人做派，她大方又不知羞地告诉妈妈，"是因为想认识一个男人。"

S城说大不大，说小绝对不小。顾湘问妈妈："如果你遇到一个处处都合你心意的异性，这难道真的只算一个偶然吗？"

即便偶然，也该是浑然天成的。

与其说，想认识他，更像是不想错过这个浑然天成的交集。

厅里，外婆带过来的那个老式收音机里，咿咿呀呀放着评弹调的《月圆花好》。

团圆美满今朝醉

顾湘大差不差地讲了讲如何认识赵孟成的，以及，她负责任地告诉唐女士："妈妈，和小丁分手后……"前任姓丁，他一直认为顾湘并不多喜欢他，可是他忘记了，当初是顾湘先和他说话的，"我已经很久没有这种心甘情愿和异性来往的心情了。我很确定，是喜欢一个人的感觉。"

唐女士不听这些有的没的，只一副人口普查般的口吻："多大年纪，是不是本地人……比你大八岁？那有没有婚史？"

顾湘被妈妈问住了，想当然地说："没有！"

"长相呢？个头呢？"唐文静一早就提过姑爷的标准。本地人、家世清白、有正当工作、父母健在、岁数最好不要超过五岁。最重要的一点，长相不能太难看，起码带得出去；个子也紧要，不能太矮，与姑娘站在一起一般高那就是矮！

顾湘背书般担保，很高。对了，她问外婆，老话里说那种很高很瘦、腿很长的人，怎么喊的？

老太太不假思索："长脚鹭鸶。"

哈哈，对，就是长脚鹭鸶。

女儿难得愿意重新谈感情、谈对象，老母亲唐文静自然是痛快的，但是，亲妈也终归是亲妈："你先别管人家多高，就是高到天上去，不喜欢你也是白瞎。人家喜欢你吗？"

灵魂拷问。大年初一早上！

目前为止应该是不喜欢的，顾湘昨晚借着群发短信的假象，给赵老师发了条拜年短信："新年快乐！"

那个人还为人师表呢，连起码的礼貌待人接物都做不到。

到现在都没回她一个字。

顾湘反手就给他的微信备注成：长脚鹭鸶（别理）。

[9]

赵家的住家保姆是女婿檀越雇的，原是檀越的姑姑，一辈子没个一儿半女，临了只能来投奔侄子。

在赵家帮着伺候二老，也不算伺候，帮着收拾收拾屋子，烧烧饭，檀越也正好有个名头体面地接济姑姑。春节这阵，赵母特地要赵孟成将人送到女婿这边来，过节让姑姑也松泛几天。

送姑姑来檀越这儿只是个幌子。与赵孟晞那个师妹相亲才是“正经事”。

赵孟成站在门口挨着姑姑一顿不开心：“我说姑姑的工资我来给吧，哼，到底我不是正经的东家，由着你也来计算我。”

姑姑是个老实人，乡下人说话也爽利：“就像你母亲说的，见人家姑娘又不削你一层皮。欢喜就继续，不中意就拉倒。”

姑姑在乡下是能挑两担水的人，力气好大，拖着赵孟成就往里走。赵老师多少时没吃过这种哑巴亏了，敬着是长辈又是女性，也只能由着姑姑执着。

才进了厅里，满室的曲奇香气，是赵孟晞自己烤的。佐着咖啡的浓郁，甜腻腻的，叫人闻着太阳穴发胀。

赵孟晞不满胞弟那张臭脸：“你是在嫌弃我吗？”

“不敢。”

“那你尝尝呢。”赵孟晞心血来潮报了个甜品课，今天正月初二，好不容易有这个工夫交交功课。

“不必了，肯定是，‘第一炉香’。”

从他们进来，女客人就站了起来，一是尊重，二是人家肖小姐是真心喜欢赵老师。他们在一次省教育交流会上见过，那次赵父也在，赵孟成还特地给父亲做随行翻译。

肖小姐以为赵孟成还在政府里，寒暄几句之后，才晓得他如今在教书。这其中的变故，她打听之后也不禁觉得惋惜，之后再重逢了师姐赵孟晞，几次社交来往后得知赵孟成现在单身，她用玩笑的口吻求师姐帮着牵牵红线。

按道理，赵家的孩子委实是该根正苗红的，二十八岁之前的赵孟成也确实是。彼时，他在市政秘书处，写得一手好文章，精通英、日两国语言，人也是生得盘正条顺，袭了父母各自的优点。可惜月有阴晴圆缺，人有旦夕祸福。阳春三月里，一场事故折了两条人生轨迹。

赵孟成朋友兼同僚的车子，那天是他开的，在盘山公路上出了事故。避让逆向酒驾来车，驾驶人本能地选择了左打向，副驾驶位置成了撞击面。赵的朋友当场死亡，赵孟成自己也在医院躺了个把月。事件判定成交通事故，但子虚乌有的阴谋论层出不穷，赵父考虑其影响及个人态度，劝退了儿子即在眼前的职务升迁。

赵父原来的意思是，到基层教育里体验体验，休养生息，一年后以观后效。后来风波过去了，岂料赵孟成自己不愿意变动了。

这些赵孟晞得同师妹说清楚，连同赵孟成的感情史。“他那个前妻。”是的了，赵孟晞用词很得当，就是前妻，他们是领了证的，“赵孟成低谷的时候都没有离开他，他们有十年的感情，临了，要进围城了，她露怯了。”

筹备婚礼期间，对方怀孕了。没和赵孟成商量，就把孩子流掉了。

赵孟晞这个老小姐的说辞就是，她冯洛一穷二白的时候她忘了！没有我们赵家，没有我父亲，她能走到今日这般地步？

她在赵孟成低谷的时候那样陪着他、鼓励他，赵家父母都看在眼里，哪怕她坚持不要这个孩子，赵家父母也未必就不答应。

可就是因为这个孩子，赵孟成不能接受他的妻子在没有任何缘故的情况下，自作主张“杀”掉了一个生命。

分手也好，离婚也罢，都是赵孟成提的。

说到底，二人的世界观出现了分歧、走到了陌路。

肖师妹不觉得有什么，谁没个过去：“师姐要问问我嘛，我也交往过几个男朋友呀。不怕师姐笑话，赵老师从前有女友的时候，他哪里看得到我。有些人，他不用出声，站在那里，就是一种美好。”

赵孟晞笑师妹痴：“他没有你说得那么好，甚至毒舌、傲慢、无礼、轻狂。”

“给人假象，让人信服，本身也是一种能力呀。”

“我不同你们这些拿笔杆子的念咒。”

眼下，赵老师的这句“谐音梗”，让肖师妹轻轻撇笑了下，她不敢问他："赵老师莫不是张爱玲的'高级黑'？"

檀越也不敢多瞧小舅子，只打哈哈地要他坐："肖师妹你也坐！"

夏蓉街那摊子，郎舅二人可是默契地搞缄默政策呢。"初恋家的"那孩子眼见着初六就来了，檀越捂得严严实实，给孟晞知道了，就塌天了。

而不日之前他也答应过小舅子，孟晞安排的相亲会，一定会给他通风报信的。结果咧，"妻管严"的檀总，哪能够啊："你自己的姐姐，你还不晓得，她把我手机抢去了，看着我！看犯人似的看着我。"

"来都来了。"檀越打起哈哈来，偷偷跟赵孟成嚼起舌根来，"长得还是可以的啊。"这是说肖师妹，"当然，离那个顾小姐，好像差点意思啊。"八竿子打不着的，这是说顾湘。

赵孟成眉头打官司地横一眼他，仿佛骂他：你贱不贱啊。

饶是当事人一味地撇清，但檀越还是笃定，笃定他们赵老师待那个小姑娘是不一样的。他不是个和女人磨牙的性子，亲疏有别，在家里如何和家姐打架翻房顶，都不影响他赵孟成在外面有个"良师益友"的好名衔。

尤其待女性、待女学生，赵孟成是出了名的君子。

眼前就看得出分别。妥妥的双重标准，和肖师妹到现在一句正经寒暄都没有。

檀越踢踢他，你倒是说句话啊。

还是肖师妹先开口，这师妹吧，也是个书呆子性格，一味地问他教学上的问题。没把在边上做僚机的檀越气厥过去，啧，带不动带不动。

索性由他们聊吧，檀越去厨房间查点妻子和姑姑："我看晚饭也别准备了，没戏。"

赵孟晞还听着姑姑安排，差什么食材，好点外卖配送呢。听到檀越这样说，难免气馁："老公，你说他是不是出问题了？"

姑姑不懂就问："出啥问题？"

檀越想说顾小姐那出呢，又不敢，信息量过大，说出来没准要闹家变："不会不会。你家老公子你还不知道他嘛，他就不喜欢这类的，他喜欢那种逗着他的，小妖精的那种。"

赵孟晞只当檀越在说那个冯洛呢，狠啐他一口："你们男人就是贱，滚！”

里厢两口子在拌嘴，厅里二位客人坐得如同隔了个太平洋。

依旧是肖师妹在主动找话题，赵孟成有一搭没一搭地回着，正巧他手机进来几条微信，老同学约他打牌，问他来不来。

赵孟成回：“半个小时到。”

于是眼前，他准备五分钟内结束“会谈”。

正打算收起手机的时候，不经意发现朋友圈内有人更新了个状态，是张晒图，配的文字是：当你老了（第六年）。

是祖孙三代同穿旗袍的合照。在一爿裁缝铺的门口，依偎地坐着。日常光影里，青丝到白发，少女到垂老，血缘的印记烙在各自容颜的痕迹里。

那最年轻的“女主角”还发了张独照，穿了件正红色斗篷披肩的呢大衣，身姿停匀地背手站着，微微扬首，图片上缀着标签：妈妈手工。

“赵老师……”

“赵老师……”

肖师妹喊了他两回，后者才抬起头，冷漠地回应她：“什么？”

“呃……”

“肖小姐，不好意思，我学校那边几个领导喊我去临时凑个牌搭子。你知道的，大过年的，也难回掉。”

“好……”

等赵孟晞端着水果出来的时候，赵孟成已经不告而别了。肖师妹不无冷落地坐在位置上，堪堪苦笑着对师姐说：“人活着终究是个还报的过程，家里替我安排的人，我曾经也这样冷落过人家。今天轮到我了，可见，人心是最自私也最公道的。”

“赵孟成，你别让我逮到你！”赵孟晞咬着后槽牙骂他，“老公子！”

三日后的晚上，八点差一刻，顾湘躺在床上和陈桉开视频，后者是初八开工，她已经等不及了，说明天就回S城：“我妈看我那眼神，已经嫌烦了。”

顾湘笑：“哈哈哈哈哈！”

就在两个人各种“吐槽”、八卦时，顾湘有别的微信进来，她没当一回事。过年这段时间，他们那个该死的项目组长还时不时在群里跟进度，顾湘已经习惯了，也老油条，偶尔做个跟进，也是赶在死线前一秒，气不死你也急死你！

她只当是他们那个铁人老板在乱找人了，整整和陈桉聊了一个多小时，说好等她明天过来，一起去吃黄鱼面。

挂掉视频，手机烫得要爆炸。她这才漫不经心地去翻未读消息。

好些个标着红点的未读消息栏，只有一条，让她易燃易爆炸。

啊！顾湘惊叫了下，了不得，赵孟成给她发消息了。

时间是“19:49”。

而此时此刻，“21:36”。

也就是她放了某人快两个小时鸽子。

两个小时前——

长脚鹭鸶（别理）：“顾小姐，新年好。”

[10]

顾湘没有第一时间回复赵孟成，而是把他的微信会话截图发给了陈桉。

陈桉回：“啊啊啊啊啊啊啊啊！”

陈桉又回：“等等，赵老师也太不禁撩了吧，这就上钩了？”

顾湘回了个“擦汗”表情。

“毒闺密”也有好处，随时随地提醒你，人间清醒。

人家只是发了句符合时下背景的开场白，他的那句“新年好”，类似去超级市场碰上大减价，一群大妈围着扫货，挡着赵老师的路了，他被迫出言“借过”，如此这般，这般如此。

顾湘气得半个脑袋疼，回好友：“滚！”

于是，她再回复赵孟成的时候，已经不那么上头了，甚至“退烧”

了。是的，只是一句“新年好”，淡定淡定，热脸贴冷屁股的人不得好死！

顾湘随便丢了个最微不足道的“微笑”表情过去，表示回应。她等着他的下文。

她是真的抱着个手机，守着这个会话页面，约莫过去一分钟，顾湘看到页面上出现“对方正在输入……”。

输入就输入吧，你倒是打字快点啊。

顾湘左等右等，都不见他发送过来。就这？就这个打字速度，您老还能进S外教书？！

顾湘急了，给他回复：“赵老师这是在写论文吗？”

下一秒，赵孟成打过来，语音通话。

顾湘骇了一跳，连忙从床上坐起来，清了清嗓子，三、二、一，这才接通，女儿声矜持地道：“Hello.”

“是我，赵孟成。不好意思，喝了点酒，写短信有点慢。”

顾湘心想：什么鬼？！

如果说赵孟成先前的声音是那种冷峻调的，此刻耳边的声音就是那种拖沓的，明显重心不稳晃荡的。顾湘之后也见识过赵老师的酒品，他原来是很容易在黄酒上栽跟头的那种人。

眼下，她听他这样说，恶趣味地逗他：“哦，那么赵老师知道我是谁吗？”

“顾小姐明天上午有空吗？”他自顾自说，并不理会她的胡搅蛮缠。

“干吗？”总不是约她。

“我亲戚家的那个孩子明日上午到，我想安排她尽快落脚，没几天高三也开学了。”

哦。她竟忘了还有这茬儿。人家原本就是来租房子的。

顾湘气馁极了，跟个漏气的气球似的，逐渐掉落：“那赵老师明天带那个学生直接住进去吧，我把入户密码发给你，我就不过去了。”她是相信他，信任到把房子交给他自行处置。

不料，那头的赵孟成“夫子魂”燃着了：“你习惯这么信陌生人的吗？”

“嗯？”

“顾小姐还是到场一下为好吧。你同那个孩子相互交割一下为好，东家对房客有什么日常进出约束要求，也提前讲好。最后，入户密码不要随随便便告诉外人。”赵孟成说着，他那头有人在和他说再会，他随和地回应人家，与电话里和顾湘说话的口吻，判若两人。

顾湘换一只手接电话，腾出的手随便抽床头柜上的纸玩，很奇妙，他明明在要求她，甚至是说教她，顾湘偏好受用。她禁不住地问他：“赵老师，你是喝醉了吗？”是喝多了，才会这么多话的吗？

“明天上午十点，顾小姐方便吗？”

“方便。”

“很好。那我不打扰你休息了。”

“你在外面？那么你喝酒了，是不能开车的，赵老师！”顾湘知道他要挂电话了，连忙狗腿子地献殷勤。

回应她的是无情的一声“嘟”，他挂断了，断得极为干脆，扔颗炸弹都没这声响亮，哼！

次日，顾湘一早起来去晨跑，有氧慢跑后出了一身汗，回来便冲澡了。

紧接着又是敷面膜，唐女士看着她连敷了三张，不禁好奇，这是要去哪里？

顾湘自然不敢告诉妈妈是去会男人，也不准唐女士不经她的允许，去夏蓉街那里好奇她喜欢的对象是什么样。

“妈妈，你答应过我的。我有喜欢的人不瞒着你，但你也不能让我闹洋相。”

唐女士声称没有那么无聊，她有这个时间，不如多打几圈麻将。

和上一任男朋友分道扬镳后，唐文静身边多少老主顾、老姐妹、牌搭子都要给香香介绍对象，有些更是生意经般搁在明面上谈，家里怎的怎的，独生子，和香香真真般配极了……

顾湘从未答应见过。这其中有她的固执，自然也有唐女士的开明。

有人从骨子里拒绝联谊、相亲这些形式的两性社交。不是鄙夷，是对那些参与者有着社交恐惧症般的抵触。怎么说才能通俗易懂些呢？唐女士打得一手好麻将，耳濡目染的缘故，顾湘自幼就很会打牌，也没人教，总之唐女士的那些牌友搬风、上个厕所，都是喊香香代牌的。

小小姑娘，自幼就看得出野心勃勃，牌牌要做大。要么不和，和就和个大的，清一色、对对和，连带着她暗杠的四张炸弹，“杀”自己亲妈都不在话下。

要说这麻将的乐趣就在于洗牌抓牌，一圈圈做牌，最后计较得失的过程，像极了人生。捉她去联谊、相亲，就像在麻将桌上抓到了一手全不靠张的牌，再伸手下堂子里去摸，把把不上张。这种臭牌搁在手里拎来拎去的感觉太窝囊了，恨不得早早给钱，然后囫囵个儿地全推进洗牌桌里去。

就是这个比喻成功说服了唐女士，因为她太懂手握臭牌一蹶不振个半天的痛苦了。打那以后，妈妈很长时间不再追着顾湘了，姐妹们要给香香介绍男朋友，唐女士也跳出挡拆：“她啊，牛皮筒子一个，又臭又硬，谁和她处，也是气死再活、活了再死。”

实际不然，她的女儿她最明白。要么不认真，认真了就认死理。唐文静嘴上不说，到底姑娘还是更像顾文远些，不是袭他那情场上的浪荡样，而是冒进，单论感情这项，姑娘还是随她爹些。喜欢是一个道理，表白更是一个道理。

你光喜欢，不去表白表白，从一开始你就落后一步了。

以及，父女俩都爱“自己爱的”，不爱“爱自己的”。

赵孟成的车子是辆中规中矩的雷克萨斯SUV，他推门下来的时候，顾湘站在门口等他。

外面还是好冷，顾湘的羽绒外套脱在屋里了，她身上穿着粉色圆领的卫衣，里头衬了件白色打底，露出的衣服右下摆绣着只粉红豹。

东家冻得直跺脚，两只手袖在袖子里。

与赵孟成一齐下车的还有个十七八岁的女孩，穿了件杏色的长棉袄，袖臂上还戴着孝布。顾湘知道有些地方，重孝是要戴一年的。

这意外得知的因素，让顾湘无端地收拾起准备和赵孟成扯皮的嘴脸，从台阶下来，近他车边，只乖乖喊了他一声："赵老师，新年好！"

赵孟成一身圆领T恤、黑裤外，套着件黑色菱形绗缝夹克，对她惯会的热络依旧冷处理。

顾湘也没所谓，再和他身边的女学生打招呼，对方叫康樱。很恬静温柔的名字，人也是。

说话间，赵孟成从后备厢里替女学生取出了行李，康樱殷切地谢过他，并要自己拿进去。顾湘是好意，秉着东道精神："我帮你拿吧！"

说着，从袖子里钻出她的手。说时迟那时快，赵孟成给车子落了锁，手落下来准备重提行李箱的把手，被顾湘的冷爪子激灵了下，他没甚反应，倒是顾湘，不无尴尬地缩回手。

当事人面无表情，轻松提着行李箱预备进里，还催促房东："你不打算上前开门？"

哦、哦，顾湘磕巴了下，上前去。鬼知道她慌什么，不就是不小心碰了下他的手嘛，又不是没摸过男人手，主要是，她严重怀疑赵孟成认为她是故意的！

故意当着他学生面调戏他！拜托，她还不至于这么猥琐。

和上回来这里差不多。赵孟成只把行李给学生送到玄关处，余下的就交给顾湘了，这也是他要她来的目的。顾湘一边换鞋一边听他说："你们自行调配。"

"学校那边我替你都安排好了，后天正式报到。你在这里住，任何不方便和顾小姐沟通的事情，都可以找我或者你檀叔叔。"这是与康樱的交代。

"顾小姐。"顾湘穿的是双靴子，剔了外鞋，她只穿了双丝袜。地暖还没烧起来呢，她坐在玄关凳上给自己脚上多套双棉袜，南瓜色的线袜子，帮子上绲着白边。她就这么穿着袜子，抬头听赵孟成喊她："我知道你工作时间没有定性，康樱也只是个学生。如果可以的话，请你多照顾一下，以及……"

"以及什么？"顾湘穿好袜子，站起来，继续仰视他。

“异性朋友来你这里，请照顾一下她的身份。”光明磊落的房客诉求。

顾湘几乎是听完赵老师的话，下一秒即刻展颜了。她笑得隐晦且矜持，随即，认真告诉赵老师：“哦。我暂时还没有男朋友，以及，我们的协议书上有公约，彼此不得带任何异性朋友过来留宿。”

“好。那么请顾小姐分配房间给她吧。我就不参与了。”赵孟成很利索地交割完他的差事，也管顾湘要了东边门市的钥匙，并知会康樱，半个小时后，在东边会合，介绍复习备考的其他学生给她认识。

房东大人全程被赵老师的快节奏安排支配得团团转。

什么嘛，什么嘛，我起了个大早，精心收拾自己，你全程没看我两眼。送人送到门口，不进去，未免也太避嫌了吧！

话还没说几句，又跑到东边去了，这是准备督学的节奏啦？弄得顾湘跟着紧张起来，她高考那年的噩梦又回来了。

她给他东边卷帘门钥匙的时候，小心翼翼问赵孟成：“赵老师，你指导督促学生复习，我能去看吗？”

“那么你房租打折吗？”

“啊？”

“你不是说我场外指导很贵的嘛，既然很贵，要听就折房租吧！”

Chapter 04
珍珠耳环

[11]

小时候听过顾文远讲他的父母。顾湘之所以用这么生疏的称谓，是因为她自幼没有爷爷奶奶。

顾文远幼年失怙，少年失恃。

饶是父亲在顾湘的成长记忆路上有好些个过错，但他的一句话，顾湘记到了现在——人生来要挨好多疾苦，唯有这少年丧父、中年丧偶、老年丧子最诛心。

算起来顾文远是在少年之前，就把这其中一份苦，尝到了尽头。

短暂的聊天中，顾湘得知康樱的母亲因病去了，父亲因为卷进一场民间借贷官司早就跑没影了，年前妈妈弥留之际才托到檀叔叔，求他帮助康樱返籍高考。

也不是赵孟成口里的亲戚，康樱说："檀叔叔是我妈妈的朋友。"

女孩这般说着，忽而有些敏感地折下头去。那样的晦涩，很多年前的顾湘也有过。只是她比较幸运，幸运老天爷和她们母女下了盘乌龙棋，而眼前这个风尘仆仆的女孩子，切切实实失去了最敬爱、依靠的人。

顾湘没去细究那位檀先生和康妈妈到底是怎样的友谊，能这般手笔、情意地替故友的孩子打点、周全，想来也是甚笃的。

小楼三层，一楼没有房间。二、三楼都有卧室，原则上，顾湘那间含套卫的卧室已经收拾打扫出来了，由自己住，可是眼下，她改主意了。

一则，她每日早出晚归，碰上下场看样品，夜里两三点回来也是寻常事。她俩的作息比起来，自然备考的学生更重要。

二则，这里面多少有点同情分，但她不必展露出来。

三则，她答应赵孟成的，便会做到。无论这个女学生是不是他的什么亲戚。

顾湘只言明了第一点，说她这个人大大咧咧的，手脚动静也大：“你学习更重要，你住三楼，听不见我的动静。不然，每晚可能都得听着我各种跌跌掼掼的。”

“谢谢顾小姐。”

“叫我顾湘，或者香香。”她写给康樱看。

说话间，顾湘替她把行李搬进分配好的卧室。她看着康樱打开行囊后的寥寥几件御寒衣服，其余全是书和整理的学习笔记。

“你要买什么生活用品吗？我正好要去超市。”

“被褥檀叔叔会给我送一套，其余我暂时有，缺什么，赵老师让我在学校的生活超市买。”康樱一面往外搬她的书，一面跟顾湘解释，来的路上赵老师交代过她了，学校的生活超市一应俱全，如无特殊情况，里面足够应付。

哦，原来他早就安排好了。

新房客也没多少东西，东家自也不必帮忙。袖着两只手，旁观状，她看人家，人家也看她。顾湘真真爱逗腼腆性格的人，男女不限。她见康樱老是悄悄地望着她笑，便问人家：“笑什么啊？”

康樱面子薄，更多的像是不敢，不敢说，只没什么地摇摇头。

顾湘说：“不说我也知道笑什么，肯定和赵孟成有关。”

性子沉的人就这点没趣，逗闷子都不会。康樱即便被当事人言中了，依旧摇头一问三不知，不关己事不开口。

还是怕赵孟成吧。怕老师是每个学生的标配。顾湘那时候也怕，最怕她的班主任找她谈话了。

康樱简单撂定了自己的行李，就要去东边门市了，她说赵老师和组内的学生约好了一起过来帮着打扫“复习室”。

顾湘心想：啧，果然是班主任才能干得出来的事。

虽说赵老师扑克脸般拒绝了顾湘去看看的要求，但是！她是房东，她就是有权利去查勘一下自己的屋子，况且水电还没和他交代清楚。

说是这么说，结果，房东大人挎着她的小包来到他们新成立的“复习室”前，还是被一屋子的学生给骇到了。

连同康樱加入，一共八个高三学生。

其中几个男生把顾湘也算进去了，以为她也是新来的，才见到人，就一直吹口哨。

顾湘这个纸老虎被臊得顿在原地，心想：这些年过去了，怎么这个年纪的男生就没一点长进呢，还是这么“二”，这么“阿飞”。

大家各司其职地劳作。只有赵老师袖着手，当大掌柜。他竟然在磨咖啡，那研磨器在他手里一圈圈转着，一副置身事外的样子，活像个剥削者。

他喝止了声，一群猴子才平息了。赵老师只喊康樱上前，介绍她人、这次江南十校联考她的分数以及数学单项多少。

交代了几句，也无非是大家组内合作，互帮互助。

这一下，组内便有三个女生，明明、韩露以及康樱。

赵孟成把康樱单独托付给了明明，后者是复读生，之前也是赵孟成送毕业的学生，她复读也不是因为没考上，是填报的学校、志愿被父亲包办了，读了一年实在厌恶，后来果断退学了。为此和家里闹得很不愉快，明家找到赵孟成的时候，是要赵老师劝劝明明，结果，赵孟成却被学生策反了。

目前的状态就是，明明自己系统复习，额外来这里集中复习。她是这里的姐姐，时间相对也自由些，并不参与应届课程。

“康樱人生地不熟，有事，带带她。”

明明道：“是，赵老师！”

顾湘嘴上不说，心想：你这是要托付几个人！

男生队伍里，言语密度最强的那个叫卫若。他转着块抹布，歪坐在中央位置的长桌一角：“老赵，还有一个没介绍！”

赵孟成手边有面可移动的白板，是带刹车脚轮的，是先前头家租客留下的。赵孟成拿脚尖踩定了脚轮上的刹车拨片，把马克笔抛给卫若：

“去，今天轮到你讲题。把你带过来的题，给我誊上！”

学生打扫卫生从来不是个新鲜事。八个孩子通力合作，比不上教室大的地方，自然不在话下。

七嘴八舌间大家才明白了，顾湘不是他们的道友，是房东。这家门市地盘也不是老赵他自己租的，是社会人士的化缘，少年们不禁联想，问顾湘：“姐姐就是那个被化缘的施主？”

顾湘心想：那人叫檀越，你们赵老师确实喊他施主。

在关键时候沉默可是要出岔子的，卫若带头岔节奏：“你别是师母吧！”

“卫若，手机上的计步现在多少？”

少年即刻缄默起来。

原来他们的赵老师折磨人的手段层出不穷，其中一条就是，清算你今日的计步，我不管你去滚去爬，总之凑足一万步，才能回家！

三十来平方米的地方，里间有间简单的洗手间。轻钢龙骨的石膏板吊顶上，甚至有几盏灯憋掉了，顾湘顶着良心东家的嘴脸来和赵孟成交涉：“你看这里面还缺什么，有什么要维修的，都可以和我说。或者赵老师自己联系师傅，拿发票找我报账吧！”

大概是家里到底有个做生意的老爹，哪怕头一次做这个厚脸皮的房东，顾湘也是一副有模有样的“包租婆”式样。

只可惜对面的赵老师不买账，他手里的咖啡豆还在磨，一边磨一边盯她一眼，一股子“和你说话算我输”的死傲娇！

他正巧坐在一盏灯下，外面是灰蒙蒙的凛冬色，更显得室内的灯火温暖可亲。暖气里，他敞着外套，打底的那件圆领T恤还是联名款。

顾湘觉察到这个人在他的学生面前多少有些端着架子，不挤对她了，以保持他为人师表的“人设”，可惜眼神分明在劝退她，要她走？

啊！会意到这一点，房东大人故意在这儿磨蹭。东看看西瞧瞧，一时还没走的意思。

结果，赵孟成丢了个物件到她手里，是他那个一磨再磨的咖啡研磨器：“磨洋工不如帮我磨咖啡豆。”

说罢，看卫若誊好的题去了。

时下已经快到饭点，今日原本就是要大家来认个门及打扫卫生的。赵孟成做指导复习之余，要求组内学生连轴转地自行讲题分享。即大家各自在做题时遇到的难题，无论做得出、做不出，每期碰头时，大家都集中分享一道。

要求做到包括的知识点不能和前面三位同学重复，哪怕一节点。

打扫接近尾声，这期讲题者卫若的题目也誊好在白板上了。赵孟成喊学生于长桌前集合，先用五分钟自行思考解题思路。

大家拉着板凳、转椅往桌前坐的时候，一直没怎么言声的那位女生，名叫韩露的，随手把一张抹布扔进水桶里。那头，顾湘有些意外地接手了赵孟成的研磨器，还拿在手里蒙呢，她站的位置离那张长桌近，她是不想耽误学生正经复习的，思索间往外撤，正好迎面碰上了那位韩露同学，顾湘礼貌地朝对方微笑，不料对方只是垂手摘掉了两袖上的防尘套袖，并不理睬顾湘。

顾湘当下还觉得，傲娇老师只会教出更傲娇的学生，并未放在心上，一时无话。

她听着他们静默审题、研题，也自觉无声地读起题来。说来惭愧，高考过去这些年，她学过的好多知识点都还给老师了。

赵孟成是让她磨咖啡的，她倒是和白板上的答案较起劲儿了。

五分钟时间到。顾湘自然没算出来，这道题需要演算，没纸笔光凭猜她是肯定算不出来的。

场上得出答案的除了卫若自己，便是明明和康樱，还有一个男生是凭图中点猜出答案，但是没有合理推导，被赵孟成毙掉了。他说："当然你考试时搁在填空处可以得分，但今天我们以应用推导做评判标准。"

推算出答案的两个女生，都是顺向思维地去求那个中点，设了两个未知数，"由繁化繁"得了个一分为二。

答案自然是对的。

但是，赵孟成显然不算太满意，他问还有没有别的思路。

堂下鸦雀无声。

他走到白板前，右手还抄在裤口袋里，用左手拿起一支红色马克笔，没有任何言语提示地做了条辅助线。

继续沉默，由学生自己去想。不多时，室内大概除了顾湘还没悟，大家都明白了。瞬间代数转几何，思路明朗且简便。

答案是根号三。

无论是填空还是大题演算，这个逆向论证的方法都比直接去求解来得简单。学生们先前算出来的方法算是曲中求的话，赵孟成的逆向化解便是直中取。

此题告终后，今日也到解散时刻。下次正式复习时间，会在组群里提前通知。白板上没有演算过程，大家也都吸收化解了，只有站在不远处的顾湘一股子差生的自觉，她拿手机拍下了那条辅助线，打算回去自己算算看。

檀越何时到她身后的，她全然不知。

“顾小姐这是打算回去高考了？”

顾湘给檀先生吓得直捂心口，面上确实有些赧然，只憨憨地笑两声：“说来惭愧，我学的全忘了。一时好奇，想自己算算答案。”

檀越背着双手，站在顾湘身边，有意无意地打量着她，嘴上几分揶揄辞令：“不要紧，忘了可以问我们赵老师。他就这点好，从来有教无类。”

檀越是来给康樱送被褥还有吃食的。室内的学生各自收拾准备回家，顾湘也要回去了，她等陈桉过来呢，那家伙还堵在高速上。

檀越问：“顾小姐，中午有约吗？”

彼时，赵孟成正在关教室内的电灯及暖气。听到檀越邀约顾湘：“我欠赵老师一顿，也算是给康樱洗尘。顾小姐既是他们的房东，也一块儿来吧。我刚还在发愁，我们两个大男人带个小孩子去吃饭，怪尴尬的，也不知道你们年轻女生爱吃什么！顾小姐受累一次，当我请你作陪。”

说话间，头顶上的光源全熄灭了。有人从明灭里走出来，顾湘把手里的研磨器还给他，但一时没拿定主意，要不要答应檀先生的邀请。

檀越只当顾湘在为难赵孟成同不同意，连忙鼓舞：“不妨事，今天我做东道，客随主便，我想赵老师还不至于这么小家子气。”

赵孟成闻言，冷笑一声，他将研磨器的咖啡粉倒进他带过来的密封罐里，大概是存在这里喝的。收拾停当好眼前，他没所谓地赶人道："东道主，劳驾您到外面张罗请客的事，我这里要锁门了。"

赵老师也确实没那么小家子气。

檀越在拂云楼订了一桌，他带康樱过去，道："顾小姐，你就跟赵老师的车子吧，拂云楼那里停车难且贵，不开车去，我还能请你喝一杯！"

东道主安排得妥妥当当，顾湘直到摸到赵孟成副驾驶位的车门，还一副骄矜客人的颜面："赵老师，您如果不想载我的话，我其实可以自己开车去的。"

有人坐在车里，讥笑她的装模作样，或者是拆穿她："行了，你快点上车！"

他还急了？顾湘有趣地撇撇嘴，这才拉门坐进了他的副驾驶座。车里干净无异味，只有隐隐约约的咖啡味道，不知道是他俩谁身上的。

后者坐定后，赵孟成就提醒她："安全带。"

"哦。"

她乖顺听话转头去拉的时候，听到赵孟成冷冷地问她："你把那道题拍下来干吗？"

"回去解啊！"顾湘本能地答。

"解出来有什么用？"

"没有用啊。"

有人狠狠白她一眼。

顾湘低头扣安全锁扣呢，没有看见赵老师对她的鄙视。驾驶座上的人还没鄙视完，副驾驶座上的人就惊"啧"了声，原来她戴在左耳上的一颗珍珠耳饰耳堵滑了，珠子掉进了座位的移动卡槽里。

座上人即刻要去捡，她松了安全带，来回去揿电动座椅，都没找到；她又推门下车，人站在地上，身子俯进车里，来回地移动座椅，还是没发现那颗珠子。

赵孟成提醒她："你右耳上也没有。"

“因为我今天只戴了一只。”

赵孟成无语。

说话间，顾湘整个人跪坐在副驾驶座上，头埋到底下开着手机电筒在细细地找，只听见头顶上的人不耐烦地问她：“一定要找到？多少钱，我赔你算了。”

“我妈妈送我的二十岁生日礼物。我不要你赔。”这是两句话的答案。

在不远处热着引擎等后面车子动身的檀越急了，看小舅子迟迟不开车，以为那两个冤家又吵架了，还是赵孟成当真这么没风度，要人家女孩子下车？

不放心的檀越下车来看，走到赵孟成这边来敲他的车窗，看到顾小姐跪坐在他的身边，头埋得低低的……

姿势很诡异。

檀越问：“不是，你们在干吗？”

[12]

没有找到。

顾湘穿着件象牙色的军工款羽绒服，连帽很大。她埋头下去，整个帽子盖落下来，以至于起身的时候，头被领帽遮得严严实实，长发也乱蓬着。

她没听到檀越的打趣，自然也不懂身边两个男人在打什么哑谜。赵孟成横一眼姐夫，檀越才想开口说什么，就被他喝住了：“你住嘴吧！”说完，转头就要顾湘坐好，带上门。

即刻，他便拨档开车了。

这一切发生得太快。顾湘还在座位上没坐稳呢，她一边埋怨一边扯过安全带便系：“我的珠子还没找到！”

“跑不了。”

“什么？”

“我说，它总归还在车里。”小路出大路，赵孟成开车很稳，绿灯才开始跳，未到黄灯，他就早早刹车了，后面跟了辆车子直冲他们放喇叭，不是檀先生的，想是觉得他要是油门快些，两辆车都可以弯出去了。

顾湘听他如是说，也没了脾气。很奇怪，每回碰上他，顾湘都能煞住性子，她喜欢这样慢条斯理的人，喜欢这样难得糊涂的人。近距离看他的侧脸，立体瘦削，鼻梁有一道细微的挺括弧线。初一早上，顾湘和妈妈说了与赵孟成的际遇之后，妈妈给香香上过来人的经验课："香香，我不管你爸爸将来能贴补你多少家私，咱还是普通老百姓一个。老话传下来也都讲究门当户对，门第门第，这话从来没有错。你喜欢那个人也没有错，妈妈只希望你能明白，真要和那个人过日子，你不能去想那些飘飘浮浮的东西，只能去想关乎油盐酱醋的东西，如果你想着和他能在油盐酱醋里打滚，那么才算是个值得去试试的人。"

顾湘自然懂妈妈的意思，与人交，从来不能只珍重长处，更该看看他的短处。唐女士当初和顾文远决意分开，就是因为看不到后者的烟火气了，他们真真过不到一个锅子里吃饭了。

信号灯重新转绿，赵孟成这才重新起步。左右顾路况之余，他不禁瞥了眼顾湘，于内后视镜里。

主要她沉默得过于不合时宜。赵以为她还在惦记着那个珍珠耳环，只能再次出口："待会儿下车我帮你找。"

身边人总算搭话了，她回："谢谢赵老师。"

赵孟成扭头看她一眼，看她一如先前嬉皮笑脸，一时无话。

她再热络地找话与他谈，说到她父亲给她买这栋楼的缘故，以及那年机选没有获得语言能力测试的资格："不然也许我会提前遇到赵老师。"

"不会，我去教书的时候，你大学都一半读下来了。"赵孟成撇清了她的设定。

顾湘口里重复了下他说的一半："啊？那赵老师之前是做什么的？"

"杀人越货。"有人不想回答她的问题，干脆胡诌，逗小孩玩。

"那我现在就报警。""小孩"见招拆招，略微探探身子朝前，侧脸打量他，“即刻逮捕你！”

车内暖气很足，顾湘又喷了香水，丝丝浮在气息里。赵老师淡漠地会她一眼，出口的话恼人且不知：“你的香水太浓了。”

下一秒，顾湘气馁地坐正自己，不等他行动，自己降窗，大换气，冷风强灌进来，憋了她好几口气。高架上开窗不是闹着玩的，她听见赵孟成“啧”了下，最后重新替她揿回了车窗。

顾湘也不扭头看他，她是有点气。气有人不解风情，也气自己，殷勤了大半日，结果人家并不领情。

唐女士说得对，想想赵孟成也不是个能和她在柴米油盐里打滚的人，这人太傲慢又不接招，凭什么老是我逗着你呀，你当你是谁啊！

算了，好看又不能当饭吃！顾湘很想让他靠边停车，我不玩了！然后顺便告诉他，只要我愿意，愿意闻我香水味的男人，能坐满你的“复习室”你信不信！

好吧，坐满“复习室”有点夸张。但是输人不输阵，顾湘实在气，气这个男人老是给她瘪子吃。

结果，下一秒，他又读心术般猜中她的心思，为刚才的言语歉仄：“与你的香无关，是我鼻敏感。”

顾湘这才略略转头看他，赵老师自顾自开车状，看前路，并不曾回应她的目光。只是骄傲的人说些跌自己颜面的话实在有趣，顾湘想起《西游记》女儿国那段，女王对御弟哥哥说的话：“你说你四大皆空，却紧闭双眼；如果你睁开眼睛看看我，我不信你两眼空空。”

转念，顾湘又把刚才那堆牢骚，自觉撤回了。

拂云楼是S城有名的下馆子三甲之选。顾湘随父亲应酬来过，公司团建来过，自己消费却鲜少来这里。

一来店大欺客得很，贵自不必说，还很难等位。

二者，她是土生土长的S市人，并不迷信本帮菜，至今她点菜，能无糖少糖的做法，她还刻意强调这一点，比起本帮菜，她反倒是更爱淮扬菜，出差去江北，她总和同事去觅食探店。

抵达饭店停车场的时候，外面下起了蒙蒙细雨，时下还未立春，但已经有了初春的踪影，倒不是暖，而是湿，处处漉漉之意。

地上停车场，不得遮挡。赵孟成停泊好车子，去后备厢拿了把直柄伞给顾湘，落后他们的檀越也到了，顾湘下车的时候听他们郎舅二人言说才明白，他们停车的地方是饭店员工停车处。

赵孟成和这里的老板是同学并好友，今日正月逢六，日头好，饭店桌位难订，车位更是难，还是以赵孟成的名义才走得进这道后院门来。

赵老师薄怨："我总是不得清净。"

檀越连忙奉承小舅子："能者才多劳。"

赵孟成说："这话你回去多和姑姑说，剥削者都只会这句奴役言。"

檀越说他的小舅子就这点不好，他总是不受用，让人难同他相与。

顾湘莫名很认同檀先生的话，檀越见她面上有动容，连忙拉同盟："是吧，顾小姐也觉得吧！"

顾湘道："不，我不是，我没有。"

四个人站在微雨里，赵孟成也不理会他们的复仇者联盟，只叫他们先上去，康樱到底是个小姑娘，站在边上一句不吭，冻得脸红通通的。

顾湘手里有赵孟成给的伞，连忙拉康樱到伞下，再问赵孟成："那你呢？"

有人说话间，绕到副驾驶位门边："我找你的珠子！"这话不无哀怨的意味。

顾湘心里无端一掉落。哪怕他是以君子风度应付她吧，反正她是受用到了。

她更想留下来和他一起找，赵孟成却刻意赶她似的："你带康樱先上去吧，她才开始适应水土。"

"哦。"顾湘这才应下。暗忖间，她发现，其实赵老师很细心。只是碍于师生又是女学生，他有他避嫌的自觉，但真正的温柔，是一种教养且又得了后天的规训，哪怕不与他（她）知晓，都是令人感到熨帖乃至服帖的。

甫进拂云楼中庭，就有侍者来接待，也有人要替顾湘收伞，她没有应允，而是自己拢收起来，再抚平每一片褶皱，最后才套进防水的一次性伞套里。

朱栏并织花软毯的楼梯拾级而上，顾湘能闻到浓郁的酒香，新鲜且热烈，她酒量不差，也没有刻意练，大抵就是顾文远说的，随他。

眼下，她一步步上楼，目光却一步步往后看，她在看赵孟成有没有跟上来。

突然，来往的客人里，有人下楼来，端正款款的西装革履模样，他先看到了顾湘，并喊了她一声，顾湘这才收回目光来，看清来人，纪纭。

她调任前，总部在她人事调令上的最终栏签核人。

“跟谁来的？”他问她，一并看了看她前后的人。

“朋友。”

纪纭一身酒气，从答应她的调令开始，二人再无会面：“我昨天还会到你父亲的。”

“哦。”顾湘站在他台阶下口，楼梯上驻足说话，难免耽误别人，“我还有约，纪总，就先走了。”

上峰的人没有说话，倒是等顾湘走到他站定的这级台阶，手一拦，他动作太快，乃至顾湘刚反应过来，那根在她头发上的羽绒早被他摘下来了，话与他的动作全无关：“分部那边还顺利吗？”

顾湘有点气，但一时也无奈，只冷漠地告诉他明日开工。

纪纭手里还捏着那根羽毛，不无说教地知会她：“我说你意气，你偏不信。还是被你家顾文远宠坏了。”

顾湘不听知会，“噔噔”几步往上走，再听纪纭嘴上几分玩味的口吻：“行了，气过了，过段时间再调回来吧！”

真真一副好牌打烂的乌糟感。顾湘即刻拧眉，扭过头来时，已经很下脸面了，顾湘是想问他，她哪里让他误会了，以至于她给他们如此儿戏依附的错觉！

话没来得及出口，只见赵孟成一袭黑衣，信步往上来，一只手抄在西裤口袋里。挨他们近一些，顾湘才看见他衣肩上、短发里有落雨的痕迹。

原本就是彼此靠右上下楼的公约意识，偏偏赵老师觉得眼前两个人挡着他道了，他没去和顾湘说话，只是傲慢冷漠地朝纪纭："借过。"

两个男人的照面有些不对付的样子，顾湘关心地问，也切切地看着赵孟成："找到了吗？"

赵某人很寻常的口吻及面色："没有。"说罢，从她和纪纭之间挤身而过。

顾湘追着喊赵孟成，留纪纭在原地随他去。

今朝堂下评弹师傅唱的是《杨乃武与小白菜·密室相会》一段。

那杨乃武控诉："我这里情切切，你那里冷冰冰，我这虚名儿担得没来因……"

灯影憧憧，袅袅生香。前面走的人轻车熟路，后面跟的人也不问他去哪里，只跟着他。

"赵老师，你说帮我找到的！"

"我只说找，没说找到。"

"喂！"

[13]

一年春尽一年春。

佟家岁朝清供案上有一幅蜡梅图，留白处为了博个好彩头，特地添画了两个香橼。

书惠父亲上洗手间跌了一跤，师母实在没法子了，才给赵孟成打了电话，后者到的时候，社区医生也检查得差不多了。没什么大碍，只是佟老师要强了一辈子，临了要坐轮椅，还脏污到跌在厕所里，即便是在妻子面前，也实难不羞愤。

赵孟成坐在佟老师床边的藤椅上，师母倒茶来，他起身接过。茶叶在玻璃杯里泛绿且浮着，说话人举到唇边微微吹抿了口，再来宽慰老师："这有什么要紧。我们家老赵，喝醉了吐得一身都是，还不是孟校长同他去打理，里里外外都剥了。第二天，他还不承认呢，也不肯我们说笑。"

"檀越姑姑，你们都见过，是个实心眼。哪壶不开提哪壶，饭桌上劝我父亲，可不能这么喝了，难为孟校长一个晚上忙里忙外，光楼梯上就擦了四五趟呢。气得老赵跟檀越说，把你姑姑领回去！”

赵家的家常，由他们姐弟俩说出来，都尤为得不成文。师母批评小二：“你和孟晞两个都是讨债鬼！”

赵孟成和煦一笑，再告诉他们一则笑话。小时候他和赵孟晞研究过，为什么他们两个只差一岁，一个正月头，一个次年腊月尾。只差一岁在生物意义上证明了什么？证明了他们的父亲虽然彼时在省里任职，但在人丁差事上也没停着。

姐姐心眼子没有弟弟多，受他撺掇，还跑去问父母，结果就是讨了一顿打。赵孟成偏偏把自己择得干干净净，为此赵孟晞好久没和小二说话，彼时他们都喊他小二。赵孟成乐得清净，他平生最厌恶的就是在学校里赵孟晞来找他，不是忘记带书就是骗他的零花钱。

骗不到亲弟弟的，就骗佟书惠的。书惠那时最怕赵孟晞说话了，说她说话像个机关枪，你听不见她说什么，小嘴叭叭的，光“突突突”就能叫你投降了。

书惠去世那年，赵父还私底下想过把女儿说给佟家儿子的。可惜两个当事人都不同意，赵孟晞口无遮拦，说和书惠熟到这种地步，左手摸右手似的没感觉，你们快打住啊，真怕我嫁不出去是不是；书惠也说笑，兔子不吃窝边草，它总归是有道理的。而且爱情这东西，精髓就在于新鲜。新鲜人，生新鲜意。

年前，赵家姐弟前后送来许多节礼。书惠父母这些年也多得他们照拂，佟老师多次与赵孟成宽慰过，那次只是意外，谁也不想。

赵、佟二人一道去山里夜钓，回城前，书惠有些发烧，吃了几颗抗生素药，人也犯困，要赵二来开车。遇上逆向酒驾的车子，谁也想不到。赵孟成本能地自保，求生意识让他选择了左打向，事故发生得太快，书惠甚至都没来得及和他说些什么、留下什么，就这么去了。

赵孟成升迁当口出了这样的“纰漏”，原本赵、佟两家就是世交，佟父与赵孟成母亲更是微时的朋友。一时间舆论发酵，说赵家为了儿子的前程不惜重力摆平受害家属。赵父迫于压力及态度表率，这才劝停了儿子的职务，而让他去基层教育，是因为书惠。

山间夜钓那晚，书惠和赵孟成说，想去教书了。没办法，或许家里就是这个基因，哪怕父亲想书惠走仕途，但他自己不是这块料子。

当时书惠已经和赵孟成母亲谈过，想去他们一中。

出事后，赵孟成人事变动前，书惠父亲找他聊过，也觉得赵父的决定过于严苛且擅专。丧子如何不痛，但意外就是意外，连累迁怒旁人难道他们的儿子就能回来吗？换一换，倘若那天书惠坚持自己开车，他就不会自保吗？佟老师问赵孟成："假如你没了，书惠就不会痛吗？你父母就当真要书惠去给你偿命了？"

"不能这样。人贵就贵在不能既往追溯。我们不能眼睁睁看着自己的儿子已然没了，再去折磨另一个无辜的儿子。"

赵孟成真正拿到S外的录用信时，漏夜来找佟老师。二人亦如父子、亦如忘年交，他告诉佟老师，他不打算听父亲的意思回去续职了，留在学校里也不错，一来替书惠过过他想过的新生，二来他乐在其中，他自己也没想到原来他也有袭母亲的教书天分。

这样也好。去S外，教书、谋生两不误。他从来没告诉父亲，仕途这条路，他和书惠一样，并不是这块料子。书惠因为停在那里，由得父母原谅了他的"不进取"，而对赵家，这是个耻辱——赵家的儿子因为"纰漏"一蹶不振。

"他所谓的荣光，只在他熟稔的套子里。"

正值饭点，师母问小二吃过了没。

赵孟成并不生分，告诉二老，从饭桌上下来的，没来得及吃："佟老师，就看在我饿肚子也要来看看您的分儿上，今天这桩意外就揭过去吧！"

佟父去年查出了小中风，日常行动不便的时候就坐轮椅。人在终老的路途上，总有许多气馁败兴的事体，为人子女的，实难转圜之下，也只得耐着性子陪着他们。这是书惠该做的，也是赵孟成该替他做到的。

等佟老师歇过神来，赵孟成问他："怎么样，身子还适意吗？我带你去洗个澡、擦个背？"

在家洗总归没有下浴汤泡泡舒坦。佟老师病前是个最讲究"皮包水、水包皮”日子的细致人，现如今，也只有赵孟成过来的时候，他才愿意出门去浴堂子。一来，得有人细心照看着才能去；二来，他轻易不肯在人前露怯。

只有赵孟成。只有他事无巨细能把佟老师伺候好了。师母怪罪他：“都是你惯的。”

“那师母您在家收拾收拾，我带佟老师去澡堂洗个澡，回来的时候，希望能吃到热腾腾的黄鱼面。”

黄鱼面管饱，赵孟成把佟家这边安顿好了再离开的时候，外面已经夜幕四合。

微雨笼着薄烟，雾一般萦绕在人间里。

他人坐在车里，降着车窗在抽烟，赶疲劳。檀越给他打电话，问他事完了吗？

“嗯。”

“你倒是在家里也做做孝子呀。”檀越批评他。

赵孟成并不理会他的讥讽，夹烟的这只手，食指屈一屈，来抓眉间的痒，或是不耐烦，嘴里漫不经心地问着对方：“你们吃完了？”

“赵老师，现在几点了？十顿饭都吃完了好吗？我不管啊，我是请过了，你坐上桌了还跳票怪谁！”

赵孟成再吸一口指间烟，吞吐间，是难得受用的口吻：“我没说怪你啊。”他想再问点什么，好像又无从问起，“好了，挂了，要开车了……哦，对了，你送你初恋家的女儿回去了吗？”

“赵孟成你不提这茬儿能死吗？能死吗？”

“警钟长鸣。”某人浑不懔，一边抽烟一边讥诮道。

“我送了，连同你那个‘赵老师长赵老师短’的顾小姐也一同送回去了。”檀越是什么人，都是千年的狐狸，你给我在这儿玩聊斋呢，“你想问一嘴顾小姐就正大光明地问，给我绕什么弯子！”

有人拒不承认：“我绕什么，我只是突然发现，她那个珍珠我找到了。”仅此而已。

檀越干脆配合着老公子：“哦，那么赵老师快去还给人家，那是人家二十岁生日，妈妈送给她的礼物。那年妈妈生了场病，怕有什么三长两短就提前买了份礼物给她。还蛮有意义的纪念品，你给人家找到了，也算一场功德。阿弥陀佛。”

赵老师的重点是：“你怎么知道这么多？”

“那丫头发朋友圈了。”

“不是，她发朋友圈，你又怎么……”哦，他们互换了微信。还真挺自来熟，和谁都不生分。

“我加了她……”

檀越话还没说完，就被小舅子直接挂断了。

一言不合就挂电话的赵某人当真去翻朋友圈，翻到了顾湘那条做作的言论，心生鄙夷，想评论她，或者直接给她发信息说，找到了，别悼念了。

鄙夷之余，赵孟成去摸自己的裤口袋。其实他找到了，只是碍于某些原因，他没第一时间告诉她。

可是，眼下……有点不祥的预感……

赵孟成掏了掏他的右裤口袋，他记得是放在右边的，结果两边包括外套口袋都翻了，都没摸到。

“翻车”的赵老师干脆丢掉手里的烟，再认真翻了遍自己身上的口袋，包括车里，心里咒怨着，和那个丫头有仇，还是她的珠子有鬼，长脚又跑了！

他不放心，又回了佟家。问师母有没有拾到一个珍珠式样的耳环。师母陪着他通家又找了个遍，哪里有，豆子大的东西，哪里那么好找。

况且他还背佟老师出去过一趟，这一来一回的轨迹……

那倒霉催的珍珠，算是找不着了。

有人聪明反被聪明误似的沮丧，重重叹了口气。师母问他：“很重要的呀，送给女朋友的？你谈对象了？”

赵孟成无言。

高三开学第一天。

赵孟成带的是高一班，还有一个星期的假，但是教研组、行政例会他都得参加，三月还有二模联考研讨会，师徒结对也要开会讨论分组。赵孟成这学期带两个徒弟，年前他准备了许多教案资料。其实搁“赵孟成”本人，他觉得这种师徒结对实在没意义：“我怎么教是我的事，你学不会也没必要跟我学，带什么徒弟！”作为孟校长的赵母听到这话，每回都有要把他拖出去乱棍打死的愤怒：“你注意你的言行，你要对你的每个学生、后辈负责，赵老师！”

所以作为“赵老师”的他，就得认认真真准备结对资料，他自己备课都没这么用心过。

文山会海的第一天，赵主任心情很不好。实习的两个老师都看在眼里。其中一个女老师姓宋，马上研究生毕业，年纪看上去还要再小一点，看赵主任板着一张脸，又时不时扫她一眼，连忙自省：是不是今天妆化浓了，在赵主任眼里显得很不庄重?

小宋老师下午直接擦掉了口红，耳朵上的佩戴也全摘了。

次日中午，赵孟成给康樱发消息，让她吃完饭来一趟他的办公室。赵老师关怀地问了几句康樱，刚借读到新班级有没有什么不适应，要尽快调整之类的话。

康樱乖顺地应答。

临放她去之前，赵老师拿出一个封好的纸盒，手机外包装尺寸大小，要她转交给顾湘。

康樱问：“哦。那赵老师我怎么跟香香姐说啊？”

“不用说。她自己会看的。”

“哦。”

“去吧。”

话是这么说，赵老师的“赔罪”过去三天，都没收到对方的回信。

是接受这份补偿，还是无济于事，都没给他个反馈。

有人合理怀疑，她到底有没有看?

Chapter 05 灯

[14]

自然没看。

第一天上班顾湘就出差去了，被总部临时捉壮丁。她之前负责的项目，客诉搁浅了一个多月，中间跨了个春节，上班第一天，纪纭就发火了，勒令原参案的业务人员随他一起去客户端检讨。

顾湘去分部报了个到，就回去收拾了轻装行李出发了。

原先在总部的时候，顾湘和张黎走得近，这才让后者钻了空子。借着陪纪总谈生意、上酒桌的便利，结识了顾文远。这里面的事情还是纪纭的秘书告诉顾湘的。朱秘书自打结婚生了孩子后，不怎么得老板亲信了，因此朱姐也和老板隔了层心思，她觉得这男人过于凉薄，以及多多少少物化女性，认为女人始终难平衡事业与家庭。朱姐知道顾湘与纪纭的裙带关系，也知道顾父与纪纭的交情，放这道冷箭从头至尾并没置喙老板的意思，而是见不得张黎这样。

顾湘当初听后，没多大发作。只冷笑，不新鲜，她还是孩子的时候就已经见过这些把戏了。

所以，她当初找张黎谈话，一半冷漠一半理智，冷漠于他们的行径，而理智告诉她，这件事情别再声张。

去分部是自己的决定，但在有心人或者多心人看来，顾湘就是在意气，耍恃宠而骄的脾气，逼纪纭做一些授人以柄的决定。

事实他确实做了。纪总找张黎谈了一盏茶的工夫，张黎出来就引咎离职了。

年后第一天，早不早晚不晚的，纪某人点名发难顾湘，多少双眼睛不用盯，很多意思就已经昭然若揭了。有酸讽笑话的，有捧着杯子纯看戏的，但都统一战线地认为，自然是女方和男方有点什么，什么都没有，男方能这么大动静地发脾气？

要知道他们的纪总可是有家室的，哪怕处于分居阶段，这也是妥妥的越轨行为。

这世道就没有清者自清这一说。真正的清白，要么死在自清的路上，要么死后给你一道贞节牌坊，可悲又可笑。

全程被编排、扣上“小三”“鸠占鹊巢”帽子的顾湘，还全然不知总部茶余饭后在拿她做谈资，也不管这大过年的，纪纭乱发一通脾气到底是给谁穿小鞋。身正不怕影子斜，她不是张黎，断不会贸然引什么咎、辞什么职。

客户工厂那里停顿了两日，第三日，新样品也算达到了客户新尺寸的公差范围，团队总算可以回程。是日农历节气正好是立春，薄暝的天际里，远远滚着春雷。

顾湘来例假了，连日的加班，有点伤风，鼻塞着难受地缩在MPV车子的尾座上，拿下工厂穿的工衣蒙头盖着，在车子的呼啸颠簸里，沉沉睡去。

车里连同司机总共五个人，但是等顾湘觉头睡过来，扒拉开脸上的衣服，才发现身边的同仁都不知什么时候下车了。车子早已抵达S城，夜色蒙蒙里，顾湘搓搓脸，用哑哑的声音问司机师傅：“到哪儿了？”

副驾驶座上的人问：“你要到哪儿？”是纪纭的声音。

为了让下属坐得自在，回来前他自觉坐在副驾驶座上，这时，二人隔着中间一排说话。

顾湘没甚所谓地坐直自己：“随便放我下来吧。”

纪纭听笑话一般冷嘲热讽：“这话不老实。”

顾湘对这种吊着人三分胃口的话术从来不上心，你说不老实就不老实吧，随你去。他反正是老板，送下属回家也没什么不能够的，索性，她继续睡，只是关照司机师傅，去夏蓉街。

偏偏这一送，送出了好大一锅祸事。

司机师傅只晓得去夏蓉街，却不知道这片区域是个井字格的四季街格局，夏蓉街作为主干道，又有两条分干，他将车子停在了77号的东支路上，也就是门市街上。

MPV停泊起来也霸道，老司机做派，捎带在一辆黑色雷克萨斯的南面一点点，顾湘人还没下车就认出了是谁的车子，他们今晚要复习哦！

她急急地下车，再去后备厢处拿自己的行李。嘴里只是念念有词，同司机师傅说：“辛苦了。”

副驾驶座上的人坐在车里，不远不近的距离，正好可以看到门市里的光景。才过去几日而已，哪怕一面之缘，纪纭都记得里面那白衣黑裤的男人是谁！

转念，副驾驶座上的人就推门下车了。手劲儿大了些，或者他这个人就是这么眼睛长在头顶上，车门推得过开，“砰”的一声，抵在边上雷克萨斯的驾驶门面上。

车尾的顾湘闻到动静，俨然一副她是车主，刮花的是她的车子一般警觉，嘴里差点爆粗：“纪总，你碰花了人家的车子啊！”

始作俑者很没素质地不理会这茬儿，只叫司机把车里供应商送的东西拿出一些来：“蟹塘里的存蟹和一些冻菱角，给你尝尝。”

“不用了，谢谢。”她说着去检查黑车的损失面。

“顾湘，你这是和你爸闹别扭呢，还是和我找不痛快呢！”纪纭微微昂首站在半明半昧的灯火里，他犹记得顾文远这女儿是多大的脾气，十七八岁那会儿见她就这样，父女俩不像父女俩，倒像个债务关系，女儿无疑是讨债的那一方！

事态终究往顾湘最厌恶也最恶俗的那一端急速崩塌，她猛地一摆头，想刀剑割首般同他说清楚，你别和我腻歪，你把我想成那种离了男人就不能过的女人就错了主意！

结果，晚了一步。

楼与楼之间都有条夹巷，方便东西两面互通往来。有些人家甚至还在夹巷上方做了遮挡雨棚，唐女士从那黑洞洞的巷子里走出来的时候，着实骇了顾湘一跳。

“你怎么来了？”

唐女士为什么来呢？她自然是摁不住八卦心，趁着今天晚上有闲落，想来看看香香把这房子收拾得怎么样，她说租给一个女学生，当妈的到底有些不放心。

查岗也好，关心也罢，她总之要来看看。

才到西边住户那边，关门落锁的，她碰了碰门搭子。刚想给女儿打电话，听见东面有人声，她就顺着夹巷过来了。这不过来还好，过来一看，倒是给她碰上个大新闻。

那纪纭是谁？唐文静再跟不上前夫的眼界，也晓得他那生意窝里的男人，有几个是简单角色！

大晚上的，一男一女站在夜里头，能有多少公务说？

"香香……"唐文静喊了声女儿，再作势惊讶地发现了纪纭，"哦哟，纪老板呀，难得会到你。"

纪纭见是顾文远前妻，热络地回应："顾妈妈，你好。"

唐文静在心里狠啐这个人，他一个快四十岁的男人，脱口就喊她"顾妈妈"，难为他有张厚脸皮。唐女士很不受用。

寒暄之间，才知道香香出差了几天。说着，老母亲一把抓着女儿的手，看似怕闺女冷，替她焐着："我听顾文远说过的，我们香香这几年得亏有纪老板照拂。她啊，跟着我不比跟着她爸爸，我总归是要上上发条的，姑娘家自己不尊重，就别指望别人来尊重。她那爸爸你也知道的，野马野惯了，我现如今也管不到他头上去，我只管好我自己的女儿，将来她嫁个知根知底的人家，踏踏实实过日子，我也就能闭上眼了。"

被抓着手的顾湘知道妈妈误会了，连忙劝她："大正月里呢，什么闭不闭眼的，快'呸'掉。"

"你让我省点心，我就晚一点闭眼。"

唐女士各种"内涵"，紧接着又下逐客令："今天是晚了，我一个妇道人家也没什么好招待给纪老板，改日我叫他爸爸请。"

纪纭自然要说些客套话："不必了。"

唐女士不紧不慢："要的要的。她爸爸当初把她托付到纪老板手里，也是想着跟着你们这些长辈学点人情世故、眉高眼低。"

聪明人之间过招，招招致命。那纪纭听说过顾文远前妻的厉害，今日也算真真领教了，不多时，便灰溜溜地扬长而去。

车子尾气还没过阵仗呢，唐文静一把甩掉顾湘的手，就站在门市口的台阶上狠批顾湘：“昏头了，还是骨头轻到没斤两了？你爸爸身边的人你还不晓得，纪家这个最是个花花公子，那头还有个老婆没离呢，怎么，日子过得作死作淡，要去给人家当小的，当二婚太太了？我把你扔进大河里都不给这种男人糟蹋。”

“你现在就给顾文远打电话。我问问他，是不是他允许的，允许他的那些酒肉朋友来接近自己的女儿，还是要把自己的女儿卖了，来谈他的狗屁生意！”

唐文静口口声声道：“你敢同这种男人有瓜葛，从今以后别登我的门！”

声音有多大？隔壁那户的杜宾犬都跟着叫了，一副不太平的警觉。

骂人的人，不经意一回头，就看见赵孟成站在不远处的室内灯火里。

唐女士下意识明白了，这个男人就是顾湘说过的指导老师。

隔着点距离，她又有点眼花，只囫囵有个轮廓。经验人看过来，算是个自持稳重的性子。

顾湘气得呀，当着妈妈的面，把那些螃蟹和菱角扔进了对过的垃圾箱里：“满意了吧！我还不至于，不至于要去做人家的二婚太太。”

“你总是这样，这样不分青红皂白，不分场合，三分颜色就要人命的强势！”这话严重了，很多年了，很多年顾湘没这样怨怼过妈妈了。

唐文静更气，气一腔热血全为她，她个讨债鬼还不知好歹，要命啊：“你现在活脱脱你爸爸的样子，贼喊捉贼你知不知道！”

顾湘不想说话，多一句都是错付。径直归家，母女俩从夹巷里穿过往西边住处去了。

只是说出的话，像那炮仗的余烬味道，久久难以弥散。

手机里的计时器跳响了，今晚的随堂考也到时交卷了。

赵孟成叩叩桌案，叫停大家，陆续交卷。

今日周六，他拨正腕上的表，看看时间，说今天就到这里。老规矩，各自回家，到家后在群里发地标打卡。

卷子明日出结果，发电子档给大家。下周来的时候，交订正卷并系统讲评。

时近晚上九点，韩露趁大家七嘴八舌收拾书包的时候，抱着一批讲义来问赵老师题目。

赵孟成说："太晚了。发截图给我吧，回头回复你。"他要求大家尽可能结伴回家。

韩露挨着赵老师的桌沿，娇滴滴的口吻："赵老师，我今天能搭你的顺风车走吗？"

堂下除了康樱就住这里，七个学生要各回各家，赵孟成的规矩，半数通过才算过，他便问："还有谁跟我走？"

明明到底大一岁，她也懂赵老师的难做及男老师的避嫌，忙举手："我！"

那厢卫若听到学姐要坐，也厚脸皮地跟着要坐。

这一吆喝，四个人要跟赵孟成走。他这才应允了。

车里，几个学生比街道办妇女主任还八卦，说起房东姐姐的新鲜事故："刚才是被妈妈抓到正着了吗？"

"第三者……"

明明骂几个男生嘴碎："你们贱不贱啊，瞎议论人家是非，你哪只眼睛看到人家是第三者！"

"在明明德。"卫若知道学姐名字的出处后就老打趣明明，"你头顶上有光。"

"滚。"

就在大家准备输出第二波"人体弹幕"的时候，赵孟成一个急刹，害后面两个男生栽冲出来好多。大家这才意识到老赵心情不好，车里低气压集聚。

卫若识相地在嘴边做了个关拉链的动作，集体息声，直到下车去。

明明是最后一个下车的，明父认识赵孟成，下车去前，明明才从包里掏出一盒上好的铁观音："赵老师，这算不算明目张胆地送礼啊。我爸坚持要我带给你，我一直没找到机会，今天可算拿出来了……"

赵孟成爱喝铁观音，明父别的也不敢张罗，晓得赵不会要，只能想到这些近乎礼数范围内的问候了。

“这好歹是茶叶，要是你妈做的包子馒头啥的，你不得捂馊了。”

听到赵老师这样说，明明才松动了些，笑了笑：“我爸说了，朋友礼，不是师生礼。”

“嗯，小点声。别让我的行车记录仪听到。”赵老师的玩笑从来都很别致。

明明去之前，杀了个回马枪。此时不是师生，是朋友家的后辈，她问：“赵老师，你今天不开心是和那个房东小姐姐有关吗？”

“回去早点休息，你最后一道大题思路错了。”

“啊？您这么一说，我还怎么早点休息啊。”

脑力工作者大抵都爱苦涩或回甘的东西。

赵孟成是学校里出了名的黑咖啡和浓茶爱好者，碰上开会，他烟瘾犯了又不能抽的时候，便习惯泡一杯黑咖啡或者浓茶搁在手边。

和他交好的历史组齐老师，回回能被他的咖啡熏到还魂。

这种“资深咖”，从来没有晚上喝咖啡或者喝茶睡不着一说。

只是今晚一杯好茶沏坏了，酽且不说，茶色出得也不好。

赵孟成在书房改几个学生的试卷，题是他出的、编校的，审阅起来很快，不多时就剩下最后一张了，手机里冷然进来一条短信，来自顾湘。

“珍珠耳环很漂亮，谢谢。不好意思，出差几天，刚看到。”

两分钟后，又进来一条。

“今天晚上的事让赵老师见笑了。”

再一条。

“我老板碰花了你的车漆，我替他赔给你吧。”

下一秒，顾湘就发来了转账。

赵孟成搁置了手里的笔，笔帽不知何时滚到地板上去的，他也没有捡。看着手机里陆续进来的微信，他没有及时回复，只是思忖片刻，点收了她的“赔款”。

他言简意赅地回复：“谢了。与顾小姐平账了。”

两清的意思。

消息发过去后，对方许久没有回复。

时近夜里十点了，赵孟晞那个老小姐还在蹦跶，她给老公子打电话，说约了朋友吃夜宵试新酒，顺便吃醉蟹，问他要不要过来。

“怎么，阳澄湖今天存货的螃蟹都爬出来了吗？”

那头不明就里：“赵孟成，你个臭人！”

[15]

我说你好，你说有多好？

顾湘说，赵孟成就是这种随时随地能把天聊死的人。

所以，她不玩了，撩不动的男人，取你的西经去吧！

然后她“脑洞”新奇地给他们讲段子，话说三藏掉落通天河那一回，众人问徒弟们，三藏老爷呢？猪八戒说：“不叫三藏了，改名陈到底了，陈（沉）到底了。”

陈桉笑死：“你这妥妥的‘脱粉回踩’！”

“不玩了，老男人念他的经去吧。”

陈桉对此嗤之以鼻：“通常女人的这些话，听听就好。要分手！要离婚！以及你眼下的不玩了！呵，你信不信，屁还没过臭味，你再见他，又是……”

“又是什么？”

“狗改不了吃屎。”

“陈桉，你说我是狗！”

“我说先爱的那个是狗。”

扎心。

爱情里从来没有根本意义上的平等。总有一个人在高处，一个人在低处，上帝造人时就决定了这一点。所以陈桉轻易不叫自己去低处，合则来、不合则散。

还有，别动辄就去想天长地久，你先平安度过三个月的热恋期再说。没准，多巴胺还没烧到第一百天，你们已经死在第九十九天的晚上了。

“你这些话，给唐女士听到，要命了。”顾湘想起那晚唐女士把顾文远召到夏蓉街那里，前夫妻俩在楼下吵得呀。

顾文远一口咬定，他不知情，又说，纪纭那厮是个狗贼，他想我女儿，怕不是魔怔了！

唐文静才叫人来的，气得要他滚，又要顾湘当着他们的面保证，和纪那头毫无瓜葛。

顾湘说：“我不需要和任何人保证。我只说，我不会介入别人的婚姻，因为我深谙这其中的痛苦。”

一针见血，也见血封喉。

厅里顿时鸦雀无声。顾湘说累了，你们是各自回去也好，或者留下来各自宿一夜也罢，总之，今日到此为止。

等顾湘回到自己房间的时候，才发现梳妆台上有个纸盒子，问了康樱才知道，是赵老师送给她的。他那天说过，要赔给她的，因为是在他的车上丢的。

顾湘是初七出差的，礼物是初八给到的。康樱当时已经知道香香姐出差了，只是木头丫头听赵老师说她自己会看的，就没提顾湘出差这茬儿；回到家里，礼物搁置在案台上，也没发短信转告顾湘这一头。

顾湘当然不会怪一个还在读书的孩子。她和陈桉说，她怪缘分，时机不对，阴错阳差。还在赵孟成面前出了那么大一个丑。

有时候你不得不承认，缘分真的很重要。

整理心情，给他发短信吧，也是冷飕飕的只言片语。顾湘气馁极了，看到赵孟成那样回复，她当即就扔了手机，你爱谁谁吧！

“家明”听到这里，不禁发问：“不是，你老板碰花的车子，你干吗要去替他赔？”

顾湘被“家明”问住了。

陈桉的男友换得过于频繁，频繁到顾湘有时候还没记住他们的名字，就分手快乐了。碰巧，这其中有一个男生叫家明，亦舒小说里总有一个家明，顾湘就在私底下给陈桉的男友取了个代号，统称家明。

这一次的家明是个弟弟，弟弟嫌弃顾湘乱大方：“你替一个男人付另一个男人的账，姐姐，你到底向着哪一边啊？”

顾湘道：“我……”对啊，我到底向着哪一边啊！

弟弟道：“直女不配拥有爱情。”

陈桉踢男友：“会不会说话！瞎说什么大实话！”

然后，两个人笑成了一团。

顾湘拿手里的薯片掷这对秀恩爱的男女，嘴里依旧说着自洽的逻辑：“那是因为他的车子确实被碰花了呀！”

陈桉道：“那么我问你啊，赵老师替他前女友来赔你的车子，你怎么想？”

顾湘“暴毙而亡”。

家明今晚约了他的朋友，介绍陈桉给他们认识。

一行男男女女坐下来，顾湘就像个孤独鬼开始游魂起来，倒不是自己不合群，或是人家不带她玩。

一个比她小两三岁的男生坐到她身边，喊她湘湘的时候，她客套极了，比应付客户还难熬。

所以说，心思这东西，即便捉摸不到，它依旧是最主观且客观的一杆秤。

这也是所谓的不怕不识货，就怕货比货。

同样是皮囊，同样是声音，老天爷到底不公平，有的人他就是生得一张好面孔，讲得一口好腔调，他不一定是最好的，偏偏就住在你的审美上、喜悦上。

以至于，你看身边人、听身边声，算了，不对付就是不对付。

一场朋友局，顾湘推脱明早有会，先撤了。临走前，她和陈桉打招呼，再哥们儿义气地拍拍好友男友的肩膀：“再见，家明。”但愿下次聚会你还在。

她原本就是来找陈桉喝酒的，自然没开车。打车回去的时候，司机是个话痨，说他这辆车子买了没多久，当副业做做网约车的，又问顾湘是不是刚下班，是回家吗？住得好远啊！

顾湘从包里翻出AirPods，推脱自己有点晕车，并不想说话。再佯装给男友打电话，告诉对方已经上车了，报了车牌号码，嗯，半个小时后见。

司机乖乖住嘴了。

时间不多不少，离她说话过去半个小时后，她果真抵达了。

配合她的“剧本”的巧合还有，家门口泊了辆车。于是，顾湘下车时，估计那司机当真以为她的“男友”依约在等她。

这些都不重要了，重要的是，顾湘隔了几日再见赵孟成，诚如陈桉料定的，狗改不了吃屎。

他的车子泊在小院门口，人站在车外，不多时，康樱出来。

顾湘一步步走近他们，才明白，赵孟成是来给康樱送代煎的中药。

先不论这其中有多少前情是她不知道的，单一点，这个老师未免也太二十四孝了吧！

顾湘在边上，“嫉妒”使她面目全非。

康樱木木地谢过赵老师，也请赵老师转达谢意给檀叔叔。两厢交接清楚了，赵孟成就要康樱进去了，他们自然都看见顾湘了，康樱还和顾湘打招呼了。

房东小姐一袭白色羊绒大衣，背着个千鸟纹的口金包，长发散着，面上的妆容雾面妩媚，一看便知是游戏而归的慵懒。

顾湘笑着回应康樱，后者见她有意无意地审视着赵孟成，不知是识趣还是害羞，径直归里了。

明日元宵节，入春了，依旧有冷冬的肃穆，但抬头望，今晚的月亮已经很清明了。

顾湘继续往前走，赵孟成自顾自拉门往车里去。

“赵老师。”她站定在他车前，车里的人降下车窗望她，空气里有淡淡的木调香气，仿佛久而久之，能成为她的一种辨识度。

风将薄薄的酒气送进车里。顾湘问他：“有点事和你说，请你喝杯茶，你肯不肯？”

赵孟成不说话。

“我记得你说过，合约转嫁给你，赵老师出于补偿，多给我一个月房租的。你没履行。”

她冷冷的，一副生意人嘴脸。

忽而，赵孟成微微探出点头来，顾湘能嗅到他身上的烟草味，听清他的话是："那最后一个月的押金给你了。"

顾湘努努嘴："空口无凭。"

赵孟成问："那么，你要怎么样？"

顾湘双手背在身后，手上提着自己的包："我要你……"她故意说话大喘气，"写一笔给我。"

车里的人冷冷地笑了声，鼻孔出气那种。路灯只照见他一半面孔，瘦削、分明。

"赵老师不进我的屋子，是避学生的嫌，还是避我？要是避学生可以理解，避我就算了，我是个成年人，又不要你负什么责咯。"这话她是俯着身子朝他说的。

说完良久，都不得对方回应。

顾湘眼睁睁看着他坐在驾驶座位上，摸出一根烟，划火点燃了。她没有避让，车里的人也没有提醒她，一口烟从气息里逸出来，更像是吐到她脸上来似的。后者怪罪抽烟人，没风度，赵孟成反过来说教她："你一身酒气冲到人脸上怎么没自觉。"

"哦。"顾湘这才意识到她身上酒气很重，说罢就翻包，她站在原地，翻箱倒柜般从包里找出一条漱口水，撕开锯齿能闻到是橘子苏打味。

院子里有个洗墩布、接水管的池子，顾湘含漱完没地儿吐，她还特地折回院子里，吐在池子里才算完。

她再跑出来，脚步很利索，丝毫没有喝醉的痕迹。

她继续她东道的热情："怎么样，我请你喝茶，或者咖啡。"

顾湘还记着那日帮他磨咖啡豆。

"放心，你学生在，我不能把你怎么样！"

"赵老师，我拿我的体重发誓，我并不是个随便的人。去年平安夜，那样跟你要微信，是我平生第一次和男人搭讪……"

车里的人冷觑她一眼，整个人坐在薄薄的蔚蓝色烟雾之后："体重也可以拿来发誓？"

他没有否认或者质疑她说的话，显然彼此都记得那晚的事情。而眼前这个男人似乎骄傲地拿定主意，顾湘不提的话，他权当没发生过。

“当然，你不知道女人的体重比命还重要？”

好冷，顾湘说着，在冷风里袖着一双手，高跟鞋连跺了好几次地。

清凌凌的马路上，只有这两个人。

月亮跌在一隅水塘里。

[16]

赵孟成终究还是下车了，答应房东“写一笔”给她。

他给车子落锁的时候揶揄顾湘：“倒也不必拿自己的命发誓。”说着，把车钥匙落进自己的外套口袋里，垂眸看眼前的人，像是玩笑又像是刻意说教，“大材小用。”

他的影子在她的脚下，顾湘得微微仰首才能看清他的形容。她是个绝对爱风度不爱温度的人，眼下她其实穿得很单薄，明明很冷，却依旧在冷风里和眼前这个男人逗闷子。

“赵老师，你看金庸吗？你猜老爷子小说里，我最爱哪一个武侠角色？”

“不想猜。”赵孟成看她冻得牙关都有点发抖了，“你冻死在这儿，明天你爹妈来收尸，别赖上我。”

“哈哈。”顾湘回嘴，“拜托，还没过正月半，赵老师有点年关期间起码的礼数好嘛，死啊活的。”

“少啰唆，你还要不要写一笔了，不用了，那就再会。”

“要！”顾湘好不容易哄人下车，她不会这么轻易放过这次机会。好友说得对，管什么天长地久，先管好此刻多巴胺的骚动吧。

瞧人多自私、狭隘。一个小时前，她对着那些男生，心里毫无波澜。而此刻，她扪心，很确定，跳得热烈且积极。

玄关处，顾湘找了双男士拖鞋给赵孟成替换：“新的。因为我爸会偶尔过来，我替他准备的。”

台阶处还有好多未拆封的快递，她说：“搬家搬得急，我妈那边的生活用品我也懒得挪过来，所以就在网上买了新的。”她话家常般给客人解释眼前的难落脚，也不管客人愿不愿意听。

主人坐在玄关凳上换鞋，客人站着，早就换好了，居高临下地看着她摘自己脚上的高跟鞋。室内有地暖，顾湘脱了大衣，里面穿着黑色毛衣和一步款的短裙，腿是光着的，只是为了穿鞋方便，穿了层丝袜，女人的审美是遮瑕，男人的视角就是光腿。

她和上次一样，坐在玄关凳上，给脚上套一双棉袜。有人纯属好奇：“你既然这么不怕冷，都进屋了，你反倒保暖起来了，不是很矛盾吗？”

“不矛盾呀。我穿皮鞋不喜欢穿厚袜子，也不好看，回家了就怎么舒服怎么来啊。”说着，她套好一双厚袜子，趿好拖鞋，蹦着站定到赵孟成面前，剔了高跟鞋，她又比他矮了一截下去。

因为她冒失的动作，赵老师不禁往后退了退，挤歪几个快递箱子。偏偏他面上还是一副波澜不兴的样子。

顾湘莞尔，突然想起刚才在外面没说完的下文：“是张翠山。张无忌他爹。我最喜欢的武侠人物。”

“能文能武，铁画银钩。忠孝节义但不迂腐，对同门、对恩师、对义兄、对妻儿、对六大门派所谓的正义围剿，他实在两难全，但也不忍心去追究发妻，才在痛苦难当之下，选择一人做事一人当，横剑自刎了。”顾湘说，她喜欢这样剑胆琴心又有软肋的男人。这样的人，得之视为知己，失之也能像天上的月亮，记一辈子。

赵孟成两手抄在裤口袋里，对顾湘这般的书外人生观表示难得认可，只是他劝她：“最好别轻易记一个人一辈子，过去的人不应该绑架你后来的人生。”

“所以在赵老师的人生观里，‘一遇杨过误终身’是不值当的？”

“没什么值当不值当，有人打自然有人挨，如人饮水的事，强辩没什么意义。”他这话前后矛盾，前一句豁达，后一句又拘谨起来。顾湘其实很想顺着这话头，问问他，赵老师是有什么现实感悟做结论吗？转念，又作罢了，他这个年纪，当真一张白纸才可怕。

玄关墙壁上，顾湘才挂了幅装饰画，是陈桉送的。画师应该是仿的

《骷髅幻戏图》，总之是很概念化的新中式工笔画，前几天唐女士来的时候，差点吓着，她怪香香怎么挂个骷髅头在门口啊。

顾湘便说，镇邪呀。

眼下，赵孟成看了眼，没说话。他非但没被吓着，还细细打量这画。顾湘请他进里的时候，他伸手扶了扶那桃木裱的画，有点歪了。

他应该有点强迫症。顾湘看他换下的鞋子，鞋头也归得齐齐整整。

主人下意识琢磨起来，她的房间绝对不可以让这个男人看到，“龟毛症”男人没准掉头就走！

厨房里微波炉“叮”的一声响，是康樱在温药。她听到赵老师的声音了，从厨房里出来，手里端着碗，怯生生地要上楼去，嘴里还不忘转告顾湘：“香香姐，你妈妈晚上过来了一趟，冰箱里有给你带的好多吃的。还有明天过节的元宵，要你记得下着吃。”

唐女士还有一句嘱咐。

“说什么了？”

“说要是你太忙就别回去过节了。”

“她这是拐着弯让我回去呢，哼，别理她。”说罢，顾湘要康樱帮着吃冰箱里的那些东西。

视线再回赵孟成脸上的时候，他的目光很奇怪，像注目更像盯人，顾湘只当他觉得她娇纵了，二人一时无话，况且还有他的学生在，气氛怪怪的。那什么，哦，对了，签增补协议。

她把人哄进来，是有正经事要办的。

电脑和打印机都在楼上，顾湘说去楼上写：“赵老师，你随便坐。”

餐厅边柜上有胶囊咖啡机，也有各种玫瑰花茶，绿茶只有一罐明前龙井，还是去年顾文远给她的，新茶都放陈了，今年的还没到时令。

她问客人喝什么。

养生壶里注进纯净水等着烧开，赵孟成要她不必客气了，他喝杯热开水就行了。

顾湘以为他怕天晚了，喝茶睡不着：“那喝这种玫瑰茶吧，我时常喝的，还不错。”

对面的人，只能客随主便了。

其实这张增补协议可有可无，顾湘也晓得赵孟成哪怕只是口头允诺，也不会有翻供一说，可她偏就要拖住他，拿一些所谓的生意或者仪式感。那句话怎么说的，有些事情，假着假着就真了。

她在房间里倒腾的时候，康樱才告诉香香姐，今天她上早自习的时候，血糖过低差点晕过去。康樱来S外借读也是饶了赵孟成的面子，学校便第一时间通知了赵主任这个紧急联系人。

十七八岁的女生，备考压力大，康樱原本就有点营养不良，例假来了又迟迟不走。

校医这才建议赵主任，带这个孩子去医院做一个系统检查。

檀越有公务出城了，这桩老妈子事务才又落到赵孟成头上。去医院检查是赵孟成托手下实习女老师陪同的，但中医院开了些调理的药，是赵孟成特地去代煎了些再给康樱送过来的。

顾湘听到这儿，真是好奇极了。

打印机吐出那张增补协议，她即刻跑到楼下去了。带着热度的纸张给到赵孟成，她问的话却和纸上增补的协议无关："赵老师，我有个很严重的问题，问你！"

赵孟成的视线从白纸黑字上移开，手边的玫瑰花茶还是他自己泡的，主人毫无待客之道。

"你喊檀先生姐夫，也就是说，你有个姐姐。你们待康樱这么好，莫不是，康樱是你姐夫的私生女？你这么做，你姐姐知道吗？"

八卦是女人的天性。探究八卦更是女人的天性。

顾湘补充说道："别怪我多嘴啊，要果真是，你们又果真瞒了你姐姐，那这桩生意有好多公序良俗上的不该啊，我这房子已经被冤大头过一回，你们可别再害我一回。"

顾湘一直给赵孟成那种家里宠惯了，衣食无忧的本地女生印象，眼下她的一句公序良俗，倒是叫赵孟成搁下手里的纸笔了："不是。"他回答她第一个问题。

至于第二个，他姐姐知道吗？赵孟成却息声了。

"所以，你们为什么要瞒着你姐姐？"

"康樱妈妈不只是檀先生的朋友，是很要紧的那种朋友……比如恋人，还是初恋？”顾湘坐在赵孟成对面，她双手托着腮，十个手指在脸上“弹钢琴”般不安分，凭着女人的直觉梳理清他们的关系。

“有人好像说过，过去的人不该绑架后来的人生。那么你们的所作所为是在干什么？呵，男人。”

“我要是你姐姐，头一个要对付的就是你，你是帮凶！胳膊肘往外拐。”

“别跟我说什么孩子是无辜的道理哦，既然无辜，那么你们就直说啊！瞒着女主人，还不是你心虚？”

“是他不是我。”赵孟成打断了一句。

顾湘嗤之以鼻：“帮凶连坐。你们一个都跑不了。”她巴掌大的脸，涂着樱桃色口红的嘴巴一张一合，说话的腔调像极了十年前的赵孟晞。

赵孟成这才发现，她其实很门儿清。

“那么，要是你知道了，会怎么样？”

“离婚！”顾湘张嘴就来，“骗我的男人不得好死。”

“你有没有想过，就是因为在乎才骗你。不是骗，是瞒，或者他觉得这里的事只是善了，从来也不会为了个不是自己的孩子，而去动摇现有的婚姻。”

“那是你们男人的思维。上帝之所以将人分性别，就是因为人是不同的个体呀，你要别人尊重你，你就得尊重别人呀，为什么光明正大的事，你们男人回回要搞复杂化、阴谋化？”

只是签个租房增补协议的，眼下两人就两性思想博弈起来了。

赵孟成端起手边的玻璃杯，潮一口唇边，右手食指屈了屈，在桌案上闲敲了几下，话锋一转：“行了，签好了。”

他把那张纸推送给顾湘，后者看也没看，也在上面学他龙飞凤舞地签好自己的名字，随即，拿图钉把这张增补协议钉在了墙上的卡片相册图中间。

“就放这儿？”某人跟随她的动作转过身来，架腿而坐，看她也问她。

“啊。”

“弄丢了，我不再补给你了。”

“跑得了和尚跑不了庙，赵老师人格这么矜贵，我不相信你会骗我一个升斗小民。”

杯子里的玫瑰花瓣还没真正吸饱水分，客人起身要说告辞了。

临走前，他问顾湘：“能借一下洗手间吗？”

顾湘给他指方向。

原以为他是真要上洗手间，结果赵孟成进去只是洗手。是她给的那支圆珠笔，笔尖有点漏油了，蹭到他手里了，龟毛的男人，要洗手！

顾湘看他没有关门，就殷勤地跟上去，告诉他水龙头往哪头扳是出热水。

赵孟成道：“你干脆替我扳好吧！”

顾湘恨他一眼，嘴里嘟囔：“你是不是从来不去海底捞？”

“什么？”

“嫌人家太热情啊。”顾湘倚在门框上，笑得没心没肺，然后自顾自话痨，“其实我也不喜欢去，有次和朋友去，谈话间，他们知道我们有人过生日，推了个车举了个牌来唱生日歌，真是又尴尬又感动……”

“哈哈哈哈，我不能想象，要是赵老师面对那些员工可怎么好！”

赵孟成说：“不能想就别想。”说罢，他关了水龙头，随手抽了一张纸巾揩手。

顾湘提醒他：“这是我的洗脸面巾。”

“有什么区别？”直男发问。

好吧，这不重要。重要的是，他要走了，她还有事没和他说，最重要的一桩事。

“你为什么要送我那个珍珠耳环呀？”

赵孟成被问住。

“即便没找着，也不该赵老师赔的，是我自己弄丢的。”

“我赔对给你安心点吧。”某人难得歉仄的口吻。

“谢谢，我很喜欢。”她的黑色毛衣束在裙腰里，整个人站在灯火下，比之前看她像是小了一号。

“天不早了，我先告辞了。”

“赵老师，我有件事要跟你说。”一楼的洗手间是横向移门，顾湘说这话的时候往卫生间里走了走，手把着那道移门。

“赔你车漆的钱，是我自己的意思，和我老板无关。我妈那天叽里咕噜一大堆也是关心则乱，我还不至于做别人的第三者。”

“总之，就是他们误会了。”她期期艾艾说完一通。

“嗯，我听到了。你说你不会做别人的二婚太太。”

“当然。”

赵孟成缓缓出了口气：“那么我现在可以走了吗？”

顾湘抬头看他，这个长老师父当真一点都没所谓的样子，她那么认真跟他说，他偏就冷漠地要走。

下一秒，赵孟成抬脚要出去，顾湘凭热血做了下意识行为，她把门一拉，也不说话，把人给堵在卫生间里。

手还把着门把手，赵孟成哭笑不得，这是遇到什么活土匪了。

赵孟成试着去摘她的手，顾忌着房子里还有他的学生，便用低低的声音问这“高衙内”：“你是酒还没醒吗，还是现在才开始发作？”

“赵孟成，你很没意思！”顾湘怪他。

怪他，她话都说到这份儿上了，不给她一句痛快话。

痛快话就是——

“我拒绝。”赵孟成说，“我并没有顾小姐想得那么好，换句话来说，顾小姐值得更好的。”

怪人家不给痛快话的是她；给了，被发好人卡了，下不来台的又是她。

顾湘气得要哭，没有比她更惨的了，第一次追男人被拒绝就罢了，还是在洗手间！

这个男人太过分了！

她死死把着门，也不知道不依不饶是为哪般。

再炮制一个回合，两方依旧是死结。

被堵在里面的赵老师好像真的有点气不过了：“女流氓是不是？”

话音刚落，洗手间里的灯就被他揿掉了。

视线掉进一片黑暗里，顾湘下意识失神了下，然后整个人被人托抱了起来，脚离了地。

窸窣间，她能闻到淡淡的烟草味和须后水味。视觉暂停后，感悟到的气息很陌生。

但她清楚地知道属于谁。

白天，赵孟成陪校长周从森去分校巡视工作。周从森同赵父是战友，也在几回话里话外渗透过意思，他要举荐小二去分部了，无论是继续教研还是管行政，你家这位都能胜任。

你也别舍不得他，要我说，他到底还是袭他母亲多一点。误打误撞，算是迷途还踪了。

当年周从森去一中友校访问，听了赵孟成一节课，回头就挖他过来了。他跟赵父说笑，这小子哪是被“发落”后的样子啊，他们公开招聘成绩第一的老师也没他那股寸劲儿和灵气。

这几年赵孟成前前后后获得的职称、荣誉称号，各期刊上发表的数学、教学论文，参编的教材、读物，也替周从森证明了这一点。周从森怪罪老战友眼不明、心不净，才老糊涂地一味想儿子继他的衣钵。

公务话叙完，接起了家常。“你当这么盘正条顺的年轻中层好得的啊！”周从森说，他们姚书记的家属啊，是见一次小二想一次，想得这个姑爷，也想和赵家结这门亲。

说了这么久，都没见赵孟成回来。他们周校长过来串门子，电话通知赵孟成回来的，他说马上。

这马上马上，马到明天了。

老爷子发火，姑姑不敢吭声，只悄悄和孟校长说：“他下班带回来些中药，煎好的，一袋袋封好的那种，到了晚上又拿走了。”姑姑时常去赵孟成那里帮他收拾屋子，乡下人还是喜欢弹棉花胎做被子，姑姑给孟晞、檀越他们送了一条，又给了赵孟成一条。这个活祖宗嫌弃那些棉花絮子掉来掉去的，说掉了他一地板都是，姑姑今天才抽空去给那棉花胎上绗一层防尘布。

“我偷偷瞧了眼那药，像是女人喝的。”因为药房代煎上有医院科室的名目，姑姑再不识字，妇产科还是认得的。

孟校长一贯佛系，倒也狐疑起来：“你是说他有来往对象了？”

素日里赵家谈论的事体，大大小小，姑姑从不插嘴，她只做好她老保姆的本行。也只有这些儿女债，她才敢多几句舌：“他说是一个学生病了，给学生帮忙的。”

“我看着不像，学生的药，你明天带去学校嘛，用得着晚上亲自跑一趟？”姑姑越说越觉得自己的理站住了脚，“他那么怕烦的一个人。”

[17]

洗手间台盆上水养了一瓶鲜切花，是芍药，没几枝。这花鲜艳矜持，花瓣一碰，就零零落了。

都说“好物不坚牢”，但要分怎么看，好物那么坚牢、挺括，你就未必认可它的好了。物如此，人亦如此。

灯重新亮堂起来，先前堵在门口的人和被堵着的人，换了个走位。赵孟成生生把顾湘抱挪开了，如何抱的，就那样前襟贴前襟地，抱小孩般，“抱”开了她。

眼下，他的手还在照明灯开关的面板上。顾湘又气又恼，偏羞红着一张脸：“赵孟成，你的风度呢？你的避嫌品格呢？你凭什么抱我？”

“是抱吗，小姐？我只是搬开障碍物。”他的手从开关处移开，再用不轻不重的力道把那移门开到最大状，目光再转回顾湘的脸上，冷漠又郑重，郑重地质问身为女士的顾湘，“怎么，性别转换版的耍流氓就不是耍流氓了？姑娘，众生平等，男女平等，不是吗？”

顾湘难堪得咬牙切齿：“赵孟成，我讨厌你！”

对面的人听去她的话，无甚所谓的样子，手从门框上撤下来，背到身后，最终以淡淡二字作别：“再会。”

在玄关处换鞋的时候，赵孟成再看了那幅骷髅图一眼，他记得原画上的对幅——

> 没半点皮和肉，有一担苦和愁。
> 傀儡儿还将丝线抽，寻一个小样子把冤家逗。

推门，出了小楼、庭院，有人吸了几口鲜冷空气，像是沉淀到肺里一般。上了车，没有及时点火引擎，而是摸出一根烟，男人转嫁情绪的方式或许过于单一，大抵不是烟就是酒。

久久，车里的人看不远处灯火通明的屋子，它始终闪耀着，不曾有熄灯的念头。

赵孟成按灭了手里的烟，点火拨档，车子掉头，百米加速冲了出去。很多年了，从书惠去世后，他很多年没有开过快车了。

顾湘没有说谎，她当真是第一次追男人。

她给陈桉打电话，告诉好友，她被拒绝了。

气归气，总不至于哭，她们早过了为感情流眼泪的年纪了。只是不服，或者不平，难道真的是她单了太久了，感觉出了错？从第一次见赵孟成起，顾湘就能很清楚地将他和别的男人区分开，也很清楚，他就是自己喜欢的那一类。

二十六年来，她敢说她这份认真比得上读书那时的勤苦。她原以为他该是受用的，就是她的那些殷勤、热络、认真，他该是接受的，起码明白是因为他，她才这么积极。换作旁人，绝不会。

这就是区别，顾湘好长时间没有产生这份怦然了，发自内心地想和一个人相处，哪怕什么都不做，只是面对面坐着，彼此聊聊细枝末节的东西，稀松平常。

但就是感觉出了错。或者，她够不到他的中意度。

哪种情况都不如意，都叫人气馁。

偏偏她“口嫌体正直”，顾湘告诉陈桉，这个老男人就是故意的，故意消遣她，故意一拍两散前还撩拨她一下。这算什么，可耻可恶！

陈桉在那头不知干吗，回应她的话也显得敷衍，心不在焉。

这头的人福至心灵般领悟过来：“陈桉，你身边有人对不对？”

“啊……”电话那头的人惊呼了声，然后男女的声音一齐漏了破绽，“香香……”

“陈桉，我现在就把你拉黑，‘友尽’！你没有心，我这么难过的时候，你们还一起欺负我，做你的事去吧！”说罢就挂了电话，手机扔得远远的。

这是个什么世道，好像全天下都圆圆满满，就她一个单身鬼。然后吧，好不容易遇上一个，那个鬼还是个瞎眼的，来来回回后，跟你来一句：“逗你玩儿！”

顾湘气完再气，卸妆、洗澡，头发没干就躺下了。一来气累了，二来酒精作祟，她倒是难得没摸索地熬夜，不多时就睡着了。

一夜万花筒般的梦，七拼八凑，顾湘梦到了高考，考场上她信誓旦旦地停笔，老师提醒还有最后一刻钟，检查之际，卷子一翻面，整整一面空白。

她这才哭了，因为这才是一场努力换公平的竞争，她做不好的话，就该自责、该懊悔、该流泪……

梦里的转场好诡异，一场大考不了了之。她抬头，负责审阅她卷子的竟然是赵孟成，她问他：“我是不是完蛋了？”

赵老师说：“彻彻底底。”

这个人哪怕在梦里都是这么不近人情。顾湘心想反正完了，那么她也不想过了，她扑上去抢她的卷子，不考了，不玩了……短兵相接到最后她全然忘记了自己要干什么，哪里还有她的卷子。

浮浮沉沉里，她的声音，吟哦绵长，压抑乖张。还有那记忆中的男士香气，都像一缕从唇际逸出来的烟，萦萦绕绕，跳升到感官之外，魂幻成了形，以睥睨之态站在云端之上，看下面红尘里一双人，风月无筹。

凌晨两点，顾湘口干舌燥地醒了，她痴痴地盯着卧室的房顶半晌，然后，摸到自己的手机，从表情包里翻出了个最丑、最鬼的发给某人。

那人的备注也从“长脚鹭鸶（别理）”，被改成了“狗”。

他是狗，理他的人更是狗。

清晨，顾湘早早地起床了，赶早会、赶出行早高峰。康樱比她起得还早，他们七点一刻早读，女孩六点就爬起来了，在厨房里背单词，轻悄悄的动静。饶是如此，看到顾湘下楼还是寻过来问她，是不是吵到她了？

顾湘摇摇头：“我失眠了，没怎么睡得着。”

短暂的几天相处，顾湘对眼前这个女孩，心疼大过欢喜。康樱每天早上起来自己做早饭，煮粥或稀饭，趁着这段空当，便抓紧时间背书。

顾湘问她：“学校食堂不是有的吃吗？”

女孩便文文雅雅地说：“在家吃也是一样的。”

不一样。顾湘心上立即领会，领会能省一点是一点的孩子是多么隐忍苦涩，即便赵孟成和檀先生那么热络地帮助她、资助她，但少女总有些惆怅是那些大男人难体会的。顾湘每次看到的康樱都是怯生生的，她其实很怕给人添麻烦，但无奈自己又捉襟见肘。

就像阿甘腿上一直戴着的脚撑，没有别的办法，唯有向前，跑。

孤勇这个词，看似洒脱，其实最无他法了。

比一比，自己又算得了什么呢。各人有各人的苦恼，小孩子忙着掉牙、长大，学生忙着奔跑、读书，成年人忙着月薪、周旋，不过是各有各的营生罢了。

“康樱，帮我一个忙好嘛，煮点汤圆吧，一起吃，我洗漱化妆慢。今天元宵节！又是新的一天，冲呀！”

她们一起出门。康樱步行去学校，在门口换鞋的时候，也许是一起吃过元宵的友谊，或者顾湘这个人还算邻家姐姐，女孩总算敢和她开几句玩笑了。

“昨晚，赵老师什么时候走的？”

“谁知道！”

过完元宵节，S外高中部、初中部全线开学。

开学典礼一过，各班第一节课统一是班主任执教的科目，方便各班主任查勤。

赵孟成一袭正装，学校规定全员制服化，从老师到学生，一周只有一日可以私服化。

讲台上，老赵按着议题讲话，第一个议题就是这学期的实习代教老师，介绍给班上学生认识的时候，几个刺头只关心：“老赵，那么你还在吗？”

“我在，时时刻刻。”

众人哀怨。

第二个议题是各年级督导随堂听课，时间就定在下周，他说："一个个都给我把心收回来，过完正月半了，可以打孩子了，可我不想这么做。"

最后一个议题是各年级补考。

"周六，我们班要补考的，先给我站起来，我不想拿花名册看。"

"哦，还有一个追加议题。这周所有的体育课，上数学。"

要命的，有人拿"武器"压哨，堂下众人怨怼老赵："您这是渣男语录呀。"

章兰舟同学道："第一周呀，老赵，第一周你就抢课。"

赵孟成单手落在口袋里，倚在多媒体讲台边上，美人自有美人的派头，他把领带掮在衬衫缝隙间，明明歪着，倒也傲慢潇洒："你们体育老师的太太要生孩子了，正经的陪产假，吵什么吵。"

"行了，我就说这么多，还有半节课的时间就交给宋老师了。"说罢，赵孟成拾起讲台上他的笔记本和手机，踱步到后面听课去了，好巧不巧就坐在章兰舟边上。

周遭几个人连带着都不怎么敢大喘气了，台上宋老师自我介绍完就急切切地开始讲课，而章兰舟同学半晌还没开始翻书，赵孟成拿笔记本直接磕到他背上，少年即刻规训地听起课来。

数学课刚毕，章兰舟就拖住赵孟成，少年说自己是来传话的："二叔明日晚上约了你去听戏。"

赵孟成问："什么由头？"

"太爷爷请梁家太奶奶，大概率是商量二叔的婚事。"

"他结婚，喊我去做什么，帮他抢亲啊！"赵孟成径自往自己办公室回，兰舟跟着他小追着。

"你去问二叔啊，我哪晓得他葫芦里卖什么药。"

"你不知道才该死。章郁云像你这个年纪，已经开始钩心斗角了。而你，混账玩意儿，你会干什么？你除了拿几个钱租个房子，做束什么鬼车厘子花。我看你们章家的气数也要尽了。"

章兰舟才不气，他冲老赵打哈哈："我不是二叔亲生的，他那副担子自然也不会交到我手里，我要像他那么累干什么！”

“滚去吧。”赵孟成回过身来，作势踢他一脚，“你记在他名下，就是他的儿子，即便不接他的担子，半大个男人了，就一点没骨气？”

章兰舟难得耷拉个脑袋，倒也受教。

赵孟成再喝他一声：“你母亲把你舍到这头，只为了好吃好喝不饿死？她那边就做不到了？今天你这话在我这里出，也在这里散，再让我听到，给我滚出我的班。小小年纪，生出这般剖腹藏珠的脾性，我是章郁云得活活气死。”

好友的养子，赵孟成的说教自然另当别论。这一学期跟着他，章兰舟也没少挨骂，但少年依旧与他没大没小、嘻嘻哈哈，相比二叔，他和老赵相处更自在。

为什么呢？

“自然是赵老师英俊潇洒，幽默风趣，被他的人格折服呀。”

南栅会馆，章家这对“父子”一起给赵孟成戴高帽。章郁云亲自给好友斟茶，包厢隔壁间，章、梁两家正在会面谈结姻亲的事，这个当口间，章某人三催四请，要请赵孟成过来喝茶。

方才赵过去与章仲英问好，言谈契口间也算明白了章郁云的如意算盘。

章家的生意碰上个牵头人，那头需要赵孟成父亲帮忙引荐一下，其实个中关节章郁云已经打通了。今日是谈姻亲的日子，他还要在爷爷面前卖这个乖，叫老爷子盛他这个辛劳的情，答应婚事才会更顺畅些。

这就是章先生的算盘，他要给爷爷看到，哪怕我在谈结婚的桌上，也不辞辛劳地忙呀，不是忙人就是忙事。

赵孟成白他一眼：“臭不要脸。”

眼下，他们另辟了一个包间，章家老爷子以为章郁云在为公司找赵孟成疏通人脉，殊不知他在他跟前假模假样地“教子”。

夏蓉街那起租房的事，赵孟成自然要给章郁云知道。这位爷知道是知道，呵，事情过去差不多一个月了，年都过完了，大少爷才想起来在赵老师面前假模假样地教训儿子。

章郁云的意思是，让兰舟周末都到赵老师那处“复习室”报到。

看台上听戏的赵孟成闻言到此，怏怏打住他们：“够了，你们爷俩少演戏了。哦，你儿子犯了事，回头连累我多一桩事，替你看孩子，我冤大头是不是！”

“这样吧，你那处租房的费用我来出。”章郁云赔起笑脸来，说无论如何，赵老师得多担待呀。

“少来，谁不知道你章某人的钱最好别沾，沾上就甩不掉。”赵孟成的指导督学圈内都晓得的，他本就是无偿的，没人敢置喙。夏蓉街那里的租房费用也是姐夫化缘来的，他因着父亲的关系，鲜少和人有金钱上的瓜葛，休说嫌疑了。

老友见面，章郁云装模作样训斥了兰舟几句，就放小子去隔壁间了。

一对南官帽椅各自坐下，赵父是戏迷，偶尔兴致来了也会串一下。论戏，章郁云不如赵孟成精，后者自幼被父亲拘着听了不少，堂下今日唱的是《四郎探母·坐宫》。

章郁云问好友：“精神面貌不佳，不至于真是兰舟给你气的吧？”

赵孟成揭盖碗喝茶，不谈自己，只是嘱咐几句好友：“儿子不是你自己的，但也得认真教。别娶了正妻，当真把这便宜儿子给冷落了。”

章郁云听后些微一滞笑，表示这话从何说起：“别人不知道我，你难道还不知道？我是那种背信弃义的人吗？”

“说不定。”赵某人关键时候放阴枪。

“我去你的！”

二人皆知彼此玩笑，但赵孟成还是警醒几句：“你要结婚了，兰舟到底有点不适宜的。别管养子养父，他跟了你这些年，还是有感情的，没有哪个孩子可以眼睁睁看着父亲娶别的女人，生正经的孩子，心里不吃味的。”

章郁云知道好友的规劝自有道理，或者是有痕迹出来，他才会如此说。赵孟成向来心细如发。

他郑重应下：“兰舟记在我名下，我自然当长子看待。圆圆你也见过，她不是那种会刻薄的人。”

既然说到这里，赵孟成就当话赶话吧：“梁小姐对兰舟的存在，就一句怨言也没过？也对，他到底不是亲生的。”

话音才落，赵再问：“你说要是你亲生的，她还会接受你吗？”

“不会，她家老太太头一个不肯，有儿就有娘，老太太断不会肯圆圆蹚进这原配、二婚的大战里来。圆圆也不是这块料。她跟着她那奶奶学得清心寡欲的，真受了前妻或继子的气，不和我离才有鬼呢！”章郁云就事论事。

那头，赵孟成闷闷叹了口气。

堂下被擒易名的杨延辉听闻老母佘太君亲押粮草、随营前来，阔别十五载，思亲情切，想夜探母亲苦诉衷肠，这厢结发妻铁镜公主一面感怀他孝义，一面又怕郎君去了不还。

铁镜公主（西皮快板）：有心赠你金鈚箭，怕你一去就不回还。

便叫他对天表一番。

杨延辉（白）：我若探母不回转，罢！黄沙盖脸尸骨不全。

章郁云只当赵孟成听入了戏，继续和他扯闲篇，他和圆圆商量过了，想请赵老师做傧相。

赵孟成闻言，看戏的目光移过来，觑好友一眼，不言但胜过多言。

章郁云知道他介怀什么：“你知道我不迷信这些的，结婚未遂也算未婚。”

堂下到了精彩的“叫小番”，众人叫道：“好！”

赵孟成在沸沸掌声里说了句什么，章郁云没有听见，再问他，他不肯说了。

你不说我说，章郁云跟好友倒苦水，说结婚从来不是句号、完结篇，他眼下就有一桩烦心事，说他无论多晚回去，圆圆都不找他，这让他很气馁。

“一把年纪的人秀恩爱，你厚颜无耻！”

“我在和你倒苦水呀。”

“她是信任你。”

“可我不需要信任，我要她在乎。”

一句话点中某人心肠里不可名状的……或狭隘，或恶劣。赵孟成面上毫无破绽。

“我去告诉告诉她，在梁小姐之前有多少女人坐章先生腿，保管有效。她保管和你闹！”

“赵孟成，那是你，好吧！”

年少气盛时的赵孟成，因着赵父的关系，自己又一副好皮囊的便利，回回在酒场上都能招惹到桃花。一次乌龙，有个不开眼的女生果真“投怀送抱”了，赵孟成无动于衷，两手摊开，只说了句：“下去，硌得慌。”

就这一句酒后失言，惹得当时的冯洛醋坛子打翻了。

“你叫那个女的当着我的面，坐一次给我看看，我倒要看看，是什么样的人，才敢去坐别人男人的腿。”

那一回闹，圈子里走得近的都晓得了，晓得赵孟成那女友是个“河东狮”。

章郁云许是喝多了，越说越开，有人手里茶盖一落，冷冷地，像是听了折前言戏文一般：“我有个事想问问你。”

到此，章郁云才觉察出好友有些微的不一样：“你不对劲儿。”

哪里不对劲儿？搁从前，他要么反感别人提过去，要么任由人说，他始终不言语。今日，他默默听完，竟漫不经心地给岔掉了。

“我有个同事……”

章郁云道：“如果我没猜错，你同事和你一样，姓赵？”

Chapter 06 常陆野猫头鹰

[18]

南栅会馆这边散了席，人皆下了楼。章郁云留兰舟单独说话。

“老赵批评我了，怪我这段时间疏于管教你。成材还在其次，说我到底没有为人父的周到、体己，尽饶着你顽了，怕我和圆圆冷落了你。”

兰舟孩儿撇撇嘴，少年骄傲且散漫：“我巴不得呢。”

“我不信。”章郁云喝了些酒，下楼的时候脚步有点浮，他扶着栏杆走，兰舟跟着他后面，手虚空地护着，怕二叔跌跤。

前面的人看到了，索性一把扽过小子的手，半扶半牵。二人只差十八岁，章郁云说：“我也是第一次当人父亲，我担待你，你也得担待我，好不好，小子？”

少年红了眼不肯承认，父子俩心领神会。

二叔叹一口气，是检讨自己的。说不怪你们都喜欢赵孟成，他就是生了颗七窍玲珑心，随他母亲，无霜亦无尘的一个人。

他那个心气，也确实不该赴他父亲的路。

“你们的赵孟成是真真爱子的一个‘师或父’。”

兰舟虽说过继给二叔十年，但二叔身边朋友的事并不都和他说，包括赵孟成。兰舟也是高一到了老赵班上，才和后者投契起来的。

“我听说老赵之前是要结婚的，没结成？”

“你听谁说的？”

“孙姆妈。”

“哼，你们赵老师说得没错，你就是在这些儿女情长鸡毛蒜皮上耽误工夫了。怪我太容着你了，从明天起，该上的课都去给我上，马术、游泳、高尔夫，老赵那里的复习指导你也去给我听听，他给高三上课，有系统高一部分。别觉得屈着你了，多少家长时薪高到咋舌请他去，都没这机会呢。”

兰舟警醒二叔：“S外的老师在外面有偿补课是要被撤职的好不好！”

章郁云恨小儿一眼：“天真无邪真好。”

爷俩打着嘴炮一路下楼去，兰舟趁着二叔的酒劲儿在，试探八卦起来：“那么老赵为什么又悔婚了？”

“任何一件事都要去经营的，比如生意兴，比如大楼起，再到感情，夫妻、父子都是……你们赵老师呀，就是心太善，他其实比任何人都清楚，和那个女的早神离了，偏舍不得人家在他低谷时陪伴他的情谊，总觉得由着她纵着她能熬过去，殊不知，惯性依赖不是感情。到头来，人家往他心窝里捅刀子了，这才大梦觉醒。”

有些东西，坏了就是坏了，没了就是没了。

那冯洛也是个偏执人，一方面舍不得赵家这棵大树，一方面挟持着这十年的感情，谈不上谁对谁错，只是两个人的世界观不同。一个苦出身的缘故，精致利己；一个公子哥惯了，散漫随性。这两个人能绑在一起十年也算是一桩奇事。

“老赵还没忘记那个女的？”

章郁云微微一哂，外面朗朗月色天，倒也醒了他不少酒：“小子，我们需要机器来记数据、算账目，就是因为人惯性会错、会忘。会忘事，会忘人。”

少年不服气：“总有人值得我们不忘记的。”

二叔总有理：“你都说了，是值得的。”值得的自然不会忘，也不能忘。

回去的路上，二叔一再叮嘱：“老赵周末的复习指导你要去，去了见了什么人什么事，回来要说给我听。”

兰舟很蒙：“什么人什么事？您确定不是要看我的复习笔记？”

后座上的人说：“不看，你的那些我已经看不懂了。”

周六天，顾湘还在昏天暗地里，手机响了，康樱打的。床上的“鬼”还狐疑，哑哑地接通：“你不是在集中复习？”

“香香姐，我们这里的卫生间泡了水，他们让我问你，能不能借我们那边的洗手间用。”

“泡了水？”

昨天夜里落了一夜的春雨，雨量有限，但真要渗进来，扣顶板上估计也是一塌糊涂。门市上面是平层，之前涂层保养的事，估计顾文远也没多上心。

该是柏油老化了，裂了缝，雨水才渗进了房顶里去，扣板顶稀稀拉拉地泡了水。

顾湘看到拍过来的照片，唉声叹气。不省心，都是些乌糟事，没一件称心如意的。

她是房东，自然她来善后。

“行了，你们要上洗手间的都过来吧！哦，对了，赵老师不行，你转告他，有尿憋着，这是我和他的私仇！”

康樱不由得满头问号。

床头柜上的闹钟显示时间不到九点，顾湘再一次感叹，上学真苦！

她也苦，昨晚加班到十点多。好不容易等到个周末，难得双休，睡个懒觉都不能够，唉！

唉声叹气之余，在商户业主群里发消息，求介绍可靠的屋宇维修师傅。

顾湘爬起来简单洗了个漱，穿着一身臃肿的居家棉衣棉裤就出门了。绕过夹巷，包租婆一脸起床气地来看前线战况。

“复习室”里他们在上课，女房东不声不响地进来了，素面朝天，长发蓬着，离蓬头鬼也没差多远。

她一脸的“刻薄相”，招呼他们：“复你们的习。”说着，径直去查看洗手间，乖乖，当真泡得一塌糊涂，扣板顶上、墙面上全是水。

幸亏眼下雨停了，顾湘联系的师傅且还不能到，她勘察好现场，就要回去了，关照在场的学生们：“厕所里的水先停了吧，你们急的可以去我那边上，但是——”顾湘说着，一扭头，看长桌上位那头的赵老师，她故意的，故意挟私报复。

“赵老师不行，哦，对了，街头有家肯德基，您如果急的话可以去那边上，或者赵老师也可以借隔壁商户的。”

一桌的学生一脸蒙，顾湘故意卖关子：“你们也别问，问了也不告诉你们。”

赵孟成今日穿了件烟灰蓝的哈林顿外套，说实话，这种防风夹克最挑身型、颜值了，穿不好就老气横秋的。但是，眼前这个可恶的男人偏就这么叫人不服气，他这么穿，就是好看的！

美色误人且误国。

顾湘狠狠地横红颜祸水一眼，立下的誓言不能倒，理他就是狗！

说罢回去了。

陈桉和家明今日还要请顾湘去吃羊肉锅子，说好中午过来，一起去乡下一家土馆子打卡的。顾湘突然恶趣味上来，她跟陈桉借一下家明，要家明待会儿过来在东门市这边等她。

陈桉笑香香：“你还是在乎啊，不然弄个男人气赵老师干吗！”

顾湘在翻今日出门要穿的衣服，冲电话那头的陈桉道：“人要脸树要皮。我为什么不能在乎，如果能气他一下或者恶心他一下，为什么不？”

已然在第五层的陈桉十足地不屑：“小学生。”

顾湘最终选了套最舒坦的风格，杏色粗线针织的高领毛衣，奶白色立领羽绒马甲，牛仔裤，小白鞋。她化通勤妆很快，简单收拾了下自己，维修的师傅也到了。

要从住家这边上平台处，师傅的意思是得等天再放晴些，平台上的水干了才能重新浇柏油。二人再到门市那边洗手间里查看，揭掉扣板顶，说恐怕里面也要重新做防水，一顶三面。

东家和师傅在里面谈工程，学生在外间做模拟卷。顾湘知道这里面多多少少有生意经的嫌疑，但是房顶和室内防水做不好也确实是大患，没一口答应对方，只是要对方先出个报价，并说：“当然，师傅今天的出工费我还是要付的。”

那师傅一听顾湘要比价，多少有点不耐烦，又说这地段他都是做惯的，价格很公道的，你这一屋子水也不好耽误的呀。

“是的呀。”顾湘跟着师傅唱起了本地腔，“但是我做不了主的呀，我还要跟我爸爸要钱。”她张嘴就胡诌，“您就先出个价钱给我，我爸爸答应了，我就喊您来。”

顾湘那声音嗲得叫维修师傅没脾气：“好了好了，小姑娘别诓我，你一看就是个有主意的人。”

“师傅您放心，价钱公道，我自然头一个选您，也会跟别的业主推荐您。”

千破万破，马屁不破。

顾湘一门心思和人磨生意呢，有人何时站到她身后的，她全然不知。

“房东小姐，我们学校也有专门外包的装修队伍，我看这天时好时坏的，你也不要紧着比价了，抓紧弄好才是，你信我的话，我就找那个师傅过来。”顾湘回头的时候，赵孟成若有深意地看她一眼，前者这才明白，他是故意的，故意烘托“买方市场”。

顾湘给他这么一说，架在半空中，只能随着他的话，回应他：“这里里外外也是个半大工程，赵老师那头如果是熟人的话，也出个价钱给我吧，我也是头疼。”

那头，师傅划拉划拉，最简略的报价单就估出来了。

赵孟成站在顾湘边上，不言不语地盯着那草率的报价单看，那师傅临走前跟顾湘言明，一分钱一分货，他们的防水材料都是很地道的，顾小姐信我的话，咱们价钱还能再小刀些。

师傅是听赵孟成有熟人介绍，又看了他的工程价钱，生怕被人截了单去。

收拾工具离开前，他还略微不爽地再瞥了眼赵孟成。

等人走了，赵孟成告诉顾湘：“还能砍20%。”

“你怎么知道？”

“他说的。这也是江湖规矩，或者你就听我的介绍，我们学校确实有定期维修保养的施工方。”

“我偏不。”顾湘这才想起来不和他说话的，“我为什么要给你去吃回扣？”

赵某人道：“你这眼药大的回扣，谁稀罕吃。”

顾湘被他的形容词别致到了，什么叫眼药大！

门口，家明弟弟来了。陈桉也不知道怎么和他说的，家明站在门口，一脸酷相地张嘴就喊她：“香香，你好了没？”

弟弟显然很不满，不满女友和闺密之间的把戏，但又忠犬地听女友指派来，就那么心不甘情不愿地站在门口等顾湘。

不要明眼了，就是眼瞎的都看得出来，人家和顾湘半毛钱男女私情都没有。

顾湘心里骂这个臭家明，不中用。

身边人突然冷笑一声，顾湘回过神来，臭着一张脸问他：“你笑什么？”

“不能笑？”

“能笑，但是阴阳怪气地笑不行。”

赵孟成站在她眼前两步之遥，洗手间门边，地上虽说拖过了，但依旧湿漉漉的，他幽幽地问她：“你这是题海战术吗？”

顾湘仰头看他，也质问他：“什么意思？”

赵孟成说：“多做多错，错有错着。”

顾湘愣了会儿，听出来了，听出来他拐着弯地骂她“海王”了。

她才不气，还要反过来气气他，随即低头从包里掏手机，翻出他微信页面的备注，是个“狗”的图案。

顾湘举着手机给赵孟成看，给他看看，身为“海王”的她是怎么定义赵老师的。

对面的赵孟成依旧面无波澜，只是轻飘飘地警告她：“别大半夜再给我发什么鬼图片。”

顾湘从善如流：“好的，赵老师，回去就把你拉黑。”

说罢，抬脚要走。

二人都是下意识行为。她要走，站在她面前的人下意识凭着身高优势，抢了她的手机，顺势，一把把顾湘拎进了洗手间。

被围剿进洗手间的顾湘吓了一跳，再看他关门：“你要干吗？”

赵孟成手里捏着顾湘的手机，他连点几次屏幕，顾湘要去夺，某人身高腿长的，扬高手臂，任她跳着够着。

怎么也够不着。

[19]

那个“狗”的图案被赵孟成改掉了，改成了他的名字，端正无一丝差错。

某人把手机还给机主的时候，正色警告她：“拉黑也得从这个名字拉。”

顾湘才不受教：“你管我。”说是这么说，拿回手机却一时无下文，捏在手里，她盯着页面上被他改正过来的名字，气也难气，不气又好像很不该。

垂眸处，她的小白鞋鞋尖正好对着他的黑色皮鞋鞋头。再抬头，视线不经意与他对视，彼此都无话，不言不语的氛围最熬人，顾湘率先败下阵来，跳回正题：“行了，这里我会尽快维修的。赵老师就不用管了。”说罢，准备绕过身前的他要出去。

赵孟成没头没尾地说了句：“你不喜欢他。”

顾湘挨近他左手边，二人错着身：“你说什么？”

“我说，门口等你的男生，你并不喜欢他。小朋友才会用这种过家家的方式骗自己，或者……‘挽尊’？”赵孟成扭过头来，足够俯视地看着只到他肩头的顾湘，后者好气又好笑地还击他：“要你管！”

话才出口，几乎身形都未来得及动，赵孟成喊了她一声：“顾湘。”如果她没有记错的话，这好像是他第一次喊她的名字。连名带姓，端正无疑，不是房东小姐，不是顾小姐，不是你。

名讳本人平白愣了愣，一时也忘了要走的意愿。可是，喊人的那个是个半吊子，久久没下文了。

顾湘狐疑地看他，赵孟成今天的形容依旧是无可挑剔的冷酷，只是人区别于机器、区别于其他等级的动物而言，在于他们有高过情感之上的思想，有顺从、违逆思想之外的下意识，换言之，该是本能。

这类本能有时驱使着人性的多样化发展，令他们有行迹更有心迹。

赵老师无疑是行迹很少的一个人，可是哪怕浮云还有一片影子。抑或就是因为他无缘无故地喊了她一声，这才叫在做翻篇心理建设的顾湘又隐约期待起些什么。这也是一种本能，是受了良好规训的思想也禁锢不了的本能，人们谓之七情六欲。

浮云携着它飘忽不定的影子，在荒寂的草原上来来去去，陡然丢下一颗火种来，慢慢地，风是帮凶，烧成无边无际的火海。

“干吗？”顾湘去年参加了一个同事的婚礼，女同事和她的老公，从校服到婚纱。同事告诉他们，没有她的坚持都未必有这场婚礼。她的老公有先天性的心脏疾病，虽说家里还算富裕，但新郎先生十来岁做了那么大的手术，为了方便他休养恢复，家人把他送到了祖母那头，这才认识了女主角。

同事与他同桌了三年，后来各自毕业。新郎先生去了国外，每一年都给她送不具名的生日花束，一送就送了七年。

同事说，她也整整等了七年。等那个不具名的人，具名来。

新郎先生身体依旧不算好，比较一般人而言。而且这样先天性的疾病具有极高的遗传性，同事父母那头一开始都极为反对。新郎先生才是被追求的那一方，他说从头至尾没想过去和她走人生，怕耽误她，怕她哪天哭，怕她一个人。

可是同事偏要坚持，她骗不了自己的感情，喜欢便是喜欢，而遗憾，能免则免。

顾湘在别人的婚礼上哭成个泪人。一方面，她对西式婚礼上父亲把女儿交给新郎的仪式感毫无招架之力，但凡她去西式婚礼观礼总要哭一波的；另一方面，她听到这种“因为爱情”的故事总会感动又心酸，心酸有些所谓成全里，是我们自己在努力、在坚持。

于是，顾湘问赵孟成：“你这么严肃地喊我名字，我以为你要给我上课咯。”她俏皮地转化一下，也不想给自己留遗憾。

“很庆幸，你不是我的学生。”赵孟成平生第一次与她温和地说话。

是那种低低的、略微示弱的口吻，让顾湘甚至以为他是不是病了。

“不是你的学生是什么意思？”

赵孟成不语。

时间如果有根的话，两个人沉默的时长，足够花开花落。

顾湘突然清楚地明白了。明白了，有些人他就是那种由着人追逐的，成为故事脚本的话，他也是那种被动的新郎先生。

“赵孟成。”她礼尚往来，不是喊他赵老师，而是喊他的名字，“我得提醒你，我们在洗手间里待着超过一刻钟，你的学生或许就可以合理怀疑你在……那啥，我没要紧，我看你挺要紧的。赵老师的矜贵神坛不能倒。”

“一刻钟什么？”他问她。

顾湘不敢答了，也不敢看他，随即牢骚着脸：“你到底喊我干吗？”

“名字起了不就是给人喊的？”

“哦，那你喊完了没事了？”

“晚上有空吗？”赵孟成转身过来，声音身形一齐，面对着她，也注视着她。足够地有教养，但也足够地叫人难消受。

顾湘吃螺蛳一般磕绊了下：“你……什么意思？”

“字面意思。”

“我能理解为，约我吗？”

“当然。任何邀请，都是约。”

这个人生来就是来毁灭气氛的，顾湘白他一眼，随即也拿乔起来：“今晚不行，今晚答应我妈去我舅舅家吃饭，我舅家孙子摆百日酒。”其实去不去不要紧，她就是骄矜一下，反正都骄傲这些时长了，最重要的一点，她今天皮肤状态好差。

“那你挑时间吧。”赵孟成交出选择权。

“我能问为什么吗？赵老师为什么要约我？”

“有点事想和你说，正如你说的，在这里待着超过一刻钟对我俩声誉都不好。”某人面上淡淡的，声音也懒懒的。

顾湘是个最经不起卖关子的：“什么事？赵老师反悔了？除非你反悔了，其他事我都不想听。”她干脆一鼓作气，“实话告诉你，我搬到这里来住，就是为了和你有交集，答应把房子租给你也是，你可能不知道我和我爸关系有多不对付。平安夜遇到你的那晚，我的一个同事在生意场上和我爸有了来往，就是你想的那种恶俗结果，对方拿孩子要挟我爸，要么付赡养费，要么付落胎费……就是这么一地鸡毛的关系，我还是答应了我爸住到这里来，都是为了和赵老师走近一些。当然，感情不是买卖，买卖能成还得靠谈判、靠人际，更何况感情。所以即便赵老师拒绝我了，我依旧还住在这里。你都不知道，我住在这里上班有多远，我每天六点多钟就爬起来，开车要四十多分钟，我昨晚十点多下班，十一点多还在高架上！我明明劝告自己不和你说话的，结果你又喊我，你喊我干什么，说教我一番，大可不必。”

一口气，当真一口气说完的。

对面的赵孟成，一脸蒙，蒙完，微微蹙眉地问她：“嘴是租的吗，急着还？”

不管，就是想要你知道。顾湘在心里埋怨，就是要让你拒绝也拒绝得不安。

“所以，什么时候有空？”他再问她。

“明晚吧。明天白天我答应陪康樱去复诊。”顾湘提醒赵孟成，“瞧吧，我答应过赵老师，帮忙照顾你的学生。她的例假得干净了才能去做一些检查。”他已经知道前由，况且女性生理期没什么可羞耻的。

赵孟成认真看一眼顾湘，这一句很由衷，顾湘听得出来：“谢谢你。替康樱，也替她去世的母亲。”

“赵老师，你是个很好的老师，但不是个很好的男人。”顾湘意指他唯独对她很没风度。

赵孟成两手抄在西裤口袋里，听去了她的话，一副不置可否的面容，淡漠地问顾湘：“Vice如何？”平安夜遇到他的那个酒吧。

“我们那晚喝的一样的酒，你还记得吗？”顾湘干脆顺势问他。

“常陆野猫头鹰。”他确实很喜欢这款白啤。

问到答案的顾湘微微一笑。原来，有人不酷的时候也会温柔。她细细地打量，些微行迹里，顾湘看到赵孟成喉头上下滚动了下，她打趣也真心：“赵老师，或许你渴了。”

赵孟成看到的是，她那天掉耳环的左耳上，耳洞边有颗微小的痣。

“出去吧！”

“啊？”

“一刻钟到了。”赵孟成不客气地提醒她，也歪派她。

洗手间那道门被赵孟成打开的瞬间，外面侧耳站着一个美少年，一副急急收回偷听的架势。穿着很另类，该是脱了外套，里面一件白色圆领短T恤，T恤外套了件马甲，不伦不类地保暖着。

少年微笑朝赵孟成招呼：“对不起，我起来晚了。”

赵孟成说：“嗯，你再晚一点，我们正好结束了。”

少年目光追送着赵孟成，随即再扭头看从洗手间跟出来的顾湘。顾湘见他一脸热情，也勉强礼貌回应了下他，岂料少年开口惊人：“那什么……师母好！”

顾湘一脸吓到了：“你喊谁……我不是。”

她觉得这个美少年过于“妖孽”，逃也般要走，临去前，她再看了眼赵孟成。

他如她所言，好像确实很渴的样子，站在长桌前，翻学生们提前交的卷子，一面翻一面喝杯中酽酽的茶。

Chapter 07 太远了

[20]

顾湘从门市出来，家明一脸牢骚："请问你和陈桉在搞什么鬼把戏？"

有人光风霁月，余光在留心他们教室里的情况，再打趣地反问家明："那你为什么又要来？"

弟弟一脸傲娇："陈桉又是掐我又是踢我的，要我来和你演戏。什么样的男人啊，值得上你这么怄他……"家明说着就要往里面捎探。

顾湘不允，拖着弟弟就要走，见好就收。误打误撞气赵老师一次就够了，返场再来，没准傲娇龟毛的男人又反悔了，那才不值当。

顾湘拖着家明走，一面拖还一面问他："你叫什么名字来着？"

"晕，你真的假的，我叫什么你都没记住。"弟弟要顾湘别扯着他，他有腿可以自己走。

二人前后从夹巷那里穿过去了。

这厢，章兰舟趁着大家休息的工夫，拿张椅子，椅背朝前地跨坐着，挨着老赵说话："我认得她，哦，不是我，是陆鸣认识，她是这栋小楼的房东。"陆鸣在派出所见过顾湘。

"老赵，你为什么接替我们租下这栋房子？你老实说，你是不是故意的！"章兰舟来的路上吃了俩包子，一个鲜肉馅的，一个牛肉萝卜丝馅的。

赵孟成嫌他说话有肉味，要他闭上嘴。再要他把椅子挪到最末处，旁听要有旁听的自觉。

"二叔要我在这里见到什么人什么事，都回去学给他听。我就照实说，赵老师把那个房东姐姐扣在洗手间里，不知道在干吗，总之，很长时间才出来的。”

“然后呢，你学给你二叔，我们不过是彼此添一桩笑资，合情合法的。你呢，小朋友，如果我没有记错，你身上这件白T恤可是和某某同款哦……”赵孟成眯眼瞧这个小崽子。

“哦，所以，我二叔那头也是你告诉他的。”少年没有躲闪。

“啊，好像是吧。”赵孟成做回忆状，大概是牌桌上输钱了，最后几把就拿他儿子的近况典当了。

“哼！”

老赵还是那句话，他不想做那个吃力不讨好的角色。但是什么年纪做什么事，这句话永远不错，回头去环顾，也不会给自己留下什么遗憾。

六岁的孩子喜欢洋娃娃，六十岁的老人还沉醉的话，就有些唏嘘了。

赵孟成对章兰舟这个年纪的孩子，就是要求他们，解放天性的同时也能做到合情合法。

“别觉得这四个字听起来便宜，其实真正做得到很难。”

南栅会馆那晚，赵孟成与章郁云的谈话不了了之，这也许也是有几个旧友的“坏处”。

过分知根知底，让人无所遁形。

算了，他干脆不问了。

章郁云也不追究，只说：“你们赵家人最利索的就是嘴皮子了，还要别人去做思想工作？”

是啊，红粉到头皆骷髅，他早已过了眷恋一张画皮的年纪了，也如堂下唱的戏词那样：“我怕你拿着金鈚箭，一去再也不回还。”

但杨延辉终究还是表白了番。

表不表，还不还，皆不在誓言。

在人心。

到此，这茶赵孟成算是喝过了，他起身告辞：“你爷爷那里我就不再进去打搅了，走了。”临去前，他辞了好友邀傧相的事，别说他的身份不合宜，即便他果真单身，他也不高兴参与这种闹哄哄的场面。

章郁云只得不为难他：“那你就在我办事之前，抓紧已婚吧。”

赵孟成不屑地朝好友，临走前，抓走了一把瓜子：“我又为什么要为了你们抓不抓紧？”

顾湘高中时期也来看过妇产科，唐女士陪同。

康樱是例假来了迟迟不走，顾湘那会儿是例假迟迟不来。其实都是生理期紊乱造成的，唐女士那会儿紧张得要命，又旁敲侧击地问香香：“你到底有没有男朋友？不能瞒我啊，有了那种事情更不能瞒我。”

现如今的顾湘依旧跟身边人说，部分家长对两性教育太避讳了。起码他们那个成长阶段的父母，几乎从不在孩子面前谈两性知识，有些字眼更是当敏感话题处置。

而积重的后果依旧在继续。

康樱说她是去年才来初潮的，比起同龄女生，她足足晚了两三年。第一次例假来的时候，妈妈还在病床上，无人去关怀她这些细枝末节的变化，其实更该是成长。她的父亲早就因欠债躲到外面去了，留下一个年迈的奶奶，看到孙女自己去买卫生巾，那日逢月半，老人要敬香，甚至不肯来了例假的孙女近自己身前，说她身上不干净。

瘦削单薄的姑娘自从来了例假，始终没有定期定量过，一边要上学一边还要照顾妈妈。后来妈妈去世了，身上的情况，没人贴心地查点，她也没人可去说。

那个坐诊的副主任医师看过B超报告和全血检查，批评陪同过来的家属说，孩子营养要加强，身体情况也要经过心理疏导才能逐渐完善。副主任医师说她自己也有个这么大的女儿，你们家孩子太瘦了，摸在手里瘦骨嶙峋的，还要高考，这样的身体素质如何操练、冲刺自己？

医者父母心，顾湘接过副主任医师看过的报告及开好的医药处方，谢过对方。陪着康樱去取药的时候，她安慰康樱：“不要紧，医生都说了没什么大碍，加强营养嘛！”

岂料她这话才出，康樱低低地哭了起来，十指绞着，不是“谢谢”，而是“对不起”。

姑娘没有医保，S城的学生医保得是正式办理公立学籍手续的学生才能享受。大抵孤独失落的灵魂唯有到了这样的“白色巨塔”里，才更显得自己微渺、无所依，康樱来S城所有的费用，包括上学的门路全是檀叔叔包揽的，她妈妈去世前联系了檀叔叔。

父辈这二人是年少时一起定向培养的情谊，从学习到工作，后来檀叔叔回来了，而妈妈留在了那里。起初康樱父母也很恩爱，不然不会那么年纪轻轻就生下她。可惜，贫贱夫妻总是百事哀的，从来难以幸免。妈妈为了和父亲在一起，几乎与母家断了一切联络，未到中年，尿毒症并发着严重的呼吸衰竭，直到生命只剩最后一口气时，人才生出些卑微的求生意志。

妈妈求檀叔叔帮忙照顾一下她的孤女，哪怕说她道德绑架，寡廉鲜耻。求檀越看在当初他们年少无知时彼此爱慕过的情谊上，收留樱樱一段时间，等孩子考上大学后，她有了起码的生存斗志后，就随她去吧。

妈妈最后成了一抔灰，康樱甚至都没敢把妈妈的骨灰带回来，因为无地可安放。

她一点不想再劳烦檀叔叔，也不想给任何人添麻烦，可惜，事实这么令人沮丧。姑娘在哭泣中埋怨自己很没用，明明是一穷二白的境遇了，还心不死地想读书。如果不是自己坚持，也许妈妈就不会那样放下尊严求檀叔叔，所有的种种，都因为她。

S外的校服分春、夏、冬三季，名校昂贵的学杂费里就包含这类制服费用，且学校还强制规定制服化管理，所以对一般家庭而言，进入名校读书，哪怕校服一项都是笔开支。

康樱是借读的，但依旧要着校服，眼下周日天，她还穿着件冬款的校服，人坐在边椅上，显得与周遭格格不入。

顾湘也没多劝，因为她懂这种自暴自弃的情绪。世上永远没有感同身受，有时人不哭一哭，不知道接下来的路要怎么走，看到别人难受也不一定要急急上去安慰他（她），我们能做的就是尊重别人的人生。

约莫十分钟的样子，康樱从抽泣到细细地沉默，继而抬头歉仄地仰望着一直站在边上的顾湘，后者莞尔：“书还是要读的，不然，哪天我们和安迪一样入了狱，都想不出那样越狱的法子来。”

康樱知道顾湘在说什么，不尴不尬的哭笑之间，顾湘继续鼓舞：“真的，这是我妈陪我看《肖申克的救赎》最经典的观后感。唐女士说，你说能不能不读书？不读书即便去坐牢子你也出不了头，哼！”继而再安慰她，“既然是你妈和檀先生的约定，他也答应了，自有他们过去的情谊去抵消，你就踏踏实实地读书，不忘恩情的话，将来可以还报给檀先生，替自己、替你母亲。”

其他的，眼前也是多思无益。

顾湘自费去替康樱拿药，排队的时候，她给赵孟成发了个带地标位置的信息：“你的学生一切安好。”

信息回复得很快。

赵孟成回：“阅。”

什么鬼！

顾湘问：“那么，今天医药费我该找谁报销啊？”

其实没几个钱，她就是故意跟他找话题。

赵孟成回：“檀。”

这个人是故意的吧？

顾湘问：“你在干吗？”

是问他这样单字输出在干吗。

对方以为在问他，现在在做什么。

赵孟成回：“会。”

又怕她看不懂，补了一条，好不容易多了个字：“开会。”

顾湘不服气，她不相信他能一直这么单字回复下去。

顾湘回：“原来高中老师没有双休日啊。”

赵孟成回：“嗯。”

啊啊啊啊，气死了，这个人，他绝对是故意的。

顾湘问：“那么赵老师晚上约我的事，不会放鸽子吧？”

赵孟成这回丢了个表情包过来，是顾湘之前大半夜发给他的，是个吓人的鬼。再无别的话。

顾湘这次很确定，他就是故意的！

故意在某个当口，以牙还牙、以眼还眼，把她所有的花招还给她！

而被还过来的本人，抱着个手机忘记自己还在排队，后面的人催了：“小姐，到你了呀，还玩手机！”

顾湘这才反应过来，连连抱歉。

她取完药的工夫，檀越给顾湘来电。不知道是不是赵孟成当真了，当真以为顾湘管他们要医药费，总之檀越打来电话问候康樱，也谢谢顾湘。

他正巧今日上午有两个小时的空闲，又得知她们没开车来医院，停车难的缘故。就主动请缨要来做车夫，一来谢谢顾小姐辛劳，二来也请她们吃顿便饭。

说实在的，顾湘对这些人情酬际，能免则免。她帮康樱，要说真图点什么，也就图赵孟成放在心上，其他人是谢还是猜疑，她都没什么所谓。

她在电话里拒绝檀越的好意，后者也听出来了，听出来顾小姐对这种没有赵孟成的局不感兴趣。话锋一转，他说：“那就让我来划个账吧，我答应康樱母亲要好好照料她一段时间的，顾小姐已经饶了人情，不能再叫你破费。另外我买了点营养品带给康樱，这是我的意思，也是赵孟成的意思。”檀越很会话术，换言之，他很会逮到对方的弱点渗透。

顾湘不是那种忸怩之人，话说到这份儿上，她也得应下了。康樱为了查血，还没吃早饭，顾湘也是，她在电话里知会檀先生，她们在医院附近一家面摊子那里等他。

饥肠辘辘之下，一碗鱼汤面，顾湘几乎没停筷地吃完了。她自己吃的单浇头，给康樱点了个双浇头，并嘱咐她：“吃完它，别不好意思，我像你这么大的时候嘴好馋的，一顿没肉就不行。”

“可是你明明很瘦。”

“那是工作后被规训的，你得把自己塞进那固定审美的裙腰里去，你得明白明星的上相美几乎是素人眼里的脱相，你也得明白人总是先敬罗裳后敬人。我们有些女客户大佬，面对她们，你的项目数据好不好还在其次，你得先拿到同她们做三分钟简报的机会，而这机会往往和所谓的眼缘分不开。说这些给你听，很毒鸡汤，但事实如此。还是那句话，读书的时候就好好读书，工作的时候就认真工作。”天道酬勤这话听起来很假大空，但你不勤，试试看！

她们吃完了面，再在隔壁铺子买了两个新鲜出炉的红豆馅面包。顾湘和陈桉在一起都是那种懒汉，陈桉说去哪里就去哪里，今天全由她来控场了。她一直觉得自己还好吧，年纪还不大呀，直到身边的人开始喊她姐姐了，她也要照顾别人了，“00后”的别人。

唉。人就是比出来的，比出来的不足，比出来的惆怅。

而这些比较里，男人厮杀的是功名利禄，顾湘觉得女人更不易，除了这四项，她们还得加一个，年，岁月的意思。

哪个女人在面对年轻女孩，在岁月姣好面前，不会暗自艳羡？

不过是不承认罢了。

吃饱喝足之际，檀越也到了。他的车子停在医院门口，给顾湘打电话的时候，正巧看到她们二人往这边来，就绅士礼貌地下车了。

檀越四十岁开外的样子，人生得清瘦周正，见人走近，他在车旁，笑吟吟地准备与顾湘打招呼。那头，从医院西门门禁才出来的一辆黑色7系宝马，车里的人揿了下喇叭，随即降下车窗来。车主是个女人，车头别靠着檀越，中间隔一个副驾驶座的位置，探身与他说话：“好巧。”

檀越一副单手落袋的站相，看清来人，也风轻云淡地招呼：“是巧，你来医院干吗的？”

车里的女人腔调慢慢的：“探病的。”随即目光透过车前玻璃，试探着已然靠近檀越的两个女生，小的一看是个讷讷的学生，不成气候；大的那个，二十岁开外的样子，气场很娴熟，年岁却减龄得很，像一朵没开到鼎盛的花，是骨朵到盛放之间的清高别致。

好巧不巧的是，“小花”与车里的女人今天背了一样的包，香奈儿CF。

缓缓，车里的女人收回目光。女人天生的直觉，直觉她与“小花”的对视里，并无友善。

她问檀越：“赵孟晞呢，今天没出来？”

“她有别的约会。”檀越表现得尽力坦荡。

车里的女人闻言淡淡地笑了声：“我还有事，再会。替我跟赵孟成问好。”

最后一句，不远处的顾湘听到了，她瞬间明白了点什么。

直到车子开走了，顾湘刚想装作没所谓地问，那人是不是赵老师前女友，车边的檀越眉毛胡子一把抓地乱套了，匆匆催她们上车，顾湘好笑道："檀先生，你这是慌什么？"

"毁了毁了，这两个女人碰到一起，天就要塌了。"

结果，檀越还没把顾湘、康樱送到家，路上就有人给他来电话了。

来自赵孟晞。

老小姐直截了当问他，在哪里。

檀越说在开车。

赵孟晞让他开视频，檀越哄一般的口吻："等我回去再说。"

"檀越……"

檀越也顾不上外人在，一口一个宝贝地喊她："不是你想的那样。"

"不是我想的哪样？"

"你信那个冯洛，你不信我？"

"那你把视频给我打开呀！"老小姐一贯和冯洛不对付。这两个女人之前来往的时候，十有九掐，试问你最不对付的人上赶着来恶心你，火大不大？

况且檀越确实诓了她，他明明说今天去工厂巡视的。

"晞晞，我给你说实话，你不能急。"

"檀越，你现在就给我滚回来，收拾你的包袱去和你的小情人可劲儿私会去吧！"

是日，下午三点，檀越、赵孟晞夫妻俩驱车来到夏蓉街。

因为老小姐听完始末，依旧要亲眼会会丈夫初恋情人的女儿，不然这关铁定过不去。离婚这种事情，赵家女儿分分钟能干得出来。

至于顾湘，檀越觉得妻子发起火来，没准能烧到无辜人身上，连忙给赵孟成发消息："快快快，孟晞来你顾小姐这里了！"

[21]

檀越当初遇到赵孟晞，就像赵孟成和顾小姐这样的年岁。

赵家的女儿，骄傲到头铁一般的地步，答应求婚却很爽快。

条件有两个——

一，不伺候公婆，同理，她的父母也不需要他管。

二，婚后二人世界。

“你答应我这两条，我就答应你的求婚。以及，婚后如果反口，别以为我拿你没办法，离婚这种事情，可能别的女人舍不得什么，我不是。我的丑话就是原则，说给你听，自然有先说的道理。”

檀越答应了，外界多少人雅的俗的各种谑，无外乎说他檀某人想做赵家的赘婿，娶了赵家的女儿，就是赵家半个子，赵父不替他筹谋，也得替女儿筹谋。

这世上有女人想攀高枝，自然也有男人想走捷径。

赵孟晞做了檀太太后，在先生的酒局上开那些没眼力见的男人玩笑：“攀高枝也好，走捷径也罢，到底他有这可攀可走的资本，别小瞧了这资本，有的人呀，一辈子都没能力换这敲门的砖。”

他们结婚这七八年来，在赵家父母那头，女婿就没半点错的，因为自己的女儿自己清楚。赵父时常训诫女儿，三十好几的人了，还当自己十八呢，啊？

赵孟晞还嘴父亲：“那是你老顽固。哦，十八岁的女生就可以为所欲为，三十多的女人就活该被指摘吗？再说了，我十八的时候也没见你对我多松泛呀。亏得你还是老战友、老同志呢。”

戚友都知道，赵母孟校长是个最温和娴静的性子，但是养的这一双儿女，与她是两极分化般的傲慢、目中无人。女儿是外向的傲，儿子是内向的冷，一个都不随她。孟校长对自己的崽，干脆拿好竹出歹笋作比，然后家务起了官司，孟校长就全甩锅给丈夫：“都随了你了，你去管！”

夏蓉街77号。来前，檀越给顾湘打了电话，简单说明情况：“我太太想上门见见康樱。”

彼时顾湘在换衣服，她晚上和赵孟成有约。

冷不丁地，檀先生说他太太要过来。了不得，顾湘急忙给赵孟成打电话，那头迟迟没接，不多时，檀先生他们到了。

顾湘今日是一身通勤风，她不想显得很刻意，就挑了件黑色落肩春装西服，打底的也是件黑色衬衫，这样的色调很考验气色，所以她今日的妆化得很认真，裤子是牛仔裤。通身的隐藏心机大概就是指甲油吧，顾湘涂了正红色的甲油，呼应她的口红色调。

外套还没来得及穿，她就下楼去开门了。

玄关处，两个女人齐齐照面。赵孟晞一眼认出了房子主人耳朵上的珍珠耳环，尽管只有一只，但是这是Vintage（复古风格）的单品，她出去玩的时候亲自扫到的，不会错。

赵孟成当初跟她要的时候怎么说的？说是他同事齐老师托他的，是结婚纪念日礼物。

赵孟晞说："结婚纪念日礼物都不自己选，这种男人是有多懒！"

赵孟成哄老小姐："主要是你品位好，人家齐老师见过你一次就赞不绝口。你反正买了也不戴，戴也戴不过来，搁在家里落灰，出给我……我的意思是，齐老师。"

老小姐勉强受用："好吧。"

眼前，从珍珠耳环到主人的脸、身段，赵孟晞慢慢打量却迟迟不语，连脚上的高跟鞋都是檀越给她换的。檀越是生怕她不换鞋就冲到人家屋里去，要知道，女人穿着高跟鞋，气焰都会莫名高几丈。

解除一切武装，以策万全。

主人身份的顾湘冲檀先生的太太莞尔招呼，她知道对方是赵孟成的姐姐，胞姐。说实话，他们姐弟并不像，再不厚道点说，弟弟更好看。虽说眼前的女人骄矜妩媚，但多少有衣着妆容的加持，这是同为女人打破滤镜后比较严格的审美标准，而赵孟成，清瘦端正的骨相，眉眼搁在男人堆里，绝对是数一数二的俊，甚至秀。

就在顾湘暗自比较赵家姐弟颜值的时候，对方开腔了。大衣、手袋全一股脑地脱给丈夫拿，剥去外衣的赵小姐，身材玲珑有致，个头比顾湘要高，以至于她站到顾湘眼前时，后者得微微抬头看对方的目光。这一点，还真是亲姐弟，都习惯拿视线压迫人。

"我想见见那个孩子。"

顾湘微微耸耸肩：“我没有意见，您和檀先生自己商议，以及，对方愿不愿意见赵小姐。”这话十足中立及客观，对，你有想见人家孩子的权利，自然人家孩子也有不见你的权利。

岂料赵孟晞听着不乐意了，她觉得顾湘在维护那个孩子，张口就质问她：“那么，房东小姐你晓得那孩子和我先生的关系咯，你还是租给他们了？”

“赵小姐说这话的心情我可以理解，但是，就像你去酒店开什么房，只要证件合法，我想酒店不会有任何理由不给你办入住手续。同理，我只是出租房屋，证件合法手续合理，我想我实在没有任何权利去觊觎房客的任何隐私。”

“少来，你明明什么都知道。”赵孟晞凭着高出的半个头，一副活脱脱的欺人气焰。

顾湘笑脸迎人，摊摊手，顺着来找碴儿的人：“是呀，我后来是知道了。也和赵老师说过，这类违反公序良俗的家务事，最好不要为难我。我好好儿的房子，不想上什么打打杀杀的社会新闻。”

冤有头债有主。

顾湘觉得自己已然是先礼后兵了，你不客气，我自然也不必矮人一截说话。说着，就去拿那晚赵孟成和她签署的增补协议给这位姐姐看，上面有赵孟成的签名，只是说补一个月的房租给她，至于为什么补，没有具体说明。这个当口，顾湘干脆气赵孟晞，就说是她知晓情况后，赵老师为了安抚她而补的一个月房租。

这下老小姐气炸了，扭头冲檀越煞性子：“檀越，你去给我把你初恋情人的女儿喊下来！”

“还有——”目光再回顾湘脸上，她说，“我的珍珠耳环，为什么戴在你的耳朵上？你和赵孟成什么关系？”

顾湘算是见识到了，见识到不是一家人不进一家门的良言性。其实她自己也很蒙，蒙所谓的耳环是对方的可信度，但是气场不能输：“那你去问赵老师呀！”

啊啊啊，气死了气死了，赵孟晞已经很久没有这种和女人打嘴仗急急败退的狼狈感了。还是说，赵孟成才是和她真正有仇的那个，怎么回回找的女人都和她不对盘，上一个冯洛，眼前这个谁谁谁！

楼下的动静，康樱自然听到了。她没要人请，自行下来了，两手垂在两侧，规规矩矩的肢体沉默语言，像一件等着被定价的商品由人指摘。

说实话，顾湘看得很不是滋味，但是，扪心而问，如果她是赵小姐的立场，也会气炸。这也是当初她和赵孟成言明的地方，孩子无辜是无辜，但是被蒙在鼓里的婚姻方就不无辜吗？话又说回来，谁人也不是天然的慈善家，凭什么别人的生活疾苦，要我替你去承担，尤其是丈夫从前的情债。

所以说，道义上顾湘是站赵小姐的。可惜，这个姐姐上来就气焰嚣张，她明明占理，偏偏有理还要强三分，这在很多“同情弱势视角”看来，会觉得她刻薄寡恩。

要知道，男人可能共情力差过女人，偏偏在“同情力”上先天性地赛过女性。男人看女人流眼泪，天然地会“舍不得”。

顾湘觉得，要是她是今天的赵小姐，既然来了，就该让丈夫心服口服。一方面，她见到了这个孩子，一方面这烂摊子也得给她收拾好了。

偏偏赵小姐过分轻狂，抑或板子不是打在自己身上，顾湘始终有局外人般的冷静。

总之，赵孟晞问康樱：“是你妈妈让你来找檀越的？”

“也是你妈妈让你瞒着我的？”

“呵，好一个楚楚可怜的样子。”

檀越眼见着妻子话越说越尖锐，只得适当劝解一下：“孟晞，你答应我，不为难人的。”

“我不为难人，人为难我呀！”赵小姐这辈子和哭哭啼啼、楚楚可怜不搭界，导致她主观上尤为反感那些矫揉造作的个性，她当着康樱的面发难檀越，“这事你提前和我说，我不见得有你想得那么小家子气，偏偏你把我逼得这么丑陋。是，我是硌硬，我们夫妻的共同财产，凭什么要去供养一个和我毫无关系的孩子，还是你初恋情人的女儿。谁知道还有没有别的苟且，谁知道你是不是殷梨亭，死了纪晓芙，回头惦记上杨不悔了！”

话音刚落，玄关处的门，“砰”一声合了起来。

他们进门时没有关门，以至于赵孟成何时进来的，众人皆没有察觉。赵孟晞的一段话，余威被一道极有力道的关门声震散了。

后来者甚至没有脱鞋，径直走了进来，厅里，老小姐站在最显眼的位置，咄咄逼人的样子活像个斗鸡。赵孟成去看她："赵孟晞，把你最后一句话，再说一遍。"

言语是陈述口吻，形容却很冷峻，说着，他拿出手机点开自带的录音功能："别回头你们俩离婚了，当真你一点过错没有。我拿回去给老赵听听，听他女儿信口开河，不分场合。我问你一句，今天这么污蔑人，倘若有人想不开，你赔不赔人家的命？！"话掷地有声，叫人无从辩驳。

檀越也怪妻子，这是说什么胡话。他不要紧，人家还是个上学的孩子。

赵孟晞自知言语失当了，但就是要强："赵孟成，你来得正好。你凭什么帮着他瞒我？"

"就凭你动不动说些人言可畏的话，却从来不自知。"赵孟成丝毫没帮凶的自觉。

那头，檀越知道妻子在气头上，想着大事化小，冲康樱使眼色，让她先离开妻子的视线。谁知赵孟成不肯，要康樱留下，再朝家姐："你既然来了，有什么话全问清楚。"

"你丈夫找到我，我也很犹豫。甚至怀疑过是不是他的女儿，但他冲我保证，以及，这孩子确实高考迫在眉睫。赵孟晞，我跟你担保，这事前前后后都是我在处理，你还不明白嘛。"赵孟成换了个口吻，是规劝也是耐性地哄，"我帮着他瞒你，有什么得益？起初告诉你，无外乎两种答案。一是你不肯，檀越自然耿耿于怀，因为确实过去的人死了。"要知道，活着的人永远争不过死去的，因为后者不朽了。

"二是你肯，也不过是眼下的境遇。"猜猜疑疑。

所以，他们郎舅才一致认为，多一事不如少一事。这就是男人的思维。

可是，女人不是，女人要的是，你时时刻刻把我放在第一位，把我放在与别人不同的那个单独位置。

顾湘不知道他们赵家姐弟的相处之道，因为，刚才还气焰嚣张的赵小姐看到赵孟成来了，听他胡诌几句话，居然顿时软弱了下来。此刻，最有理的一个人，倒成了最无理的了。

她着实看不过，在边上用嘟嘟囔囔的口吻说：“才不是。”声音很小，但还是能听到。

赵孟成这才瞥过视线来看她，顾湘明哲保身，本不该插手人家家务事，但是同为女人，她还是那句话：“哪里就一样了。你们好好说，我觉得赵小姐会明理的，不能因为人家说几句事后的气话，就去推翻没有发生过的人格。”

哎？刚才还不对付的两个人，一下子同盟起来。赵孟晞瞬间觉得这个房东小姐可爱起来，一个快走位，到了顾湘身边：“对，我是被气糊涂了，他们男人都一样！”

从来包藏祸心，从来死性不改。

还有一条，永远看不穿那些“心机女”的手段。

“赵孟成，你知道今天是谁给我打的小报告吗？”

“是冯洛。这个永远见不得人好的女人。她以为檀越外面有人了，阴阳怪气地给我打电话，还在描述里刻意省去了这个孩子。”赵孟晞指指康樱，“她就是故意恶心我的。”

说到这里，赵孟晞心生一计：“我要打电话给她，把恶心还回去！”

“就说你看到的漂亮小姐不是檀越的，是你老公赵孟成的！”

说风就是雨的赵孟晞即刻掏手机，有人手快，有人眼明，有人耳鸣……

通通一齐发生。

赵孟晞的手机被赵孟成缴了，而边上的顾湘道：“老公？”

全蒙了的人，急急看向某人，只见赵孟成不动声色地看向顾湘，用纠正的口吻，不徐不疾：“不是……是前妻。”

他的意思是，冯洛是他前妻。

[22]

顾湘穿的黑色衬衫是绸缎的，垂感很好，几乎服帖在她肌肤上，越发衬得她瘦，但不弱。

赵孟成第一眼见她时就明察这一点，她是个很有主见的人，固执与慧黠都在眉眼里。

相识这些时间里，每一次会面，她都是嬉皮笑脸的。其实这个词很武断，赵孟成心里明了，应该是明朗乐天。所以，那天他才会在这里跟她说，我拒绝，你值得更好的。

可人终究狭隘自私。嘴上这么说，心里不这么想。

她把他架在高台盘上，骄傲如斯的赵孟成就像她眼里的戏子，再浓墨重彩，她喜欢的是她眼中的戏，不是卸妆后的人。

可是每一个在台上的人，如何不享受掌声。喝那样的满堂彩，是个人都会受用。

眼下，戏散了，妆也去了。眼前的，才是原原本本的彼此。

是散还是合，全凭她心意。

这也是赵孟成今晚想找她聊聊的本意，原本感情里的伎俩就是一个愿打一个愿挨，他不该欠她什么。正如平安夜那晚，她约他，他拒绝。

可惜世事总与愿违。

或者，一向骄傲的赵孟成，总得在改不掉的毛病上，死过几回。

顾湘下意识明白了，明白了他的约会是为哪般：“所以赵老师今日约我，是想和我说你的前妻？”

最后两个字眼，无端戳痛两个人。

顾湘等着他说点什么，无论是否认还是坦诚，赵孟成偏偏迟迟不语。

主人即刻下逐客令：“请你们出去！”

“再多说一个字，我就报警，报警你们一家人私闯民宅，有人为人师表却骗得人团团转！”

说罢扭头就上楼，管这里是个什么摊子。

那端，赵孟晞这才明白自己失言了。再抬头看赵孟成，他的面色很淡定，一副挑不出破绽的样子，人家已然叫他们滚了，他却久久不动，这很不像他素日的性子。

赵孟晞试着喊了他一声：“喂！”

某人很有平静的风度，难得与赵孟晞没口角的随和道：“她说得对，不能因为没发生的事，推翻别人的人格。”

赵孟晞再想说什么的时候，他下逐客令了，俨然忘了自己也是个外人：“你先回去。”

“喂……”

“我让你先回去！”

这一幕赵孟晞莫名熟悉，从前他与冯洛起争执或者口角，从不肯任何人参与进来，也不会因为自己的感情不遂迁怒到旁人，这是老公子一贯的教养。

与其说他此刻是傲慢的，不如说，他是在变相地低头。这是母亲说过的，孟校长说小二就是不会低头的人，偏偏遇到个更不懂他的父亲。

赵孟晞在丈夫、父亲跟前都是刁蛮任性的，唯独争不过赵孟成，这属于历史遗留问题。她虽然长一岁，但回回强不过弟弟，方方面面。

眼下，她记着母亲的那句忠告：他请你离开或者自行离开，就已然是在低头了。

来之前，赵孟成在开会，商筹分校的具体事宜。校务行政各级领导、老师俱得出席，所以顾湘在微信里打趣他“老师原来没有双休日啊”，他才认真回复她：“嗯。”

是的。他今天一天的会，党委、工会、校务。

她给他打电话的时候，他在台上做报告，下了台，看到她的电话以及檀越的短信。

这才找了个理由溜了出来。周校长是坐赵孟成的车来的，后者要走，周校长问他：“什么事这么急？”

赵孟成打太极：“急到不能和你细说。”

此刻，他在楼下静默地待了几分钟，随即，也不问主人意见，自顾自上楼了。

康樱跟着赵老师后面，给他指方向，香香姐的房间，然后自个“笃笃”上了三楼。

时下下午四点不到。房间里掩着重重的纱帘，不辨晨昏。

赵孟成见里面没有关门，轻轻格开，再重重叩门，问里面的人：“可以进来吗？”

床上的人忽地坐起来，卧室里太暗，彼此看不清形容，倒是听得见她清楚的哭泣声："赵孟成，你是个大骗子。"

门口的人凭着感觉，在门框边摸到了开关面板，他也不管哪一个，全揿了个遍，总算点亮了房内的灯。随即又被床上的人爬到床前给灭掉了。

"你进来我就报警，赵孟成，你信不信，我能叫你丢了S外的工作。"

"无所谓，如果你可以出了这口气的话。"口口声声是君子的人，听了她的威胁，倒是生出些反骨来，他认真告诉她，"我也不是没有因为要给别人出口气，而丢了职务的先例。"

顾湘才不去理他云山雾绕的话术。我管你呢。总之你就是个斯文败类般的骗子。

赵孟成不请自入，顾湘又气又恼，干脆抓到什么都往他身上砸，床上能顺手丢出去的东西：娃娃、枕头、纸巾盒、遥控器、书、手机……

刚才短暂的灯火通明里，赵孟成记住了她房间的格局，西南角有盏落地灯，应该是供单人沙发阅读照明用的，他不管主人丢过来的凶器，径直走到落地灯前，踩亮了灯盏。

再回过头来，西南对东北，房间格局里最遥远的对角线。

他干脆坐在了这张单人沙发上，昏黄的灯火里，看着东北方向床上的人。

顾湘才不由他看，直接拿被子蒙头。这是个昏了头的鸵鸟态度，也像掩耳盗铃，她明明可以驱逐他出境的。

两个人就这么不言不语地各占一端，沉默着，胶着着。

陡然，沙发上的人出声了："我是骗子的话，我骗了你什么？"

财也没有，色也没有。

床上的人二度坐起来，幽怨恨恨："你骗了我的感情。"

"我拒绝你了。"

"那你再招惹我干吗？"

"想和你说清楚。"

"说清楚什么？"

赵孟成沉默。

顾湘立时的脑子里，根本不去细想赵孟成此刻沉默里的留白。

她早说过，女人需要的是那个你把我和别人清楚区分开来的位置。

“你早干吗了，你这不是骗子是什么，你早该清楚告诉我，你结过婚，你有一个前妻。”顾湘这话很矛盾，或者无理取闹。她对离婚一点不陌生，父母便是离婚的，离了便是离了，谁会把前妻挂在嘴上，且既然是前妻了，又怎么还有“是他的”一说。

赵孟成道：“你说你不会做别人的二婚太太在前，我拒绝你在后。你觉得是为什么？”

为什么？女人情绪抛锚的时候，可千万别去讲道理，不会听更不会懂。顾湘干脆拿他的话下他的台：“那你该问问我，也许我只是想玩呢，谁去和你二婚！”

那头沙发上的人，用端正沉寂的情绪出口：“那我就更不要和你玩了。你是小朋友，玩心重，我年纪大了，不想玩。”

赵孟成干脆告诉她：“这也是平安夜拒绝你的原因。”

他还是那样慢条斯理的腔调，唯独这两句话有微微的露怯感。情近乎真或者才近乎尽，人才会有露怯感。

顾湘兀自枯坐了好些时间，她矛盾又纠结。明明心里介意，介意原来他不仅仅是有前女友，而是有个前妻。理智告诉自己，算了，不玩了，她确实从未想过和一个结过婚的男人有什么瓜葛，尽管离婚不是什么可耻的事情。

可她就是介意，甚至因为父亲，生出几分猜忌心。离婚总归有缘故，她生怕听出与父亲一样的问题。

想到了，她便干脆问出口：“你和你前妻为什么离婚？”

“你要以什么身份听？”

“赵孟成你浑蛋！”

“朋友的话，我只能告诉你，感情不和；女友的话，我想得单独腾一点时间给你个交代，如果你愿意听的话。”

“我什么都不是！我一不是你的朋友，二不是你的女友。你满意了吧！”顾湘说到委屈处，“你甚至都不肯你姐姐去为难她，还跟我扯什么感情不和的鬼话。”

赵孟成明白她说的是不肯赵孟晞打电话的事，只不咸不淡地解释：“因为不关她的事。”

“哪个她？”

“两个她，不关她们的事。”赵孟成从前说过，和女人吵架就是在玩文字游戏，哪一个点没顾忌到，都是砍头的大罪！

嘴上穷狠的顾湘，也有认栽的时候。她觉得自己委屈极了，为了个什么都没有发生过的男人在这儿哭，太没出息了。

她控诉他：“这种所谓君子把戏的骗人伎俩和那些骗财骗色的渣男没什么两样，我告诉你，不过是五十步笑百步的区别。”

“我才不是小朋友。赵孟成，我情愿你是那种一夜情后就不认账的，因为那样我也不会把你放在心上。我说过，我已经很久没有认真喜欢过一个人了，可是你确确实实地骗了我，你看我在你面前那么认真卖力，可是你从头至尾以上帝视角在那儿嘲笑我，笑我蠢，笑我笨。”

顾湘一并说，沙发那头的人慢慢地起身，往她这边走过来，言语沉着但也诚恳：“你可以说我骗了你，但我笑你做什么呢？我笑你的话，就不会总觉得该欠你点什么，要和你说清楚了。”

“顾湘，我昨天就说约你的。是你要挪到今天，半路出了岔子，我唯一的过错，就是没有亲口告诉你。”

“但是是你自己说的，不能因为事后了，而追究没有发生过的人格。”

“今天这个结果我很抱歉，但我确实想和你说清楚的。选择权也一直在你。”

一并说着，赵孟成去捡地上的纸巾盒子，抽出几张，递给床上的人。

她哭得妆全花了，赵孟成甚至都不敢提醒她。

顾湘没好气地接过，又是擦眼泪又是擤鼻涕的。

窸窣间，听到赵孟成指指她的床边问她：“我能坐这儿吗？”

顾湘抬头憎恨地看着他。

半明半昧的光影里，有人实事求是：“那里太远了。我总觉得在跟我们周校长汇报工作。”

Chapter 08 我看看

[23]

赵孟成一袭白衫黑裤，黑色的大衣，单薄挺括，正如他的人一样。

顾湘觉得他站在自己的床前太违和了，以及他的话。短暂的言语机锋里，她发现这个男人远比她想象中“狡猾”。

他知道什么时候说什么话，也知道哪一句话放在哪个位置，能得怎样的效果。

换言之，他面上冷峻，不代表他不会同女人相处。是的，他都能有个分开了的妻子，和你个愣头青打几句太极，还不是小菜一碟。

顾湘下意识地把上午见过的那个女人和他摆在一起，不得不承认，是天造地设的一对养眼“夫妻”。

自顾自的沉默里，她才领悟到，她的愤怒远没有嫉妒多。

她嫉妒眼前这个男人和另外一个女人，有那样一段永远难磨灭的交集，婚姻始终比恋爱严肃，仪式感要重。因为它是受法律保护的，是受道德枷锁束缚的，也是受舆论监督的。这样一段存续关系即便结束，那个人也永远和你有着档案一般的联系、瓜葛。

她的父母就是铁一般的论据。

所以顾湘是嫉妒的，多少个前女友都不敌一个前妻来得有杀伤力。

床上的人哭得眼线都花了，整个人十足糟糕。赵孟成打开手机前置摄像头给她看：“你最好清楚你现在什么模样，我不笑场，当真是对你最大的尊重及鼓舞了。”

“你少来！”顾湘说着气鼓鼓地夺了他的手机，锁屏，抱在自己手里。

床边的人提醒她：“是我的呀。”

“你的又怎么样？”有人气糊涂了，蛮不讲理。

“我的自然要归我。”床边的人说罢，撩一撩大衣的下摆，整个人侧身坐了下来，隔着薄被，挨到了顾湘的脚，后者下意识地缩了缩。

肢体语言反映情绪落点。感情动物无论是勇敢还是气馁，都是由双方成就的。就像交际舞，你进我退，试探、摸索中，感知对方的心意及心灵。

人类拥有语言，但天性里，言语往往是最下乘的沟通伎俩。

赵孟成任由她拿着自己的手机，坐在床畔近距离地审视眼前的人，如他所说，他端正地没有笑场，冷静地再问她：“你当真只是想玩的吗？”

顾湘不语。

“我不信。”他说着，继续抽纸巾盒里的纸递给她，“即便平安夜那晚我答应你，我也不信你是个会玩的人。”

顾湘顿时呆在床上，倒吸一口气，然后半晌没喘出来。是的，他猜中了，即便他肯，那晚她也不会真怎么样，她就是这么个假把式、纸老虎，要不然也不会被他骗中。

她不想看着他：“你走！”

她一边赶人，一边拿被子蒙头。继续装鸵鸟没什么不好，反正想不通的事，索性不想。

躺平，被子盖脸，没一分钟，有人来翻被角。轻轻的力道，从一角揭开，再俯下身段，来细细打量被子里的人。

小时候，顾文远成天忙得不着家，可家里的经济条件并没有多少改善，所以，他和唐女士那时就时常争吵了，妻子觉得丈夫不脚踏实地，丈夫却想搏一搏，为妻女博得更好的生活。

顾湘那时候是很爱爸爸的，妈妈所有不肯的事体，爸爸总能满足她。能满足她刷完牙后再吃东西，再刷就是咯；能满足她星期五回来先不做作业；能满足她感冒了就不去上舞蹈课……

每晚，顾湘都不能准时睡觉，她要等爸爸，等爸爸回来。听到门锁的动静，她在自己房间就会钻进被子里，顾文远回来第一件事总是查点闺女睡了没，看到被子拱起一个山，总是配合着女儿，慢慢去揭开被子，然后发现被子里一座公主山……

顾湘再一次没有忍住眼泪，她任由赵孟成揭开她的被子，任由他默不作声地试探着她。耿耿于怀又念念难忘，她想知道，也要知道："你和你前妻离婚的理由？"

赵孟成将手里的纸巾对折了下，再来替她擦眼泪，没有叫她不要哭，只是静默着手里的动作，然后告诉她："顾湘，我理解你介意的心情。但我不想骗你，或者像赵孟晞那样，因为个人情绪乃至主观恩怨，而去诋毁甚至抹灭过去，我和她走到那一步，彼此都有责任。有长线积累的矛盾，中间又因为我的一桩事故，彼此都觉得也许能熬过去，结婚的当口，也许她醒悟了，在我不知情的情况下，把孩子流掉了。"

"这是个导火索，也只有到了这一步，我们才觉得走不下去了。她说从前没有勇气和我提分开，但是把孩子打掉的那一刻，已经明白了我对她不再那么重要。"

"而我也不能接受，不能接受一个和我有干系的生命，在我全不知情的情况下没了。"赵孟成说到这里，全然是一副寂寥神色。顾湘大致可以理解这种情绪，像一件早有裂缝的瓷器，碰巧遇到外力，终究要粉身碎骨。

"所以，解除婚约是我提的，但我们是和平分手。你所见到的赵孟晞对她有那么大的意见，一来是她们有主观上的矛盾，二来是赵孟晞帮亲不帮理而已。"

顾湘这才明白，他们是在结婚进行期间分手的，但婚前有一段恋爱长跑。

"你的什么事故？"

赵孟成垂眸看她："你先厘清你介意的。那是另一桩事，与你的介意毫不相关。顾湘，请原谅我不想一次性交代完我的人生。"

"赵老师你的事好多！"

"是的，我情愿什么都没有发生过。"赵孟成指的是书惠的死。

可顾湘听成了他情愿和前妻没有任何嫌隙。

"那么您此刻坐在我这里，就是婚外恋！"

她觉得她报复到他了，岂料赵孟成问她："婚外什么？"

我说了什么？顾湘咬舌般后悔。

急于揭过去，她便认真告诉他："我没有想过，我没有想过你有过婚姻。听起来，好像你们感情还很深，即便分手了，你也不愿意去诋毁前任、过去，我知道这是你的品格或者教养，可是我心里好难过，赵老师。"

顾湘委屈地喊了他一声，再爬起来，告诉他，她看男人的眼光确实很逊！第一任劈腿，第二任因为门第观念不敢和她继续，再到赵孟成："你比他们加起来还糟糕……"他的糟糕不是差劲儿，是眼看着哪儿哪儿都好，可是剖开来，是"白切黑"，顾湘甚至都没有勇气能成为他眼里的独一无二。

她怕他像顾文远那样，即便身边女人来来去去，可是唐女士在他心目中，永远有原配妻子的分量。

赵孟成听到她把自己与她的前任们比，还用了个再一言难尽不过的词来形容，气也顾忌风度："哦，原来你之前有两任男友。"

"那不然呢，赵老师该不会真的以为我一张白纸地等着你吧。"

"我可没这么说。"

"你说了！你阴阳怪气地说我有两任男友！"

"我说你有两任男友，但没有阴阳怪气。"

"那你为什么要说？"顾湘句句跟着，顶真得很。

赵孟成干脆不要风度了："那是因为你说我比他们加起来还糟糕啊！"声音好大，气急败坏得极为明显。

房门没关，他们一副吵架的嘴脸，顾湘先是蒙，再来是"挽尊"："赵老师最好不要大呼小叫，你的学生还在楼上，免得您这S外的名牌老师掉下神坛。"

"你少来这套。"赵孟成满不在乎。

两个人挨得比较近，彼此的呼吸都可以吹拂到对方脸上，良久的尴尬沉默里，赵孟成问她："所以呢？"

"什么？"

"你的答案。"

"什么答案，我不记得有做什么赵老师出的卷子题目啊！"顾湘其实门儿清，但是傲娇病得有比他更傲娇的药来治。

“顾湘。”赵孟成陡然喊了她一声，“其实，那天你的珍珠我找到了，可惜，又被我不小心弄丢了。”

眼下她左耳上戴的这颗，是他临时找姐姐割让的：“因为看过几家店，都没有满意的。你原来那只又是你母亲送给你的，那么有纪念意义。”

“我做不到全然弥补，但起码也是诚心诚意。”他在说那只珍珠耳环，又好像在指别的。

总之，他就是故意的。故意重要的话放在最后说。

顾湘几乎本能地冲口而出：“你少来！”这种娇嗔话，顾湘从前时常说，是恋爱期间，俏皮又害羞的下意识口头禅。

她身心两重都在劝自己，冷静冷静，都是糖衣炮弹，千万别受用，热脸贴冷屁股的人不得好死。

可是无声的对视里，她还是先破功了，没忍住，因为赵孟成实实在在地盯着她，锁着她。

她先败下阵来，嘴角背叛出笑意来。

继而，对面的人，一向傲娇冷面的赵老师也轻轻浮了浮嘴角。

“你不准笑！”顾湘命令他。

赵孟成道：“我什么时候笑了？”

“你明明笑了！”她干脆拿手指指他。

被他即刻抬手捉住了。

顾湘抽回食指，一脸正色地告诉赵孟成：“我要和我朋友聊聊，我得好好想想，我甚至不敢想象我妈知道后的反应，我不想在脑子一团糨糊的时候做任何冲动的决定。”

赵孟成没有任何补充，爽快地答应了她成年人的思虑：“好！”

“我要睡了，你走吧！”眼下这么个糟糕的脸面，糟糕的房间，顾湘其实并不想他多留。

赵孟成问她：“那么，还去喝酒吗？”

对了，说到没有履行的约会，顾湘问他：“为什么一定要约在那个酒吧？”

“因为那晚见你解决你父亲的家务事很理智，总觉得你即便接受不了，也不至于泼我一脸酒。”

顾湘道：“我会！”

“嗯，领教到了。”赵孟成管她要回自己的手机，再指指她地上的东西，和房间里乱七八糟的现状。

临走前，他替她把一个玩具公仔捡起来，端正地搁回床上，拍拍那个小猪的头：“答应我，好好想。”

夏蓉街这条商住两用街，各家有各家的停车位，门市门口台基上也默认可以停车，但民住这面街，规定是停在院里。偶尔有交警出来巡逻，你乱停，弄不好就能等来一张罚单。

赵老师今天就得了张。

因为他刚才过来得急，车子直接探头上了对面台基，车窗玻璃上赫然一张罚单。

赵孟成走过去，面不改色地揭了下来。

坐进车里，他没急着走，抽根烟的工夫，翻阅回复手机里学校群的工作短信。车子一键启动后，电台还是先前周校长搭他车时听的，他两次直接熄火直接启动，都没关。

眼下电台里播着首歌——

亲爱的 别任性 你的眼睛
在说我愿意

有人难得闲情状地听歌，烟夹在手指间，冉冉烧成一道直直的蓝烟。

[24]

一截烟灰断了下来，掉在衬衫的前襟上，赵孟成徐徐才发现，掸开的时候，已经燎出块焦黄的痕迹。

这是个糟糕的前兆。

两日后，姑姑给赵孟成打电话，询问他：“孟晞和檀越怎么了？回你父母这里吃饭，两个人愣是一句话没交流。”

赵老师反向听见了桩新闻：“她没闹着离婚？”

姑姑问：“咋了，为什么事啊？要离婚？！”

“没事，坏不过眼前。”

姑姑还是不放心，叫他有空回来吃饭，已经很久没回来了，再忙，一日三餐不能草率。

檀越娶赵孟晞没多久，姑姑就来了赵家干活，说是保姆，但家里也没人把她当外人。赵孟成出那起交通事故的时候，父母各执己见，但全是理智派，阖家也只有这个老保姆说些长辈视角的体己话，无关轻重、无关格局、无关影响，只体恤一条命还在就够了，其余明天想。从医院回来休养的时候，他整个人脱了相，也只有姑姑一日三餐盯着他补。

冯洛那个执拗的性子，唯独喜欢家里这个老保姆。她冷嘲热讽地告诉赵孟成：“你们赵家，也只有那个保姆还瞧得上我。”

晚上，一家人难得到齐了。檀越向岳父岳母主动谈及了资助康樱的事情，以及孟晞知晓后和他闹的事情。

赵父问女儿：“你当真要离？”

赵孟晞平时是蹦老高的炮仗性子，父亲果真掉脸色了，也不敢忤逆，没好气地牢骚：“那么，他瞒着我是不是事实？你儿子帮着他瞒我，是不是事实？”

“我不管你们之间的事，离不离也全由你们自己，仅仅知会我们一下就够了。”后半句一落定，没人敢出气了，因为两年前，赵孟成就是这么个德行知会父母的，说婚礼不办了，他们也办好了离婚手续。

这对传统家庭而言，无疑是蒙羞般的打击。尤其赵家，赵父赵母那些同僚、戚友，请柬全寄出去了，赵孟成一句不办了，其余后果很难自负。

书惠的死，让爷俩积攒的长线矛盾全线崩盘。赵父斥责他：“什么事全由着你自己的性子，书惠是一桩，让你调职回来又是一桩，如今你自己选的伴侣，临到球门一脚了，又不要了！你们当别人是儿戏，还是把自己当儿戏？”

“老赵，如果可以选，我希望那天没的是我，而不是书惠。”

与书惠进山夜钓前，赵孟成与冯洛的感情已经到了“病危”。彼此各忙各的，最长时间三个月没有联系，他提过一次分开，冯洛不言不语地抱着他，问他心里是不是有别人了。

没有。无疾而终的感情，才叫人唏嘘。

山里，书惠和他聊了许多，回城的路上，赵孟成还说，即便他是个恶人，也得了结一次。

没多久，就出了那样的变故。

赵孟成多次与冯洛谈分手，她始终不肯，平心而论，他在最低谷时，是冯洛陪他熬过来的。久而久之，他们都觉得也许能熬过无疾而终的空虚感，三十岁的冯洛问赵孟成：“你从来没想过跟我求婚吗？”

先前她一心扑在事业上，三十而立了，她说想拥有婚姻。

到此，他们是相识了整整十年的感情。尽管个中磕磕绊绊，但无疑彼此都忠诚着对方，赵孟成原以为哪怕感情不那么浓烈了，他也可以凭着责任担当起这桩婚姻。

未承想，冯洛因为一个孩子退缩了。她说不敢告诉他，她一点不喜欢孩子，也知道赵孟晞他们没打算生，对赵孟成他们来说是怎样变相的压力。

赵孟成说：“他们是他们，我们是我们。”

“可你明明很喜欢孩子。”冯洛拆穿他。

她说自己贪得无厌，她知道。当初在学校里，第一次见到他，听说了赵家，冯洛承认是心动的，她坦坦荡荡，喜欢这样光环之下的赵孟成。

这些年，她在工作上也得济于赵孟成父母人脉的帮助，她从来记得。

她也知道，好几年了，他对她都心不在焉的。不是她一个劲儿地拽着他，他早厌倦她了。她已经分不清，到底是单纯喜欢赵孟成这个人，还是喜欢受益于赵家恩惠之下的安逸感。

“我知道，你是因为书惠的事，感激我，感激我没有在你低谷的时候离开你。”

“你们赵家养不出狼心狗肺的人，当然，你姐姐除外，我一点不喜欢你姐姐，不喜欢她的傲慢刁蛮，不喜欢你们所有人都宠着她的惯性，不喜欢她瞧不起我的样子。”

“赵孟成，如果我留下那个孩子，你当真能和我过一辈子吗？”冯洛说，与其说她不信他，更多的是她不信自己了，她放空地去想，想不到一家三口会有怎样的光景。

积重难返。赵孟成问她：“那么，婚礼还要如期举行吗？”

冯洛泣诉着沉默。

他离开的时候，把那套新房的钥匙留了下来，旁的任何话没有多言，只说房子留给她，有时间去办一下离婚手续。

“真论起对错来，我们都有。所以，冯洛，我不怪你。”

“赵孟成，你早不爱我了！”

饭桌上，赵父给出两全的建设。

檀越资助那个孩子，道义上没错，但错在不该不告诉孟晞。“她再怎么刁蛮，也是你妻子，婚姻做不到有商有量，那还结什么婚。”父亲说到这儿，桌上人又不约把目光投向赵孟成，“那孩子高考在即，断什么不可以断人家前途。”

赵父的意思，既然是赵孟成帮着当中间人，那就继续中间下去，他是老师，来往起来也更正经严肃些。

檀越如果私下有什么要探望的，那就他们夫妻俩一起去。

逝者如斯，孟校长也劝女儿：“不能这么小性子，现在你哪个从前来往的朋友求到你，关乎小孩前程的，你就当真不管了？不能够。能帮还是要帮，夫妻之间也要坦诚商量。”

赵孟晞那头一副难得受教的口吻：“怕只怕，赵老师不肯了。”

做了半晌局外人的赵某人这才放下汤碗，控诉姑姑：“我觉得您木耳没择干净，嚼到沙子了……”

赵孟晞说这话是自认理亏，搞砸了弟弟一段姻缘，再徐徐听赵孟成开腔道：“是，我不肯了。我不想和动辄信口开河的人为伍。”说着，就把那日老小姐怎么当着人家孩子的面，说的那些荒唐话，悉数转告父母听。

赵父一听就拍下了筷子，训斥赵孟晞：“混账！”

赵孟晞看赵老师不厚道地卖人，她也干脆卖他："赵孟成你这是公报私仇，你是看我不小心说漏嘴，让你的暧昧对象泡汤了，这才挟私报复！"

暧昧对象？！这下桌上连同姑姑都跟着为之一振奋。姑姑甚至给孟校长使眼色：是吧是吧，我说前几天送药不对劲儿吧！

孟校长一贯像个佛爷，倒也过问了几句："什么样的对象？"

赵孟成这几日在做高考填空题特殊解题技巧的教案，学生听课后戏谑是流氓解题技巧，就是在不违背题意的前提下，化极值解题，这也是出题者的思路，和所谓的大宗至简是一个道理，活条件、死答案。

他原以为他那晚也是活条件、死答案。

结果，两日过去了，他没有等来顾湘的答案。所以，饭桌上，母亲问起来，他干脆趁手摁下去："没什么了，对方拒绝了。"

"为什么呀？"姑姑先抢白了。

赵孟晞说："因为我不小心当着人家女方的面提了冯洛，人家也不知道赵老师离婚状态……"

姑姑一听："嗐！"惋惜得不得了。

赵父、孟校长一时无话。

饭后，赵孟晞难得主动请缨，要帮忙收拾桌子。院子门楼顶上有盏照明灯憋掉了，到了天黑没个灯不方便，姑姑要赵孟成走之前，趁手帮忙换一下。

姑姑在底下扶着梯子，赵孟成爬上去，没一会儿就换好了新的灯，揿亮了，正准备下梯子的时候，姑姑用私下谈家常的口吻问："什么样的姑娘啊？"

"一个鼻子，两个眼睛的姑娘。"

姑姑捶他一拳："你少贫嘴。你刚才在你爸跟前怎么不贫的！"

"他们都没姑姑受用呀，您最受用。"

"你少来！"

这话莫名熟悉，赵孟成微微展颜，再听姑姑说教他："你爹妈那是不敢同你多说什么。"

"有什么不敢？"

“怕你起反骨啊！你就是个反骨头！”姑姑没多少文化，只有一片衷心，她说，也不怕他不快，“为你和那冯小姐的事，你爸当真由人笑话多时。哪对父母，别管多大年岁了，都有为子女愁不完的心思。你们说不结就不结了，你爹妈当初那么不满意冯小姐，你都坚持下来了，到头来呢，还不是竹篮打水一场空。要我说，那女的也是个心狠的，趁早不结也好，结了，婚后也长不了。”

现如今，赵孟成听这件陈旧事也没所谓了，只是打趣姑姑两面派：“我以为你是喜欢她的，原来也不中意啊。”

“我不喜欢，我那是看在你的面上叫她一声冯小姐。”姑姑一股秋后算账的样色。

细数冯洛的不对付，面上冷冷的，吃饭跟个猫似的，一点福相都没有……

她还要说呢，赵孟成道：“好了，咱们不背后说别人好嘛！”

姑姑这才觉得扯远了，说回正题上：“现在那姑娘当真黄了呀？”

“十有八九吧。”

“什么叫十有八九，那一二又哪儿去了？”姑姑不死心。

对着姑姑，赵孟成难得有几句真心话，他也知道姑姑要学给母亲听：“对方是个独生女，父母也娇惯，自然不会同意女儿上来头婚变二婚。”

“你中意人家？人家姑娘也喜欢你？”

“算是吧。”赵孟成简略地交代了经过，他说，“我不想强求她，免得日后，一地鸡毛。”

“你说这话就是个冷性子，什么叫不强求，又怎么样叫强求？旧社会盖头一盖，眼睛一瞎去嫁人，那叫强求！哦，你好不容易离了那个冯洛，有个看对眼的，就因为人家说一句介意，你就不强求了，我要是人家妈妈，也不肯。这么个冷心肠，我招你做女婿图什么，就图你长得好看？”

赵孟成听后，倚在梯子边，衣衫都蹭脏了，一时没接话。

姑姑是嫁过人的，没福气，丈夫死了，也没个一儿半女，但在赵家这些年，古道热肠的，邻居戚友都很喜欢她。赵孟成也对这个长辈很服帖，有时候，人的智慧和文化学识其实并没有多直接的关系。

姑姑再说："你从前和冯洛在一起就是人家逗着你，我倒是觉得，你被将养坏了。哦，一个男人的头颅比女人的还矜贵，那不要找老婆了，一辈子打光棍得了。"

赵孟成理解姑姑的意思，但他也有他的顾虑："我的意思是……"

"你的意思不重要，重要的是，你有没有再亲口问问人家？你都说人家就一个，父母又当宝贝，那么，人家这么个好性子的姑娘能来招惹你，你又为什么不能去低低头呢？"

"是……"有人被训得没脾气。

"就是个狼崽子要吃肉，它也得自己去找啊，这不是天经地义的事嘛！"

赵孟成一只手搭在梯子上，抬头看头顶上才换好的灯。灯下看他，风流俊秀的一双眼，他继续没脾气地打趣姑姑："您说这话，得亏赵孟晞不在，在的话，她得跳脚说你'开车'。"

"开什么车？我不会开车。"

[25]

说是找朋友聊聊，顾湘却没有第一时间打电话给陈桉。因为知道好友绝对会笑话她，笑话她多大点事，非得放在脑子里盘，都盘出包浆了。不就是个男人嘛，合则来，不合就散呀。

关键是她不想那样，不想好不容易建立起的经营心，在经历短暂欢愉的几天、十几天，或者几十天后的早晨，睁开眼发现睡在身边的男人，丑陋极了，没意思极了，与他托付不了任何生活的期许或者抱怨。彼此进入不了对方的生活，顾湘觉得那样的生活好空虚，没有根基，她也会被规训成一只没有脚的鸟，因为没有岛屿供她栖息，她唯有不住地飞。

如果怎么选都是累的话，她情愿不把自己陷进那个没有意义的旋涡里去。

因为她太懂那种没有心的男人是怎样消遣感情，或者性的。

星期一的办公室是忙到陀螺起飞的。上海总部的项目总工又带了大佬客户来看样品，作为支援地陪，顾湘应酬客户到晚上十一点多，送他们去到酒店，自己也喝了酒，等着代驾来接的空当里，她看了看那条微信置顶聊天，风平浪静极了。一瞬间，她感觉自己的心冷了下来，就像一场高烧，要不药石罔效，要不总有退烧的那天。

工作这几年，顾湘已经习惯给自己定短暂的最后期限，没有长远规划，只有短期执行。

所以，她警告自己，三天，三天的死期内，如果赵孟成没有联系她，那么她也不想再去坚持什么。喜欢是一回事，但她早已过了迷信爱情的年纪了。她可以去招惹他，她可以走九十九步，但如果对方连一步都吝惜的话，没有别的原因，只是她对他来说还成为不了主题曲，顶多算首插曲。

随行的几个男同事在抽烟，站在冷风里，酒气裹挟着烟草味。嬉笑怒骂间，各色形容，顾湘局外人般审视这些男人，他们或单身、或有对象、或拖家带口，众人众生相，但这些众生皮囊里，顾湘质问自己，为什么看他们就能这么冷静乃至冷漠呢？她怪老天爷不公平，半吊子，偏偏给她遇到了，遇到个想从皮囊进入灵魂的人，还好死不死的是个傲娇鬼，那鬼心里还有另一个鬼！

她如何不介意，一个男人能把十年交付给你，不长情也长情了。他那样的婚姻未遂和既成婚姻有什么区别？要不是前妻反悔，他赵某人不就是已婚男士了，孩儿他爹了？

越想越气，她说好好想想。一天了，但凡是个坐不住的男人早给她打电话了，软磨硬泡也好，早死晚死也好，总得跟她要个答案吧！

结果就是，一个离婚男人比她还沉得住气。

“见鬼去吧！”顾湘站在冷风里，一副骂人嘴脸。

一行同事都侧目过来：“香香，你在和谁说话？”骂谁呢？

顾湘说：“不是说你们，说一个拿傲娇当饭吃的老男人。”

男同事打趣她：“有多老？”

“反正年纪蛮大的了。三十好几。”

男同事道：“有被冒犯到。”

次日上班时间，顾文远给顾湘打电话，关照女儿：“过几日是你妈妈的生日，不能忘了，还是老规矩，你买礼物，我出钱。”

往年，父亲这样殷勤，顾湘随他去，多一个人记挂着唐女士也没什么不好。早些年她甚至还期许父母能复婚，也曾问过妈妈，得到的答案是，那样的话，可能是和你爸再离一次。

唐女士说：“最艰难的时候我都一个人挨过来了，没再回头去和他拉锯。且你看到的都是合久了分，你见多少分久的去合。不如意的终究不顺遂，你用物件还这样呢，更何况人。”

今时今境，顾湘才把自己从父母之间择出来看这件事。无论是当初的离婚，还是早几年她盼望着父母复婚，都是她自私的想法，她希望父母像一件衣服一样，她作为纽扣，一家三口再联袂在一起。她从没客观地去审视父母各自的立场，也许顾文远是对妻子久久愧疚成一份情，也许唐女士早不爱这个背叛过他们婚姻的男人。婚姻是什么，说白了是一份具有法律效应的契约，守约的两个人就像摆渡者，掌舵方向审时度势，都需要彼此通力合作，需要经营、需要维持，从来不是值得迷信甚至迷恋的避风港。

反过来说，从婚姻这桩“条约”里各自取消缔结的两方，也不值得被披上件不光彩的外衣。

“老爸。”

那头愣了好久，才磕磕绊绊地答应了声。因为顾湘好久好久没这么喊他了。

“妈妈不会和你复婚了。”

“我知道。”

从来知道，向来如此。顾文远说：“哪怕现在你妈妈掉头就嫁人了，我还是会想着她，不是妻子了，也是我闺女的母亲，这点改不了，其他也不重要了。”

邮件提醒在线会议时间快到了，顾湘也匆匆结束了与父亲的私人电话。从工位挪到会议室里，视频会议的中途，顾湘把笔夹在耳朵上，游神了几分钟，突然悄悄蔑笑了声，因为毫无意义。

人始终不是公式、不是笔迹、不是行文风格，你指望从一个人身上去套另一个人的结果，不可能也没有意义。

下午茶时间，她的喉咙疼起来了，是扁桃体发炎了，腭垂也掉了下来，喝水很疼，有严重的阻塞感。

比她大几岁的女前辈说她：“还是你们年轻人火气大，老早就把冬衣脱掉，萧薄薄的，身上单又露脚踝的，怎么不怕冷的？瞧吧，冻着了吧！”

晚上继续加班，顾湘没当回事，随便找了几颗消炎药对付了过去。

第三天，身上的淋巴系统开始友情提醒她了，好疼，人也起了热度。她加班到晚上八点，来分部这里第一次请假了，顶头上司是个四十开外的已婚男人，加班时刻不算翘班，顾湘说提前走了，做不完的她回去做。总之，明天老板开电脑的时候，邮箱里肯定有她的技术标。

老板笑得很温和，问她：“你走就是了，怎么，我这么可怕吗？”

“也不是。规则是规则，人情是人情，我尊重规则，您才会饶我人情。”

老板旁的没说：“纪总说得没错，有人脾气大但能屈能伸，昧着良心的马屁话张嘴就来。”他的意思再明白不过，顾湘来这里，纪纭是打过招呼的。

对此，她不置可否。礼貌范畴地笑且谢过，扭头往外走的时候，她心头有清清楚楚的潜台词：非我族类。

她犹记得那日被唐女士撞见纪纭送她回来的场景，是，她是说了，不做二婚太太。

但二婚与二婚也是有区别的。有的男人，明晃晃的妻子在那儿呢，即便名存实亡，但没把自己择干净呢，这样的境况下去沾染别人，就是给人家泼脏水；而有的男人，嘴巴又是个死物，生怕他纡尊降贵说几句，泥塑的金身就彻底崩塌了。

通通都见鬼去吧。

顾湘坐到车里的时候，难受极了，一阵寒凉一阵高热的，她给陈桉打电话，说她也许得去医院了：“好难过，你来陪陪我吧。”

一个小时后，市立医院本部，陈桉和家明一起来了，而顾湘前面还有几十个夜间急诊的号。

她拉陈桉坐下来，好有个肩膀可以靠靠："S城的人怎么这么多的，看个头疼脑热都这么多人排队！我想好了，我要找个医生男友，起码来医院能走个后门。"

陈桉摸她的额头，烫得能卧鸡蛋了："赵老师不要了？"

"不要了，他不爱我。"

陈桉要家明去买水："这才哪儿到哪儿啊，姑娘，你就想要人家爱？"

"为什么不能？我就想找个人陪我一日三餐，陪我看电影，陪我来医院，陪我什么都不做地待着，怎么就这么难！"顾湘告诉了好友，赵孟成有前妻的事，控诉他，即便这样，他依旧有他的尊严要顾，"三天了，我给他的死期，现在死期到了，该怎么样怎么样吧。"

等等，陈桉发现个重点："为什么你们两个都这么在乎二婚的事啊？谁说你们一定能走到那一步的？"

顾湘不想说话，纯粹被高烧折磨的。

陈桉要家明去买水，弟弟买了几瓶有颜色的饮料，陈桉怪罪男友："水，矿泉水！你们男生不是最爱说'多喝热水'的吗？"

家明也没好气："没有啦，姐姐，贩卖机里水卖完了。"

顾湘恹恹地连忙圆场："我不渴。不要为我吵架，我不想担这个罪过。"

等着叫号且还有段时间，顾湘要去洗手间，陈桉说陪她去，两人的包都交给了家明守着，也要他守着一个好不容易得来的位置。

她们再折回来的时候，家明在玩游戏，瘾大的呀！陈桉更是没好气地踢踢他，要他让开，傲娇的弟弟干脆起身，一言不发。顾湘看在眼里，直接怪陈桉了："干吗呀，成心让我不好过是不是？"

"不关你的事，来前就吵架了，我要来看你，他也非得跟着。"

再坐了二十分钟左右，陈桉坐不住了。他们都没带保温杯，陈桉看顾湘烧挺高的，说要去护士站要个一次性杯子，接点热水给她喝。

内科急诊大厅里坐满了人，拐弯隔壁又是儿科急诊。输液大厅也在这一层，此起彼伏的哭闹声、叫号声、脚步声。有人把不锈钢的杯子滚到地上，“咣当”一声，拖沓出好长一道弧线声；有的孩子怕是挨了针扎，那哭声比杀他还惨；有的人刷个抖音，开老高的公放声音；有的人躲在墙角抽烟，被医院护工厉声喝止：“这什么地方啊，还抽烟！赶快给我掐了……”

远远近近的声音，像个拌浆机一股脑地搅碎在顾湘的脑袋里，昏昏沉沉，嗡嗡作响。

不知过去多长时间，陡然有人拍她的脑袋，得不到她的回应，就一遍一遍地拍。把头埋在膝间的顾湘以为是陈桉，问：“多少号了，到我们了？”

昏昏然抬头，赵孟成正好准备蹲身下来看她，两个人的脸不经意擦了擦，顾湘听到眼前人冷冷地说：“好烫。”

坐在椅子上的人，舔了舔嘴巴，恍惚地看着眼前人，哑哑地问他：“你怎么来了？”

不对。

“你怎么知道……”

话没说完，赵孟成的手来探她额头，手是暖的，但不敌她的温度，干燥地贴在她额头上，体感上莫名觉得降温，他问她：“量了吗，多少度？”

“39.1℃。”来的时候在护士台量的体温，顾湘报给他听。看着眼前这张无限接近的形容，顾湘发现自己没出息极了，一半生理的不舒服，一半心理的过分委屈，她固执地问他：“你怎么知道我在这里？”

赵孟成指指边上打游戏的家明：“我给你打电话，你的‘绯闻男友’接的。”

一句话成功招惹下来她的眼泪，高热的人又哭又笑，随即用哭唧唧的口吻，撒娇也好，控诉也罢，告诉他：“我喉咙好疼。”

赵孟成彻底蹲身下来，用无比认真的形容与口吻，回应她：“我看看。”

Chapter 09 想象

[26]

他说要看，就真的看。

人蹲在顾湘跟前，见她不张嘴，就引导她，让她“啊”。脑袋里像有柴烧得噼里啪啦的顾湘也鬼使神差地这么做了，她张开嘴巴，给他看她喉头上的腭垂是真的掉下来了，好疼，都不能咽口水。

陈桉端着一纸杯水回来的时候，看到的就是一面之缘的赵老师在牵顾湘起身。

赵孟成问顾湘：“开车来的吗？”

后者点点头。

他再关照她：“车子叫你朋友开回去吧，你这么高的热，扁桃体都发炎了，估计得吊水。”他的意思是要陈桉他们先回去，他留下来陪她。

陈桉这人平时叽叽喳喳，没吃过败仗，更不会买哪个男人的账，看到赵孟成居然有点怵，听他这么安排，也只有这么着了，索性把手里的水递给他。

赵孟成盯着那纸杯看了眼，没说多少，接过来：“谢谢。”再拿给顾湘喝。

陈桉在心里发笑，笑这个男人好有趣，我给我姐妹的水，要你谢！你说他有教养吧，又死傲慢的一张脸，轻易都不会把谁放在眼里。正如顾湘喝完的纸杯，赵孟成努努嘴，要她顺手扔到边上的垃圾桶里去。

顾湘这个状态也确实不能开车，陈桉明了，但是这个男人一来就打乱他们的节奏，她作为闺密不爽。接过顾湘的车钥匙时，陈桉阴阳怪气地嘱咐几句："顾香香同学，记住你刚才的话，热脸贴冷屁股的人不得好死，有人半个小时前说下一个目标是医生的！"

顾湘哽住。

站在边上的赵老师不为所动，一只手替顾湘拿着包，另一只手在翻手机通讯录，不多时翻到了，他打了通电话："是我，赵孟成。你今天当值吗？我去找你。"

几句话草草收了线，赵孟成要带顾湘去找谁。至于她的朋友，他自认为给了十成十的礼数了："谢谢你们。"

直到赵孟成推着发烧的顾湘径直离开，陈桉在原地一副捶胸、掐人中般的窒息状："这是个什么男人啊！"再跺跺脚，"顾香香，你个重色轻友的家伙！"

几乎被拎着走的顾湘很委屈，赵孟成的一只手始终搭在她脖颈上，推着她上前，她想回头还是扭头，后面那只手都不允许。

"先去看病，其余等你烧退了再说。"

赵孟成那通电话打去了呼吸内科办公室，对方姓池，今日在住院部那边值班。听到赵孟成过来了，特地从天桥那头溜过来，二人是从前大院里一起长大的情谊。

池赵二人碰上面，赵孟成简单说明情况，没别的要求："你帮忙看看吧。"

池医生横一眼老公子："你这还叫没有要求，赵孟成，说得这么无辜无害的，也就你了。"

其实都门儿清，这样的发烧，就是先做一遍常规检查。

这偌大的医院，难就难在人多，常规也多。

赵孟成难得一副赔笑脸的和煦："我不管，我都来了，你好歹也饶我一次。"说着指指顾湘，"烧那么高，本就是急诊通道。"

池医生白一眼赵某人，要过顾湘的医保卡，随即两个世故男人做起了就地买卖："我也不管，我饶你家属一次，你也得想着我，我姐那孩子明年就上初中了，考你们附中，你得想着我外甥。"

赵孟成说："明年的事明年说。"

“你少来，我知道你们有职称的都可以写推荐信，再不济还有你家孟校长，我不管，你不答应我，我就告到你老爹那里去！”

乖乖，赵孟成骂池医生臭不要脸，钉大点事，你倒讹上我了：“那我回去排队了！我和你说的工夫都快到我了。”

“是你吗，是人家这位小姐！”池医生拿住赵孟成的短，“是你赵某人，倒不轻易来求我了。就是不是你，才怜香惜玉，男人永远不会‘对得糊涂’。”

池医生给顾湘看了下，初诊没什么大碍，去验个血，看了报告再说。单子也是池医生找当值的门诊同事开的，要他们出了结果再去找那位金医生。

赵孟成拿过开出来的检引单子，一面准备去，一面还留着后话：“我待会儿去找你。”

池医生奓毛：“你还找我干吗？”

“当然有事。”

付费、验血、等报告，一阵流水转下来，顾湘才有空当问赵孟成：“你这样好吗？”

“什么？”赵孟成一袭黑色初春款的夹克，陪她坐着。

“找那个池医生……”

“他也会找我的。”他的意思是，彼此权限内的人情来往。

“我的意思是……”

“嗯？”有人耐性等着她的下文。

顾湘原本是想问，你为我交换人情值得吗？转念一想，怎么就不值了，我又没让他这么做！“你为什么打电话给我？”

“所以，我不能打电话给你？”后者轻飘飘的语气把前者给问住了。

发着烧的人，输出力本就比平常掉血了，再赶上个靠嘴皮子吃饭的人，自然说不过他，不只现下，她回回说不过他！

就在她气鼓鼓地组织不出有力言语还击的时候，赵孟成也侧着脸目不转睛地瞧她，瞧着瞧着，他出口的话和刚才彼此对问的主题毫不相关：“你但凡多穿点，都不会冻成眼下这个乌青乌青的鬼样。”

顾湘一身早春的穿扮。

“出门穿得少，回家倒知道套上双棉袜子的人，我大概是老了，不懂你的脑回路。”

顾湘愣了好久才反应过来，他在说前两次见她，到家了还多穿一双袜子的行径。

她刚想还嘴，你这么留心我干吗？却看到他脱下自己的外套，随意地丢给她。

“干吗？”有人明明很受用，但不能表现出来。

“穿上吧！待会儿如果要吊水，手上打上吊针想穿也不好穿。”有人冷酷地周到着。

顾湘千忍万忍着笑意，嘴上不服输：“赵老师给我穿，你再冻着了，岂不是我的罪过。”

只剩毛衣、衬衫的赵孟成不快地横她一眼：“哦，是哦，多谢你提醒，你快点还给我！”

偏不！顾湘确实有点寒津津的，她火速套上：“绅士的品格再要回去，是要给人家笑掉大牙的。”

“我看你是好了！”赵孟成批评她。

顾湘真觉得好点了，不那么难受了，她说小时候时常有这种情况，在家里特别难受，来医院的路上她就跟妈妈说，我好点了，要不就别去医院了。

她是怕打针。

小时候，唐女士哄她的套路，就是买点好吃的，尤其发烧了，每回都给她买糖水罐头，那种玻璃瓶装的最普通的橘子或者枇杷罐头。

顾湘问赵孟成：“你吃过吗？”

“没有。”

“不可能，我都吃过，你更该吃过，那种古早食品，明明是你那个时代的记忆好嘛！”

赵孟成十分怀疑，就付之于行动，他拿手来探顾湘的额头，不禁啧嘴：“人家是喝多了啰唆，你是烧高了话痨吗？”

顾湘穿着他的外套，虽说是男士短款，但套在矮二十厘米的女生身上，莫名地大了许多，双手拢在袖管里。顾湘索性随性地袖着手，赵孟成却看着十分别扭，他提溜起她的袖子，替她把手“救”出来，两只袖口被他卷得齐齐整整。

莫名治愈强迫症的气氛里，顾湘突然不无厘头了，她乖巧甚至乖顺地问他，第三次：“你为什么打电话给我，为什么来这里？”

“学校放晚自习，今天和实习老师一起去了女生宿舍查房……叽叽喳喳的女生窝……出来下班，经过夏蓉街……”

属于房东小姐的二楼地盘没有亮灯，她没有回来。

赵孟成驱车一路往市中心去，心神枯萎状。前几天在她家门口，他吃了张罚单，今天晚上又是，高架桥下的左道在最右边，他忘了。

直行道上走了左行。被来向的车闪了远光灯，才反应过来。

再一个路口，赵孟成给顾湘打电话，男声接的，对方告诉他，顾湘发烧了，在市立医院呢。

赵孟成彼时离医院不过一刻钟的车程，他凭着本能来了，一路停车来急诊内科，乌泱泱的人群里，他在找人，来来回回几遍，才发现一颗脑袋埋在膝上。

他走过去拍她，心里却是失望的。

失望于彼此。他没有及时问候人家，而人家……于困惑里，自然也不会第一时间想到他。

当即明白了，明白了任何答案都来得没有意义——人和答案比起来。

她万分委屈的那句“我喉咙好疼”，对赵孟成来说，像是台阶，也像是救赎。好像一切有了它，才有了顺理成章，他才能得以继续。

所以，他没理由不回应她，以及他确实想看看，有多严重，有多疼。

腹稿过于啰唆。他前一秒还嫌人家话痨的，于是，到了嘴边的话，删删减减，就成了一句：“想起你也和那些女学生一样，好吵！”

很显然，顾湘不满意这个答案：“你才吵！不会说话就别说！”但是她又不执念去要答案，因为有人实实在在地陪着她就足够了。

赵孟成果真不说了，因为他看腕表，时间差不多了，可以去取报告了。

依池医生的话，报告拿去给金医生看，对方知道是池的朋友，说血象没什么大碍，但还是得先把热度降下来，吊点水吧。

眼下已经十一点多了，赵孟成即便被顾湘臭了一通，依旧鞍前马后地“伺候”着她，给她去付费、拿药，二人再到了输液大厅。

刚才采血疼了一通，眼下又是一针。

那负责种针的护士拼命地拍顾湘的手背，说她的血管太细了都瞧不见，拍了又拍，针头刚挑进去，顾湘给疼地冷嘶了一声，小护士不为所动，倒是边上的赵孟成从后面单手蒙住顾湘的眼睛：“别叫，别动！”

针好不容易埋进去了，赵孟成这才松开了顾湘的眼睛，二人自顾自地说话，他让顾湘自己背包，因为他一手要拿她的药，一手要替她举高输液袋。

他叫她往外走，那小护士以为他们不认识方向，给赵孟成指：“输液大厅在里面。”

赵瞥一眼小护士，温和地说：“哦，她晕血，我先带她出去透口气，马上回来。”

无关紧要的话，小护士怯怯地红了脸。

顾湘不明就里地冲身边人翻了记白眼，啧啧，果真是“红颜祸水”。

谁晕血！我好好的，你少勾搭人家小姑娘了！

顾湘的输液袋由赵孟成举着，针头在自己手背上，二人只得挨着，亦步亦趋，她问：“去哪里呀？”

“这里太冷了，去找老池。”

赵孟成的意思是，她这两袋药要挂好久，与其让她冷坐着，不如他去找那个池医生借张病床给她躺着，这也是他刚才说回头再去找池医生的话头。

池医生在住院楼的值班室再看到赵孟成，骂骂咧咧的：“就你的人矜贵，要躺着，别说你不办住院手续了，就是办了现在也挪不出床位来。”

“少拿乔了，找个值班床位呢。”老公子催。

池医生喊着自己苦命，掉头就把他们里间可以勉强睡个囫囵觉的地方腾出来了，反正他今晚也要通宵赶病历，明早主任大查房。

赵孟成一面领着顾湘进去，一面打趣发小：“干净的吧，你睡过没？”

床铺护工每天都换，干净的。池医生骂人：“就你穷讲究，哦，富讲究。”

这话叫人不爱听，赵孟成反问他：“那要我天天睡的窝，给你朋友睡，你乐意？”

池医生叫他滚，王八念经！

好不容易把顾湘安置下来了，赵老师又提新的要求，问老池：“你找个杯子给我呢！”富讲究的人说最好你们没用过的，不是纸杯就可以。他不喜欢纸杯。

打工人池医生道：“就你毛病多。”

傲娇赵老师说：“没毛病谁来你这儿。”

顾湘躺在里间听见两个男人在斗嘴，池医生翻柜子找到个没用过的马克杯，说是前女友送的。现在人家把他甩了，这杯子搁这儿也添堵：“拿走吧！”

赵孟成问：“就是那个学法的？”

一个学医，一个学法，唉，听起来就是个悲伤的故事。

赵某人得了个便宜杯子，但是宽慰的话也说不出口。他洗过烫过，接了热水往里间去，池医生才从短暂的失恋雾霾里醒过神来，从案前跟过来：“赵孟成，我外甥上学的事，你要放在心上啊。”

走在前面的人，很不耐烦：“啧，你们都是属洋辣子的吗？喜欢盯着人咬。”说话间，拿脚带上了门，把池医生关在门外。

躺在床上的顾湘嫌弃地告诉给她端茶递水的赵孟成：“好吵。还有，什么叫‘你们’？”

“你们就是包括你。”赵孟成把八分满的杯子搁在她手边的一张凳子上，坐在床尾看她也指摘她，“你也是一只洋辣子。”

然后要“洋辣子”等水再凉凉，能入口的时候喝点。

说罢，他起身再瞧了眼输液袋，短时间内且不会滴完。

“手别乱动，先躺会儿。”他拿着手机作势要往外走。

顾湘问他：“你干吗去？”

赵孟成说：“买个东西，马上回来。”

[27]

许是太困了，逼仄的一张行军床上，顾湘昏昏沉沉地睡了过去。

窸窣间，她听闻床头有脚步声，以为赵孟成回来了。扭头过来，睁开眼，是当值的池医生。赵临走前央托他，替他看着点，看着吊着的水和躺着的人。

池医生一身白袍，巡顾了下，没有多言，看顾湘困意正盛，安抚她：“你睡吧，我替你看着。”

“赵孟成说他去哪儿了吗？”

“放心，他肯定回来的。”池医生揶揄顾湘，说热恋的男女果然一分钟都舍不得分开。

顾湘烧得嘴里、喉咙里有沙砾似的干，应付池医生的玩笑：“我们不是。”

“不是什么？”

不是热恋男女。

池医生三十开外的年纪，中等个头，中等长相，但给人感觉足够地有城府，也踏实，他告诉顾湘：“赵孟成是个最躲懒的人，他能大半夜来殷勤照顾一个女生，对我们的取笑也听之任之，再明白不过的一个案子了。”

是的，旁观者从来清醒，当局者向来……执迷。

顾湘第二遭醒过来，是被“冰”醒的。冷手、冷胶体的什么东西，贴在她的额头上。

迷迷糊糊间，她看到一个熟悉的身影，侧坐在晕开的光圈里，让她别动。

“好冰。”顾湘感叹了声。

是退热贴。赵孟成给她额头上贴了块退热贴，手上在拆一个黄色小纸盒，看上去是药，他问："还难受吗？先起来吃个药。"医生有开抗生素的药，他手里的是额外的，他出去买的。

"你出去买药了？"顾湘长发散着，一并说，就着他的手，被他轻轻扽起了身，坐靠在床头。

他自顾自拆手里的包装，从锡箔纸上抠出一个比火柴棍稍稍粗一点的小瓶体，里面装着十颗菜籽大小的黑色药丸，赵孟成要顾湘张嘴。

"这是什么？"

"六神丸，治扁桃体发炎很有效的。"

"六什么丸，那不是男人吃的药吗？"顾湘觉得好乌龙。

赵老师无端一声叹："你说的那是六味地黄丸……"

"它们不是一个药？"

赵某人问："你很懂？"

"也不是很……"嘻嘻，床上的人连忙转话题，"一定要吃吗？看上去好苦的样子。"

"张嘴。"赵孟成告诉她，他打小就吃这种药，很有效。

顾湘嘴里被他倒进好几颗黑菜籽般的小药丸，然后吞了口温水，勉强咽下去了："好吧，看在赵老师三十年的临床效果上，我信你。"

某人被她逗笑了："你生下来就吃药啦？"他难得好脾气地纠正，眉眼笃定，也就十来年吧，"十来年的临床效果。"他顺着她的玩笑自嘲。

二人相视一笑，顾湘昏昏然之间，他再问她："苦吗？"

"也还好。"顾湘咂吧了一下嘴巴，药太小，被一口温水冲下去，没什么感觉。这个药倒是可可爱爱，比那些西药胶囊强多了。

"既这么说，那么我买的古早罐头是派不上用场了。"

"啊？"

赵孟成原本以为门诊药房里有他要的药，结果空空如也，他又开车出去找药房，前两家库存里只有人工麝香的，他又坚持要买天然麝香的那种。这才耽误了些时间，至于顾湘说的那种罐头，他当然吃过，只是大半夜想买却很难找，兜了一圈无功而返。

结果在住院楼楼下的小店里问到了，他说："大抵是医院像你这种怀旧的人很多，所以老板把握住了商机。"

赵孟成从马甲袋里翻出一个玻璃瓶，当真是一瓶橘子罐头，他问她："想吃吗？"

顾湘没有第一时间回应他吃不吃这个问题，而是很认真地问他："你干吗要这么听我的话？"

赵孟成身上的毛衣是件套头圆领的藏青色羊毛衫，他总是能把最冷调、最素的衣服穿出个人特色，还让他的年纪成个谜。

顾湘细细端详他，突然明白了他口中与他前妻十年的羁绊，这样的男人，口是心非极了，温柔刀的典范。有些花把式的男人是说的多、做的少，他是说的少、行动的多，还一句情话没有，挤对你像挤对自家的小孩。

他像一个父亲，口口声声地嫌弃你，但一扭头，你说的每一桩每一件又都替你办到！

顾湘好像忘记跟他说了，我很吃这套，所以你最好不要轻易这么做。

出口的话，又变任性了，她问他："你对你前妻，从前也是这么细致的吗？"

过去的事总要过去。回忆区别于现在，就是毫无力量。此时此刻你可以很清楚地感受握紧拳头是怎样的力道，而回忆里你如何歇斯底里，如何声嘶力竭地拼命去够那终点线，却全没了具体的感知。

赵孟成把那罐头翻了个，拍了拍底部，然后旋过来，轻而易举地打开了盖子，甜丝丝的味道飘出来，他递到顾湘面前："喝一点。"

"回答我。"顾湘一把夺过瓶子，随手搁置到床边的凳子上。

"所以是介意了，才生病了也不屑告诉我。"

一句话再一次成功招惹到她的眼泪："明明是你，你三天都没有给我打电话。"

"顾湘，我不想影响你的判断。"

"那么你干吗来？你为我殷勤这一圈干吗？你总是这样，其实最坏的就是你。你总是在我快要熄灭的时候，拼命地来复燃我。"

顾湘一边哭，一边拿扎着针的手揩眼泪。赵孟成看到了，提醒她，也摁下她的手："会回血的！"

"我回我的血，关你什么事！"

她说话极为地冲，赵孟成扣住她手腕的力道也不禁加重了几分。

随即，他一副批评自己的口吻："我是不该来，还是不该去买？"

垂眸的顾湘，忽地抬起头来，挪到他跟前、膝边，轻轻地问他，也要挟他："赵孟成，我和你前妻像吗？"

"为什么这么问？"

"万一你把我当她的替身啊。"

"如果是替身，那么我为什么不干脆回头找原版？"

听清这句话，顾湘气到本能地抓起他的手来咬，当真狠狠地咬了一口，当事人无动于衷。这个人太可恶了，她要的答案不是这样的，而是你是你，她是她。

"那你今天除了来陪我看病，就没有别的要跟我说吗？"

赵孟成再一次按住她埋着针的手，二人已经四目相对，气息粘连，顾湘都拆不破他的心神，他说："你先把水吊完。"

"我要你说，不说的话，我就真的当什么都没发生。出了这里，你是你，我是我。"她几乎跪坐在他膝边，气色如纸白，还不肯安分。

赵孟成虚虚按着她手背的手，移开了，缓缓去扶她，最后落在了她的腰上，轻轻往里一扣，人几乎挨坐在他腿上。

"你……"

才吐了一个字，外面传来叩门声，池医生风一般的动作，叩了一声随即将门锁一旋，格开门："老赵，我泡咖啡，你要不……要、喝？"

池医生哪想到里面是这么胶着的戏码，乖乖，生着病呢，还抱在腿上！

老伙计之间才没有体面，有的就是落井下石："喂，你这是出去买什么了，我可告诉你，我这里不行啊，有闭路电视的啊！"

床上的人不等赵孟成反应过来，一把推开他，躺尸般躺回去，拿被子盖脸。

也不管手上的针会不会滑，此时，一袋药才将要滴完。赵孟成起身站在床边，看着水滴完，换上第二袋，池医生还在，而赵孟成再想去揭床上人的被子，里面的人怎么也不肯。

赵孟成没辙，只得轰池出去。他本人也没有第一时间回来，而是两个人在外面办公室说了会儿话。

里室不知哪个方向有扇气窗。毛玻璃外隐隐约约有滴滴答答的动静，春雨稠密，一夜润物无声。

直到凌晨将近两点，顾湘才打完了点滴，池医生亲自给她拔的针。

先前的玩笑，他也给顾湘赔不是：“别见怪啊，我们太熟了。”

顾湘没作声，甩手掌柜似的什么都没拿，就要往外走。跟在后面的赵孟成替她拿着包，一面和老池再会，一面要往外走，前头的她，扭头看他手里没有那瓶橘子罐头，什么都没说，回头去拿。

折回来的时候，她在喝那瓶罐头。赵孟成提醒她：“夜里，别贪凉，当心拉肚子。”

顾湘沉默以对，她说过的。

电梯下楼，一楼门楼处，外面已然烟雾蒙蒙。薄暝色的雨幕里，这个点依旧有人来往的脚步声，空落落，清笃笃，仿佛能飘到天际里去。

赵孟成要她在这里等，他去把车开过来。

他迈进雨幕的那一秒，顾湘看着他的背影，心里在盘算，盘算要么我不要他了，要么就必须全须全尾都是我的。

所以赵孟成送她回去的路上，有人迟迟不发一言。

那瓶被她喝了三分之一的橘子罐头就搁在他的杯架上。

顾湘在用手机看邮件和写报告。

赵孟成几次和她说话，她都没理会。

问她路，她让他问导航；问她好点没，她说又不是打的鸡血，说好就好；问她要不要去吃点夜宵，她说不高兴，想吐……

傲娇男人干脆话赶话：“那别吐我车上。”

“没准。吐了你能把我怎么样？”顾湘一而再再而三，三到四地气死人不偿命。

她这话讲完没多长时间，赵孟成突然打了右灯，路上车况少，他变道靠边停车的速度也让人措手不及。深踩刹车急停，顾湘人被安全带勒住了，手里的手机却惯性地滑了出去。

“啊啊啊啊，赵孟成你会不会开车！”

“不太会，顾湘，我诚实地告诉你，我三十岁之前起码有两年不敢碰方向盘。”

副驾驶座上的人一心解安全带，去拾脚下的手机，听他的话权当他在玩笑，继续怨怼他：“不会开就别开。”

她侧着身，手去够掉在脚下最里处的手机，头埋在变速箱边上，赵孟成轻而易举能碰到的位置。

他觉得这一幕很眼熟，就轻飘飘地告诉她，上次在他车里找她的耳环，她也是这样，不管不顾，让檀越误会了。

“误会什么？”顾湘还一头雾水。

赵孟成说：“你说呢？你这么诡异地趴在我腿边。”

有人后知后觉，抑或男人开玩笑就是这么脸不红心不跳，顾湘摸到了她的手机，起身也狠瞪他一眼：“呵，谁说正人君子不耍流氓的，他们耍起来只会更变态、更无耻。”

挡风玻璃上的雨刮没停，密密的雨扑下来，再被刮掉，循环往复。车子停在前后都不着的路边上。

赵孟成回应她的话：“我什么时候说过我是正人君子？”

“你当然不是，口是心非的男人最不配当君子。”

“顾湘，我是个很懒的人，教研组每回开会，市里教育参会，我都得开夜车赶教案。年级听课周我的教学计划也没有任何想润色的地方，就平时怎么样，领导听课也就这么回事。带徒弟也是，外国教育团来访给我们周校长做陪同翻译也是，我都觉得这些事情很简单，因为只要出卖你的业务、你多年来学习的杂收。”

唯独和人心打交道，赵孟成觉得也许他迟迟没合格。

“檀越有个姑姑，在我们家做保姆七八年了。她说我是被从前的感情惯坏了，惯得不会与别人相处，或者把别人对你的好都当作理所当然。姑姑说，她有个女儿也不会肯女儿和我在一起的。”

顾湘的脑回路总和别人不一样，她问他：“所以姑姑有个女儿吗？”

“别闹，听我把话说完。”

他原本的意思是尊重顾湘的意愿，可是姑姑以作为一个母亲的视角批评赵孟成，你连这点门槛都不愿磨，我为什么要放心把我女儿嫁给你，与你去磨生活?

“所以，我在医院看到你趴在自己腿上那个样子，突然明白了姑姑的意思。”

“我为前几日在你家说的那番话道歉，顾湘，我不想要那个答案了。与人比起来，答案毫无意义。”

“什么意思，我不明白！”顾湘被他绕糊涂了。

“你不是问我为什么听你的话吗？”赵孟成回忆他问老板的那一幕，回忆从货架上找到她所谓的古早罐头，那一瞬间，他无疑是笑了，轻松且愉快，他告诉顾湘，“因为那么做，能想象到你的微笑。”

和你斗嘴很开心，看着你要小聪明觉得很有趣，知道你生病却没有第一时间想到我，很失落。

“顾湘，我既希望你快点好，也怕你的情绪如同这场高烧，过去就完了。我还是那句话，也许你是小孩心性，过几天就不新鲜了，因为我实实在在不是个完美的人。”

口是心非的人一下子说了这么多，顾湘头一次嫌他啰唆起来：“赵老师，你这算表白吗？”

她明明只要一句简简单单的表白。

“不，从头开始，我在追求你。”

Chapter10 有的是时间

[28]

赵孟成说，他认为对顾湘，追求比表白更公平些。

“你趁着这段时间再了解了解我，也许热度过去了，结论是：不过如此。”

是的，她这个年纪都已经相信爱情死不掉人了，更何况他。比如他们是攀登者，顾湘的境界必然还没敌得上赵孟成，一般男人的理智值是85分的话，赵孟成绝对超过两倍值。

时间轴再往回倒一点，有人告诉她，有这么个两倍值的男人，你愿不愿意试着交往看看？顾湘的回答肯定是：是手机不够香吗？是加班费不值得吗？要去和这种机器般冷漠的男人耗？！

可眼下，答案恰恰相反。她被激励起无限的胜负欲，因为有些人连口是心非的“戒”都可以破，又有什么不可能。

顾湘头上还贴着那个退热贴，她退烧了，之前在医院的时候就出了一身汗，眼下，她静默地揭下来，没有打算扔掉，而是小心翼翼地够着贴到赵孟成额头上，用无比碾压、嘲讽的情绪同情他：“赵老师一定是被我传染了，发烧了。不然平时那么个惜字如金的人，今天都洋洋洒洒说了一篇文章了。”

她要给他贴好，驾驶座上的人也任由她胡闹。顾湘整个人上半身倾覆过来的时候，赵孟成左手不耐烦地揭掉那倒霉催的退热贴，右手直接环臂圈住了过来侵犯的人。手在她腰上。

顾湘气息压在他眉眼上，面上严肃地质问：“追求者是该这样自觉的吗？”

“不该吗？是你主动过来的。无动于衷才不该是追求者的反馈吧。”有人用最清心寡欲的形容与口吻，说着最放肆轻佻的话。

这世道最可怕的不是流氓有文化，而是，他不仅有文化，还固若金汤地自洽。

“赵孟成，你是真实的吗？”真实地说了这么多的话。顾湘有点不敢相信自己的耳朵。她甚至发现自己叶公好龙极了，这么近的距离，她想拿手指去描摹他的鼻梁，但又不敢。

“你不是要听嘛，你不是要挟我，不说的话，就你是你，我是我。”大抵，慧黠的人做什么事都能无师自通，哪怕是朝女人说情话。

“我确实是这么想的。因为你让我气馁极了。”

“气馁到下一个目标是医生？”

“嗯？”

“你朋友说的，你下一个目标是医生。”赵孟成提醒她，也揶揄她，是不是有什么职业癖好？

顾湘被他气笑了，原来他有听到，还小心眼地记上了。

“你再不答应我，我就真的换下一个了，那个池医生就不错，他比你温柔体贴，最重要的一点，就是好相处。”

“你换下一个我没办法怎么你，但是老池不行。”

“为什么？”顾湘晕晕乎乎，甚至没发现已经被他牵着鼻子走。

“因为那样我没准会和他断交的。”有人信誓旦旦，说这样和戴绿帽子也没什么区别，不能忍！

哈哈哈哈，顾湘终究还是破功了。她恨，恨自己的笑点和泪点，似乎都住在这个男人身上。

默契地沉默后，她再告诉他，委屈但条理清晰：“如果今晚你没有联系我，也许我就真的放下了。赵孟成，我也许在你眼里不那么优秀、出众，可是我只想要我该得的那份，我甚至没有信心去和你那个前妻比。换句话说，我又为什么要和她比，我就是顾湘啊，凭什么我喜欢一个男人，到头来要排在她后面被人拿来比较，这是我介意的地方。二者，你没有联系我，整整三天，你对我的反馈似乎一点都不看重，我在医院最难受的那一阵，在心里发誓，只这一次，没有下次，没有再去主动追男人的必要了。不值得！”

她从医院出来，长发就乱糟糟的，赵孟成看在眼里，手指作梳，替她归顺好耳边的头发。

“你都说了，你就是顾湘，其他的还重要吗？二者……”他学着她的论证调，“房东小姐，你当真觉得全是你主动的吗？”

“那不然呢？”她跪坐在座椅上，还由他手臂圈住，很不舒服，想缩回身，手臂的力道没让。

再听清他的话：“你那栋房子还好不到非让人租的地步。”

什么意思？顾湘脑子彻底抛锚了：“你是说，你故意的？”

“起码没那么真心，我是说单纯和你做生意。”

那晚从派出所出来，她在和顾文远吵嘴，赵孟成冷不丁地站在她后面，说要打扰她一分钟。

也确实是这一分钟，不然茫茫人海，顾湘去哪里和他画交集。

赵孟成坦诚地告诉她，倘若我真心不想，那个人是绝对不会有任何主动的机会的。

顾湘心里翻起汹涌的情绪，骂他还不能抵扣，她说想翻出小燕子抢了紫薇的位置，住在漱芳斋里，然后梦到紫薇质问她的那个“你很得意啊”噩梦表情包。

顾湘一定打印彩色的，然后贴在眼前这个男人的脑门上！

赵孟成一时跟不上她的“脑洞”，无辜且无奈：“什么啊？”

暧昧的气氛可以编织成一个网的话，他们已然是金钟罩了，有人是火，有人是蛾。

顾湘后知后觉，她就是那只扑棱蛾子

出于“脑洞”好奇，也出于恶作剧，她的一只手挪到了赵孟成的腿上，问他：“赵老师，你冷天穿不穿秋裤呢？”

她落手的位置很尴尬，偏偏有人定力个顶个地好，等她抬起日光与他交汇的时候，凌晨三点，夜最浓的时候，也是最关不住人心的时候。

孤男寡女一双不瞌睡的灵魂，熨帖在一起，不擦出点火花，老天爷都得被气厥过去。

偏偏顾香香同学是个最会在关键时刻喊停的人。她每次和陈桉一起看剧，碰到没懂的剧情，或者配角镜头语言没捕捉到的，陈桉给她讲，她还是理不清爽："不行，我要倒回去看看。"

陈桉回回被她气个半死。

此时此刻，生理心理都被这个女人折磨到的赵老师，满以为十成十的胜算，结果，老司机翻车的比比皆是。

赵孟成才把手扣到她后脑勺上，并不愣头青的顾湘一把呼开他的脸："你说过当一个追求者的，这已经超出你的待遇范畴了！"

说完，她坐回自己的副驾驶座，拉过安全带，一副骄矜且命令的口吻："我要回家。困、难受！"

困和难受不假，但都不是她拒绝他的真正理由。

真正理由是她眼下状况好糟糕，口干舌燥的，感觉嘴皮上泼下了个撒哈拉沙漠。她卖力追了这么久的男人，哦，临了，这么草率艰涩的初印象！她不要！

说着就抓起橘子罐头猛灌了几口甜汤，齁死了。再翻开自己的包，找她的唇膏。不是口红管状的，是盖子和膏体分开的小圆饼式设计，赵孟成新奇地看顾湘直接拿墨绿色的那一半膏体瓶去揩自己的嘴巴。

他只笑不语。

车子抵达夏蓉街的时候，天已经微微亮，清洁车已经在徐徐清收垃圾了。一夜的雨，车里开着暖气，冷热交遇，挡风玻璃上陆续有雾气。赵孟成没有一直开着车窗除雾，影响他判断路况了才揿一下，因为除雾是冷气，顾湘的热才退，怕冷热回凉了。

泊车的时候，他跟她说："回去睡一觉，今天请一天假吧。"

"不。"顾湘摇头，组内等着她的技术标开会讨论呢，"我答应我们老板，他开电脑的时候，我的电子档躺在他附件里的。"

赵孟成翻腕看表："还有两个小时就天亮了。"

"扫一下尾，足够了。"

他没有继续不必要的劝说，大概懂这种赶死期的重要性，只问她："几点去公司？"

"我之前和你说每天四十多分钟的车程，并没有诓你哦。"

“我知道。”赵孟成说，“我送你去，这样路上你可以眯半个小时。”

“这也是追求者的自觉？”

“算是吧！”有人坦荡应下。

“那你学校那边？”一来一回的车河，他肯定赶不上。

“不要紧。我已经很久没不准时了。”

车窗上又吸附上薄薄一层雾气，顾湘欣然接受赵孟成的建议。她突然想起了一句话，婚姻里最重要的三块基石是：平等、尊重、信任。

从前她觉得这三个词是互相独立的，今天某一刻心里暖洋洋的，才福至心灵地明白，这三个基石既独立，又一个比一个递进。

她惋惜又庆幸，剑走偏锋地设想，倘若赵孟成真的已经结婚生子，她再遇上他，她会不会更难过？

想着，便伸手在着雾的挡风玻璃上，写了个数字：99。

“陈桉说，动不动想天长地久的人好累也好没趣。多巴胺能助你燃烧一百天，没准，他们死在第九十九天的晚上。”

“赵孟成，早两年遇到你，我都会骂你浑蛋。”因为那时候把爱情看得过于迷信，这一刻她突然明白了，有些人能清清楚楚和你谈分手，丝毫不必怨恨他，他只是不爱你了，并没有错。

爱情和生命一样，生生不息又脆弱得不知明天会不会如约而至。

这样的相悖，才是他们本身的意义。

“我们来打个赌，看我和你会死在多少夜！”

说完，顾湘解开安全带去还他一个滞后的吻。车外有徐徐而行的马达声，有骨碌碌的滚轮声，有晚归或者早出的电瓶车按哨声……

熬夜的灵魂半公开化的吻，光明磊落且肆无忌惮。

顾湘仿佛能感觉到血液在沸腾处分了岔，她爱感官里的柔软与热情，爱须后水气息尽头绵长的撩拨与不知轻重。

距离上次能扪到自己心跳的吻，已经长到仿佛一个世纪。

赵孟成抓来她的手放在自己胸前，短暂的换气间，他贴耳赞许她的小心机：“嗯，唇膏的味道很好闻。”

而顾湘突然破坏欲上前，学赵敏咬张无忌的那一下，狠狠在他唇上咬了口。

赵孟成冷嘶了下，打趣她："属狗的吗？"

"你才知道，我真的属狗。"她再为难他，"你去学校要怎么跟你的同事领导解释这里？"

赵孟成拿虎口来别她的下巴，用微微的力道钳住她，尝她也报复她，只是没像她那么十成十地没良心："就说家里养了只狗，逗她的时候被咬了……"

顾湘笑着骂人，脸红红的，彼此的气息里，是她那唇膏甜甜的薄荷香气："信你才有鬼！"

赵孟成教她反驳那些八卦之魂："既然不信，又为什么要问，啊？"

[29]

顾湘加班时常要到很晚，康樱到底还是个孩子，不太通人情世故，到了点就睡下了。这个点归家，一室的黑暗，冷且空，主人告诉赵孟成："我是个特别爱开灯的人，我妈说，房子有多大，你就要开多少灯，一点不会过日子。"

顾湘房里那盏落地灯，离她远远的，也不是赵孟成认为的夜读灯，就是她得开着灯睡觉，床头灯又太晃眼，她就在离她最远的角落里留盏灯，陪她。

"我妈特别爱打通宵麻将，小时候我一个人睡不着，久而久之，养成了留灯的习惯。"

二人在玄关处换鞋，赵孟成让她快去忙活，忙完抓紧时间睡会儿："别再起烧了。"

顾湘却一点不觉得困，想着他待会儿还要开车，就略微歉仄地问他："我太话痨了，是不是？"

"有的是时间。"

什么意思？

赵孟成补充道："有的是时间，把你想告诉我的全告诉我。"他顾忌着小楼里还有别人，尤其还是他的学生，催顾湘快上楼去，收拾工作、收拾自己。

“那你呢？”

“我在沙发上对付两个小时。”

“你要洗澡吗？”

“我很想，但没有换洗的衣服。”傲娇的赵老师诚实地告诉她，“医院里转了一圈，天知道我有多想换衣服。”

但他还是留下来了。顾湘微微鼻孔出气：“你回去吧，我一个人也可以的，我打车去。”

“这话反着听就是，你回去试试看！”赵孟成利用二十多厘米的身高差俯首拆穿她，并控诉女人就可以口是心非，男人就做什么都是错，哼，到底谁更伪君子？

顾湘咯咯地笑着。

他右手食指竖到唇边，轻轻制止她：“嘘……”

夜回归它本来的静默。

顾湘把电脑搬到楼下，也拿了洗漱用品给赵孟成，让龟毛的他眼下对付一下，冲个热水澡，勉强睡个囫囵觉。其实有客房的，但赵孟成坚持别折腾了，顾湘也得随他去，抱了床薄毯到沙发上，自己也上楼冲了个快澡。

客厅与餐厅有处台阶分界线，鲜明地把二人分割在明暗两处。

顾湘忙工作，赵孟成没有打扰。等她整理好手头上的数据，复检一遍，网盘备份了，一切收梢后，她蹑手蹑脚地跑来暗处“偷窥”某人。

不禁想笑，笑点在于好委屈的赵某人。一万吨包袱的他，委屈巴巴地洗了个澡，然后吧，还得穿他奔波了一天的衣服，顾湘脑补到赵老师的内心独白：士可杀不可辱！

窥着窥着，自己不设防地笑出了声，沙发上和衣而卧的人腿太长，不得不曲着。顾湘只听到他翻了下身，随即冷幽幽的声音冒出来：“你是个‘强头’吗，夜里不睡的？”

顾湘给他一吓，撑着膝盖的两只手，滑掉了一只。

适应黑暗后的眼睛，能清楚看清对方。

她蹲在他躺下的这头，问他：“你没睡着？”

赵孟成一只手枕在脑后，是哀怨也是事实：“你或许是精力好不用睡，我是年纪大了，过了那个点，睡不着了，失眠——”失眠二字，拖沓着腔调，像个老小孩。

顾湘笑着趴伏在他边上，说可以脑补到赵老师老了后的场景：“天天四五点就醒了，起来泡茶吃烫干丝，伺候伺候院里的花草，再一大早扰人清梦，案板上剁肉！”

某人不满意最后一点：“为什么是剁肉？”

“我外公就是啊。小时候在他们那边，也不知道哪儿来那么多肉要剁的，天天早上要人命！”

各自洗漱后的身体气息是干燥馥郁的香，顾湘身上更重一点，躺着的人甚至能闻到她头发里吹干后独有的干净味道。

顾湘头发不算长，过肩一点，一缕发梢滑到赵孟成脸侧，他没有拨开也没有提醒她，只是微微出了口气，催她上楼去。

“哦。晚安。不对，是早安。”说罢，她便埋头过去，只想赠送个浅浅的贴吻以完此节。

结果，小毛贼被扣住了。躺着的人按住她的脑后，浅尝的偷袭最后被反向围剿了。

她大概只睡了一个小时，起来的时候，身上因发烧引起的疼痛已经好多了，喉咙也没那么疼了，只是舌头疼，掀被下床的时候，她一副十分自嘲的口吻：“这该死的欲望。”

起来换了套略微保暖的穿着，就下楼去了。她没有化妆台，所有的家伙什儿全搁在楼下的双台盆上。因为康樱住的主卧有自己的洗手间，楼下这个她很少用，主宾二人默认楼下这个是香香姐用。

但上周门市那边平台漏水，他们几个同学借用了这里，康樱日常也会帮忙打扫，更换垃圾袋。

小康樱起得算是早的了，她要自己烧早饭。但是从二楼下到一楼的楼梯口上，她就看到楼下有开灯，以为是香香姐今朝起得这么早。

结果去到厨房门口，看清里面的人，吓得直接掉头就跑。小姑娘惊觉这样很失礼又掉回头，怯怯地朝里面的人打招呼：“赵老师，早上好！”

冰箱里翻出几个橙子，赵孟成掂在手里，回应学生的礼貌：“早。”

洗漱后的他在做早餐，西式轻食，紧着现有的食材，鸡蛋、培根、三明治、鲜榨橙汁。

而自己在喝的是咖啡，他习惯喝手冲的，但顾湘这里只有胶囊的，勉强可以还魂。

做早餐的人带了康樱的份，招呼她："果汁好了就可以吃了。"某人在岛台前剥橙子，咖啡在手边冒着缕缕热气，再抬头问她，"你都是在家里吃早饭的话，下早读了不饿吗？"

站得规训的康樱摇摇头，没张口。

"你们这个时刻身体最是本钱，檀越既然给你生活费，没指望你存下来，也没必要。书别读迂腐了，人更不能活窄巴了。记住，人没后眼睛，就是要向前的。"

"知道了，赵老师。"

赵孟成再做思考状："食堂学生窗口的牛肉馅饼挺好吃的，也便宜，他们司务长回回抱怨，这价格快要做不下去了，上报后一回头就涨了教职工窗口的价。"

赵老师的黑色幽默总是那么"虽迟但到"。康樱腼腆地笑笑，很认真地谢谢他。

顾湘只听到了牛肉饼这一段，进来就问他们："有多好吃？我这个滑铁卢的考生，这辈子最可惜的就是没上到S外。"她再和赵孟成打招呼，"赵老师早。"

赵孟成没回应她，而且一个眼刀子飞给她，催促她："快过来吃。"

切好的橙子块丢进榨汁机里，飞速运转的机器声，配合着顾湘冲进洗手间里洗漱，化简单的通勤妆。一切兵荒马乱又有条不紊。

康樱接过赵老师的"爱心早餐"，很有眼力见地说带到学校吃。因为偌大一个屋子，实在装不下她，电灯泡瓦数太足，轻易不敢亮，怕爆。

顾湘收拾好自己，抓过那块三明治，橙汁倒进食用自封袋里带去公司喝。她边走边吃，赵孟成提醒她："药带了没？"

"我觉得已经好了，只带了你给我买的那个六神丸。"告诉他中午再巩固一顿。

直到他们上了车，顾湘才揶揄他："你的学生知道你夜不归宿了。"

“我的学生还知道你今天的黑眼圈有多重。”

“那又怎样！”

“自己想！”

“我想什么啊！”顾湘满头问号，他也不再说。

她就自顾自吃起三明治来，都快吃完了，才想起来：“你吃了没？”

“我没这么早吃东西的习惯。”

“哦。”

早上刚过七点的S城，高架上已经有穿梭不息的车流，它们像游龙，比这座城更快地觉醒，将将豁开眼，就整装出发，像一支军队，开拔前行。

顾湘简单介绍她的工作，全球几个品牌乘用车、商用车，还有些代理市场的技术供应商。中华区总部在上海，他们S城设有技术、生产基地，包括售后服务中心。

她原先在园区总部，现在调到了新北这边，业务项目两边跑。

也告诉他，这份工作她做了四年多，虽然是通过她父亲的人情介绍进去的，但自己很珍惜也很认真在做。

赵孟成一直认真在开车，听她絮叨，说到这里，才不紧不慢地问她：“是那晚送你螃蟹的男人的人情？”

“你怎么知道？”

赵老师仿佛听了个最白痴的问题。

顾湘诘问道：“你吃醋哦？”

她又道：“追求者没资格吃醋，气死你！”

被气着的人决心保持缄默。

可惜，话痨的人在耳边嗡嗡不停。

顾湘不停地问他问题。

“几月的生日？”

“身份证上有。”

“忘记了……”

“一月。”

“和我一样哎！”

“你过阴历还是阳历？”

“为什么这么问？”

“你身份证上的日期和那天去派出所，你朋友说你正过生日对不上呀。”

顾湘第二遭惊讶：“你！”

这是什么记忆力？神了！

“哼，还说不是暗恋我，记这么清楚！”

赵老师阴阳怪气：“哼，我一个连吃醋都没资格的追求者，就算暗恋死你，你又何必挂心！”

哈哈哈哈，顾湘笑到人仰马翻。

“赵孟成，周六你是不是还要去帮忙督促复习呀？”

“嗯。”

“那什么时候有时间？”

“周日吧。”

“那你约我吧！”副驾驶座上的人一副晏晏的表情，侧过身来，骄矜地给他机会。

开车人配合她的爱演：“请问顾小姐周日有时间吗？”

“我们一起去吃黄鱼面吧！”顾湘满口答应，并决定好了内容。

“为什么具体得这么诡异？”吃面？！

“因为我立过目标，找到男朋友第一件要做的事就是去吃面。”她时常和陈桉一起去吃黄鱼面，好友的男友一个个换，偶尔也带男友来。顾湘吃面胃口有限，回回都得要老板少面宽汤，而对面的陈桉，就把吃不下的面全挑到男友的碗里去。

顾湘当时就甩话下来，今日的“狗粮”，改日我会原封不动地还回去！

有人一脸过山车般的俯冲状。

如果硬要具体描述，就是掉进一千只尖叫鸡里的“瞳孔地震”。

Chapter 11 白草莓

[30]

新的一天，半天的会，两杯咖啡灌下去，倒也强济些精神。顾湘中午在食堂吃了碗阳春面，回到办公室，快充般睡了四十分钟。下午正式上班了，这才想起摸鱼几分钟，告诉一下陈桉昨晚的后续。

好友实为地不屑："嗯，所以那个了吗？"

顾湘回："没有……"

陈桉回："不那个你来跟我说什么。"

顾湘回："我生着病呢，你都不问问我怎么样！"

陈桉回："你好色地跟着人家走的时候，怎么不想着我的！滚！"

顾湘回："你哼哼叽叽的时候想着我了吗，啊？我就不该把你从黑名单里放出来的，哼。"

陈桉回："嗐，晚上去吃火锅吧！"

火锅，顾湘咳了咳嗓子，还没好利索，可是又架不住好友的诱惑。她总得去拿自己的车子，就应下了陈桉，让好友先约号，她这里忙完下班再打车过去，怎么着也得晚上过九点了。

见了面才晓得，陈桉和骆海洋分手了。

顾湘很惭愧，都分手了，才记住人家的名字，不喊人家"家明"了。

"昨晚还好好的呀！"

火锅要了两个底锅，牛油锅和番茄锅。顾湘今天很㞞，不太敢吃辣，筷子一直往番茄锅里伸。

陈桉渣女嘴脸："就烦他了，黏人得要命，还要删我微信里的男人，有病！”她分手不是新鲜事，但是这一回明显动静大了点。

也不是动静，是反馈。顾湘说：“你满脸写着不开心哎。失恋的那种不开心。”

“笑话，我会为一个比我小两岁的男生不开心？”

“你就是不开心！”闺密要来干什么的，就是来拖累的。

陈桉气得搁下筷子，说姐弟恋在她这里本来就是雷区，和他这些时间已经够了，好聚好散的话，大家还能做朋友，她平生最讨厌别人威胁她。

那个小崽子威胁她，分手可以，但三个月内她不准找别的男人。不然他废了对方！

陈桉眉毛快倒竖了，让顾湘品品：“这什么话，他就是个‘阿飞’痞子！”

哈哈，顾湘的笑点总和别人不一样。她觉得好好笑：“弟弟好可爱，这是什么‘中二’霸道总裁发言！换我，我要你给我单三年！”

陈桉拿手边的小番茄丢顾湘，后者依旧在笑点上跳舞。

总之，这种“中二”暴躁症弟弟，坚决分！陈桉拉黑了骆海洋一切通讯社交联系。

顾湘说：“你好烦。人家才有点新鲜事想和你分享吧，你又分手了，好烦！”

“你谈你的，我分我的。有什么搭界！”爱情是会死的，和人一样，有什么新鲜。

陈桉问顾湘：“和赵老师的感觉是什么？”

顾湘单手托腮：“很柔软。”有人做遐思状，面对“毒闺密”没什么可遮掩的，“嘴硬的人，实则接吻的感觉很柔软，我甚至觉得他的唇舌比我柔软。”

陈桉顿时吃不下了：“你住嘴吧！”

顾湘不以为然：“这里在座的男男女女都可以装，唯独你不可以！”

陈桉问：“那干柴烈火为什么没烧起来？”

顾湘撤下托腮的手，身子往椅背上一跌靠：“我怕烧得太快，很快成为灰烬了。”顾湘告诉陈桉，赵孟成待人的那种细致不是装出来的，也不是一时兴致刻意单纯为她而为，是他经年养成的礼数与教养。

她一想到也许他这样的体贴入微，是在别的女人身上经营出来的就有点气馁。

不是嫉妒，而是占有欲。她不想说些虚头巴脑的，她就是想全部占有：“我不想他在他的家人或者朋友面前提到我，只是个还不错的交往对象或者女人，而是，她的名字叫顾湘。”

所以，高架上她一时嘴快，说带男朋友去吃面。

赵孟成泊车时问她：“是男朋友了？”

顾湘下车前，无比端正地找补：“代班吧。九十九天的试用期。赵老师现在六十分，九十分万岁！”

“为什么不是一百分？”

“太完美的人，老天爷会嫉妒的。我只要九十分。”她随即下车，故意阖门带着风，把身上的香气送给他。

陈桉老母亲般的赞许眼色：“我们家的白菜总算长大了，知道不能让人白拱了。再也不是那个男友提分手，她意难平个大半年不放过自己的小瘪三了。”

顾湘说：“事不过三。”她总不至于回回运气这么差。

车子陈桉开过来了，二人吃完火锅，顾湘再把她送了回去。

开车的人喝了两罐王老吉，到了，她要上去借个洗手间。

一个多月没来，乖乖，屋子里满是骆海洋留下的痕迹。他送的吃的、买的各种东西，游戏手柄、打游戏专用的手机、篮球鞋……

林林总总，陈桉说等着他来打包，一周不来，她全给他丢出去。

顾湘两只脚没地儿放，突然沮丧起来。谈恋爱好麻烦，分手后心灵清一次创就算了，还要打扫屋子，里里外外。

她才不要轻易请一个男人进她的房子。

临走前，她从陈桉的冰箱里顺了两瓶生牛乳草莓奶。好友问她，要不要再带点零食走，顾湘才不要：“春天来了，管住嘴迈开腿，不然你的裙子会教你做人的！”

陈桉看香香轻松自律的样子，和她打赌，说她和赵老师这种暧昧的对手戏挨不了几个回合，且一定是她先败下阵来。

顾湘说："我偏要撑给你看。"

"走着瞧。"

"哦，对了，周末和他约好一起吃饭。"顾湘补充，不是吃饭，是吃面。

陈桉头皮发麻："我天，你饶了我吧。我不想在那么近的一张桌子上做电灯泡，尴尬症都要犯了。"

女主角不以为意："不管，你欠我的终要归还。哼，而且，我想你看看他……"以好朋友的视角帮我看看他。在一个最紧促的食肆馆子里，四方的口音背景里，最有底色的人间烟火里，看这个男人愿意走进你的生活多少步。

顾湘的父母检验人品，一个看酒品，一个看牌品。而顾湘是看他愿不愿意迁就她的生活习惯。

她不会时时刻刻和那种馆子打交道，但是生活的调剂里，她必然爱这样的口味。即便那个人做不到喜欢，也应该迁就或者尊重她。年纪越大，越发现和一个人合拍，不在于高处的集中，而是在最朴实无华的一日三餐里。他与你能不能合拍口味，能不能合拍今天的支出花在哪里，往小了说是家庭开销，往大了说就是金钱观。

回去的路上，手机蓝牙连到车载音乐上，顾湘很喜欢一个人开车的感觉。

车窗紧闭，放着自己喜欢听的歌。路况再糟糕，她也等得。

她十九岁就摸方向盘了，是顾文远手把手教出来的，至今她还记得父亲的一句话："你走你的道，怕什么！"

坐过她车的男同事都说她，掏方向盘的样子就知道是老司机，且开车一点不像个女人，很傲很酷。

吃火锅本来就花了不短的时间，又在陈桉那里耽误了些时长，再开车回来，时下已经快十一点了。

顾湘在单曲循环《闷》。

快到家门口的时候，她看到了辆熟悉的车子，跳着双闪。

有趣的是，契合着双灯跳动的频率，车里的歌词是——

谁说爱上一个不回家的人

唯一结局就是无止境的等

她原本有点瞌睡的，见到对面的车子，她顿时来了兴致，也不急着把车子开到院子里。陪着他泊在路边，下车的时候手里还拎着那两瓶草莓奶。

她走过去敲他的车窗，车里的人没有第一时间开。

顾湘拿他没辙，干脆打电话给他，疲劳轰炸。车里的人这才奓毛了，降下车窗："有没有点眼力见识，不想接还拼命打。"

"你这么晚不回家干吗？"她趴在他车窗上问候他。

九点钟左右的时候，赵孟成给她发信息，问她下班没，要不要去接她?

顾湘如实告诉他，在和陈桉约会，并拍了吃火锅的图给他。

然后就没下文了。

她一个晚上都和陈桉在一起，话自然密，自然也没时间想男人。她一没让他等，更没想到他会等。

赵孟成只看她，不说话。车顶灯开着，都说灯下看美人，赵老师当真是个精致的美人。

美人连隐隐生气要冒火的样子都这么别致有趣。

顾湘马后炮："你该告诉我一声的。或者，我会舍不得你，让你先回去的。"车里的人换了一身穿着，想是送她到公司，折回来的时候又回了趟家。

总之眼前的他，又是平时那冷漠的样子了。衣服连同人。

车外的人说完，嬉皮笑脸地借花献佛，说这个生牛乳草莓奶很好喝，她从陈桉那里顺回来的，算是给赵老师赔罪了。一边说，一边从袋子里拿出来给赵孟成。

他不接，她就干脆往他副驾驶座上丢。

身子往降着车窗的里面探了探，她再往回缩的时候，被方向盘前的人单手给扣住了，冷手捞住她的下巴。

顾湘被激灵了下，但没有退。任由他处置。

“睫毛精”男人冷冷地贴在她眉眼之上，呼吸很平缓，有一秒钟，闭上眼的顾湘甚至都觉得他停住呼吸了。

结果，天长地久都过去了，他没有下文。

顾湘睁开眼的时候，听到赵孟成恨恨地说：“你当真是属狗的，记吃不记打。才好了点的喉咙，去吃火锅。顾湘，你没救了！”

她莫名受教：“我是陪陈桉，她失恋了。我也没敢吃辣，吃的番茄锅。”

赵老师才不听，手撒开她的脸：“答案是‘1’，你写‘2’和‘3’有什么区别？”

顾湘气鼓鼓，问他是不是等她回来上课的，要是的话，恕她不奉陪：“还有，把牛奶还给我！”

驾驶座上的人长臂一捞，把那草莓奶再丢离他们远一点，叫趴窗户的人够不着：“给人的东西不能要回去，这话是你自己说的。”

“谁叫你让我下不来台的。”顾湘控诉他，“本来还蛮感动的，结果你一副好牌打烂了。”

“一副什么好牌？”某人忙问道。

“等我呀，等我到现在的好牌。”

“我只想看看你能折腾到几点。”话说一半，赵孟成换了个口吻，盯着她一双黑漆漆的眼睛，问她，“你哪儿来这么好的精神的，啊？”

“我车子在陈桉那里呀！”顾湘属于吃软不吃硬的那派，赵孟成的口吻软下来，她即刻也软糯糯的了。

“我有说不送你了吗？”

“殷勤和礼物一样，偶尔就好，太频繁就会成为累赘。”顾湘单手来摸赵孟成的鼻梁，心疼也怜惜，“交通也是上班的一部分，我总不能时时刻刻依赖男人吧，不能够也不现实。”

“你果然好了。”他说这句的声音很轻。

顾湘没听清：“嗯？”

“困了，回家。”说罢，冷漠的人推她的头远离他的窗户，一副要走的架势。

顾湘不但没猜到开头，结果更是让她大失所望：“赵孟成，你浑蛋！”半吊子地招惹人。

他的变速杆已经拨到D档上去，顾湘还赖在他眼前。于是，某人第二遭来扶她的脸，不紧不慢的口吻：“存着吧。”存到你主动想我的时候。

顾湘自然懂他这句存着是什么意思，关键她误会了，她以为赵孟成嫌弃她吃火锅了。

“你个浑蛋，我漱过漱口水了！”说罢，狠踹了他的轮胎，她扭头就走。

凌晨时分，她给他发微信，没说内容，而是修改他的备注后，发截图页面给他，把“赵孟成”改成了“不及格”。

一分钟后，不及格先生发来回复，如法炮制，把她的名字改成了“汪汪汪”。

[31]

顾文远听说门市上面的平台漏水，顺带着泡了洗手间都不能用了。周六一大早，带着一笼刚下屉的包子和烫干丝来看姑娘，说好久没和香香一起吃早茶了。

还在梦周公的顾湘起床气爆到能杀人，她说不吃，让她睡觉。

顾文远拿她没辙，说：“行吧，我给你搁厨房了，你醒了自己热热再吃。我去东边看看。”

床上的人胡乱应付声，再回味过来，喊门口要走的老顾：“你去看什么啊？”

“我去看看泡成什么样啊，我去监工。你一个小姑娘，那些老江湖给你换了材料，你也不懂！”

“等等，我又想吃干丝了。我起来，你去烧茶。”闺女命令老爹。

顾文远很蒙：“你又愿意起来了？”

“嗯，你下去吧。我换衣服。”

赵孟成在那边指导复习呢，顾湘不知怎的，并不想顾文远和他碰面。

结果，老父亲嫌姑娘起床堪比上花轿般磨蹭，趁着电水壶烧热水的工夫，抄着手就从夹巷里过去了。

顾湘下楼的时候哪儿还看得见人啊，救命！她着急忙慌地刷牙洗脸，再跑去捉顾文远回来。

等她到了那边，看到的是，两个衣着光鲜的男人在握手。

顾文远做生意这些年早就练就了看人的本事，且他一向敬重读书人。自家姑娘把屋子租给S外的老师他也乐得同意，倒是委屈人家老师和学生了，那里间的洗手间给糟蹋成什么样了。

顾文远瞧眼前这位赵老师，虽然他们只是二度会面，但看得出来，这个姓赵的，是养尊处优的性子。几句来回的寒暄话，就能判得出，出身不差。

“赵老师多担待，我那丫头也不太会人情世故，从小被放马放惯了。耽搁你们的正经事，这边我会派人来尽快赶工。”

“顾先生言重了。我们是租客，本就房东方便，我们方便。”赵孟成今天穿了件黑色西服外套，但眼下没着身上，脱了扔在椅子上。他剪头发了，两鬓肉眼可见地直接铲青，很利索的短发，很爽利的颜值，较于之前不一样的还有，他今天戴了副无边镜架眼镜。

琐碎的细节变化，倒像是换了个皮囊。

同顾文远握完社交手后，他那只手便落进了西裤口袋里。这是一个下意识的结束动作，因为他要开始讲评卷子，等意识完了，好像才想起什么，准备把手摘出来的时候，顾湘已经到了眼前。

顾文远凭着生意人的嗅觉，总觉得这位赵老师并不凡。保险心出发，他问：“赵老师，咱们方便留个联系方式吗？”

走近他们的顾湘第一个跳出来反对：“你要人家联系方式干吗？”

这话冷不丁地听，很有歧义。顾湘的出发点，是怕顾文远加了赵孟成，多少有些蛛丝马迹藏不住；赵孟成无端沉默，不晓得她这话的出发点到底在帮谁。是觉得他不会给，替她父亲攒颜面，还是瞧着刚才他无心的傲慢之举，怠慢了她父亲，有些不如意？

又或者，单纯前天晚上，招惹她的气还没消?

总之这种心生嫌隙的前情下，想什么都会错。

学生陆续到齐，有些早餐还余在嘴里，恨不得噎死，赵孟成抬腕拨表：“十分钟，把你们的早餐解决掉，也把这里面乌糟的韭菜味、肉包子味给我散散。”说罢，他面朝顾湘父亲，没甚多言语，只淡漠地接受他的意见，“可以。”

赵孟成与顾文远互换微信。这是顾湘想不到的，她有心在顾文远面前避嫌，就一直不与他有眼神交流，偏偏你越躲，越觉得那个人在捕捉你。

有限的十分钟，赵孟成在等着她在她父亲面前说点什么，哪怕介绍他的名字。

结果，顾湘只是不耐烦地劝走了父亲：“人家在复习，高考复习，你瞎溜达个什么。”

给洗手间重新铲墙、披泥子、做防水的师傅不到七点就来了，顾湘给那个包工的师傅打过招呼，尽量减轻动静，工作室里是复习的学生。

临了，她一个东家先破戒，聒噪个不停。

顾文远由着女儿扽着手往外走，还和颜悦色地与赵孟成再会。

岂料，温文尔雅的赵老师喊了声：“顾小姐！”

学生队伍属于“8+1”队形，那个小老儿章兰舟是来“坐牢子”的。犯了错，二叔要他每周来报到一次，管你听不听得懂，听到这个复习班解散才行。

兰舟同学在喝家里老保姆给他准备的豆浆，生生呛了口，咳得坐他左右对面的人都遭了殃。

师兄卫若跳起来骂人：“章兰舟，不会喝就买个奶嘴，乱喷可还行！”

兰舟同学连连赔不是：“我家姆妈老都老了，大概忘记搁过糖了，又搁一遍，给我齁着了！”

众人道：“去！”

众人看着老赵喊房东姐姐，保持“吃瓜”队形，因为上次老赵拦人家房东姐姐在卫生间里多时，大家都明白了，这两个人不是在谈恋爱就是在谈恋爱的路上。

赵孟成无比闲情逸致地问顾湘："顾小姐落我车上的那个罐头瓶还要吗？"

什么鬼？众人表示：什么瓶？

章兰舟说："罐头瓶！"

卫若问："罐头瓶是个什么瓶？"

章兰舟无语，心想：非我族类，不要跟我说话。

顾湘当着顾文远的面，不想露怯，扭头回赵孟成："不要了，肉吃完了，瓶子还要了干吗？"是气话，气他这个时候来这出，明明就是故意的。

"哦，那么劳烦顾小姐自己帮我丢一下垃圾。"说着，把车钥匙抛给了她。

顾文远是什么人？他一把年纪了还能招惹到小姑娘是有原因的，听到那赵孟成这么含糊不清地和女儿说话，连忙竖起指头一副拿问香香的架势："你……"

顾湘道："你什么你，别瞎指别瞎问。"

"我……"

"我什么我，我搭了趟赵老师的顺风车，吃了瓶罐头落他车上了。"

"就这样？"

"你希望怎样？"

顾文远还想说什么的，手机响了。是生意上的事，他一边热络地应，一边晕头转向地往外走，这么一打岔，倒也忘了原来要说什么了。

而顾湘真的顺着赵孟成的车钥匙，准备去丢那个瓶子。这个人就是个老小孩，一不如意就和你翻脸的德行。

顾湘很想问问他，谁惯得你！

车子感应到钥匙，成功松锁，顾湘拉开他的驾驶门，去杯架处拿东西，哪有他说的那个瓶子了。

她连地垫上、扶手箱里全检查了一遍，都没有。

刚一脸埋怨地想骂人，一回头，他人扶着车门，就站在她身后，一脚还踏在车门边的迎宾踏板上。

“看到了吗？”

“我看到什么啊？”顾湘和他急，“瓶子呢？！”

赵孟成一把把她推进车里：“眼睛不用就捐了！”

顾湘给他一推，直接跌坐在他的驾驶座上，气鼓鼓地和他顶嘴：“我的瓶子呢？！”

赵孟成说：“在我家。”

不是丢了或者没了，而是在他家。这个答案瞬间叫顾湘没了脾气：“那你让我来干吗？”

“我让你来惹我生气的！”赵孟成这话说完，顾湘才发现副驾驶座上有个白色礼盒包装的物件，透明部分可以看到，好像是白草莓。

“送给我的？”

没人回应她。

“赵老师，你这叫糖衣炮弹。且还是一个巴掌一个枣的那种事后糖衣弹。”

“你要不要吧？”

“你怎么知道我爱吃草莓？”

“爱喝草莓牛奶的人总不至于不爱吃草莓本尊吧？”这个逻辑没毛病。

“所以你特意去买了草莓？”

“如果必须是特意的话，是特意截和的。”某人一只手扶在车门上，一只手抄在西裤口袋里，站直着身子，但是声音在和她说话。

赵孟成告诉顾湘，这盒白草莓是他和赵孟晞共同的朋友送的，因为对方知道老小姐有爱拿威士忌泡草莓酒的习惯。朋友是托他送给姐姐的，他和朋友开玩笑：“眼下弟弟更需要，你给他吧！”

顾湘的重点是：“威士忌泡草莓好喝吗？”

“你可以拿它们试试。”

“那你姐姐知道了会不会生气？”

“她每天都在生气。”

亲姐弟无疑了。

顾湘抱着一箱伪君子“夺人所好”来的白草莓，多少还是有点开心的，但是——

“赵孟成，你哄人的成本未免廉价了些吧！”

“比你贵就行！你的那瓶鬼牛奶难喝死了。”

“你喝了？”

站在车外的人忽地俯身来会她的目光，也问她的眼睛：“你父亲为什么不能要我的联系方式？”

“顾湘，你甚至都没有介绍我。”今日的他戴着一副眼镜，连同着目光都锐利了起来，逼视着她。

被他围困在车上的人顿时哑口无言。顾湘读懂了他目光背后的内容，是不快，甚至折辱。

他再直起身来，外面阳光灿烂，今日这个天气确实如包工的师傅所言，适合修补一切裂痕。顾湘的目光落在赵孟成的腰带上，那种粒纹皮革，带缘尾端有着这个品牌标志性的手绘格纹。

她不是没见过别的男人佩这款，但像他这样宽肩窄腰，穿戴出自有特色的较为少数。顾湘私认为男人的衣品也是一种格调、性感。

“我只是怕我爸……”我怕你为难啊，怕你不自在啊。

“十分钟。”赵孟成右手拇指与食指圈成一个圈，随即在她脑门上一弹，警告她，“我的时间到了！”

“砰”的一声，他阖门把她关在车里，当然，钥匙还在她手上。

Chapter 12 多米诺骨牌

[32]

庭院花房里的两色玫瑰，一夜间，开了好几个骨朵。

先前都是顾文远请专业的花圃园艺师帮忙修剪、养护，这样一个小玻璃花房，供养着生态循环。麻雀小、五脏全，顾湘甚至定期浇水都免了。

她坐在花房中央的圆桌边，喝茶，也拆礼盒，里面独立包装的一颗颗草莓，匀称饱满。摊在手心里，她一副出神貌。

以至于被老爹拿去一颗，没洗，顾文远就吃了！

啊啊啊，顾湘气得原地跺脚："你还给我！"

"还说和那个赵老师没什么！"知女莫若父，不过这也没什么，男大当婚女大当嫁，顾文远瞧着，"样貌性情都不差，家世应该也差不到哪里去，你妈没准能同意！"

"她不会同意的。"顾湘把草莓再重新装回盒子里去，连同系带上的蝴蝶结也尽力还原。

"为什么？"

"爸爸。"顾湘喊了顾文远一声，当着他的面，还是叠声的口吻。很多很多年了，她没有这样喊过父亲了，因为她当真恨了他好多年。从前她觉得爱情是不能死的，也觉得婚姻是不能散的，再长大些，读书或者看电影，看到分崩离析的家庭，看到夫妻俩对峙着彼此的灵魂，下一秒，孩子哭着求他们不要吵架，作品里的父母多少都为了孩子，苟存着他们的婚姻或者家庭。

但妈妈没有，她是那么个眼里揉不得沙子的人。这些年，顾文远明明多次低头、多次想破镜重圆，唐文静都没同意。

顾湘是怕，怕真到了那一步，妈妈坚定地不认可。她不怕自己，是怕赵孟成那样清高的个性，绝对不会为她委曲求全。她也不愿意看到那些一地鸡毛的场面，明明只是想喜欢或者爱一个人，何必连累人家去像一件商品陈列在父母面前，等待商榷。

“我好多年没求你了，今天我求你，我和赵老师的事先不要告诉我妈。”我不想才得到就失去。

感情是培养经营出来的，就像眼前这些花骨朵，再明艳、再妖娆，都得扎根在土里，供养着水分。

她没有别的意思，只想一步步来。

顾文远瞧女儿灰心的样子。他自个儿未必是个好男人，但作为父亲的觉悟还是有的，叉着腰问香香：“你妈为什么不会同意，那男的有家室？”

“没有！”顾湘赶忙反口，“总之我喜欢他，也不会做别人的第三者！”

一句话点中父女间的命门，顾文远自愧不敢多言。

顾湘让他先回去：“你也说了，我的事得我妈先点头，我暂时还不想告诉她，没到那一步。倘若你多嘴，那么我不开心，你也别想好过！”顾湘提醒顾文远，“年前你和张黎那事，我妈还不知道呢！”

顾文远气得仰天，说自己不是养了个女儿，是养了个讨债鬼！说罢，背手而去。

顾湘放低椅背，暖洋洋的芬芳里，她沉默以度。

不多时，有人在花房外叩玻璃，已经大步迈进来了，才问主人：“可以进来吗？”

顾湘依旧躺在椅子上，双手来枕脑后，打量这个少年。他戴着一副六角形框的金色眼镜，举手投足间就能看出是有钱人家的孩子。

“我能拍几张照吗？”男生指指这花房，再解释，他朋友就是先前转租这里的租客，东窗事发，老赵做主揽下了，“我们也再没来过。我朋友很喜欢姐姐这里的花房，我能拍几张照吗？”

顾湘说：“拍也可以，带你朋友来也可以。”

少年举着手机一边拍照，一边揶揄自己：“不敢，我是说有人不敢来，因为老赵在这里。”少年说他和朋友一起在老赵班上。

顾湘没接话。但心里很喜欢，喜欢这个年纪的坦坦荡荡。

“你看上去比他们小一些。”

“我叫章兰舟。我二叔和老赵是朋友，因为租房的事，我被发落到这里复习抵罪过了。”

哈哈哈，顾湘莞尔：“想起小时候我舅舅和我小学班主任一起打牌的恐惧了。”

他们那边好像到休息时间了，陆续有学生过来借洗手间。顾湘空腹喝了杯绿茶，眼下身子上被晒得暖暖的，她觉得有点饿了，起身来，想把那盒白草莓拿回屋里。

章兰舟主动少年风度：“我帮你。”

“谢谢。”

客厅地板才做过保养，打过蜡，一行学生进来的时候都很自觉，脱鞋进门。

其中那个卫若试探着问：“姐姐，你在和老赵谈恋爱吗？”

女生队伍里的明明挤对他：“你好八婆哦！”

卫若反过来嘲讽明明：“是，我要看看你们S外多少人哭！”

顾湘这才知道，他们今天复习一整天。往常都是凭老赵高兴，双休两日，他各择一个半天。这周，赵老师提前在群里通知，集中在周六这天了。

大家七嘴八舌议论道：“我知道了，临时调整，明天和师母去约会！”

顾湘一个头两个大，她好久没掉进这种学生氛围里了。答应也不是，否认也好像没什么效果。

“我有蝴蝶酥，你们要吃吗？”

结果一行少年少女异口同声：“谢谢师母！”

顾湘瞬间“去世”。

临时组建的茶话会里，顾湘这才明白，像赵孟成这样的指导督学，是义务的，无偿的。

他们一共八个备考学生，全是赵孟成人际圈里朋友家的孩子。这样形式的指导督学，他是和学校报备过的，且不收费，家长也不敢送，因为知道赵老师是个什么性子的人。

“他是什么性子的人？”顾湘好奇，学生眼中的他是什么样子的。

看得出来，大家都很喜欢他。听他们口中的赵老师很有趣，赵孟成曾经说过，他在S外教学的薪资加福利津贴足够应付他的生活，哪怕他将来家庭的生活：“我不需要那些蝇头小利来坏了我现有的安生，也留人话柄，你们争气还好说，不争气我能怄死。”

学生们问他：“我们真的是你带过最差的一届学生吗？”

“嗯。因为你们真的每届都很差。”

一年差尽一年差。

埋汰话说完，他又回归正题：“咱们只是师生，各司其职，我并不需要别人来彻底了解我的职业。恰如你们永远吃不透你们该吃透的知识点。”

这里面几个在S外读书的学生告诉顾湘，他们学校有督导周，就是各年级督导轮流值班。轮到赵老师的照片上墙的时候，他的蓝底免冠照上永远被学生涂满了爱心。

周一升旗仪式上，南操场上，能见到的最美风景永远是赵美人身穿制服的挺拔身影。

明明是师姐，她是放弃大学学籍回来重考的学生。她告诉他们，他们在高一的时候，班上几个不服管教的男生和赵孟成动手了。结果咧？众人一齐问。

结果就是老赵放倒了他们，也被请去校长室喝茶了。

众人围在岛台边，七嘴八舌，只有顾湘静默地听，她感叹，原来当老师也是个高危职业。

“他不是科班出身哦，是二十八岁才开始教书的！”

“那他以前是做什么的？”顾湘记得问过他，他没有说。

“在市……”

兰舟的话没学得完，站在不远处的一个活阎王把众人直接喝散了：“茶话会开完了吗，啊？”

鸟兽散的崽子们把顾湘也吓着了，她顿时回到被班主任突然出现而支配的阴影里。

岛台上，有他们喝剩下的杯子，和掉得台上、地上都是的蝴蝶酥渣渣。

顾湘强装自若，喝水躲某人的“死亡凝视”。赵孟成捉回了学生，一副掉头就走的架势。

顾湘从高脚椅上跳下来：“赵孟成，你个小气鬼！”

她鞋都没穿，就来追他，也拦他：“我告诉你哦，我不是你学生，你别给我气受！就算是你学生，也有休息的时间，凶什么凶！”

她以净身高站在他跟前，嘴边甚至还沾着点心渣。赵孟成哂她一眼，巴掌盖在她头顶上，扭动她的头，叫她让开：“先去把嘴擦干净。”

“你别和我好一阵坏一阵。你气我不跟我爸介绍你，是，你的自尊心不允许你被这样不待见。但你有没有想过，我也有我的难处，我也有我的父母，如果这个时候提前跟他们说了，我妈不同意怎么办？”事实上，唐女士百分百不同意。

唐文静喜欢的女婿就是顾湘前男友那样，和女儿年纪相仿，家世清白，学历样貌都微微拔尖，不必多有钱、多显赫。只要父母健在，将来不见得会拖累他们，彼此都在一个城市，能伸脚走到的地方。

“更请你不要说我妈见识浅薄。因为她受过婚姻的苦，比起所谓的幸福美满，她更愿意我嫁个能驾驭的男人，她就是这么个悲观务实的人，认为白头偕老从来不是童话的代名词，而是一种侥幸。”

认真经营或者费尽心机求全后的侥幸。

顾湘问赵孟成：“你当真要我这么做吗？一五一十地告诉我父母，然后他们反对呢，赵老师凭着对我的一时热情，当真会为我低头吗？”

“你不会，我也不要你那样，因为那样就不是我喜欢的你了。”

顾湘说着，委屈与不确定一齐涌上了心头，别着脸流眼泪。

赵孟成拨过她的脸，让她看着他：“顾湘，我希望你喜欢的是活生生的我，而不是一个名字，或者你期许中的赵孟成。”

他替她掸去嘴边的渣，再认真地告诉她：“我为什么不会？倘若我真心喜欢你，为什么不会？”他的意思是，他爱她的话，自然会为了她去低头，这点毋庸置疑。

“我从来没有你想象中那么骄傲，也没什么值得骄傲的，湘湘。”

顾湘感觉心有一秒的空拍，然后，近乎喜极而泣，一个猛子扎进他怀里，给赵孟成撞得心口疼。是的，坦坦荡荡地承认喜欢一个人，或者提及一个令你打心眼里喜悦的人，这种感觉无疑是上天给你的恩赐，也是生生不息的人追逐爱情的意义。她像藤萝般缠绕着他，也不管赵孟成说些什么，“呜呜呜”地抱着他哭。

“别闹，我的复习还没指导完。”

“不管，赵孟成，你说你的督学重要还是我重要？”她踮着脚，攀着他的脖颈，逼他俯身也低头。

“还是督学重要一点吧，它是我的工作，也是操守。”赵孟成任由她像个孩子一样挂在他身上，极为理智地回答她，“我没工作、没操守，就没法养活自己和想要看重的人。你来回答我，哪个更重要？”

在时间缝隙里追跑的两个人，顾湘想去索取点什么，哪怕点到为止。

她才亲到了他一点，屋内不知哪儿传来一声尖厉的掼响，赵、顾二人都被骇了一跳。赵孟成即刻摘下了顾湘的手，寻着动静走向一楼的客用洗手间。

里面也传来移门的动静，顾湘站在赵孟成身前，她看向里面的人……和地上略微糟糕的粉底液。

顾湘还记得她，唯有的三个女学生其一，韩露。

刚才学生一溜烟地跑了，没承想韩露还在洗手间里。

也许是听外面的状况，人家又面子薄地不敢出去，至于这一地开花的粉底液，韩露用很平静的口吻给顾湘道歉：“对不起，我只想借姐姐一点护手霜用一下，不小心碰掉了你的东西，多少钱，我赔你一瓶吧！”

赵孟成在后面没有说话。

顾湘本就有点尴尬，也不至于真要一个学生赔：“不要紧，这个色号我原本就不太喜欢。”

韩露不紧不慢地跟话道：“那么姐姐喜欢哪个色号，我买给你！”

“韩露，回去复习吧。”赵孟成忽地出声道。

他的声音和面色都很严肃，韩露听了甚至没敢再说一个字，就绕过他们径直出去了。顾湘想说什么，又不敢乱胡言，赵孟成却坦荡得没事人似的，要她把这里收拾一下："回头我买给你。"

"你说的！"

"嗯，我说的。"

午休时间，这里离学校附近的美食街很近，一群学生自行去祭他们的五脏庙了。

顾湘给包工的师傅发了红包，说也没地方招待他们吃饭，就请师傅们自行解决了。

至于她自己躺在床上，修仙般，也不吃饭，洗了一盘白草莓搁在床头柜上，看书打发时间。

赵孟成上楼找她的时候，问她："怎么了？"

"肚子疼，可能要来姨妈了！"

他邀她一起去吃饭："或者我们现在去吃黄鱼面。"

"不是约好和陈桉一起的吗？"

他坐在她床边，听到顾湘如是问，也只能叹口气："看来是逃不过！"

"逃不过什么？"顾湘扮认真翻书样。

"逃不过给你朋友审查的命。"他向来慧黠，怎么会不懂顾湘的心思，吃面是假，无论吃什么都是假，见她朋友才是真。

"你饿了没？"

"我很饿。"

四目相对，关于人生哲理的提问。

"我突然好想吃红薯千层哦，我们点一个吧！"

赵孟成唉声叹气，直接倒在她床上："我求你，吃点工作人该吃的可以吗？"

"那吃卤肉饭吧，我知道一家店，他家的卤肉饭和鹅肉都很不错！"顾湘拿过手机在点菜，"还有肝连肉也好吃。"

她正在认真点菜呢，赵孟成冷不丁地喊她："顾湘，我饿了。"

点菜的人从手边盘子里抓过一个草莓，塞到他嘴里："先吃个草莓，垫垫肚子。”

有人甚至连把一颗草莓嚼碎咽下肚子的时间都不想等，直接把嘴边的东西摘掉了，一把拽过她，手机里点单还没完成，顾湘怪他。

赵孟成翻身在上，呼吸吐纳间，能看到她左边鬓发之下，耳朵上那颗别致的痣。他拿自己的声音去到那里，提醒她，也警告她：“我说过存着的。”

说罢，他摘下眼镜，来兑现他的话。

顾湘紧咬牙关，有人总有办法叫她开口……顾湘觉得屏住的一口气松散了，有人伺机而入。

窗外灌进来微微湿润的风，撩动着白色的纱帘跟着无边地荡漾。

顾湘突然也不想他好过了，一把捧住他的脸，各自微弱地平缓气息，她要他听她说：“就不吃正餐，我还是要吃红薯千层，不管！”

赵孟成把她反扣在一边的书，好好借腰封别好在已读页面，随即将书本一合：“那你求我！”

[33]

周六这天，赵孟成是晚上九点多走的。他们的复习五点半就结束了，至于留在顾湘这边，赵老师自嘲：“巧者劳而智者忧，无能者无所求。”

顾湘和康樱一大一小，两个人守着个偌大厨房，做不出一顿正经的饭菜来。

唐女士这周也没过来做后勤补给，以为香香周六加班的。顾湘一天两顿都没正经吃饭，到了下午果真饿了，她点外卖叫了些菜，想做蒜蓉粉丝虾。

结果给虾开背，看人家视频里好简单，轮到自己，刀也不行，剪刀也不行。

他们那边都结束复习了，天都黑了，顾湘才开背好了几颗。

赵孟成过来的时候，问她：“九点吃不吃得上饭？”

随即，就脱了外套、卷袖口来接她的烂摊子了。啤酒鸭、蒜蓉粉丝开背虾、蚝油生菜，还有一个简汤，快手菜、快手刀碰上利索的人，一个小时后，三个人就都捧上了饭碗。

康樱依旧沉默到底，乖乖吃饭，争取早点离开有赵老师存在的结界里。

而原本打算做饭的人，从头到尾也就帮忙剥了几颗蒜，即便剥蒜赵孟成都嫌她慢。眼下她坐在岛台前，剥虾，再问主厨的人：“你不吃啊？”

烧饭的人说油烟吸饱了。他推开厨房南边的气窗，借着灶台上的火，点了根烟，开着油烟机，离她们远远的，俨然另一副食烟火的姿态。

顾湘瞧他，瞧他吞云吐雾的样子，突然有点歉仄，因为中午那顿她当真没肯他吃正餐，跟着她吃了块红薯千层。眼下，她质问他，像小时候唐女士威胁挑食的她一般：“我就不信你不饿！”

抽烟人把烟灰弹在水池里，面朝着她，衔烟的动作变成了咬，他轻咬着烟蒂，任由微烟在眼前燃，烧迷眼也没觉悟，不言不语。

饿久的人，碰到能吃的，没准穷相就下来了，甚至是狰狞的。

但赵孟成不会，他一边浅浅深深地亲她，一边还点评隔壁家练琴的孩子，怎么弹来弹去，总是这一节的，没长进！

跟他比起来，顾湘就是陈桉料中的那样，是那个先败下阵来的人。她拾起那颗被赵孟成丢在一边的草莓，生怕挨了他们谁的倾轧，弄脏她的床单。

她把草莓吃在嘴里，尖端那头朝他。是分享也好，给予也罢，再明白不过的暗示，他也顺着她的念头来尝了，但只有果子。

顾湘不服气，赵孟成摘出她的一双手，攫扣在她头顶处，另一只手去捻她耳上的痣，漫不经心地问她：“看的什么书？”

也许他们该聊点别的分散彼此的注意力。

“赵孟成……”她试着喊他。

“顾湘，别惹我好吗？”说罢，他再来吻她，先前的温存技巧消失殆尽，只剩下蛮力。

“你不喜欢我。”顾湘气鼓鼓地说，“第一面就拒绝我，现在又是！”

身上的人一只手臂撑在她耳边，烈烈的呼吸擦过来：“湘湘，我没有和陌生女人睡觉的习惯。”这是认识赵孟成以来，他说过最露骨的一句话了，解释第一面的拒绝，一边说，一边挨蹭在她脸颊边，“但也别考验我的耐心，我不想做坏人，好吗？”

他十成十地理智，他不信什么安全期：“我也不信我自己。”

只有经历过的人，才知道这样抵制欲望是怎样的一份疾苦，像徒手按在烧得滚烫的水蒸气上。

顾湘不依不饶，再告诉他：“你在楼下洗手间拒绝我的那天晚上，赵老师，我梦到你了……”

终究那双手被热蒸汽燎伤了。

极力隐忍的人，理智像一条引子，经不起半点火星，蹦上去，就只能分崩瓦解。

无论是碰马克笔写白板还是拿粉笔，他都有丢笔先洗手的习惯。所以，顾湘被他挨到的时候，激灵得厉害。

彼此四目相对的一瞬间，顾湘像被人揿了暂停键一般，缓缓才反应过来，仿佛给予与释放必然是守恒的。

他快速地掩住她，再批评她：“看来你做什么事，都喜欢大呼小叫。”

顾湘啐他，也卖力地抗拒他，拒绝他这样玩笑她。

“你明明知道我没有。湘湘，看着我！”

顾湘才做不到，理智分崩瓦解后，她才明白，对有的人而言，守则是多么值得赞扬的品格。而她很惭愧，像一汪浅浅的水池，明月沉在最底处，月和水一齐被搅散搅碎。

久久难为平静。

康樱不敢与赵老师同桌吃饭，同理，赵孟成等他的学生上楼后，再来动筷子，也是因为不习惯和学生一桌。

“属你矜贵，属你毛病多。”顾湘念他。

顾湘剥了一盘虾壳在手边，手上一颗刚剥完，准备往嘴里丢的时候，又狗腿般殷勤起来，想喂给辛苦的主厨大人。

结果赵孟成并不买账，而是瞥她一眼，夹着烟的手来捉她的手腕，不让她缩回去："这是中午的酬劳吗？"

顾湘些许难为情，尤其他的那只手此刻还捉着她："是！赵老师的酬劳也就值一颗虾。"

他对她的玩笑不置可否，只是盯着她看了看，未发一言，抓起筷子开始吃饭。

"你刚才想说什么的？"

"我非得说点什么吗？"他反问她。

顾湘气，气他的傲慢与不诚实。

临去前，赵孟成交代顾湘一件事。门市那边的洗手间接下来两天完全可以竣工，他们下次来复习的时候就可以用了。至于她这边，他说："把大门之前的数字密码抹掉，也交代康樱，新密码不得告诉任何人。"

"哦。"

顾湘在玄关处送他，赵孟成穿好鞋了，再和她打赌，明天会下雨。

何以见得?

起风了，他说："花开多风雨。"

晚安，房东小姐。

次日，果然如他所言，淫淫的一城春雨。

顾湘穿了件白底小樱桃图案的春款连衣裙，外面罩了件米色开司米开襟毛衣。

赵孟成来接她的时候，一看到她这萧薄的穿着就不禁皱眉头："我还提醒你下雨，多穿点。"

"多穿了呀。"她指指自己的毛衣外套。

"你光着两条腿，叫多穿？"

顾湘心想：我这裙子好歹也是膝盖之下脚踝以上了。"你哪只眼睛看到我光着两条腿……"话没说完，车里的气氛就有点怪，赵孟成还等着她的下文，没有了，"我爱怎么穿怎么穿！"

她今天喷的香水是香奈儿2016年出的"5号之水"，这款香争议很大。比如作为经典"5号香水"忠实粉丝的陈桉就嫌弃得要死，而顾湘第一次试闻就很喜欢，倒不至于惊艳，后调是中规中矩的温柔。顾湘觉得这香和冷空气时穿毛衣最搭，尤其是与男人约会，记住，馥郁另类的标签永远都不敌温柔。

她喜欢香和喜欢人一样。不需要别人的认可，她与他们契合就够了。

副驾驶座上，她问赵孟成："我能连你的车载蓝牙吗？"

他随她便。

不一会儿，顾湘把自己的手机连到他车上。他开车，她听音乐。

I'm not looking for somebody（我并不渴求遇到）

With some superhuman gifts（拥有超人类天赋的人）

Some superhero（那种超级英雄）

Some fairytale bliss（那种童话般的天赐之福）

Just something I can turn to（我只想做一些力所能及的事情）

Somebody I can kiss（吻到我爱的人）

I want something just like this（我想要的不过是这些）

为了去吃黄鱼面，彼此都没吃早餐。顾湘包里带着百奇的饼干棒，问他要不要吃，巧克力味的，赵孟成吃了一根嫌太甜。

"哦。"副驾驶座上的人就恶作剧，把她每根快吃完的，只剩没了巧克力涂层的光秃秃的那部分，喂给他吃。

某人目不斜视，顾着车况，等他吃到嘴里才反应过来是纯饼干："我是狗吗，吃剩下的？"

"你自己嫌巧克力太甜的。"

"上面全是你的口红。"

"我的口红比饼干贵多了。"

原本是要去接陈桉的，她没肯。一来家里太乱，也不好请赵老师上门；二来，陈桉说，让赵老师在楼下等，她压力大，就约好在市中心见面。

那家黄鱼面店在窄巷弄里，车子根本开不进去的，他们得把车子停在附近的商场里。地库泊车的时候，顾湘给陈桉发信息，赵孟成提醒她："去买咖啡，那里碰头也好找点。"

他的脸色等着咖啡还魂。

顾湘劝告他："你每天这样空腹喝咖啡很伤胃的。"

"彼此彼此。"

"嗯？"

车是停妥了，但二人还没有下车，赵孟成摘了安全带，微微侧身过来，手肘好整以暇地拄着扶手箱位置，单手托腮道："和你明知道会冻着，还穿这么少一样，明知故犯，不可原谅。"成年人的通病。

顾湘也学他，双手托腮，笑吟吟地打趣他："我穿得少，你好介意哦！"

"当然，你口红涂得像刚吃了个人一样红，我也很介意。"

顾湘又一次破功了，她笑完再骄矜地找补："你管我呢……"

这话是她说的，那么他想做点什么，她也别管他！

香水惹到他了，口红惹到他了，赵老师说，他有点生气，第一次约会就是来应付她的朋友，吃什么不好去吃面！

该死的，天又不好，刚洗的车，还有，他说："主要是你，你真的很烦人。"

破坏欲之下，口红全花了，他看着花了的口红，好像更烦躁了："顾湘，见完你朋友……"

"赵孟成，我告诉你一个坏消息。"她今早来大姨妈了。

多米诺骨牌这下全倒了。无比糟糕的一个周末。

【上册完】

MEMORY
HOUSE

MEMORY HOUSE

记忆坊文化

因为你是顾湘。
一个能治愈赵孟成的顾湘。
此心安处是吾乡，湘。

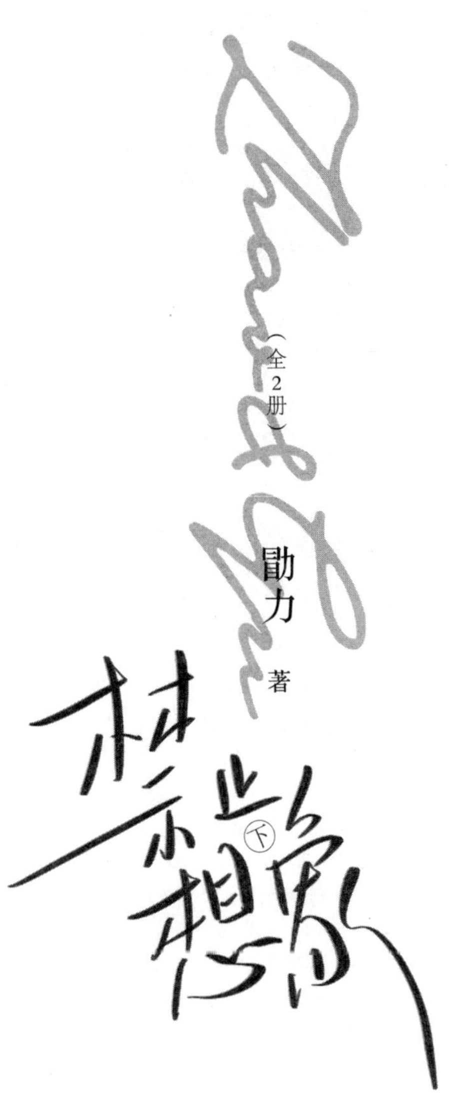

（全2册）

勖力 著

江苏凤凰文艺出版社
JIANGSU PHOENIX LITERATURE AND ART PUBLISHING

图书在版编目（CIP）数据

禁止想象：全2册 / 勖力著. -- 南京：江苏凤凰文艺出版社，2022.9
ISBN 978-7-5594-6998-4

Ⅰ.①禁… Ⅱ.①勖… Ⅲ.①言情小说－中国－当代
Ⅳ.①I247.5

中国版本图书馆 CIP 数据核字 (2022) 第 124400 号

禁止想象：全2册

勖力 著

选题策划	北京记忆坊文化
策划编辑	朱 雀
责任编辑	白 涵
营销编辑	杨 迎 史志云 刘 洋
绘图支持	南方喵族 Fulyeon TUTU
封面设计	白砚川
版式设计	段文婷
出版发行	江苏凤凰文艺出版社 南京市中央路 165 号，邮编：210009
网 址	http://www.jswenyi.com
印 刷	环球东方（北京）印务有限公司
开 本	880mm × 1230mm 1/32
印 张	13
字 数	405 千字
版 次	2022 年 9 月第 1 版
印 次	2022 年 9 月第 1 次印刷
书 号	ISBN 978－7－5594－6998－4
定 价	65.00 元（全 2 册）

江苏凤凰文艺版图书凡印刷、装订错误，可向出版社调换，联系电话 025-83280257

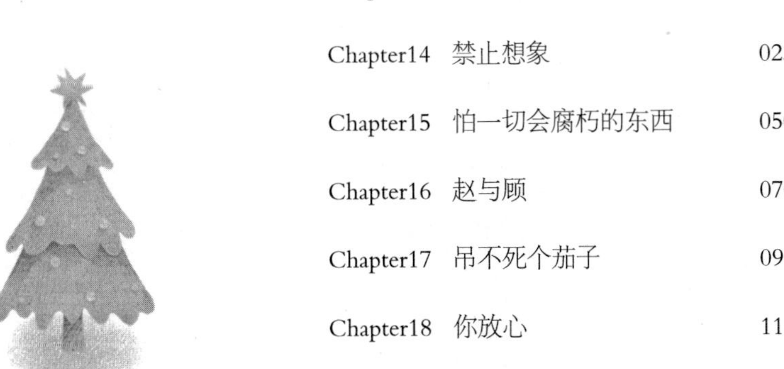

目 录

CONTENTS

Chapter13 24小时花店

[34]

昨天赵孟成问顾湘在看什么书。

在看汪曾祺写昆明的雨。书中描述，旧日昆明人家用在门头辟邪的就有仙人掌。雨多、丰满，以至于倒挂的仙人掌也能开花。

还有，有些人家菜园的篱笆就拿仙人掌代替，种一圈仙人掌，来抵御进园吃菜的猪羊。

很寻常的事件，顾湘却觉得文笔及描述很可爱。赵孟成问："可爱在哪里？"

"不知道，喜欢的人或者文字，他就是哪儿哪儿都可爱！"

正如眼前，她先下车的。等着赵孟成锁车的工夫，她走在他前面，让他帮她看看："我后面别不小心沾上了吧！"她指她的例假。

赵老师一脸不耐烦："嗯，沾上了，好大一片，快回家换衣服吧！"他吓唬她。

顾湘看他小孩脾气，不禁笑出声，地库本就空旷，她的声音笑起来好引人注目："你摆一张臭脸，我告诉你，很渣男！"

"没什么可值得开心的事。"渣男某人也一副来例假的不快脸色。走路没精打采，顾湘干脆来拖他，拖他打起精神来，赵老师！

他说："打起精神去吃面？"算了吧。

顾湘穿着高跟鞋，"笃笃"的脚步声，还要拖一个高出她二十多厘米的男人，她求某人，做个人！

两个人拖拖拉拉地来到了商场一楼，咖啡店里，顾湘说请赵老师喝咖啡，问他要喝什么。

冰美式。少冰，多一份浓缩咖啡。

她心疼他的胃："喝热的吧。"

"冰的。"他坚持他的诉求。

顾湘说她原本的唇妆，唇峰那里是有点缀高光的，被他突袭的恶作剧吻全吃没了。从直男视角看她重新补的唇妆，并没有什么区别。

赵、顾二人在咖啡店出现，亲昵的距离在路人看来，是再明白不过的男女关系。尤其女伴明朗依人地挎着赵孟成的手臂，从男人视角看就是一个鲜活的小妖精。问，谁能逃得过！

"赵孟成！"有人喊了他一声。

本尊寻声回头，没多大的反应，就是碰上个熟人的反馈。

对方来搭他的肩膀，也递社交手来同他握，说："好久不见。你今天怎么回事，舍得下凡来！"

赵孟成将握完的手，重新落袋，傲慢地回答熟人的打趣："嗯哪，下凡来转转。"再问对方，"你呢，附近有公干？"

"周日呀，赵老师，别人不晓得，您还不知道，家庭日。"对方四十岁不到的样子，西装革履，谈吐还有气度都很好，城府老练，但叙家常的口吻倒也亲切，说太太的命令，送女儿来上声乐课，他没地儿去，干脆来这里坐坐。

"喝什么？"赵孟成和他寒暄。

"你请还是人家小姐请？"说话人目光落一眼顾湘。

"有区别？"男主角反问得潇洒。

此话一出，对方也就意会得明明白白。赵孟成介绍："顾小姐，许先生。"

许先生很正式地和顾湘握了下手，后者也热络地要请他喝咖啡。问他喝什么的时候，许先生秉着社交心态给了顾湘一张名片，她礼貌接过，仔细一看，再抬头和对方说话的时候，有了意外收获。

"许先生是我们的客户哎。"

"哦？"许问顾湘在哪里做事。两厢一交谈，才明白顾湘所在公司确实在做他们的一级供应。

许的职务不低，严格算起来，是顾湘拜会不到的等级。但出于职场礼貌以及人情练达，顾湘还是认真向对方抱歉："对不起，许总，我今天没有带名片在身上。"

许先生说："不要紧，我认识他就行了，赵小姐。"

最后的称呼，顾湘听了一开始有点尴尬，以为对方喊错了，直到许先生再拍赵孟成肩膀，才明白过来，老江湖才不会犯这种低级错误。

赵孟成也干脆盛他的情："许总说这么多，渴了吧，喝点东西。"

等陈桉的空当，顾湘听他们坐下聊天才明白过来，许先生是赵孟晞的前男友，二人因为观念不和分手了，许没多久就结婚生子了，赵孟晞也另嫁他人。

"孟晞最近怎么样？"

赵孟成的回答永远那么……欠揍，但回味过来，又是那么无波无澜的官僚话术："就那样，你还不知道她，哪个男人和她相处，日常永远是，要么忙着吵，要么忙着好。"

许先生笑得开怀极了："这世上也就你和你父亲能治得住她吧。你父亲这向身体还好？"

"还行。"

"他退下来后，我很少见到他了。这一说也有两三年了。"

"嗯。"话到这里，顾湘的手机响了，是陈桉到了，赵孟成也借机告辞，"有机会再约。"

许先生拆穿他的客套话："你得了吧，从来没见你主动约过谁。"

"那么我就约一回呢，你要不要和我们一起去吃黄鱼面？"

许先生的表情像是喝了一大碗醋，来不得来、去不得去。自然没响应赵孟成的客套话，只是看着他离开的背影也不禁觉得神奇，神奇这位爷也有这么俗胎的一面。从前见他陪他父亲参加一些商会，老傲慢的一个公子哥了。要说赵家小姐难追的话，许先生倒觉得，赵家这儿子更难降！

都是难啃的主！一个滚刀肉，一个硬骨头！

从咖啡店里出来，顾湘手里还拿着一杯拿铁，是给陈桉的，她手里的格子伞就交给了赵孟成。二人自然地挽臂往前走，她问打伞的人："你似乎不太喜欢这个许先生？"

"喜欢和不喜欢之间还有个词，普通联络。"赵孟成说赵孟晞的前任那么多，他一个个都喜欢或者都不喜欢，得是多麻烦的人情世故。人们的社交联络里，八成普通，一成交恶，一成频繁。这样就挺好。

“那么我是赵老师哪一成里的？”顾湘问他。

“哪一成都不是，因为你不在我的社交范畴内。”

“那在哪里？”

“你说呢？”微雨的伞下，他扭头过来，垂眸看她，点到为止的言语。

顾湘觉得他就是那倒挂的仙人掌，微雨里，他就是能开出花来。

陈桉走过来的时候，开场白就得罪了赵老师，说什么都吃不下了，光远远地看他俩在雨里腻歪那劲儿，就给顶着了。

香香钻到陈桉的伞下，把咖啡给她：“少废话，我饿了，快走吧。”

那家黄鱼面店在住户人家的巷子里，没有正经的生意招牌或幌子，但无论什么时候过去，都排满了长龙队伍。

她们在前面走，赵孟成一个人在后面。

顾湘时不时回头来看他，赵老师真的好不开心，不开心这样的天气这样的约会，去吃什么鬼见愁的黄鱼面。

她歉仄地笑，某人懒得理她，压下伞来，不多时，重新抬伞。不期然，顾湘的目光还在等着他，前面的她得逞地笑，后面的他用口型在骂人，至于骂了什么……

到了那家店门口，排队的人群里，顾湘才挨着他，问他：“骂我什么了？”

赵孟成用手机打字给她看：“妖、精！”

他们身侧就是店铺的门窗，斑驳的老红房子，台阶下有湿漉漉的脚印，木制框架的窗户上，那老式的绿玻璃因为热腾腾的锅气和人气，蒙蒙成毛玻璃的样子，雾气愈来愈重，坠下来一条条水珠子。

陈桉说了句什么，顾湘明显走神了，再问好友的时候，被她狠狠掐了下手臂，疼得她龇牙咧嘴：“干什么嘛？”

“我的忍耐是有限度的，你俩再眉来眼去，我就去告诉你老公，你和别的男人在偷情！”陈桉这个死女人，瞎说八道，话刚说完，排在他们前后的人都望过来。

偷情这事谁不好奇？偷情产生的舆论正义谁又能忍得了？！

顾湘被“毒闺密”气得要升天！

赵孟成的表情倒镇定得很，只是赵老师生气的报复对象从来与别人无关。他默默移开了些伞面，伞缘的一角，雨珠子徐徐掉到顾湘头脸上，她才反应过来，啊，她被针对了！

这个傲娇的男人，他在惩罚她。

顾湘任由他拿雨淋她，只是有人的恶作剧没坚持多久，就作罢了，重新拉她到伞下，顾湘不言不语地用眼神告诉他：幼稚！

好不容易排到他们，陈桉在场，顾湘顺从地接受了赵孟成要付账的主张。只是她们就年前年后来的短暂间隔，发现又涨价了，赵孟成让她闭嘴，吃饭前唱衰的人最可恶！

口口声声不愿来的人，眼下变得最热衷了。

窄长的桌子上，玻璃压着一方最古早的红丝绒桌布。那桌面玻璃拿手指轻轻一拂，赫然的指印子，油渍麻花的。翻台率这么高的食铺都是这样的，顾湘和陈桉来这里，坐下来的第一件事就是擦桌子，只是她看赵孟成那嫌弃的微表情就很想笑，提醒他："唱衰的人最可恶啊！"

赵老师实事求是，蹙眉，批评这儿的卫生环境："是真的好多油。"

这下连陈桉都笑了，笑这个老男人还挺有趣。

顾湘擦了又擦，这才拉他坐下来："入乡随俗，赵老师。"

几天前，顾湘还信誓旦旦说带男友来吃面，她也要把吃不下的面挑到男友碗里去。当真到了这一天，她发现人和人是不同的，赵孟成早就不是那类狼吞虎咽的弟弟了。

他吃东西很精，少面宽汤，吃相也很斯文秀气。

顾湘是绝对不忍心把吃不下的东西挑到他碗里去的，最后意思了下，夹了块黄鱼片给他。

陈桉就问她，脸疼不疼？

没所谓了，人生际遇谁没个打脸的时刻。

面吃到一半，顾湘手机响了，是唐女士，问她周末怎么没回来。

香香实话只说了一半，说和陈桉一块儿呢。

唐女士再说了些什么，顾湘只"嗯"了两声答应了："我吃完就回去！"

"怎么了？"挂了电话，赵孟成就问她。

"我之前给外婆买的助听器坏了，我妈让我退回商家去修，算了，我待会儿经过店里再买个吧！"

陈桉很了解唐女士："你妈就是找借口让你回家呢，谁让你最近心都长草了，根本想不到回家！"

顾湘道："瞎说什么话！"

"实话！"

赵孟成很平静地再插话进来："快点吃，待会儿我陪你去买。"

原本赵孟成听到顾湘要和陈桉吃饭，他就建议请她们吃正餐，是顾湘坚持要来吃面。

他打算补晚上那顿的，现在也只能作罢了。因为顾湘要回她母亲那里，赵孟成说送她回去。

助听器在市中心附近几家大西药行都能买得到，陈桉住的地方也正巧顺路，赵孟成就让她们在路边等他，他去取车，弯过来载她们。

短暂的相处里，陈桉说，感受到赵孟成能招惹到香香的点了。

"哪里？"顾湘问好友。

"五成好，五成坏。"陈桉看人很准，她很确定这男人好在皮囊上，坏在骨子里。当然，温柔在心里。

顾湘说一碗面都给恶心出来了。

"他刚才听你讲电话的表情好可爱，这样细心听信息的人，起码是个足够有耐心的人。"温柔的人才会有足够的耐心。

顾湘被陈桉说得有点飘飘然，这才告诉好友昨天发生的事。

陈桉道："救命！你让我待会儿怎么坐他的车子啊。"

顾湘说："该怎么坐怎么坐啊。"

陈桉再问她细节的时候，顾湘大叫："啊啊啊啊啊，不准问！"

西药行里这种配套的医疗用品还是很多的，顾湘之前给外婆的助听器是在网上买的，赵孟成陪她在里面挑的时候，她也告诉他："我妈就是想用各种花招骗我回家，外婆跟着她住，其实一时用不用也没所谓的。"

"外婆一直跟着你母亲？"他看好两个牌子，让顾湘选一个。

"不是，今年才接过来住的，还是要回我舅舅那里的。他们老传统，儿子才是硬道理，姑娘是人家的。"

"那你什么时候是人家的？"

顾湘专心看牌子呢，她有选择恐惧症，别让她选："你帮我选！"没听到赵孟成说什么。

他拣定一个，也替她付了钱。

顾湘没和他争，还反过来笑话他："你这算不算献殷勤？"

"要看你回去怎么说！"赵老师为难她。是呀，回去说是他买的自然是殷勤，什么都不说，就什么都没有。

顾湘微微红着脸看他，一时无话。

付完账的赵孟成回过头来看她，呆呆的，干脆伸手弹她脑门："走吧！"

就在他们买完助听器，转身要出去的时候，赵孟成一个上午第二遭遇到熟人。

对方是个近乎老年的妇人，又或者可能是面容上憔悴苍老，才让顾湘拿不准年纪。进药房左右不是来玩的，头发些白的老妇人身边还跟着人，像是个保姆。看清是赵孟成，她主动和他打招呼，却是喊他"韫成"。

光耳听不知道是什么"yùn"。

但看得出来，老妇人很熟悉他，慈祥温和地和他打招呼，目光最后落在赵孟成牵手的人身上。

[35]

赵孟成学前的名字叫赵韫成，到他们这一辈，是韫字辈。

只是家谱从男不从女，赵家一双儿女，六岁前，女儿叫孟晞，儿子叫韫成。

有一天，赵孟晞听到亲戚里有人搬弄是非，说爸爸更疼爱弟弟，回家哭着就要改名字。

为什么弟弟可以用家谱里的字，而她就不可以？

韫成的名字是爷爷取的，老爷子也疼孙女，但是顽固传统，定好的事愣是不肯随便改，也没有哪家女孩轻易从家谱里的字的。

赵父拗不过老爷子，终究去了儿子的名字，要么一起从韫字辈，要么一起都不叫。从前孩子不敏感也就罢了，这才疙瘩大的人，就和他们生嫌隙，将来可怎么好！

于是，赵韫成改成了赵孟成，这下大家安生。

从小，老二就争不过姐姐，他也懒得和女生争。不过是换个名字罢了，又是在学前改的，其实后来戚友圈内很少有人还记得住他原先叫什么。

这一桩家务官司直到冯洛时常来赵家才又被掀起来。

赵孟晞这个人任性惯了，不合她脾气的人事，她总要乱置喙几句。看到冯洛清高地要个性，看到赵孟成那么处处由着女友矫情，老小姐就气不打一处来。

某回，冯洛喊赵孟成从前的名字，当着赵孟晞的面，说还是原先那个好听，好好一个名字说改就改，也不怕犯了忌讳，转了命格。

赵孟晞更加瞧不上冯洛了，说她连骨带皮都小家子气，上不了高台盘。

赵孟成出交通事故那年，两个女人更是在医院吵得不可开交。冯洛不肯人探望，说赵孟成心理压力太大，已经连着几夜没合眼了，而赵孟晞质问她："你不肯谁？不肯我还是不肯我父母？别说你还没成他太太，就是成了，又能剥夺谁看望他的权利？"

那头书惠去了已经过头七了，赵孟晞原本心情就很沮丧。个个都在气头上，冯洛与赵孟晞积怨已久，这个当口赵家还拿名正言顺来发难她，冯洛干脆拿赵孟晞煞性子，也借机敲打她父母："你弟弟今日这个情况，安知不是你当日闹着改名惹下来的祸！"

赵孟晞扬手就要打人，被父亲断喝下了。但是撂狠话谁不会，她道："他早就不喜欢你了，呵，是你死皮赖脸地赖着他。其实一个男人心在不在你身上，自己最清楚。"

那一年，冯洛几乎停搁了她的工作。她是做广告传媒的，各处飞是再寻常不过的通勤。但就是因为想陪着赵孟成，她说什么都可以不要，只要他能好，只要他敢重新摸方向盘，重新回归自己的事业。

但他父亲执拗地劝退了他的公职，而一年以后，赵孟成自己也没有回归公职的意愿了。

他是死过一回的人，书惠临死前的愿望就是想回去教书。赵孟成说，如果那天是他坐的副驾驶座，早没他了，所以，当他心死也好，当他还报也罢，他不想再回公职了。他接受了S外的聘书，年薪加职务津贴，收入只会比从前多。

冯洛后来说，也许那场事故，注定是他们的转折点。她还是爱从前的赵孟成，爱一个人的时候他真的会发光，不爱的时候，他身上的光也就像秋后的萤火虫，渐渐微弱、熄灭。

他们谈分手。冯洛说："赵孟成你别不承认，于你是解脱。你早就过够我了，一个男人面对你，只有了恩情，这是多可笑的下场，多狼狈的满盘皆输。"

赵家没有亏待她，正因为那一年她陪着赵孟成，冯洛回去后反而因为赵父跳槽了家更好的公司，她前几年业务上的人脉，九成都是赵家输送给她的。

即便他们从结婚证上剥离开来，冯洛依旧只说赵孟成的好，他是真的好。不然围绕在他身边的女人怎么能一个个都天大的脾气，说白了，就是他惯出来的。

他母亲佛爷一般的不管事；他胞姐说一不二的刁蛮任性；冯洛从前大半夜要吃糖炒栗子，赵孟成为她可以开车在城里兜着转地找……

他第一次见冯洛母亲，冯洛就开玩笑地介绍他是赵韫成。以至于冯母老是记着他这个名字，当小名一样地喊着他，从前是女婿，现在早没了干系。

冯洛还有个弟弟，不争气，头几年冯母在儿子那里时常受儿媳的气。还是赵孟成主张，那就把老人家接过来，是住养老院还是他们单独辟房子给她住都行。

冯母从乡下过来，几回烧菜想留女婿吃饭，女儿都没肯，直言他吃不惯那些的。事实也当真吃不惯，他们每次去看望她母亲，都是自己带着食盒过去，要么就他们来煮。

赵孟成的厨艺就是研究生期间和冯洛同居锻炼出来的，他比她大两岁，短短几年，从在家里什么活都不会到能利索做出一顿饭来。赵孟晞和孟校长听了都当新闻。

他们分开后，赵孟成就没再会到冯母过了。她在市中心住的那栋房子还是赵孟成给她找的，前段时间去医院做了个小手术，出来后冯洛就给她找了个住家保姆。冯母拉着赵孟成吐苦水般形容："我要个保姆做什么，成天地跟着我，两个人像是坐牢一样。洛洛也个把月才来看我一回，我要回去吧，她又不肯。"

从前在乡下过得苦，老人也比城里人显老些。尤其一双手，枯枝一般抓着赵孟成，她说："韫成，是我们洛洛没福气。"

赵孟成被陡然抓住，面上有些过不去，撤开不好，由她抓着也不是个事，再侧头看顾湘的表情，更是两难，只能温和地岔开话题："您来这里是哪里不舒服？"

冯母这两天脾胃不和，来买点胃药，她说："不然洛洛又要逼着我去医院做检查。"

"身体不适宜，还是去医院的好，她也是紧张你。"

"她紧不紧张我，我也是个挨日子的人罢了。倒是你们……"冯母说到伤心处，不免抬眸看看赵孟成身边的姑娘。她心里有数，从前他是女婿的时候，再生硬他也要喊她一声妈，现如今，物是人非，想他也是重找了人。是的，搁他们赵家，搁他的为人条件，找个对象自然不在话下。

"韫成，这位是……"

"您要买什么药？"赵孟成问她。

顾湘闻言，丢开他的手，径直就往外走，手里那个助听器也摔到他的脸上去。

从药房出来，她没方向地就要离开，没几步才想起来陈桉还在他车上。

她回头就喊朋友，手才摸到车门把手，赵孟成追过来，扣着她的手腕："你听我解释。"

"不用解释，我知道是你岳母。你忙着去奉承，我也不打扰。"顾湘扒他的手指，叫他松开她，再喊车里的人，"陈桉，下车。"

后座的人一头雾水，这是怎么了，不是去买助听器的吗？陈桉下也不是，不下也不是。

赵孟成一只手死扣着顾湘的腕子，给她勒得火辣辣地疼，她说："你松开。"

"你先告诉我你气什么！"

"我气什么，我没气啊。"她都已经反复吞着一口气了，还口口声声没气，"再说，我气不气又为什么要告诉你，你是谁？"

赵孟成面上即刻一沉，但手上的劲儿没松："碰上了，我总不能一句也不应承，你说是不是？"

"关我什么事！"顾湘才不去共情他，"是你岳母又不是我岳母。"

赵孟成顾忌着她朋友在，隐忍也一直磨不开颜面地和她辩，只很冷静地纠正她："从前是，现在不是了。"

不是才最糟糕。顾湘气鼓鼓地抬眼看他："都不是了，人家还那么感怀地抓着你，可见你从前和她女儿有多好多恩爱；都不是了，你还要那么好脾气地待人家。我不走还待在那里干吗，你甚至都不能坦荡地介绍我。"

里间买好药的冯母也出来了，他们的车就停在路边，很难看不到。赵孟成拉开车门，拽着顾湘的手，要她上车，闹脾气的人不肯，赵孟成声音低低地说："你走吧，走了正好。我又得空了，送我岳母回家。"

顾湘本来就气得头脑发昏，听到他说这样的话，几乎要炸，就在她奓毛的那一瞬间，他才换了个口吻："湘湘，当我求你……"他不想的，不想碰到不该碰到的人，可他们又实实在在存在，他没有瞒她的意思。

听到心软动静的那一秒，赵孟成再接再厉："我送你回家。"

好不容易把人安置上车，陈桉这才用顾湘从前老劝她的话提醒道："出息点啊，吵架回家关起门来吵。人前不教子，人前不吵架。"

这话是对香香说的，陈桉也在拐着弯地提醒赵孟成。她才不管他是个什么老公子，欺负她朋友，就等着被骂吧！果然离婚的男人沾不得，人际关系都比未婚的复杂一倍。

陈桉也清楚，这个时候有她这个电灯泡亮着，是吵也难吵，和也难和，干脆有眼力见地，在就近地铁口喊了下车。临走前，她给前面两个人敲警钟："谈恋爱就开开心心地谈，很多人差一分一秒，成不了就是成不了，想那么多干吗？"

外面的雨不知何时停了。雨刮器没关，等拨片受到艰涩的阻力的时候，他们才明白，雨停了。

开车的人这才徐徐开口，解释刚才那人是冯洛的母亲。他其实没正式地跟顾湘说过冯洛的名字，二人却默契地明白这个名字是个雷，尤其赵孟成，他懂能不提就不提的重要性。

偏偏今天撞见了。

"她母亲身体一直不好……"

"我不想听。"顾湘打断了他，不想从他嘴里听到他从前的人或者故事。

好不容易平静下来的情绪，赵孟成也不敢轻易招惹她，一路无话。

顾湘母亲住的地方原先是县，撤县并区后，虽然这里的行政位置上了一个台阶，但是新落成区行政规划保持原先，十年自主不动摇，使得这个区的发展始终还是滞后些，尤其这片城乡接合处。

但胜在交通，地铁一通，各路营生就有了根脚。

赵孟成告诉顾湘，从前随领导下乡视察的时候，他来过这里。顾湘这才知道，他原先在政府工作，干秘书处的。

她有点怪他："你从来没和我说过。"

赵孟成也歉仄地看她："一来你没正经问过，二来，湘湘，如果可以，我一点不想回顾我的过去，我希望你明白。"人始终要向前看，他能这样说教他的学生，自然更明白，怜取眼前人的道理。

不到下午，阴天无雨，周天的缘故，临街的马路边乱糟糟地停了许多车子，都是拉客的。

还有小摊贩，开小皮卡卖水果的，做铁板烧的，摆个马扎凳卖手工品的，沸反盈天的一个地方。

赵孟成小心翼翼地审视也打趣她："也许我那时来这里还见过你。"

唐文静在家里包小馄饨，给香香发短信，说家里的辣椒酱没有了，回来的时候自己买一瓶，不然不是她中意的牌子，又不行了。

顾湘感受着老母亲的催促，又慢悠悠地顶赵孟成："见过我又怎样，你反正有女朋友，哦，不对，是有老婆。"

说完她就要下车了，不肯让他开进去，这里面巷子窄，生意摊子又多，主要是唐文静的牌友搭子也多。

巷头有家卖锅碗瓢盆的，至今沿用最古早的商铺门板，早上卸晚上上，从前香香来这里打酱油，就问那个爷叔，这么多门板，哪个上哪一处，怎么记得呀？

爷叔说傻丫头，后面有号码的呀，东一西二这样。

顾湘吃小馄饨的时候总爱放点辣椒酱，最普通的本地牌子，记忆里就是小时候吃臭豆腐蘸的那种最朴素的辣椒酱，出了S城，这个牌子就找不着了。

她又来老爷叔这里买了。店主见到她，开心得咧，说香香好久没回来了。

他家的孙子好像又长大了一点，穿了件老虎花样的连体衣，帽子摘下来了。顾湘等着老板拿辣椒酱的时候，蹲在小孩跟前逗他玩，要他把帽子戴起来给她看看。

小孩在吃棒棒糖，不睬她，顾湘就继续逗："肯定是不可爱，你才不肯戴的，哼！"

激将的套路总是能那么恶俗地成功，小孩把糖给姐姐拿，好费力地才把老虎头的帽子戴起来，圆滚滚的脸埋在虎头帽里，给顾湘萌得呀，她即刻就笑得好开心。

以至于有人站在店门外看了她许久，她都没察觉。

她结完账拎着东西再出来的时候，赵孟成把助听器递给她，开口的声音有点哀怨："我原以为你会很生气。"生气到周遭一切都不能叫她复原。

起码，他不开心时是这样的。

地上有许多小鞭炮放过后的红色纸皮，就在赵孟成站的脚下。她没好气地接过忘了拿的东西，也报复他："是，你可以维持你的风度，我也可以偷摸地小家子气。但你不会成为我的全部。"顾湘才不会成为那种因为男人就要死要活的女人。

从前不会，以后也不会。

她继续往家走，赵老师竟然跟着她。

"你的东西送到了。"顾湘提醒他。

"可是你还没原谅我，因为我没跟冯洛的母亲介绍你？"他还是不确定，不确定她生气的点是不是在这上面。

二人再一次停下来的地方是家小超市，门口有那种小孩坐的摇摇车，晃晃荡荡地放着尖锐的儿歌，几乎要盖过他们的声音。超市对面还有家专供这片租户打热水的地方，乌油油的木板牌子上写着大瓶、小瓶的价钱。几个男人围着张方桌在打扑克，喧嚣的市井人声里，赵孟成不得不提高点声调："湘湘，我不需要跟她交代什么，哪怕是我父母。"

"是不是你心里清楚。"顾湘固执地认为赵孟成就是不愿意正式介绍她的身份，"分明是因为她是你前妻的母亲。"

"是，她是我前妻的母亲。"不怕死的男人学了一遍她的话。

“赵孟成，我讨厌你！”

“看到了。”

春节前门上贴的对联，因着几日的风雨，被风撕豁开一角，终究抵不过风雨，剥落掉在地上，洇上污水，看不清原先的红与祝福。

天空在阴暝色里往蓝与白之间过渡。

赵孟成说：“我抹不掉有前妻的事实，所以她母亲更是个不争的存在。你今天是气我和她母亲打招呼了，还是气我没正式跟她母亲介绍你？后者的话，湘湘，今天你遇到你前男友的父母，有必要信誓旦旦地跟他们介绍我吗？”

顾湘说：“你少来偷换概念。”

“顶多是换位思考。”他纠正，还是那句话，“我和你的事，与她无关。”

顾湘不言。

“或者，多做多错。我就该装作不认识她，老太太过来了，我也让她离我远点，我和她女儿都没干系了，她过来祸害我干吗？也许，这样你就满意了。”赵孟成一副破罐子破摔的架势，他算准顾湘会吃他这套以退为进。

岂料顾湘不依不饶：“是，我就满意了。我才不要看到你在你前岳母跟前有多和善谦卑，你要你的风度教养去吧，我告诉你，今天是和陈桉一起，倘若是我妈，那就完蛋了，我妈肯定炸！”

“那你呢，湘湘，是很生气对不对？”

“我气，我气，我气！赵孟成，我告诉你，我是和你谈恋爱，不是和你去扮圣人，我也没有任何英雄情结。我才不要去顾旁人，我顾好自己就够了！”她严苛地问他，“我又为什么不能气？”

“是。可以气。我回去就打电话给冯洛，说我交女朋友了，希望你和你母亲知悉一下。”

“赵孟成，我恨你！”他偏要在她的雷点上反复横跳。

假设题做完，答案很不对。彼此这才冷静下来，赵孟成试着宽慰她：“那是多蠢的人才干得出来的事。”

“是，我就是蠢。”

他来牵她的手：“不，你才不是。你比任何女人都聪明。湘湘，我一点不怕你生气，我只是怕我自己，我感觉我不来和你说清楚的话，我可能今天到明天都哪儿哪儿不痛快。”这种感觉太糟糕了，明明她什么都没做，就是为难到他了。

尤其看到她逗小孩的那一幕，赵孟成甚至都不确定，他们到底有没有开始。

“开始了吗？顾湘，我可以跟别人介绍，你是我的女朋友吗？”

顾湘气得要把两瓶辣椒酱全敲到这个男人头上去，怎么能忍得了他，他就是那种“报失盗的就是贼”！

怎么气半天，绕来绕去，他倒成委屈人了，倒问她要准话了！

她干脆抬脚踢他腿：“你走！我说不过你，你走，我就当被狗啃了咬了！”话音刚落，这种民巷子里蹿出来猫儿狗儿一点不稀奇，稀奇的是赵孟成。

老公子一把扣住顾湘的手腕，说要他走可以……

“你得送我回车上。”

因为他怕狗，并要顾湘看，那狗浑身脏兮兮的，肯定是条流浪狗，未曾防疫，被它咬了可还了得？

“赵孟成，你少来！”

[36]

顾湘说，赵孟成总是拿她当孩子哄。

“我猜不透你到底是真的，还是纯粹逗我玩。”

说人，也说狗。

也许他成日对着学生，再顽劣的，他也有权威收拾他们。所以，渐渐养成了良好缜密的话术。

或者他本身浸淫的圈子教会他如何更有技巧地取悦人心，这无疑是一项优点或是情商，可是她猜不透，他这样有技巧地和她玩，到底有几分真心，五分，七分，反正不是十分。

所以顾湘那天并没有如赵孟成所愿，送他回车上。因为她知道，真随他回车里，她一定会心软，她问陈桉，先爱的那一个必然是低姿态的吗？

“接吻为什么会闭眼睛？”

陈桉自问自答，就是两个人太靠近了，睁着眼睛看到的对方是可怖的。必须闭上眼睛才能慢慢感受对方，或温暖，或喜悦。

所以，爱情注定是盲目的。起码不要用眼睛看，要拿心去感受。

“这些道理，你在不碰感情的时候比谁都懂，你收拾你爹身边那些狐狸精比谁都看得清。怎么这玩意儿真上身了，就哪儿哪儿都失昏智了呢？”

因为在意了，所以分神了。

陈桉正话反说：“算了，七天无理由退货吧。可见好看的男人未必中用。他起码惹你不痛快了。”

周日被唐女士急召回家，顾湘说，不为别的，就是她牌友的一个侄子在。

嗯，香香被不知情地安排了场相亲。

“怎么样？”陈桉问。

比顾湘小一岁，家境什么的，她懒得听唐女士唠叨，唯一的感觉是：“愿世界和平吧。”

陈桉在视频那头笑死。

顾湘说：“我更气馁了。我在他们眼里沦落到要和那样怯生生的男生相亲了，那男生甚至都不敢正眼看我。”

陈桉说：“你被那姓赵的养刁了。连人家纯情男孩子的爱慕都不屑了。”

是的，不怕不识货，就怕货比货。

陈桉说：“哦，赵老师是货哦。”

顾湘说：“你不要每一句都提他好不好！”

相亲自然无果，唐女士自己也没看上那个男生，嫌太内秀：“男人没点城府、肩膀，看上去就不稳重。”

冷不丁地问起顾湘在夏蓉街的事，那个指导老师怎么说，有没有下文？

顾湘的心跟被丢进热油锅里煎一般缩了下。

唐文静自认为很了解女儿，炮仗脾气，随她，喜还是忧，都轻易藏不住。这段时间都没听香香咋呼，可见没进展，不然，还不早飞回来炫耀了。

是的，倘若不是赵孟成有个前妻那档子事，顾湘确实会第一时间跑回来告诉唐女士："我脱单了，你别追着我去相亲了，还有，你要是看到你未来女婿有多好看，你得嚷嚷得这一条街都知道了。"

然而，顾湘不敢，不敢贸贸然告诉唐女士。

离婚没什么可耻的，但是在唐文静这里就是犯了原罪。上回纪纭那档子事，顾湘已经领教过老母亲的"嘴炮"了，她骂纪纭随她去，她要是跑去骂赵孟成，顾湘能怄死！他那么心高气傲的一个人。

陈桉干脆在那头激将她："你又心疼人家又冷落人家。哦，你处处遮遮掩掩，怎么就可以呢？赵老师不过是不想和一个前女友的妈多交代几句罢了，又不是他妈。瞧你急的。"

"再说，人家前妻陪了他十年，你有什么。才几天就要一个男人为你要死要活，果真如此，这样的男人你敢要吗？"

"退一万步说，你又为什么要和那个前妻比？现在不是上岗培训，你的前任多少影响你的工作接手，感情没有先来后到这一说的，他们能成，就没有你今天患得患失的机会了。"

"爱情是什么，老李子写的那首词最毒辣：一个人挣脱的，一个人去捡。"

"想清楚你要什么。要开心就玩几天算了，要天长地久，你也得有天长地久的时间去反馈人家。"

"男女平等，不光是嘴上说说。尤其在爱情里，起初不平等，注定有一方将走向归属品。"

赵孟成一连三日给顾湘问候早安、晚安，都被她冷处理了，第四天，他没动静了。

"毒闺密"提醒香香："你要是这么抻着，给你台阶也不下，得，等着散伙吧。"

回去和你的怯懦小男人相亲去！

残血开大的一记回马枪，陈桉说："那个前妻要是知道你们因为她散伙，不知道得多得意呢。反正搁我，我得笑话你一段时间，瞧吧，他就是离了我，也还属于我。"

"陈桉！"

"别喊，就是反作用才能警醒你。你管他和那个旧丈母娘说什么呢，反正他不敢再喊她妈！你让他喊唐女士妈，我才信服你！”

顾湘被骂得呆成乌鸦，倒也醒回几分战斗力。是，亲者恨仇者快的事，才是最下品的收场。她顺带着戏谑陈桉，到底是身经百战过无数个家明的女人。

陈桉啐她，都说能医不自医。她最近烦着呢，那个骆海洋死活不肯跟她分手，她也拿他没办法。

顾湘提醒好友：“你别和他硬来啊，社会新闻没少放，我怕这种‘中二’少年干出什么暴躁狂的事来！”这样一想，莫名觉得和老男人来往也挺好，起码他顾及体面，爱面子又不折腾，分手也省心好多。

“他敢！”做了半天人生导师的陈桉，提起那个骆海洋也是一脑门官司，啊，要什么男人，谈什么感情，“我们老了一起去住养老院多好！”

“脑洞”少女顾湘又上线了：“现在就开始存钱，一年三百六十五天，第一天存一块，第二天存两块，以此类推……”

陈桉讥诮她：“赵老师呢？不要啦？”

不要了。单身保命，她这几天气得胃疼。而且，他今天也没联系她，这下连台阶都没了。哼，男人。

再好的皮囊，老了还不是个老头子，顾香香同学说：“我悟了。”

“没有台阶，你不会造台阶啊。男人最吃女人的两套：示弱和撒娇。你选一个吧！”

顾湘在镜头那端，蹙眉蹙到信号不好般顿了顿，半晌，憋出一句：“我明天去总部开会，和客户吃饭，我让他来替我开车？”

陈桉嫌弃成个表情包：“这是我见过最硬的包袱，抖都抖不开的。”

不过也许对赵老师会有效，差遣他反而比哭唧唧高明些。

骄傲遇傲娇，比的就是谁更胜一筹。

赵孟成手边的筹码快堆得比边上的茶盏高了。

他今天没带本钱来。

天杀的，桌上其余三个都悔不该，悔不该和他这个牌祖宗玩。他们赵家是祖传的牌技，爷爷打得好，他父亲玩牌也是个中能手，于是轮到赵孟成，耳濡目染加上脑子好，十战九赢。

无论是麻将还是扑克。

牌桌上是赵家郎舅二人，章郁云和一贯跟着他的特助秦先生。一家杀三家的局面。

今晚章郁云约赵家女婿谈生意，酒局散了，三缺一，就想到了赵老师。

赵孟成转行去教书后，这些酬酢场合很少请得动他了。一来他失了兴致，二来他顾忌着老师的身份。如今，也只有打牌、打球约得到他。

偏偏都是他擅长的。

一个靠脑子，一个靠体力。赵老师能文能武。

章郁云输得最多，他不服气，问赵孟成：“都说情场失意，赌场才会得意的。你不能两个都占着啊。”兰舟回来给他看了，那个顾小姐真心长得不错。

赵老师抓到的重点是：“给你看了？”

章郁云哽住。

“你们爷俩能不能有个谱，给我怎么拍的，怎么删掉！”赢钱的人火大得很。

章郁云不怕死：“该不会黄了吧？才一脸失恋的脾气。”

姐夫檀越嘴上不说，心里琢磨：不是上回在家里就已经黄了吗，这把火烧到现在还没完？

结果一心做牌的赵孟成语出惊人，说上周和她一起，碰上了冯洛的母亲了。

然后呢，其余三家一脸“吃瓜”的自觉。属檀越最惊最讶，他以为的第一层，其实已经第五层了。

赵孟成尽管面不服心不服，还是把经过讲了一遍，也自觉画出重点及错题，说因为没跟那头介绍她……

“就……不理我了。”

三天。赵老师说，为了这点事。其实是四天。前三天算她生气，今天是他不快了。

成年人并打工人谈恋爱不容易。各自有工作，赵孟成一面要听他们周校长差遣跑筹分校的事，文山会海的；一面是高考百日誓师会和年级数学竞赛的事，每天忙成陀螺转。他自认为已经很殷勤了，早晚给她去电话，偏偏连面都不让见。

轮到他摸牌，牌在手里盲捻，凭着手感猜牌，再反扣在桌面上，单吊一筒，他又和了。清一色一条龙。其他三个人一齐哀号，这算什么事，赵某人是因为在女人那里受了气，拿他们煞性子是不是，怎么能手气好到十来牌都下不来庄？

杀红眼的某人把牌往洗牌桌里推，喝茶浇肚子里的火，一副罪己诏的嘴脸：“就因为我没介绍她。”

向来沉默是金的秦先生突然慢悠悠地发问：“那么，你为什么不介绍呢？”

物以类聚人以群分。狗贼的脑回路自然也只有狗贼懂，章郁云歪头点烟，也冷觑一眼赵某人：“他那是压根瞧不上，瞧不上的人，你让他去对付什么，话都不想说，还介绍？你是谁，给你介绍？一个不是我爹不是我妈的人！”

赵老师认为天底下的母亲都跟他家孟校长一样呢，和光同尘。

他向来不喜欢被人牵着鼻子走。

赵孟成喊服务生续茶水。这次也不“我有个同事系列”了，拉下脸来，发现也没什么要紧了，直截了当问老友并姐夫：“你说女人是不是很麻烦？”

章郁云道：“我看你这个婚是白离了。”

檀越说：“从前都是那个冯洛哄他，他分明进步多了。打第一眼见那个顾小姐，我就知道有猫腻。你瞅赵孟成主动应付过哪个女人？”

“我是问你们送什么？”急性子的当事人摊上几个慢性子军师，能死。

“花吧。”三个牌搭子异口同声。

这世上最美好芬芳的事物就是花。因为它本身带着言语，起码它能令女人消气。

“会不会……我的意思……俗气了点……”赵孟成直觉顾湘那样脑回路的人未必受用。

“你可以选择单身，一辈子不必俗气。”

哄女人檀越最有经验，赵孟晞属于够能作的了。别和女人讲道理，这话回去打印出来贴在门口，每天进出念一遍，保准什么事没有。

小舅子横一眼姐夫，他嘱咐檀越：“你自己的事办砸了，个中原因也晓得。我不想赵孟晞那个女人提前知道，也不想任何人来找我麻烦，我自己的事，和你们谁都不想交代，包括我爹妈。”他就是这个德行，吃过他们搅和的亏。

“各过各的挺好。谁再话多还是手长够到我，别怪我翻脸。”

这个时刻，男人之间的“君子守约”又起作用了。檀越连连答应：“你都这么认真放狠话了，我哪敢说半句啊。”檀越的言外之意，小舅子已经很久没这么认真和人顶真了。

连庄下不来，这一圈就没法结束也没法搬风。续茶的服务生问章先生，要不要用点消夜？

章郁云说：“要。赢的人请。”

这里的规矩，赢的人付包厢的筹子钱，也请大家吃消夜。赵孟成要他们随便叫吧，也给了服务生筹码做小费。

各自歇息点餐的时候，赵孟成翻朋友圈，发现顾湘发了条新状态：“外婆十几年如一日给的零嘴，桃酥饼。”

看吧，她过得不知道有多自在。

那头服务生问做东的人：“赵先生，您要来点什么？”

“桃酥。”他要吃桃酥。

章郁云怕自己耳朵坏掉了：“你害喜了啊，大半夜拣这么刁钻又没处买的东西要！”

赵老师道：“哦，那算了。”他什么也吃不下。

十分钟后，重新回到牌桌上。兴趣缺缺的某人已经完全没了玩牌的兴致，他想散了，其他三个又不肯，赢了钱想走，谁给你的脸！牌品这么差，你老爹知道吗？！

下一秒，手机页面跳出一条微信。

赵孟成不动声色地看消息，轮到他出牌了，恍惚间，他随便丢了一张牌出去，对家的秦先生和牌了，赵孟成出冲了，这一下，好不容易下了他十来牌的连庄！

章先生愉快地喊着搬风，结果，赵孟成牌一推，筹码也不要了，都还给他们。

“回家，困了。”他说走就走。

包厢里的人骂他，这是什么差劲儿的牌品啊！

一节课的时间，赵老师驱车来到夏蓉街。

已经夜里过零点了。顾湘来给他开门的时候，是敷着面膜的，穿着一袭粉色的棉质睡衣，长发由发圈归拢着，巴掌大的脸，被面膜遮挡住了。

房东小姐一面抚平面膜上的褶，来使得它与她更服帖，一面骄傲地指责他："我让你明晚给我开车，不是现在。赵老师大半夜来干吗？"

赵孟成径直来捉她的手，捉住并丢开，随即两只手来揭她的面膜，由下而上。

玄关灯下看他，长睫毛下有淡淡的阴影，他就站在顾湘的气息里，宽肩窄腰的身条，身上带着淡淡的烟草味，小心翼翼地揭掉了她脸上的面膜。

顾湘恍惚间，想起从前观礼时，那认真小心揭新娘头纱的新郎。

她好几次见他都是素颜，所以她并不却步，被他揭掉面膜也不生气，而是严苛地质问他："你来干吗？"

赵孟成看着她素净滋润的脸，原本想检讨地告诉她，有24小时便利店，为什么没有24小时花店呢？

结果，顾湘把抹了一脸精华液又没处擦的手，直接全揩他衣服上，赵孟成一把捞住她，逼着她看他："我来问问大半夜永远不睡的女魔头，是不是对每个男人都这么——管杀不管埋？"

逆光里，顾湘仰首的那一秒，被压过来的吻蒙上了眼。

Chapter 14 禁止想象

[37]

心动的轨迹是往上的话，那么身躯必然是下沉的。

她直往下栽，索吻的人一把掂起她，托抱着她。顾湘的腿环在他的身上。

像是报复她，把吃了一嘴的精华液，就势全蹭在她衣襟前，赵孟成说："像吃了一嘴生山药。"

女主角骄矜但也本能地两手环着他的脖颈："谁叫你亲的。"

声音很恣意，全没有夜阑人静的自觉。赵孟成朝她："嘘……"

无论如何，她得有合住的公约精神，哪怕她是房东。赵老师大半夜也要说教人。

顾湘被他抱在怀里，她拒不承认自己此刻是恃宠而骄的脾气："那你还来？"深更半夜来打搅别人的人，才最没有品格。

二人压低着声音私语，这种乖张阒静的气氛尤为熬人，煎熬得人心痒痒的，像风在舔火舌子，稍一肆虐，就一发不可收拾。

"我来看看你，也让你看看我。"男人由欲望驱使的时候，情话从来信手拈来，哪怕一向君子端方的赵孟成也不能幸免。

都说女人是听觉动物，顾湘觉得自己尤为贪心，她是听觉并视觉。这几年工作下来，接触过不少男人，明里暗里示好的异性也不在少数。她此刻才发现自己双重标准极了，有些话本身没有罪过，但得分谁说，膀大腰圆的男人哪怕只喊她的名字她都受不了，而好看的男人说些轻佻话，都是风流灵巧的。

饶是理智劝她不要受用，不要吃他这套，偏偏精神背叛了自己。她破功地笑，也气急败坏地要去咬他，像头小狼崽子才学会捕猎，她得证明自己，于是，一口咬住他的脖子……

人的味觉里顶多藏着食欲，唯有痛觉能激发出包藏祸心的最原始的欲望。

赵孟成由着顾湘胡闹，二人嬉闹间，他脱了鞋子，径直抱她往里走，从楼梯口上楼去。顾湘趿在脚上的拖鞋掉了一只，她吟吟地嗔笑道："鞋子呀！"

掉了一只，干脆另一只也别要了。赵孟成落手去，给她另一只也剔掉了。

一面上楼，他一面警告她："别出声。"

夜猫子不睡，是还在忙工作，床上笔记本电脑开屏上的数据表还亮着，赵孟成突然心里好过些了。他抱着她，拿脚去关门，用欣赏的口吻宽慰自己："起码我是排在工作后面，而不是排在桃酥饼后面。"

二人心领神会，相视一笑。顾湘是故意发的，有人也明知她故意，却实实在在地被气着了。

他把怀里的人丢回床上，一面欺身过来，一面伸手漫不经心地合上笔记本电脑。

一记气息绵长的吻，是想念也是报复，赵孟成说："怎么能冷暴力呢，太过分了！湘湘，我从来没有这么失魂落魄过，看谁都是你，又看谁都不是你。"

"你说我在逗你玩，那么，你呢？"他单手扶着她的脸，力道全压在她身上，压迫着顾湘只能出气不能进气。

赵孟成控诉她："嘴上说不玩人的人，实际上才是玩人的祖宗。"好严重的意气话。

顾湘问他："是喝醉了吗？"

"没有。滴酒未沾。"

"你起来，压得我快断气了，我要去洗脸呀。"

"洗个屁。"爆脏话可还行，他说，"免于你小孩脾气，说翻脸就翻脸，我现在就讨回我该得的。"他语气再傲慢些，"那样分手才叫两不相欠！"说着，言行一致地来讨伐她。

悬殊的气力相较，顾湘无疑惨败，她近乎啐一般的口吻，骂他："伪君子，渣男。”

“嗯，现在猜得透了？”他问她，先前说猜不透他，那么此刻猜透了？“我从来没说过我是个好人，是你来招惹我的，顾湘，如果可以，我一点不想为了你而烦恼。”事实是，他从牌桌上下来，本能地驱车往这里来，路上一面开一面查看着有没有不打烊的花店，尽管他认为俗气了点，但也期冀捧着花来或许诚恳些，诚恳地告诉她，“如果我晓得你能因为这个气这么多天，有什么不能说的呢，我可以告诉冯洛母亲，是的，她是我女朋友。我并不该欠冯洛什么，也厌恶一切虚与委蛇的心计。是，我是气，气我的不作为带累了你也跟着失了风度，以至于，我俩一起成了错人，看戏的成了赢家。”

“你的意思是……”

赵孟成的家教督促他人前人后都忌犯口祸。他委婉地拿他母亲作比，孟校长就是见冯洛一万次，她身边就是换一万个男伴，孟校长都不会去苦大仇深地拖住冯洛说什么翻篇的事。区别就在这里，赵孟成只是厌倦这样的戏码，没有意义且伤过往情分。

可是，到底那人是冯洛的母亲。

“顾湘，即便没了关系，我也不能真的冲她母亲甩什么脸子。”这是人情也是人品。

是的，他是这样的人。顾湘也自觉自己太贪心，一面觊觎他的长情，一面又忌惮他和前尘还有粘连，这样否定他等于否定自己。她后来也反思，倘若他当真不好，那位冯小姐也不会甘愿和他羁绊十年。“你那天不是这么说的……”顾湘软糯糯的声音，其实已经算是示弱了。

“那天是正名，现在是陈情。”赵孟成自嘲。

“有什么区别？”

“区别就在于，陈情的人，不想便宜任何人，不就是认个错嘛，又不会少块肉。”

这样活生生的赵孟成真好，无比地烟火气和孩子气。

顾湘主动去吻他，静下来的卧室里，只剩下床头灯火和窸窣的亲昵。

张得满满的弓弩，蓄势待发的劲头里，他问了她什么，顾湘咬咬嘴唇坏笑，有点败兴地摇摇头。

赵孟成几乎下意识地在她肩头咬了口，闷闷的声音埋在她锁骨间，颓唐且挫败："也许我上辈子辜负了你，这辈子，你才来得这么晚且上蹿下跳地折磨我。"

顾湘低低地笑着，她心神荡漾，言语也跟着轻飘起来："其实差不多了，应该也没什么要紧。"

欺身的人突然离开了她，坐在床畔，灯火撞进他的眉眼里，再正经严肃不过的口吻："不准胡闹。"是提醒她也提醒自己，顾湘从他身后攀住他的脖子，赵孟成依旧按捺隐忍的情绪，他认真告诉她，"我更爱惜你的身体，懂吗？"

身后的人一半感动一半气馁，男人在这个当口能说这样话的，要么是尊重女性到骨子里，要么就是十足地对你没兴趣。

她的反骨又冒出来了，她就是要看这个男人为她崩坏的样子。于是，她不言不语地爬到他膝上去，一双愈夜愈亮的眼睛哀怨凄婉地盯着他，也无比认真地喊他的名字："赵孟成，我喜欢你，从第一眼开始。"

她一点点吻着他。窸窣的动静里，四目相对。顾香香同学十足地纸老虎，要流氓的是她，关键时刻红一脸想跑的也是她。

他的声音惫懒且过分深沉，目光也像镀了层霜，训诫她："放火的那一刻你就注定是个犯罪分子。"不能原谅。

风舔过火舌子，终究肆虐成弥漫的红焰，烧得人无处藏身。

"啪"的一声，炸开的火星子能轻易燎到皮骨。

一半理智一半血肉模糊。偏偏身上的人有恃无恐并人畜无害，他冷冷地看着她，看着她的气息与面孔都在他的视线里逐渐虚化，她听到他喊她的名字："湘湘……"

"嗯？"

就这一个微弱的字节，令他无比心神烦躁，咬着牙坚忍，才能按住环伺又嚣张的闯禁势头，那是上帝造人赐予的本能，他难于告诉她，湘湘，我在与上帝为敌。

耳鬓厮磨间，她喊他的名字，他拿手来盖她的声音。

有人如她所愿，崩坏了，礼义廉耻像神像身上的金漆，一点点剥落下来。隐忍且戾气，吻像带着倒钩的利箭，钉到一处，一处轻易不敢拔出来。

而深情处，仿佛在缴械彼此的生命。

这是上帝形式化地叫凡人领会生死之间的意义。它是短暂的休命，或者消解的那一刻已然弃世登仙，总之，那份感受于凡人是罪孽也是恩赐。

一心想看赵老师崩坏的顾湘最后又无比气恼，因为，他肯定是报复她。

“赵孟成，你这个老浑蛋！”

[38]

他自己说的，嘴上说不玩人的人，才是玩人的祖宗。

男人在风月里永远是急切的，区别就在于他们随着年岁的叠加，就像小孩终究会戒掉口欲期一样，愈沉淀愈不那么贪多嚼不烂了。

他原本的意思是可以等，更要顾湘明白，他怎么会不急呢，但喜欢或者爱，就该要占尽天时地利人和的迷信。他想顾湘心甘情愿，也要彼此百分百无保留。

可是顾湘打乱了他的节奏，难堪与隐忍互相角逐着，终究由着摧枯拉朽的念想操控，赵孟成说，否则他没有出路。

顾湘才不听他说，呸他，浑蛋，变态。

他的眉目还是好看的，这对女人来说，无疑是催化般的存在。

赵孟成为最后关头的失控认真抱歉，道歉的诚意就是：“我抱你去洗澡？”

顾湘可不是要洗，她存心气他：“我已经很久没一个晚上洗两次澡了。”

床头已经收拾好自己的赵孟成闻言，突然来了兴致，他丝毫不气恼，倒是打听起她的从前事：“你前男友是个什么样子的人？”

“你问了干吗？”

“取经啊。你不是说，你母亲很喜欢你前男友？”

“比你高、比你帅、比你好脾气！”顾湘张嘴就来，其实通通都没有，除了比他脾气好这一点。

赵老师伸手来捞她的脸，他还没来得及洗漱，就这么剌剌来扶顾湘的脸，回应她的话也更气人：“有什么用，还不是分手了。”

顾湘气得来咬他的手，赵孟成顺势揪起了她，抄过她的腿弯，抱她起来：“洗洗睡吧，别闹了。”明明每天那么远的通勤路，为什么就不能早点睡呢，他说，“我好像也被你给带累坏了，也爱熬夜了，可怎么好。”

顾湘房间里没有套卫，二楼有洗手间，但没有一楼的大。这个该死的顾文远不知道怎么设计的，于是顾湘习惯用一楼的洗手间。

赵孟成抱她下楼，让她抓紧洗漱睡觉，睡眠不足通勤开车得多危险。

“那你呢？”

“我回去洗。”

顾湘听他这么说，有点不开心，丢开他，径直要冲澡，赶客的嘴脸：“滚吧。”

她也曾这样站在前男友面前，不知道是年岁的差别，还是因为她也时过境迁，彼此心境都不一样了。她镇静大过怯场，而对面的目光换了个人，赵孟成也比前男友坦荡多了，顾湘甚至都不知道该骂他还是该称赞他。

总之，和这样年岁的男人相处反而不那么忸怩了，他能泰然地应对你一切想要躲躲藏藏的心情，也能轻易拆穿你的小心机：“别耍花招，我真的得回去了，湘湘。”

已经不是明天的行程了，是今天，天亮七点，他还得带队送学生去参加数学竞赛。今年的省赛赛场选在S市桐城区，赵孟成作为教研组长，他得带队，赛后还有教育会要开，他的衣服证件什么的都还在家里。“我真的得回去了，司令大人。”他说着来拥她入怀，无关风月地落一个吻在顾湘额前，也检讨般告诉她，到底康樱是他的学生，不是他有什么包袱，而是真的要以身作则，他动辄歇在这里太不像话了。

顾湘踮着脚尖去够他：“那你晚上会回来吗？”她觉得自己完蛋了，浮花浪蕊般想入非非。

“你都给我下命令了，我当然得回来给你做车夫。”赵孟成说下午赶回来，他还有课要上呢，还有周五的校务会，还有该死的班会。他念叨最后一个行程的时候，咬牙切齿地，仿佛和自己的学生有仇。

淋浴间里起了一层氤氲，顾湘打算冲澡也放他行了。临走前，赵孟成才想起什么，一手去挑她的浴帘，一手撑在墙壁上，热水冲刷下来的动静里，他问她：“顾湘，晚上去我家好吗？”

抹开不住的水柱，顾湘像条鱼，浮出水面吐泡泡：“你从来没有邀请过我。”不是回答他，而是指责他。

这话十足女儿家脾性。赵孟成莫名觉得冤枉，他得有机会才行，且冒昧请也太唐突了。以及，多少还是怕她介怀些什么。

“现在正式邀请你。”

总部的项目投产在分公司，移交走，老规矩，总部负责人都是要犒赏员工的。

饶是分司和总部财务独立，分司的人去总部，到底有地方去京述职的自觉。

业务会开到最后，纪纭来了。压轴的灵魂五分钟永远是大佬的，这五分钟最后被拖成个半小时，他惯会的剩余价值论。

经过上回唐女士那宗歪打正着的讽刺，顾湘心想这个老贼应该不敢再找她叽歪什么了，况且顾文远虽然做男人风流惯了，但是他的那些酒肉朋友真敢肖想他的女儿，试试看！顾文远上回就说了，姓纪的他不敢，不敢的意思就是顾文远不会肯，这才平了唐文静的火。

顾湘今天穿得素净，最普通的通勤黑白搭配，翻驳领的领口，锁骨上配了条四叶草的项链。

散会的时候，纪总循例要请分部的同僚吃饭，客户那头常联络的几个主也一道请了，一听就是犒赏团建成了应酬陪酒。

众人鱼贯而出，纪纭点名顾湘，她的小名从前就有同僚喊，他在这个当口要死不死地跟着喊：“香香，你是总部借调过去的，客户那头原先你也熟，晚上你帮着应酬。”他的意思让她坐他们这桌。

顾湘无声地瞥他一眼，公报私仇的家伙，狭隘的男人。

她才不会跟他低头：“好呀！”

纪纭和他妻子分居了，原也是家里联姻的婚事。各自貌合神离，公子哥对上大小姐，谁也不服谁，妻子常年在国外，各玩各的，至于为什么一直没离婚，谁晓得。大户人家总有点舍不得埋没的成本，各自瓜葛着又各自纠缠着。

“你好像有点不一样了。”大佬和她一起出去，二人并肩走。

顾湘心里“咯噔”一下，面上波澜不兴：“什么不一样？”

纪纭怠慢地冷笑一声：“就是你想的那种不一样。”说完，他抬脚就走。

给顾湘气得，她不禁反思，这是怎么了，流年不利是不是，全和狗贼干上了，还都是这种大差不差的二婚狗贼。

晚上应酬，纪纭要秘书订了两桌，两桌不在一个包厢内。分部的同僚自行团建，他要单独请客户。

早一个星期前，顾湘随老板参加这种酒局，顶多算是个陪衬。当然，今晚她依旧是，入局前，她特地吃了个肉松海苔贝贝，垫垫肚子，也明白这种所谓的君子局上，你想吃饱太难了。

原先打交道的顶多是业务专员、采购工程师，这回他们VP（副总）过来了，纪纭的女伴他自然要介绍，可是不等他开口，对方先认出了顾湘。他说好巧，没想到这么快就见面了："我想着，咦，那个小姑娘怎么没加我微信，该不是赵孟成不肯吧！"许先生依旧和煦沉稳地客套，哪怕现在在职场上，他是"甲方爸爸"。

纪纭问许总："认识的？"

许答，他认识赵小姐，她不见得还记得他。"开玩笑，顾小姐是我朋友的朋友。"他用词隐晦，但听去的人无一不明了。

尤其纪纭，顾湘用余光去瞟他，老贼那种几分忌惮、几分不如意，但又不得不卖许先生面子的微表情，实在解恨！

顾湘突然觉得今天这个码头拜得实在值，认识大佬谁不开心，起码她接下来可以舒舒服服地喝酒吃菜了。

啊，原来赵老师可以给她背书的哎，心上立马把他和其他所谓的二婚狗贼区分开来。

一场答谢宴，喝到最后，成了许先生的忆当年。他说酒桌上从不为难女性，更何况是赵孟成的朋友："他那个姐姐长了十八颗心、十八张嘴，没人敢为难他们赵家的人，以及那个赵孟成，姐弟俩真是臭到一块儿去了，我老说他们，两个人托生错了，姐姐莽，弟弟反而俏。"

许先生说，从前和孟晞来往的时候，赵孟成就不满意他。别看姐弟俩像门神贴反了般不对付，其实，有些人爱你爱在骨子里。许和孟晞提分手，孟晞回去哭了好大一通，赵孟成以为许劈腿了，主要是他那个姐姐也没谱，瞎说八道惹父亲和弟弟心疼她。结果，赵家这位二公子真的冲许动手了，放的狠话更是嚣张："打你就是出气，你管我为什么！"

回头被他父亲骂得狗血淋头。

许先生说，和孟晞是和平分手。她也是他交过的女友里最鲜活的一个，大概这老小姐在哪个男人的女友名单里，都不会掉出前三名的。许的家庭不允许他不考虑孩子，可惜孟晞又是那么个固执的人，到头来，许说，他只是凡人，他哪怕一时一刻答应了孟晞，回头他反悔了，也是要闹得家宅不宁，说白了，他镇不住这老小姐，也知道她的脾气。

喝到最后，许先生像是醉了。他和顾湘说，没承想他们姐弟俩到头来都因为孩子这事散了姻缘。

顾湘虽然有点不赞同，但面上还是随许先生。

也许他姐姐是执拗到底的脾气，但赵孟成不是，倘若不是那冯小姐瞒着他把孩子打掉，依他的脾气哪怕商量好不要孩子，他还是会结婚的；倘若不是冯小姐说在婚前领悟过来，他会负责他的婚姻和孩子的。

尽管顾湘不想承认这一点，但又笃定他会这么做。他就是这种会妥善待人的脾性。

饭局之后的节目原本也是纪纭安排好的，许总却临时改了主意，他说他做东道，请纪总几个："顺带着，我好久没和赵孟成喝酒了，喊他来。"

"他今天很忙，不见得有空。"顾湘是私心这么打掩护，因为她知道赵孟成并不太想应酬许先生。

"你在这儿，他一定会来的。"

方才饭局开始前，许先生就看出来了，看出来纪纭对顾湘有些职务之便的狎昵。

纪纭的花名是圈子里都明了的，但兔子不吃窝边草，他领着顾湘要介绍给许的时候，虚揽腰的那一下，下意识地泄露他的心迹。

许才即刻亮明了身份。

去往会所的路上，他给赵孟成打电话，客套话没有，警醒倒是有几句："看紧点啊，你喜欢小妖精，别人也喜欢啊。别怪我没提醒你，男人向来喜欢别人碗里的，也向来喜欢挖人家的墙脚……少废话，你来不来吧！"

一个小时后，赵孟成出现在包厢门口，

许总鼓掌欢迎，他说好难得的，我们赵二公子好多年不玩了。要知道，赵孟成二十来岁来这里，好不俊俏的一张脸，有些不开眼的小姑娘都敢去搭讪的。

顾湘听着第一反应竟然不是醋，赧然地心惊一下：确定说的不是我？

私人名目的聚会，赵孟成进来自然只认许这个东道，他难得一副懈怠的口吻，更是骂人，骂许先生是个缺德冒泡的："你少说两句不会死。"

赵、许二人难得私下碰面，还没容许先生说几句呢，赵孟成进来就先找人。找顾湘，看到她人，很自然地伸手来揽她，落在她腰上。

顾湘喝酒了，不多，但足够叫自己暖烘烘的，眉眼也跟着荡漾起来，她直愣愣地看着赵孟成，后者问她："醉了？"

她摇摇头。赵孟成一袭正装，那种一丝不苟地系着领带的职务穿扮。袋巾位置还别着他们学校的校徽，没来得及卸下来。

她用软绵绵的声音问他："你怎么来了？"

和许先生打趣的差不多，他说："你在这里啊。"

那头许先生喊赵孟成："行了，请安回去请，先来喝杯酒。"说着，许几分促狭地给赵孟成介绍人，秉着差点成郎舅关系的自觉，许先生是要"小舅子"闹明白，敌人是哪个，几分斤两。

他介绍起纪纭来，名字头衔一堆，轮到赵孟成就简单一个名字说明出处。

赵孟成的右手还搭在顾湘腰上，许先生介绍完，他率先殷勤，递社交手，却是伸出的左手。

汤没搁盐版本的礼数，没喝酒倒先醉了的嘴脸，他道："幸会。"

[39]

顾湘见过赵孟成跟顾文远握手，递的是右手，足以证明他不是左撇子。即便是，惯常的社交里，也该迁就大多数人的礼节。

他不是那种随意的人，眼下这般，是故意的。

故意怠慢纪纭，顾湘都看出来了，纪纭怎么能接收不到这份"蓄意"呢？

她几回想把赵孟成搭她腰上的手摘下来，怎么回事嘛，不想认识也不该这么小孩脾气呀。结果，二人暗自较劲儿里，她非但没把赵老师的手摘开，还被他狠狠掐了下，给她疼得……尴尬又不失礼貌地微笑。

顾湘心想：狗贼，你们去咬吧！我不管了。

左手和左手对付起来，敷衍但又和谐。纪纭说：“这是和赵先生第三回碰面了吧。”

赵孟成答得乖张：“是也不是。”他说前两回没正式打招呼，“但时常听湘湘提起您，今天倒是托许岫远的福，得见真人了。”

二人都知道在说昧良心话，那纪纭听说顾湘时常提起他，倒也好奇起来：“都提我什么了？”

赵孟成关键时刻内秀起来，一副点到为止的含蓄。目光丢一眼顾湘，面上的意思是：问你呢。实则不搭腔的傲慢潜台词是：自己想！

“吱吱”的火药引子味，许先生看热闹倒也怕事大，赶忙站出来打圆场：“我们赵老师很少恭维人的，都是人家恭维他。今天也是逮到了，逮到了他难得为人家属、为人父母的心情了。”

岔话题信手拈来，许岫远顺毛捋赵孟成，话又说回来：“我很好奇哪天赵老师自己的孩子送到别的老师手上，你会不会奉承人家，说自己的崽子承蒙人家关照呀？”

“会，怎么不会呢。小孩不听话总要打的，没什么舍不得。”他说孩子呢，没事瞟她干吗，顾湘生受他一眼，莫名不服气。

目光落到他襟前的校徽上，这样的场合，这样的物件过于违和，她提醒他。

赵孟成没所谓的嘴脸，她干脆去替他摘，小心翼翼地从别针的别扣上退下来，归置好，伸手给他搁进西服内衬的口袋里。

这样的举动，不言不语却昭示了二人的关系。顾湘没想太多，也不知道正是因为她这样，才哄好了赵老师拈酸呷醋的情绪。

赵孟成来前也在饭局上，接了许岫远电话，他就佯装心神不宁的，他们校长周从森都看出来了，问他是不是出什么事啦？

赵孟成说：“也没什么，我忘记朋友今天给我介绍相亲对象了，难为人家一直等到现在，被朋友骂了一通。”

周从森对赵孟成这个老大难看得紧，一来他的业务不准出纰漏，二来就是和他父亲大半辈子的交情，视他如半子，婚姻大事和业务一样重要，他道：“那你现在就过去，这里也没什么要紧了。”

赵孟成整个晚上为了躲酒，鞍前马后地说要送周校长回去，这个当口，他更是“破罐子破摔”：“算了，我还是先把您送回去，不然师娘那里我没法交代。”

周从森嫌他磨叽，一拍大腿催他走：“你师娘要是知道因为我喝酒耽误了你找对象，更是要骂我了，你快去！”

“那我走啦。”

周从森眼睁睁看着赵孟成溜之大吉，晃半天神才明白过来，这老小子就是想溜！

眼下，赵孟成当着包厢男男女女两队人马的耳目，漫不经心地朝顾湘话家常：“我昨晚好像把表落你那儿了。”

顾湘原本就喝了酒，思绪慢半拍，顺着他的话：“我没看见。”

“回头好好找找。”

“哦。”

找表是后话，问题是大晚上的，一个男人在什么情况下才会摘表，还把表落你那儿了。

聪明人的卖弄自然只有聪明人懂，许岫远嘴上不说，但心里有“吃瓜”人的觉悟：好家伙，这样的赵孟成他还是头一回见。

男人天性的主权感，这和动物的圈地意识一样，本能且血性。

果不其然，那头端着杯子一味吞酒的纪纭顿时被作践到了。要知道，男人大概天性准头比女人强些，比如甩狙，他要么不高兴玩，真下场，一甩一个准，一枪眉心一枪心口。

许岫远和孟晞分开时间过于久远，分开后像今晚这样坐一个局喝酒的机会很少。他还记得赵孟成从前的习惯，不喝调酒，不能混酒，最要紧的，不能碰黄酒。

“为什么，黄酒怎么了？”顾湘不禁好奇。

许岫远道：“你现在还这样？”问赵孟成呢。

“嗯。”他的解释是，大概和一些人乳糖不耐一样，他一碰黄酒准栽。没有为什么。

他们今晚喝的是日本威士忌，许岫远分酒给赵孟成，赵老师说，开车来的，他们坐坐就走了。

“你少瞧不起人，谁不是开车来的，你来砸我场子的是不是，来坐坐？”许岫远顿时拿起“甲方爸爸”的谱，“除非你想你家属在这个圈子不要混了，除非你嫌你的顾小姐走得太高。”

有人被人拿住短一般骂骂咧咧：“我们家老赵说得一点没错，你这个人不能嫁。”

“为什么？”

赵父向来看中人品，尤其择婿媳上。当初赵孟晞回家哭着说许岫远那个家伙把她甩了，他们家老赵就一副一拍两散的嘴脸，说姓许的那小子不能嫁。为什么呢？孟晞急忙问。

赵父说这厮喜欢在酒桌上劝人酒，性子急且浮，不是牢靠的主。

许岫远闻言，一声“去！”，再说：“多少年的陈年事了，我如今也不想做你赵家的女婿了，自然不必怵你家老头子了。”还记得许岫远第一次去赵家，说话紧张到磕巴，赵孟成就趴在楼上栏杆上笑话姐姐，找了个结巴，他们方言叫“结结子”。

赵孟成真的在背后喊了好久的“结结子”。

这个诨名莫名戳到顾湘的笑点，她和赵孟成咬耳朵一般私语，原来老早就有这种“AAB式”的词组了。

赵老师不懂网络用语，问她什么意思。

“就现在好多这种类似说法呀，绝绝子、静静子……”

赵老师还是不懂。

顾湘骂他笨，她手挨在他手臂上，涂得鲜红的甲油搁在他黑色西服上，极为地醒目鲜艳。赵孟成低声问她：“我能喝酒吗？”

“你喝呗，问我干吗？”

他目光略微紧一紧，蹙眉的表情，说她身上有什么味道。

顾湘以为沾上很浓的烟味，自己嗅一嗅，闻了个寂寞，再抬眼会他，这才滞后地领会过来，恨他一眼：你就是狗贼！

逃不过也不能逃的一顿酒，赵孟成连喝了三杯威士忌，他的形容很镇静，丝毫没有往醉向去的意思。顾湘心疼他，也借着他在的缘故，趁着聊天的假象，要他歇歇神。

她小时候随顾文远参加酒局，永远是吃得最欢的那一个，因为不必理大人的那些人情世故。今天倘若不是赵孟成来，不是因着他和许总的旧交情，这场工作局她得难熬死了，眼下他在，她倒是闲情逸致极了，酒单上有甜点，她说她想吃那个漏奶华。

赵老师让她点，不必拘谨："回头我叫赵孟晞还席他。"听起来就是个黑色幽默。

"那你陪我一起吃？"

赵孟成皱起眉头来："这个甜点光名字就很刁钻，我好讨厌这种让人为难的食物。"黄油炸过的西多，上面淋着厚厚的炼奶和齁到你嗓子眼咳嗽的阿华田粉，切开面包的那一瞬，确实叫人手忙脚乱。

赵孟成说，果然，麻烦的人喜欢吃的东西都麻烦。

"你就是这样的存在。"

他这样一说，倒叫顾湘不好意思点了。于是，赵老师主动当这个馋虫，他喊侍者来，要一份漏奶华。

没等到甜点来，顾湘手机响了，是唐女士。她趁他们几个男人聊天的空当，跑出来接电话，时下已经十点多了，唐女士问她在哪里。

顾湘如实说："公司团建，公事。"

"我今天去菜场遇到巷头的老谢了，他说看到你男朋友了……"

不等唐女士说完，顾湘的心就坐了趟云霄飞车，该死的，这些街坊的嘴怎么就这么大的！

"哪个老谢啊？"顾湘赶忙和唐女士打起太极来，电话那头用一口咬定的口吻质问香香是不是谈恋爱了，她忙说，"什么嘛，我都不知道你们在说谁……是不是上周啊，我打车回来的，结果买的助听器落那个车里了，人家车主给我送来的……"

唐女士觉得漏洞百出，因为老谢说那个男人体面潇洒，个头也高，不要太有腔调哦。

顾湘躲在廊道的角落里，心里的那个滋味呀，一半苦一半甜。瞧吧，街头卖锅碗瓢盆的老谢头都那么有审美，可见赵老师的路人缘有多好！可是，她不敢跟唐女士招实话，她心里的那个苦又有谁知道！

"这就是你们不知道咯，人家还有开玛莎拉蒂出来做网约车的呢，有什么好稀奇的。"

唐女士问："你确定没和人家拉拉扯扯？"

"不知道，可能有吧，你不知道你的女儿向来很招人喜欢嘛，那个男人想追我，你同不同意嘛，同意的话我就联系他，是真的长得不错。"顾香香同学决定在唐女士这里要怀柔、要曲线。

唐女士在那头突然放闸泄洪般扯开嗓门："你同我正经点，多大的人了，姑娘家没骨头要给人说的！你嬉皮笑脸的，将来谁给你说亲！再有，你即便找个对象，那些街里街坊的，看不惯你，要给你捣包的！"

"哦……"顾湘眼见着对付过去了，唐女士在那头继续章程化地嘱咐她几句，少喝酒，早点回家，明天回来看外婆……

电话那头的嘱咐还没完，有人从她身后轻拥住了她，害她一惊，"呜呼"的声音出卖了自己。

唐女士问："香香你听见了没？"

听见了，但没机会回应。赵孟成的酒气顿时像泼在了顾湘身上，耳际、脖颈，他无声无息地来找她的唇，顾湘挣脱不掉他，又怕他出声，急急骗唐女士有同事喊她回去呢。

"我不跟你说了，明天回家。"

切断通话的那一秒，赵孟成问她："哪个男人想追你？"

他只听见最后小半截，难免误会，又怪她："你今天这样骗你母亲，改天就会依样骗我。为了别的男人！"

顾湘由他这样从背后将自己抱在怀里，尤其他酒意正浓，不免心旌荡漾，这才有机会问他来时是不是吃醋了。

"许岫远给我打电话，说有人假借公务之名在狎昵女下属呢，而且女方未必不会中招，男人那些套路大家心知肚明。"

顾湘气，气他们把她当谈资："你不信任我！"

"我拿什么信？湘湘，你确实值得更好的。"他的下颌挨蹭着她，用低低闷闷的声音控诉，也扪紧她，"你一点安全感没给我。"

这样的场合，当着公众拥吻，无问性别，都不会有人来稀罕、停留。

顾湘转过身来，是主动也汲取的一个女上索吻，她的手圈住他的腰，最后用软糯糯的声音说："我想回去了。"

"好。"

二人重回包厢的时候，赵孟成拿她的包也捡自己的外套，那头许岫远注定是个缺德冒泡的，他看赵孟成铁定要走的架势，最后一把促狭为难他："想走可以，三杯罚酒，罚完才能带家属走。"

赵孟成也是随他闹的好脾气，结果许岫远不肯他罚威士忌了，而是要侍者换瓶黄酒来。

倘若不是纪纭在，赵孟成没准会耍赖直接走人。可是情敌会面分外眼红，这个跌面，他死活不会肯的。

“三杯，说好的。”赵老师说着打散袖口，要许岫远斟酒。

顾湘在他边上有点局促了，都怪她，不是她说要走，赵孟成不会这么被调侃，而且他言明了喝不来黄酒，这个许先生太过分了！

她刚想说，我替他喝，又怕赵孟成不开心。毕竟男人之间，面子顶矜贵。

黄酒原本就难入口，煮过还好些，上头得快，消散得也快。

最怕这种冷吃酒，郁结在胃里。顾湘眼睁睁看着赵孟成吞完三杯酒，她懊恼极了，这算不算红颜“祸水”？

从会所出来，春夜的东风细细地拂在脸上，温柔且熨帖。

赵孟成拉着顾湘径直去停车场，后者提醒他：“赵老师，你喝了这么多酒，早不能做车夫了。”而且明知道要来开车，还自己开车来？

赵孟成外套搭在手腕上，拉她的另一只手，热到烫的程度。

“你车上有东西要拿下来吗？”他问她。很好很清醒。

顾湘答应今晚去他家的，车上有简单的换洗衣服和化妆品。她是要去拿。

赵孟成没听到她回答，倒是自顾自说自己车上有东西要去拿。

顾湘没当回事，于是，二人各自取东西。

等她把包拿过来，才发现赵孟成站在自己车子副驾驶位边上，死活打不开副驾驶位的门。

他为难且晃荡的样子极为好笑，准确说是可爱，他还能认清顾湘，喊她：“湘湘，帮我。”

救命啊！这个男人！

顾湘哭笑不得，他的钥匙站在副驾驶位置感应不到，得揿上面的开门键呀。

顾湘走过去，替他开锁，也逐渐意识到，完了，赵孟成真的开始上头了。这天杀的许总，天杀的黄酒！

车锁全部松开，边上的人去开副驾驶位的门，下一秒，他从座椅上取出一束花来。

墨绿色花纸包裹的鲜艳红玫瑰，朵数很少，粗略目测，十一朵。

“干什么？”顾湘一副质问的口吻。

赵孟成说：“道歉用的。昨晚没来得及买到，补给你。”他的形容一如往常，只是微微站不住了，手扶在车门上。

“为什么这么少？”十一朵。

赵老师的傲娇又回血了，直勾勾看着她，嫌弃的嘴脸：“一大束好俗气。”

“可我喜欢俗气。”

“那我下次要花店送到你公司去，怎么俗气怎么来。”赵孟成说这话时，扶车门的那只手松脱开了，手劲儿很大，阖门带着风，有人饮醉了，落拓但也潇洒。

顾湘原先觉得自己是不吃玫瑰花这套的，结果她一点不了解自己。好看的男人且是叫你心动的男人捧着玫瑰花，这个杀伤力真是难以言表。

以及，她莫名觉得这一幕好眼熟，平安夜那晚，她隔着玻璃幕窗就看到过这样类似的情景，当时她还唏嘘，怎么没彩蛋的。

原来老天爷的伏笔就在眼前。

[40]

顾湘迟迟没有接过去，赵孟成干脆抓她的手，抱住它们：“归你了。”

这叫什么话。顾湘不依：“我不管，你得先给我拿着。”

赵孟成伸手推一把她的脑门：“拿到哪里去，我家？”他说着俯身来就她的目光，一板一眼的严肃但晃荡，“拿到我家就归我了，我说花，也说人。”

顾湘忘记在哪里看过的了，神明为什么不可以破戒，因为他们比凡人更能食髓知味。

抱着玫瑰的人，一双妩媚灵巧的眼睛躲在花束后面，笑得咯咯的，是骄傲也是轻蔑，她揶揄他：“好。赵老师最好清醒着，清醒地把花和人都带回家。”

赵孟成随即拉下脸来，骂酒也骂人，许岫远这个王八蛋！“他这辈子就只会拿些歪门邪道的手段辖制人！”

“那你还喝？”

“因为我着道了，只能甘愿被辖制了。”他说许先生呢，目光追着她。

“赵孟成？”

“嗯？”

“你喝醉会怎么样？”顾湘十足地恶趣味，一直逗他说话，“会耍酒疯哦？打人？”

“吃人。”他一副无比端正的口吻。

他的酒量不差的。成年后陪着父亲无论是家宴还是应酬，赵孟成都鲜少会喝多出洋相，家教也不允许。他们姐弟俩饮酒都是这个规矩，得知道自己的底在哪里。

唯独黄酒喝不来，年年十月吃蟹的季节，也只有赵孟成不碰黄酒。

他喝了也不至于真朝醉死去，就是不担待，踉踉跄跄、头重脚轻的。他母亲见过一回，看赵孟成那个失控的样子，嫌弃得呀，立马让姑姑拖他上楼睡觉。

一顿饭的工夫，他歇回神来，再下楼，孟校长也不睬他。说教他这么大的人，兜不准自己的酒量，太失礼了，以后都不准碰黄酒！这是在家里呢，要是在岳父岳母那里，也这个德行，人家不笑话这姑爷缺心眼才怪！

等代驾来的空当，赵孟成不经意说起他的家庭。顾湘这才知道他父亲原先在省里任职，前几年退下来了，他母亲姓孟，姐弟俩名字里的孟就是袭的母姓。孟校长是市一中的校长，临近退休，无比佛系的一个人，要么不说话，开口就是道理。

“哦，原来赵老师爱说教人，是家族传统。”

有人从善如流：“嗯。总之，你和他们相处就带两只耳朵，一只负责进，一只负责出。”他说这话的时候，当真两只手去摸两只耳。

“我为什么要和他们相处？”顾湘存心为难他。

上头的赵老师想想，重新编辑他的措辞：“嗯，你不需要和他们相处。”

“我不是那个意思。”

“湘湘，我好渴。”话题一百八十度大转弯，喝醉的人思维就这么跳？

马路对面有家便利店，代驾的师傅也正巧过来了，可酒后喊渴的人坚持要去买水喝。

顾湘只得叫代驾师傅等一等，她去买水。

赵孟成非要一起去，二人一起过马路，信号灯由红跳绿的那一瞬，他牵着顾湘的手第一时间迈步了出去，步伐走得直但飘，顾湘不禁问他：“你到底醉了没？”

“趁我还清醒。”

“什么？”

他扭头过来，笑也倨傲，松开牵她的手，换成手臂来围她的脖子，圈住了，拿手托住她的下巴，会她一眼：“小朋友。”毫不相干的一句话，顾湘觉得他是醉得不轻。

便利店里，买水的同时，她顺便拿了瓶解酒药给他，赵孟成不接，他用轻描淡写的口吻说：“我没醉。”

嗯，喝醉的人都这么说。

他再告诉她，最后一杯他趁着拿消毒毛巾揩手的空当，吐毛巾上了。

顾湘讥诮他，做贼的总有些贼本事在身上的。

赵孟成由她打趣，他说不需要这些解酒的玩意儿，还不如茶或者咖啡来得有效。最后就只买了瓶矿泉水，便利店如今也都是自助结账了，店里只有一个值夜班的女员工。

顾湘专心在自助收银的机器前付费时，突然眼前掉落下一个盒子，已经旋开矿泉水瓶盖的某人丢给她的：“买单。”他的声音安静平和。

顾湘第一反应倒不是害臊，她这个年纪这个心境再看这些东西，或如这玩意儿或如卫生棉，都是再寻常不过的计生、卫生用品，没什么大不了，凡是开架上能卖的东西，都是民生用品，没甚所谓。

关键是怎么有人能这么……原谅她词穷，抛锚的脑子愣是一时想不出完美的驳言驳语。

她算是明白了，喝水就是个托词，他就是想来买这东西的！

顾湘把那盒东西丢到他脸上去：“自己买！”

“你有时间去买花，这些必需品又为什么还要女人买，你个渣男！”顺带着，水也不给他结账了，她从他嘴边夺下来。

那个值班的女店员看着他们，因为水已经拆瓶了，就是吵架你们也得给我付完钱再走。

赵孟成摊摊两只空手，他衣服落车上了，手机在衣服里。

“好了，算你借我的。”他哄她。

顾湘气鼓鼓地盯着他。

他瞬间读懂她的气愤：“我为什么要提前买？我就是要当着你的面买啊，不然你又要倒打我一耙。”赵孟成说着，捉顾湘的手，哄她好好付账，“就算是处心积虑，也是从见到你开始。”

阴谋成阳谋，顾湘突然觉得他喝醉了，自己都未必能和他打个平手。

结账后，她没要任何马甲袋，也不肯他揣进口袋里去，就让他这么明晃晃地拿在手里。

赵孟成丝毫没觉得耻，因为他这个年纪的男人拿盒这玩意儿在手里跟拿盒烟也没什么区别，二人原路折返，逼近停车场的时候，倒是顾湘先投降了，算了算了，和狗贼自然比不过，她从他手里抢了过来，丢进自己的包里。

得了便宜还卖乖的赵某人：“你缩头缩脑的，人家会以为你刚抢劫完银行。”

“不想和狗说话。”

于是，代驾回去的路上，后座上一人一“狗”，“狗”睡着了。

他一直降着半截窗户，夜风才是最好的解酒药。只是到底有点凉，赵孟成睡着之前把自己的西装外套盖在了顾湘身上。

眼下，顾湘揭下身上的外套，想还到他身上去，微醺浅眠的他捉住她的手，非但不感谢她的好意，反倒在逐渐苏醒的听觉里怪罪她：“吵醒我了。”

“你这个嘴脸好像我爸，他喝醉就这个德行，逮到哪里躺哪里，你管他吧，他说你搅了他的觉。”

赵孟成拿手托腮，意味深长地看顾湘，淡淡地开腔：“其实你很爱你父亲，起码很在意。”

因为在意，他没有做到你心目中的一百分，才会有双倍的不及格失落。

“是。”这么多年来，顾湘从来没在任何人面前承认过，承认她还是很在意父亲，在意他的身体，在意他的那些幺蛾子，在意他是不是还如从前那样记挂着她，宠爱着她，“我一直觉得无论爱情还是亲情，我独立、我坚强，并不是你可以轻视我、忽略我的理由。”

可是男人天性就是会先看到柔弱的东西，柔弱的爱人、柔弱的女儿。

顾湘说，父母离婚后，从她恨顾文远开始，他也看不到香香从前的可爱了。父女俩像仇人、像债务关系一样，就这么不尴不尬地来往了这么多年。

“你该告诉他，有时候，男人未必有你想象中的聪明。你眼中的重点，可能在他眼里是盲点。”

“你父亲是爱你的，湘湘。”赵孟成抓着她的手，鼓励也诚恳。

话音没落多久，他陡然荒唐地笑了笑：“其实我最没资格劝解别人的亲子关系，我和我父亲的关系也是差劲儿到爆。”

顾湘心里隐隐觉得能猜到为什么：“因为那个冯小姐？”

赵孟成却摇摇头：“因为书惠。”

书惠是谁？她问他。

赵孟成陷入无端的沉默，或者他的话题到此为止。他捡起掉在二人腿间的外套，依旧是怕风凉到顾湘，要她穿好，最后用沉重的口吻来结束这个话题：“一个去了的朋友。湘湘，我以后有机会再告诉你，现在不想说，不想破坏难得的平静与喜悦。”

顾湘听到是“去了的”，即便再惊讶，也得尊重别人的哀思，哪怕这个人是赵孟成。只是她暗暗地琢磨，琢磨该不会是一个比冯小姐还重要的白月光？

赵孟成总能在关键时刻领会她的心思，从西服袖口里摘出她的手：“是兄弟，不是情人。”

“兄弟也不影响成为情人。”她开玩笑。

赵孟成一贯都可以由着她胡闹，唯独书惠：“湘湘，不可以拿他开玩笑。”

顾湘这才乖乖在嘴边做了个关拉链的动作。

赵孟成住在园区，算起来他每日的通勤路程并不短于顾湘。

这套房子是他自己的，还是原来在政府工作的时候买的。大两居的格局，领顾湘进门的时候，他就自嘲，顾小姐住惯别墅小楼，来这里委屈了。

“我妈那里还是老公房咧，我小时候还住过筒子楼咧，你少说这些歪话！”她才不在乎房子的大小，她在乎的是房子里的人。

不用问也知道，这个房子他从前的恋人也来过。

这次顾湘学乖了，她才不去问，来过又怎样，终究没待下来就是了。房子如此，心也如此。

她的行李包原本就是赵孟成给她拿的，眼下连同手里的包也丢给他，快快脱了高跟鞋，她憋一路了，眼下也顾不上什么骄傲了：“我要上洗手间。”

“你出息点好嘛，进门第一件事就是这个？”

“我急。”

“我比你还急。”都这个要人命的当口了，他还要和她斗嘴。

顾湘急得才不管谁是主谁是客，一把推开他，没头苍蝇地赤着脚进里，找卫生间。

赵孟成这才给她指方向，喊着她先把拖鞋穿上，三急之一的人才不管有没有穿鞋。

解决好自己，再从卫生间里出来时，顾湘才发现赵孟成把一双拖鞋给她搁在门口的地垫上了。

她很自然地趿好，一边擦手一边正式打量他的房子。

无比性冷淡风的家具陈设，大概最有色彩的属餐边柜墙上那幅浮世绘木版画了。

大两居的格局，一间不住的房间被改成书房，原先的小书房成为一个小的储藏室。顾湘粗略参观了下，出去找主人，赵孟成在厨房。

大晚上的他在喝手冲咖啡，而那束十一朵的红玫瑰，被他三下五除二地修剪培养在花瓶里。

从顾湘的视线看里面的人，正巧在玫瑰骨朵间，好一个灯下美人。

“你房子里都没客人可以宿一晚的地方。”

主人傲慢无礼：“我又为什么要招待客人睡我这里，外面大把的酒店。”

“那我怎么办？”顾湘做作地发问。

赵老师横她一眼：“你最好别现在就惹我。”

顾湘很难不忸怩地笑。她笑完才不得不赞叹赵老师的品格，房子干净整洁，陈设也是“少即多”，尤其厨房，乖乖，入眼的锅具、杯子、吐司机、水壶种种，全是她喜欢的牌子。

“赵老师，你回头出一个厨房用品购买清单给我吧，我突然觉得还没一个男人过得精致。”

厨房里有个挂壁式的CD唱片机，顾湘去拉下面的电源线，里面传来一首日文歌，她没听过，问他是什么歌。

赵孟成也不记得了，但是听歌词，他翻译出了大致曲意——

海角边有位少年在钓鱼，
他会踏着长满绿芒草的小径回家吗？

顾湘趴在料理台边听他翻译出的意境时，有了意外发现，是那个古早罐头瓶子，他当真没扔掉。

而且还在朝南的窗户边沿上，里面养着几根春意盎然的绿萝。

“为什么？”顾湘问他，为什么没扔掉。

赵孟成在呷他手里老远闻着就极为还魂的清咖，后背倚在料理台边上，歪站着身子，一副松懈的心神与面貌，却极为笃定地告诉她：“因为我确定你有一天会来这里，也会看到这个瓶子。”

“倘若我不来呢，或者我压根没和赵老师在一起呢？”

赵孟成饮尽最后一口咖啡，随意地把马克杯丢进水槽里：“那么我就把这个该死的瓶子连同里面的东西，全丢到窗户外去。”

“高空坠物是犯法的！”

赵孟成走过来，一把拖过她的手臂不让她逃，嘴里的话更是轻佻轻狂：“那你大半夜跟一个男人回家，还没心没肺的，就不犯法吗？啊？”

顾湘失重一般惊呼了出声，因为赵孟成一把托抱起了她。

还没来得及控诉他什么，他再提醒她：“瞧吧，咋咋呼呼的性子，还没怎么样就这么爱叫，你怎么这么爱叫的！”

啊，顾湘本能地害羞，却不是捂自己嘴巴，而是捂他的，求他不要这么说。

以及，她要洗澡。她警告他：“赵孟成，你不给我洗澡，我真的要生气的！”

“生气会怎么样？”

“一拍两散。”

他一身酒气再添新鲜的咖啡香气，在热烈的呼吸节奏里来亲顾湘，后者醒透的酒瞬间又被他给灌醉了。但也听从了她，是的，他比她更想洗去这一身懊糟的酬酢味道。

他抱她去主卧里的卫生间，替她放水，告诉她哪儿哪儿位置上有什么。顾湘嫌他啰唆：“我自己有带，不需要用你的。”

明明越发醒酒的人，他偏偏更唠叨了：“顾湘，你嫌我烦了。”

“你是比我想象中的烦。”

“可你比我想象中的完美多了。”

“哪里？”顾湘按卸妆油预备卸妆，听他说这样的话，不禁发问。

“哪里都完美。”赵孟成提醒她，她昨晚那样站在他面前，害他今天一天都在做游魂，还是个没有心的游魂。肉换成了草。

顾湘有必要提醒他：“禁止想象。”

她才不完美，她也不需要他完美。就像唐女士说的，磕磕绊绊地过日子，彼此眼里心里都有对方，白头偕老，要有多少侥幸，也就要有多少费心地去经营。

这样的彼此才真实、踏实。与其相信白马王子，倒不如理解那个Mr.Right（真命天子）的真正意义。

他首先得是对的人，这样他的所有好才能真正属于你。

顾湘看着赵孟成，她有九成的信心，这一回，她赌自己遇到对的了。

顾湘洗澡一向磨蹭，今晚倒也自觉，自觉于她再不利索点，没准外面那个人真的要来捉人了。

她穿好睡衣在吹头发了，赵孟成当真进来了，她才想回嘴什么，他面无表情地把她的手机递给她。

这么晚了，还有人给她打语音通话。

是那个家明，哦，不是，骆海洋。

小狗狗泡夜店、熬夜打游戏惯了，现在这个点，他还当晚饭没开席呢。

顾湘看他迟迟不肯挂断，也就接通，那头脱口便喊她香香，问她陈桉哪里去了。

不知道。顾湘知道陈桉这段时间躲着他呢。

骆海洋自然不信，说你俩闺密你会不知道她。

“你要是信就是不知道，不信嘛，就是我不告诉你。”顾湘从来对这种小男人不感冒，况且还大半夜这么嚣张地来问人。

骆海洋不依，他骂骂咧咧问候顾湘，大概喝酒了，臭德行。再骂陈桉，说她就是钓凯子，但凡男人有几个臭钱就可以交往的女人！

一句话彻底激怒了顾湘：“你要这么想，即便凯子跟凯子也是有差别的。很明显，她嫌你不够格了。什么时候你还高贵起来了，给我滚！”

说完就挂断了，要不是对方打语音电话来，她甚至还想不起来把这个人从“躺尸”列表里铲掉，果然分手见人品，这个小畜生！

顾湘气得骂人，赵孟成全程观战。他洗漱后只穿了睡裤，上半身光着呢，顾湘从镜子里打量身后人，她问他：“你笑什么？”

“笑你和你的绯闻男友彻底闹掰了。”他还记得这茬儿呢。

“你少来气我。但是，陈桉这个女人上哪里去了？”骆海洋既然说找不到她，肯定是没回家，她有新目标了，顾湘受好奇心驱使，即刻要给陈桉打电话。

还没翻到陈桉的头像呢，就被身后人夺了手机：“你一个晚上这么多电话，一通通打下来，请问什么时候轮到我？”

“还有，你为什么叫‘香香’？原来每个人都是喊你这个‘香’！”赵孟成直接关掉了顾湘的手机，刚才骆海洋发微信过来，闪出来的内容有喊她香香。

赵孟成这才恍然大悟，原来所有人都喊她“香香”。

他越气越计较，那个纪纭也是这么喊她的：“他也知道，唯独我不知道。”

顾湘很委屈，她也没刻意去告诉每一个人啊，就是亲近的人知道她是这个小名，香香。

“我不知道。”赵孟成委屈地拥着她的身体，洗过的湿发还没干，挨在她脖颈处，又痒又冷，无声无息地投注，像孤独又缠绵的栖息。

顾湘瞬间起了一层鸡皮疙瘩，身体像过电一样，心里痛痛的，当即转身过来回应他。

赵孟成原本是想把她的手机搁到洗手台上，一个失手，手机直接掉在脚下的地垫上。顾湘不肯他去捡，像个惧怕溺水的人，有人来救助她，她本能地抓着他，不让自己溺毙。

赵孟成单手抱她出浴室，再回床上时，顾湘能清楚且深刻地感觉到他炙热的气息，两重酒混着，整个人如同被炉上火蒸萃过般的滚烫浓郁。

她被他欺身得挣脱不开，赵孟成的湿发碰触她一回，她就激灵一次，而他又无比满意她这样微弱的颤抖。

“你是骗人的，对不对？”压根就没有醉。

赵孟成的手微微地配合她的颤抖：“许岫远他还记着十年前的事呢，十年前他还跟着他父亲后面打杂呢，见鬼去吧！”

“湘湘，刻舟求剑的人是不是最笨的？”

啊。顾湘被他欺侮到了。

“放松点。”

顾湘咬紧牙关并摇头。

赵孟成低低地笑了声，仿佛料到她不会听话，他总有办法。

吻一点一点地落下来，偏不回应她，他总会拿捏人心，得到不如得不到，尝到不如尝不到。

怀里人几回殷切地索吻，他都“无情”地避开了，熬光她所有的理智，这才在她耳边轻轻地说，私语也蛊惑人心。

“让我亲一下。”

他径直钻进了被子里。

她整个人轻飘飘得像是日出之前湛蓝海洋上的一簇绵绵泡沫，阳光万丈之后，她总得绽放破裂直到消失。

他伸手拨正她的脸，彼此迷离又骤烈的目光相汇，顾湘清楚地看到赵孟成眼底的笑意，他问她：“不喜欢？”

顾湘答不上来，却是被他招惹的。

因为他淡定又轻快的口吻：“可我喜欢。”

就在她的形容像朵鲜明的花要发脾气之前，他堵住她的话，他不想听。

好像被抽去筋骨的人，恹恹且暴躁，愤恨着那个让她成为这样的罪魁祸首："赵孟成……"

顾湘下意识地闭上了眼，或者他总有办法驱赶她心里那些已然微不足道的痕迹；而被指控的这一方，他难以言明这种木然感，或者狼狈点说，他才是沦陷方。

再高明的理智与技巧也征服不了这种本能的感受，犹如戴着热镣铐跳舞的人，怎么着，他都得死，挣脱不掉，逃脱不了，喧嚣的念头之下，感官似乎只剩下视觉还活着，他看到顾湘锁骨上的那条四叶草项链。

红玉髓是那么醒目。

它像是她的心尖血，也像一点朱砂痣。

赵孟成别无他法，只能埋首去衔这枚血红的痣。

Chapter 15 怕一切会腐朽的东西

[41]

顾湘和陈桉戏言过，赵孟成是住在她泪点与笑点上的男人。

如今看来，远远不止。

赵老师批评她：“湘湘，就你这任性的声音，会出人命的，不是你的就是我的！”

顾湘求他不要说，他的言语让她难受。

哪里难受？他问她。

她恹恹的声音听起来叫人头目森森，那人的理智与端方无限倒塌。

温存一点点如假象崩坏，顾湘说这样的赵老师让她有点怕，像真是要吃人一般。

“明明是……”他提醒她什么。

“可我很喜欢。”顾湘够着些身体去捧他的脸，慢慢描摹，描摹这个她一见钟情的男人，窸窣的动静里，她告诉他，“你什么样子我都喜欢。赵老师，还好我厚脸皮，是不是？不然我永远不知道其实有人就是个假把式的扑克脸，他明明很温柔、很小孩子气，明明那么会哄人。这样的男人要是掉到别的女人手里，我会懊悔死的。赵孟成，我觉得我完蛋了，我该庆幸你离婚了，不然我怎么办，我要是和一个有妇之夫这样我该怎么办，我妈会杀了我的，可是我还是好喜欢你……”顾湘觉得人性时而是经不起考验的，谁也难保自己不会犯错。

赵孟成耐力停匀气息地听她说完这段话，眼里红红的，他来吻她的额头和眼睛，附和她这个假如：“湘湘，谢谢你，谢谢你没让我做这个歹人。”

谢谢你在对的时间里出现。

他难以言明她的意义。贸然地说爱她，好像自己做得还远远不够。

可事实就是——湘湘，正因为你的出现，我才找回那种失而复得的愉悦感。

这样纯粹的感觉，他已经很多年没有体会过了。

是的，他对她别无祈求。只希望她出现在自己的视野里，一颦一笑，都那么鲜活地吸引着他，这便足够了。

赵孟成觉得，这是喜欢一个人的起点，也该是终点尽头的样子。

他不能百分百笃定他们会依愿，但他愿意去试试，用足够的真心与诚意。

朋友酒局上，老友间打趣过，男人为什么钟爱年轻的皮囊？因为那样的容颜鲜活，她知情识趣，不去挑战你的短板，不去置喙你的懦弱，不会去深挖你如今的功成名就可能是借着妻家的门楣。男女之间的博弈，似乎永远要男人高人一筹，这样他们才会看到女方的温柔妩媚、低眉顺眼，可惜婚姻里的部分女人是踩在男人眉眼之上的。他们再戏谑，因为妻子是平等的，她是你的战友，而红颜知己是附属品，再矜贵也只能待在你的博古架上，你见过几个打仗的抛弃战友的，顶多抛弃你的藏品。

在座当中，唯独赵孟成是例外，他不需要去借妻家的荣耀。莫说他从前的仕途，现如今他是想回归还是去从商，对他这样一个副高职称、这样家庭出身的人来讲易如反掌。偏他自己是吃斋念佛的性子，也罢，老友们说合该有些人注定是搞学术的命。

那场酒局，于赵孟成不过是个醉生梦死的下场。但有一句，如今看，他是受益了。老友说，爱年轻的容颜是男人的天性，何苦要赖到劣根性上去，等哪天你体会到这剂强心剂的厉害，就明白她的意义了。

眼下，赵孟成才不得不臣服于他的强心剂。

“湘湘，睁开眼睛看我。”

她如何肯听。

“那你不看我，我要看你啦。”赵孟成说着去够床头柜上他的眼镜，顾湘问他要干吗，他戴上眼镜，轻飘飘地回应她：“看你。”

顾湘又气又恼，一把抓下他的眼镜：“赵孟成你这个变态，我现在就给你撅掉……”说着，当真把一副眼镜给撅断了。

赵孟成不气反笑，两手来分捉她的手腕：“到底是被宠坏的惯宝宝，怎么这么败家的呀，啊？”

到此，他忍不了了。

卧室里只开着一盏床头灯，平息良久，顾湘都不睬人，也不听话去洗一下，浑身细汗。

原本长发就没干，现在又被湿汗焐得更懊糟了。赵孟成简单冲洗了下，来抄她起身。

她不依。趴在枕头上，小孩子一般固执的睡姿。

他头发里的香波味钻进顾湘的气息里，也听到他低低的声音："这算怎么回事嘛，好像我做错事了，不睬人呢？"

顾湘依然不肯开口。

"你这样弄得我好像是个掠夺者。"

"你就是！"她声音闷闷的，埋在枕头里。

赵孟成没有回应她，听他脚步声越来越远，好像出去了。顾湘这才侧过头来，换气，也听他的动静。

他再进来的时候，端了杯水，那种竖条纹的玻璃杯，搁在床头灯之下，映出几条光棱，朦胧干净。

他抱她起来喝水，臂弯里的人不听从，他干脆喝来喂她。渡进口腔里，顾湘才发现热水里投了冰块，一小块冰含在舌尖上，愈来愈小，融化的缘故。

如此喂了几口，她偏头表示不喝了，不渴了。

剩下的半杯，被他喝完了。半杯温水下肚，顾湘这才渐渐聚拢回精神，坐在床边的人玩味地问她："还气吗？"

气！她浑身腻腻的，突然掀开被子，爬到他身上去，湿发沾在后背上，他伸手替她捋顺。

也不说话，就像有脾气但又不会人类语言的猫。只会一味地凑在你手脚边，挨蹭你，要你注意它，要你惯惯它。

赵孟成干脆把手里的空杯丢在床上，腾出手来顺毛安抚他的猫。

寂静里，怀里的人突然仰首看他："赵老师，我要看你穿你们S外的制服，你的学生说逢周一升旗仪式，全校最好看的风景莫不过赵美人穿制服。"

"别闹。"

“我要看。”她用撒娇又较真的口吻说。

赵孟成说和今晚穿的西服没什么二式。

顾湘说：“不管，我就要看。”

“那你留下来住，每周一我出门都可以看到。”他的手不经意扫在她的脊背上。

这个人简直就是个老狐狸。不，肯定是狐狸和狗生出来的老畜生，顾湘呸他，也咬他：“想得美！你不步步为营会死吗？”

赵孟成笑：“许岫远都知道要我看紧点你。”

“看紧就有用吗？笨、猪。”顾湘一副恃宠生娇的眉眼，“告诉你，女人当真变心会比男人来得决绝狠戾。”

“比如你的那个闺密？”

哦，对哦，顾湘被赵孟成这么一提醒，倒是想起来要给陈桉打电话的事了，她要他去给她把手机拿过来。

“你又不累了？”赵孟成问她。

“累。”她怪罪他，浑身都散架了，还有，“我原本还准备去做SPA（水疗）的。”这还怎么去！

顾湘一边说，一边扭来扭去的，没个安分。

赵孟成扪紧她：“嗯，这周就别去了。还有……”他警告她，“别乱动，让我歇歇。”

赵孟成的周末真的不算周末，甚至事体有时比工作日还烦冗。

学生复习被他临时调停了，周六停一天，周日下午去。

昨晚周校长和市教育局的领导吃饭，领导班子做东。今天轮到S外还席，周从森点名赵孟成出席，他在衣帽间选正装的时候，顾湘问他：“你的衣品是自己的审美还是从前女友培养的？”

这没什么可忌讳的。

他才不去她的雷区，很寻常地告诉她，自己的，还有赵孟晞培养的。确实，他很多衣服、配饰都是老小姐送的。“你要气吗？”他诘问她，对从前的女友或是前妻避而不答。

“她是你初恋吗？”顾湘很认真地想知道这个答案，“如实回答我。”

赵孟成在系领带，端正一抬首：“如实回答你，不是。”

顾湘心里莫名松了口气。不知道为什么，不是，反而松了口气。

穿戴整齐的赵老师走到她身边，他不喜欢用香水，身上微微的淡香气也是须后水和洗漱后的香波味。

“顾湘，我们约法三章好不好？”

“嗯？”

赵孟成临走前，手写了份协议书。他说他在她那里增补了份协议，现在她来他这里，他们也增补一份。

他的字如人，行云流水般的风骨。

赵老师和她约定，只求现在和将来，过去的人不谈好不好？

顾湘若有深意地看着他：“你当真能做到？”不留恋过去的人。

赵孟成说：“签字画押吧！”

那份协议被他贴在门口的墙壁上。他要出门了，要顾湘留在这里等他。

“我要回去了。”

“回哪里？”

“你说哪里，我回我家啊。”顾湘说她车子还在会所，她还要去和陈桉约会，她还要回去看唐女士和外婆。

“那我呢？”赵老师手扶着门，要走不走的样子。

顾湘不禁发笑：“你去忙你的啊。”

“车子等我晚上回来再去拿，湘湘，至今为止，你还没和我正式吃过一顿饭呢。”

“是哦，我都没正式吃过你一顿饭，就和你……”

“所以别走了，好吗？”

他说着，突然走回来，轻轻捞住她：“我最晚下午两点半回来，你想好吃什么，嗯？”

“我想吃三汁焖锅和奶油南瓜挞。”

“好。”赵孟成转账给她，要她中午先自己对付一下，想吃什么自己叫外卖，等他回来，他们一起去逛超级市场。

“你要自己做哦？”

“把教程翻出来，我想总不会难过你。”

这是什么话！

顾湘没走得成，赵孟成合上门的那一下，她觉得自己像件物件被他留在了家里。

她心里空落落的。

他书房里有整整两面墙的书籍，常用的移动书架上也是，还有些明显是学校图书馆借出来的。

桌案上的台式电脑、笔记本电脑还有平板电脑，顾湘悉数都没去动它们。

正对桌案那面，有面白幕墙。顾湘神思倦怠，任何一本书里的字都读不进去了，只靠在那张观影的沙发上，想投幕看电影，等主人回来。

白幕上放着《哈尔的移动城堡》，她来来回回可以看百遍的故事。随便拖一段进度条，她只需要听声音慰藉自己，因为内容已经滚瓜烂熟了……苏菲凭借哈尔给的戒指穿越回哈尔的童年，看到了哈尔拿心与卡西法缔结契约，而这个契约要等待一个人来解除，这是一个上帝恩赐的完美轮回。

苏菲与哈尔，不是于世间相遇，而是久别重逢。

她给陈桉打视频通话时，先问陈桉昨晚去哪儿了。

陈桉说这不重要，重要的是你怎么样了，还这么精神，证明赵老师不行啊。

“去你的！”顾香香同学骂人。

陈桉这个死女人向来毒辣，会挖重点：“很累吗？”

“滚！”顾湘纸老虎极了，没发生之前，各种过嘴瘾，真发生点什么，她倒不好意思冲好友交代了。她总不能承认某人意气风发地去社交了，而她给累瘫了。

“怎么样，什么感觉？”好友问，旷了这么久，疯起来什么滋味？

顾湘答非所问，好友是问她的切身感觉，她答得却笼统：“很舒服的男人。”

赵孟成是个值得女人和他产生羁绊的伴侣，因为他确实从身到心都让她很舒服。让人有种错觉，与他不是茫茫寻觅，而是，久久，失而复得。

[42]

餐厅是周从森办公室的助手帮忙定的，说实话，赵孟成对这种Fusion

（融合）日料没多大热衷。

他昨天在酒局上就借着周从森的由头没有喝酒，今天这顿是逃不过了，且老周认为他多精神呢，殊不知，这个老小子昨晚是酒也碰了，色也沾了。

赵孟成精英派头地往他副手位置上一坐，相谈甚欢貌，但老周看得出来，人在这儿，魂没在。

趁着侍者中途给客人撤换热毛巾的空隙里，周从森训斥赵孟成："去洗把脸，把魂给我捡回来再说话。"老周嫌他不在状态，恨不得耳提面命道，你当我带你来扮家家呢，啊？

赵孟成难得受教地行动，从榻榻米上起身，出去前打趣老周："我走开你可行？"席上有来S外做友访的日本教育团，周从森回回遇到要翻译的时候，就捉赵孟成来练。于是他问老周："我出去歇歇，你OK吗？"这位大佬，他就是会几句，都得要副手转达意思。

"去去就回。"

赵孟成闻言促狭地笑，为难老周，说："您和老赵一样，用人朝前，不用朝后。"

这要是在私底下，周从森要够着这老小子打，打不打不在话下，倒是隐约觉得老小子今天很不一样，人还是那傲慢寸劲儿，但脾气顺毛多了。

听得见人劝，也高兴和你对几句嘴了。周从森想，今天太阳打西边出的？

从包厢出来，赵孟成看腕表上的时间，十二点半。他借着去洗手间的路上，给家里的人打电话，问她吃了没。

那头怪他："你还好意思问，我连你家具体门牌号都没有，我怎么点外卖。"

"所以呢？"赵孟成问她怎么解决的。他以为她就翻冰箱里的东西吃。

结果，顾湘跑去对门邻居问人家这里的具体门牌号。

赵孟成一边走一边直接笑出声了："亏你想得出来。"

"人家告诉我了呀。"

"人家没问你是谁？"

顾湘又瞎掰了："我说是赵老师的学生。"

"十二生肖里没有你的。"赵孟成恨恨地说。

"什么啊？"顾湘不懂他的意思。

赵孟成没有告诉她，说回去说，回去收拾狐狸精。

他的外套脱在包厢里，眼下就是衬衫领带，挂电话的时候一副和颜悦色的面貌。下一秒，撞上个门神。

小时候，赵家姐弟俩吵架，挨打的永远是赵孟成。因为父亲觉得你和女孩子吵，就是不对！

所以后来他们管不住赵孟晞，赵孟成时常出来说风凉话，就是你们惯的，惯得她以为天底下的男人都得给她低头。

老小姐今天闺密局。快散了，出来补妆，没想到赵孟成也在。

“你和谁啊？”

“公事。”

“我问你刚才和谁打电话，笑得跟朵花似的。”赵孟晞这个女人笑点低、泪点低，还很八卦，疯疯癫癫且低级趣味。

赵孟成先前和檀越打的预防针不知道有没有效，总之，他的事，不想过早地给这个老小姐知道。从前就是，他吃过过早把感情渗透到家庭里的亏，其实回过头来想，有些事情，过早过晚都不是问题，问题是，答案不对。

“裙子不错。”老公子果然心情很好，很给面子地注意到赵孟晞的新衣。

有人很受用：“是嘛，我也很喜欢。”虚荣享受之余，都忘记问他什么来着。她再听说是周校长的东道，临走前，特地进他们包厢来打招呼。

说好些日子没见周伯伯了，周家女儿从前和孟晞是闺密，如今定居在国外，鲜少回来了。

在座几位同僚中也有相熟赵父的，赵孟晞一道跟着“请安”了。

周从森夸孟晞，向来比你们家老二滑头，你俩就是托生错了。

赵孟晞在尾座上陪周伯伯喝了杯酒，他们是正经工作应酬，她原没打算多留，只是才预备起身的时候听到周伯伯问赵孟成：“你昨晚的相亲想来是顺利了？”所以今日才这般神清气爽。

老小姐这下跟打了鸡血似的，来了精神：“相亲？你去相亲啦？！”

瞧吧，赵孟成一个头涨成两个大，统一官方措辞：“不怎么样。”

赵孟晞不答应：“什么样的女的啊，有肖师妹好？我可告诉你，肖师妹今日也来了，她要是听见你去相亲了，可得哭一阵了，人家哪里不好？”

今日他们喝的清酒，佐味的下酒菜里有道糟粕鹅肝配奈良渍，赵孟成吃一口菜，抿一口酒，眼帘都不掀地催她快走：“很失礼。”

赵孟晞眉眼生动地在酝酿愤怒，哦，突然想起什么来：“你和那个凶巴巴的房东真没戏了？”

赵孟成几乎本能地问：“人家有你凶？你好意思说人家凶？”

“你向着一个外人！”赵孟晞气到倒吸气。

“你也不是我内人。”

赵孟晞即刻就骂：“热脸贴人冷屁股！原来你改胃口了，我以为你会一直喜欢冯洛那种天选傲女的。”

“把你的嘴巴闭上，捡起你的脚，出去！”

普天之下，只有两个男人不买赵小姐的账。一个他们的父亲，一个赵孟成，父亲还好些，起码还吃她的眼泪套路，赵孟成对她的各路花招早就领会得透透的，换言之，他之所以能识别女人的那些小心机也是拜赵孟晞所赐。

赵孟晞这个女人虽然刁蛮跋扈，但是自己的亲弟弟，只能自己调侃，外面那些戏精女人但凡说一个字，她都会说回去。其实私心而言，当初赵孟成和冯洛分手，她是支持的，起码看得开，他们早貌合神离了，没有感情为什么要绑在一起，那个冯洛凭什么拿那些恩情辖制赵孟成。

赵、冯二人就不是一路人，两个人的世界观天差地别的。赵孟成良善仁义，他是在安逸堆里养出来的，知世故而不世故，而冯洛眉眼心眼里都是生计生活，两个人时常碰撞也是因为冯洛敏感。

一个不拘小节，一个谨小慎微。赵孟晞常常烦冯洛的小家子气，即便后来她不离不弃地陪着赵孟成，陪他度过书惠去世的阴霾。赵孟成被父亲发落去了学校，不再回原职务了，冯洛那个心气高得，就时常怪他执拗。起初去学校，他是散漫惯的性子，加上样貌又出众，说不招惹人那是骗人的，冯洛就常常因为这些鸡毛蒜皮的事和他计较。

赵孟晞背后跟母亲嚼舌根，太敏感了，和她打交道好累！

偏偏赵孟成从来维护，他和家里人挑明过，他的人他自己担待。

他是一心一意和她去步入婚姻的。凭着十年的相守，凭着他低谷时她不离不弃。婚姻里从来不只有感情，还有责任。

可惜，老天爷糊涂也清醒。或者人只有真正入局才明白自己要什么，抓不住的沙，你就是再卖力地握，也是徒劳。

空一场。

孟校长的桃李那么多，他们父亲的人脉也那么广。日光之下，没什么新鲜事的。冯洛去医院的事，没多久就传到了赵家耳里。

赵孟成得知的时候，一言不发，赵孟晞还在那边煽风点火，他当即就摔了手里的杯子，厅里没人再敢说话。

没多久，二人就彻底厘清了。

眼下，赵孟晞看弟弟，她知道他的脾气，喜欢就是喜欢，不喜欢就是天上仙下凡也没用。

“赵孟成你今天气色看上去很不好。”

喝清酒的人，杯子衔在嘴上，劲儿一松，掉在他手里，十足的闲情公子哥脾气：“嗯，看到你的缘故。”

她真心希望他成个家，哪怕有个喜欢的人陪在身边。

“要不你再考虑考虑肖师妹？”

赵孟成眯眼瞧人，嫌弃得很：“赵孟晞你现在变得十足地……苦口婆心，这和男人逼良为娼、劝妓从良的爱好一样，都是人开始老的标志。”

“你滚！”不知好歹的狗东西，你一辈子打光棍吧，憋死你！

赵孟晞真要走了，临走前和他说交易：“我分店开张你去不去？”

“想多了，很忙。”老公子对她的那些局从来没兴趣。

“人不到礼要到。”

赵孟成一副勉强考虑的神情：“送你个花圈。”姐弟俩一道急了，呸，赵老师主动打嘴，再摸木头，“花篮，顶天了。”

“当代葛朗台。”老小姐丢下一句就风风火火地走了。

顾湘周二临时替同事救场，去江北出差，计划周五回来。

周三晚上，她在酒店给赵孟成打视频电话的时候，他还没回家，这周是督导周，他一周必须全天在校。

下午教研组的会议，他还得回去写报告和赶专题试卷的校正，他是总出题人。

顾湘问：“那晚上我是不是不可以打扰你了？”

“你说，我可以听。”

“一心二用哦？”

“嗯。”视频电话没有断，他坐进车里，把手机别在支架上，一面将车子冷启动，一面打量镜头那边的她，“吃晚饭了吗？”

“拜托都几点了，还不吃。”

“我是怕你忙就不好好吃饭啊。”

“我才不会饿着自己呢，今天和客户一起打卡了家咖啡店，喝了杯肉桂杯子拿铁，就是杯子是可以吃的那种，还吃了块南瓜栗子蛋糕，饱到现在。”顾湘趴在床上和他讲视频电话，她的日常汇报就是如此。

赵孟成问她：“好喜欢吃南瓜类的东西哦？”

周六那天原本答应回来给她做东西吃的，结果，他喝多了回来的。

这回是真上头了，他周五原本就没睡几个小时，连轴转的酒局，不知疲倦地纵情，顾湘笑话他：“终究不是铁打的，我不怪你。”

她把他扶到床上去，哄他歇个午觉吧，有人偏不领情，促狭暧昧间，顾湘被他扣在怀里，一味叫嚣：“我陪你睡，但是你不可以碰我。你不心疼你自己，心疼心疼我吧。”她喊累，再说，“你要是出什么事了，我该怎么和你家人交代啊，不骂我是狐狸精才怪！”

赵老师在一身酒气里吻她：“你就是。”

顾湘低低的笑意：“我还得去录口供，多丢人的一件事啊。”

情浓的时候，尝一口都是甜的。赵孟成抱着她，问她是对每个男人都这么会，还是唯独对他，她总是在不经意间撩拨他，无论是卖乖还是顶嘴。

顾湘说：“哪有，我哪有你说的那么狡猾！”

“明明有，见第一面时你就很狡猾……”后面的话，像被人剪掉了一般仓促而不可闻。

顾湘犹记得他的话：会出人命的，不是你的就是我的。

可偏偏这么个理智的人，他像是失去神智一般。要么他就是仗着他的男色在恃美行凶，总之顾湘明明那么严肃地要他保重自己，可他偏不听。

腰带上的搭扣是黄铜的，很重，磕在地板上声音很响，却久久没再有动静。

顾湘这才睁开眼，视线豁开来，才发现眼前的人撑着手臂，不怀好意地审视她，笑是那种看小孩犯错了，大人说“我说的吧，叫你不听话！”的嘲笑。

“你闭上眼干吗？”他问她。

顾湘尴尬至极。

“是认为我要干什么，还是默认我可以干点什么？”他再伸手去解他的领带，但只是一副脱解穿戴的闲情状，他越淡漠，越衬得顾湘才是个小人，急急的那个。

啊！顾湘骂人也打人：“赵孟成，你这个伪君子！”

伪君子下一刻就发作了，身体力行地来证明她的判断，拿解下来的领带来绕她的手。

顾湘警告他：“赵老师，你会死的！”

“不准喊我赵老师，不然你也会和我一起死！”

[43]

“是的。”顾湘告诉赵孟成，“我妈年轻的时候跟着一位老师傅学裁缝，后来和我爸离婚了，她一个人带着我，为了保证我上学的经济，老老实实去上班了。寒暑假就把我丢在外婆那里，为此还生受了我舅母好些冤枉气。外婆是个最传统的老太太，她至今还穿盘扣的蓝布衣裳，梳最老式的髻子，我印象里暑假天天早上起来吃南瓜粥，我怎么吃也不腻，外婆种的那些南瓜都到了我的肚子里。”

后来顾湘出去上学了，老太太犹记得她爱吃这口，每逢院子里结个老南瓜，都要留给香香回来吃。

她也确实喜欢南瓜类的东西，但说不上来，有没有不让老太太失望的缘故。

赵孟成说，有人明明在说事，听起来像在作诗。

顾湘埋怨他：“你笑话我。”

不。恰恰相反，他很爱听她说这些家常，一面了解她的过去及家庭，一面思绪像那南瓜藤上的花，一日复一日地，终究落花再结果。

他喜欢这种落地生根的感觉。

“赵老师，你有没有发现你家里少了什么？”赵孟成在开车，顾湘当真和他这样一心二用地聊起来，尽管知道这样很不好。可是他回去后又没时间说话了。

“少了个你。”他张嘴就来。

顾湘决定对他这样信手拈来的谄媚起免疫，那日她趁着他睡着溜走了，周末也没回夏蓉街，在唐女士那里躺了一天。

唐女士问她怎么了，瘟瘟的呢，感冒了？

顾湘难以启齿，就扯谎，陪客户去打球，累的！

外婆看香香不起床也叨咕她，起来沾沾地气，老躺着怎么行！

顾湘晚上和陈桉聊天，发信息说，要命的，单身多好！

陈桉脑回路清奇，嗯，这足以证明赵老师空窗期没有别的艳遇。

救命啊！顾湘在房间里惊叫，外面的唐文静喊："顾香香，你要死了啊！明天还要上班，你不睡人家街坊还要睡！"

新工作周开始，好巧不巧，周二她就被派了公差的活，第一反应竟然不是嫌累。

而是——新时代的独立女性就该去搞事业，不能拘泥在风月上，会出人命的！

结果才来江北第二天，她又腻歪起来了，一天等不到他的电话，就哪儿哪儿都不如意。哼，男人，果然得到就是失去的开始。

最后熬不过，还是她先联系的他。

赵孟成的忙不同于她，他们谈项目议价总有个最后期限。而学校里的那些事务，看似无波无澜，却每一件事都要你去用心钻研，大抵和医生的工作性质很像，得在职场玩转技巧和人心，医生、老师们做事又做人，是业务也是操守。

顾湘说，那天从他书房偷走了本书，是她转了一圈，勉强可以看得进去的书，《佐贺的超级阿嬷》。

"哦。"赵孟成应了声，"是学生推荐我看的。"他的目光没在屏幕上，一心看路况。

他这么说，顾湘心里无端温柔激荡："我觉得你将来一定是个好父亲，起码，讲平等，不随便乱摆威严。"

"那倒未必。"他答她，随即一眼瞟过手机屏幕，似有若无地笑且别有深意。

他是资深"杯子控"。厨房有间伸缩的隐藏杯柜，上面摆了满满当当的各家品牌的马克杯、玻璃杯。其中不乏一些限量版、限定款。

顾湘开玩笑说要他出一只给她。

"你看中哪个了？"

“那只油画系列的。墨绿色的。”

赵老师闻言轻笑：“眼光这么好，那里面就只有这个是绝版的。”有钱也买不到了。

赵孟成说那是十年前去国外跟一个咖啡师高价收来的，高到他如今看还觉得离谱。那晚他喝多了回酒店，错付了两倍的计程车费，当真是大出血的一天。

顾湘一听历史过于悠久，她不要了。

“为什么？”

“别人喝过了。”

“我也是别人？”赵孟成问她，他说买回来只喝过一次，“只有我。”

“你头回张口跟我要东西，办不到也得办到。”

顾湘却作罢了：“君子不夺人所好，且它在那里就好了，我喜欢的话就去看看吧。”她也没真心要，就想听听他怎么说。

闲话像一支社交里抛出来的分享烟。一不留神，一人抛一人没接住，双方各自沉默中，气氛暧昧也沉静。

“你有什么想说的吗？”顾湘问他。

结果某人答得刁钻且慧黠：“和你一样。”

“什么嘛，这不是人家张飞桃园三结义的台词嘛！‘俺也一样’。”

赵孟成在镜头那头笑，从前那么个不苟言笑的人，在那端无情也动情地笑了。顾湘越发地激进起来，仿佛撩这个男人心动或者动心，比她拿下一个项目的头功提成还来得有成就感。他住在城南，驱车穿梭的光影如一截截蒙太奇般打在他脸上，阴影轮廓处，衬得他端正清瘦，她又想起他身上的香味和烟草味了。

顾湘问他：“你更像你母亲吧？”

赵孟成答：“以后你见了自己判断。”

“我为什么要见？”这大概就是他指责自己的卖乖，明明了然于心，偏要问出来。

开车的人单手操控方向盘的样子十足地酷：“嗯，总要我先见见的。”他们这里的规矩，毛脚女婿得先过丈母娘那关，才会舍得让女儿去男方家会面的。

“我妈……”顾湘想说的话又打住了，好端端的，做什么要扫兴，

“我忘了和你说，檀先生今天打电话给我了。”檀越，他姐夫。

“说什么了？”

“说周五他太太，也就是你姐姐，手工定制的分店开张，办了个小小的酬谢冷餐会，想请顾小姐我和康樱一道去玩玩。”

赵孟晞想正式见见那个资助的孩子，算是她做长辈的一个东道，也是给檀越的台阶或余地。顺带着也邀请顾小姐。

“她打给你的，还是檀越打给你的？”

“檀先生呀。”

“你要去吗？”赵孟成问。

“我不能去吗？”顾湘反问。

不期防，外面有人敲门，她一边起身去应门，一边等赵孟成的反应。

赵孟成在那头说：“去也可以，不过……”

房门打开，站在外面的纪纭直奔主题：“香香，下楼喝一杯？”

[44]

顾湘看清来人，下意识想关门，结果被纪纭一巴掌格开，用再自若不过的口吻提醒她：“我现在还是你老板！”

“找你谈正经事。”

他不这么说还好，这么一吵吵，视频那头的人即刻会意了来者何人。

先前聊的私房话就此收梢。赵孟成用淡淡的口吻说：“你先忙，到家再说，湘湘。”饶是知道她的小名是香香，他还是固执地只称这个湘。

视频是他先挂断的，顾湘略微有点自觉，自觉赵孟成生气了。那种体面人的气，哪怕知道你将私货放在公务差事的套子里，也发作不出来的气。

所以他把主张权交到顾湘手里，所谓风度其实也保不齐是精致的小气。

顾湘一只手扶着房门，有点想发笑，抬起眼眸会上纪纭的那一刻生生刹住了。

她是来出差的，现在是休息时间，少给她来这套。

“有事纪总明朝传唤我吧。”她说罢就要阖门。

纪纭全然不顾隔壁房的下属会不会听见，道：“有点事想和你说，也许你会有兴趣听。一刻钟后，酒店清吧吧台见。”

“我没兴……”

"趣"字都没吐出来，顾湘听纪纭说："关于赵孟成的。"

纪纭第一次见顾湘，小姑娘大一刚结束。

跑来父亲这里拿生活费，确切地说是老顾要给她钱，骗姑娘来一趟。

家里牌局上四个男人，其中一家就是纪纭叔子，而他在边上相牌。那时老顾跟着小叔后面做生意，多多少少有逢迎的自觉。

他们搬风的空当里，纪纭出来抽烟。

在院子里遇到了上门的顾湘，走进门看见站在大门口的纪纭，她略微有点不确定又退出去看门牌号，重新走进来的时候，前面几秒钟的踌躇瞬间烟消云散。

上台阶时，纪纭便问她："你找谁？"

小姑娘没睬人。

后面她父亲正式介绍了，她也是丧眉耷眼地不顺从。整个人后背绷得直直的，一副不肯屈服、不肯同流合污的骄傲，纪纭在烟雾里审视这个小姑娘，当即心上的台词是：鲜活真好，怎么矫情都是对。

顾湘的差事是纪纭叔叔允的。叔叔喜欢这个女孩子，说几回见面，小姑娘明显进步很多，人越发地灵巧且不匠气，袭她父亲的优点却没学缺点。

纪纭还和叔叔开玩笑："您如今也越发地慈悲起来，什么都不图，就图个普度众生了。"

叔叔作势要打他，说："也许你还没到这个年纪，阅尽千帆后，赏花人必然也是惜花人。"

这几年，顾湘在纪纭眼皮子底下，他也恪守一个惜花人的觉悟。

到底还有同顾文远的交情在。但事情节节败退就在顾文远身上，这厮被张黎摆了一道，股掌难翻。到头来要自己女儿给他擦屁股，大小姐脾气臭上天，夜里就给纪纭打电话，她要调职。

叽里咕噜一大堆。纪纭听都懒得听，只想问她一句："你大半夜打电话给我，谁给你的勇气？"

罢了，他还是答应她，不用管，他来料理。言里言外就是要把张黎那个女人弄走，纪纭就差点说："我的大小姐，这样你满意了吧！"

岂料这丫头反口就来辩他，她是自愿请调和他人无关。再阴阳怪气地讽刺他，对她是属于父辈范畴的庇护。

纪纭一气之下就签了她的请调单。去吧，我看你多久回来求我。

人往高处走，水往低处流。他不信这丫头甘愿去个小庙，没了他的庇护，且去任劳任怨吧。

结果劳也没有，怨也没听着，纪纭像是一场宿醉才醒过来，这丫头从来不是个会低头的主。

且她误打误撞地离了他，似乎过得更好了。

如何叫人不挫败。

许岫远素日是最清高的派头，声色场合你见不着他有什么把柄落你手上的，却头一眼就来相识顾湘，随即还摆了个龙门阵来恶心人。

许家家大业大，能与之相交的自然不俗。

所以那天在会所，即便吃了那赵孟成的瘪子，纪纭也识相地忍下了。

回头一打听，果不其然，货真价实的公子哥。

赵家上两代是正经的仕途经济，赵孟成母家也是两开花，他母亲是有名的女先生，教学、译文两不误，还有个舅舅在日本，生意分布在两头，各有家族人打理。

赵家一女一子，赵孟成是这一代的男孙。可惜，也逃不过五世而斩的命运。父母期望高，登高跌得也重。

顾湘听到这儿，愤恨地指摘纪纭："你凭什么调查他？"

"凭你蠢。"纪纭呷一口龙舌兰，对身边的姑娘说，"这种临了能舍弃发妻的男人，你也敢招惹？"

"瞎说八道。"顾湘冷哼。

纪纭问她："一个女人拿最好的十年陪着你，还领了证的，难道不算发妻？"

顾湘不想听这些，每个字眼上都带着绵绵的针，戳得她好疼："你到底想说什么？"

"我想说，香香，你不是那种钓凯子的女人。我知道你，必然是喜欢他，喜欢这种调调的男人才跟他，可是他那种家庭、那种性情养出来的公子哥，很难朝你低头的，很难真心当惜你的。"

"你知道什么？！"顾湘即刻反驳，反驳纪纭的话，也反驳他口中的赵孟成。

"看他那个离婚的妻子就知道了。"纪纭一把扣住顾湘的手腕，她挣脱不了，“你知道他离婚的吧，香香你最好知道，那个女人可比你有手段、有觉悟、有心计多了，可是到头来，还不是被他说踹就踹了。”

纪纭提醒她，这就是钓凯子的下场。门不当户不对，德不配位的下场。

顾湘情急之下，骂他：“你放屁！”

“赵孟成六年前开车出了交通事故，副驾驶座上当场死亡的，是他自小玩在一起的朋友，人家也是独子呀，且与他是同僚。事态严重，舆论压力大，他才被他父亲劝退的，不然你以为赵家能简简单单出个教书的儿子？”

“他整整两年难从心理障碍里走出，是那个女人陪着他，结果呢，婚不是照样没结成。”

“香香，你知道这是什么吗？始乱终弃！”纪纭拖着她靠近自己，四目相对，“你和这种男人玩，只有哭的下场。”

顾湘整个人全没了气力，纪纭捏在手里能感受得到，他以为说中她心思了，再接再厉：“香香，你骄傲我是知道的，我也喜欢你的骄傲，如同你的漂亮一样是个资本。可是聪明的女人该掌握男人甚至驱使男人，而不是活成男人的一个附件，最后被弃如敝屣。”

就像赵孟成前妻一样。

纪纭眼里，钓凯子的女人就活该不被别人尊重。

而让顾湘眼里心里支离破碎的，不是他的这些物化思想，而是，原来赵孟成去教书是因为这个，他说过，有个朋友去了，可是话又戛然而止。

她有好多不知道的事，不知道他完整的过去，不知道他有过这样气馁的低谷，不知道原来他前妻陪他熬过了低谷。这些碎片式的未知拼凑起来，依然是个未知的图引。

她仿佛亲眼看着一个鲜活的女人病入膏肓，这世上没有比医生宣布药石罔效更令人难过的事情了。

顾湘怕死，也怕一切会腐朽的东西。

她甚至不明白赵孟成一直避讳谈这些的初衷了。

但她可以肯定，他不是纪纭口中的那种人。纪纭不过是惯会拼搭，像做牌一样，你捋不顺，始终和不了，他一向深谙其道的。

以及，此时此刻，她反而对那位冯小姐释怀了。任何一段感情，看高处没有用，得看低处，你跌得一身泥的时候，那人还守着你，无论是什么样的初衷，那一刻那人必然是爱你的。

这或许也是赵孟成始终不肯说冯小姐一句不是的缘故。

他们确实爱过恨过，即便最后落得个怨偶分离的结局，可是人不能抹灭自己的过去。

而顾湘，此刻像一个孑然的看客，她好像入局了，又好像从来只是旁观。

是的，与冯小姐的十年相伴、低谷相守比，顾湘突然觉得自己单薄得像一根一折就断的木头。

事实足以证明，赵孟成始终还没和她交心，他对自己的心结只字未提。

有些事情，不用强辩，自在人心。

吧台上反扣的手机在响，打着旋般转，顾湘机械地接通，那头问她：“在干吗呢？”

她差点脱口，在听你的故事。

纪纭在身边喊了她一声，她知道他是故意的，可是还是如实告诉赵孟成了：“在和我老板喝东西。”

她等着他发作，可是没有。

“湘湘，答应我，半个小时内回房间，好吗？”

“赵孟成，你有什么事要和我说吗？”

那头静默了，像沉默也像无话可谈。顾湘拿不准，她从来拿不准他的心思，她甚至按捺不住地想问他一句什么，可是难以启齿，怕被言中，自己无路可逃。

他再次强调，早点回房间。

顾湘不声不响地掐断了通话。

回不回她心里清楚，他即便不信自己，顾湘也要信自己。

她饮尽杯中浅浅的酒，空杯磕回台面上，她下高脚椅：“谢谢纪总的酒和故事。”

纪纭不肯她走，扽着她的手臂，万分下作又得逞地告诉她：“我会告诉你父亲，我倒要看看顾文远不肯我接近你，那会不会看上人家家世，卖他的宝贝女儿去做个二婚太太。”

顾湘无动于衷地由着他，陡然转回刚才的一个话题，钓凯子。

她问他：“何以你们男人玩女人就名正言顺，而女人钓你就不尊重了呢？纪总，你这么瞧不上女人，就该去玩男人。”

“香香，你在和我置气，怪我拆穿你的梦？”

“不。反而我很感谢你。感谢你让我更理智地去喜欢他。”

听到最后三个字，纪纭气得直咬后槽牙：“当真这么喜欢？”

顾湘工作这几年听过很多男男女女说荤话，但她真正说得很少。她其实很嘴把式，所以赵孟成当真和她讲什么，她很吃不消：“嗯，很喜欢他。因为我知道和有些男人睡觉那就只是睡觉，和他不一样，我就觉得他能走进我的灵魂。”

下一刻，如愿看到纪纭厌恶地撒开她。

顾湘却不依了，她一副无比魅惑人心的面貌，这些年她在纪纭眼里始终是初见那一面的小姑娘，像个花骨朵，绽放但也紧致，始终不到凋谢的程度。

鲜活灵巧，像张不老画皮。

这丫头酒量不差的，有个练家子的爹，这些年也多多少少学了些江湖气，偏偏以楚楚动人的面容与娇滴滴的口吻凑近他，问：“你会娶我吗？”

小狐狸已经修炼成精了，有摄人心魂的本事，叫人甘愿喟叹且臣服，醉生梦死间，纪纭来捞她：“只要你愿意。”

Chapter16 赵与顾

[45]

男人被欲望布控的时候，真真脆弱极了。

多精致的容颜倒在那轰然的一霎，形容都是狰狞的，甚至丑陋的，这就是人性被钉在十字架上最本真的样子。

眼前的纪纭，顾湘能轻而易举地知道他要什么。只要你愿意？谁稀罕。

顾湘告诉他：“哪怕你肯舍本逐末地娶我，又与我何干？而我中意的男人，哪怕他不能娶我，哪怕他有过妻子，我也愿意喜欢他。”

这就是区别。

作践人就是要捡起他恶心你的屎坨子再塞回他嘴里才解气。

他不是来给她喂恶心的嘛，他不是觉得她该是很好拿捏的嘛，不是他自己说的，聪明的女人就该掌握男人驱使男人嘛？

她不过是现学现卖：“所以别抬举我了，纪总。我这人不识抬举，且咋咋呼呼，地铁上谁贴我近些，我都会大呼小叫不太平的。我记着您当初的恩惠，但是，倘若你要凭这恩惠辖制我些什么，我会做出比那张黎更疯的事情来！”

说罢，她摘开他的手。

扬长而去。

时间不多不少，半个小时后，赵孟成再给她打电话，是打的酒店座机。

顾湘回房间没多久，才预备去卸妆洗漱，抄起听筒，听清是他，心生无名之火：“你是在查岗吗？”

“我是在对你的人身安全做第一时间的监督。”

顾湘鼻孔出气：“赵孟成，你离我二百公里，我真出点事，你插翅也来不及。”

“他不敢。且来不及有来不及的办法。”

“什么办法？”她总觉得他不是在开玩笑，即便是，也是黑色的。

“所以，你为什么要为难我插翅也来不及呢？顾湘，你明明知道是个危险区域，为什么还要答应他去？你不该是这么没分寸的孩子。”赵孟成一副说教的口吻，又是座机电话，看不到他的形容，声音听起来也十足地厌烦且不快，跟批评犯错的学生没什么两样，偏偏在顾湘一肚子隐忍的情况下。

“那是我自己的事。”

“什么？”

“我说我有权自己判断去不去。”

下一秒，那头掐断了通话。

顾湘感觉有股像溺水时有人把你捞上来，一看不是他想救的那位，直接撒手不管，她又沉下去了的窒息感。刚准备情绪断线的一瞬，手机重新进来视频电话，她气鼓鼓地掐断了两次，第三次他再打进来之前，一个字的短信先丢过来：“接！”

接通的那一刻，两个人同时出声：

“你有什么想和我说的吗？”

“出什么事了？”

声音可以伪装也叫人猜不透，目光相汇，起码可以捕捉破绽。

顾湘还是那句车轱辘话，而赵孟成很敏锐地察觉到她情绪不对。

镜头里，他在书房，忙没忙完的工作。他其实近视，但度数不高，伏案或者夜读的时候会戴眼镜，顾湘想到撅掉他一副，他还有其他，总之，人一旦存了嫌隙，哪儿哪儿都是错误的伏笔。

她才不去主动问他，他不说自有不说的理由，她站在他进行时的时间轴线上，对他的过去毫无置喙的权利与能力。

她也懒得告诉他，是，是听了点事。但我从来没有质疑你的人品，只是有些不争的事实欺侮到我了。

顾湘甚至气馁起来，即便他没有始乱终弃，可是这样的感情都可以病入膏肓，那么她呢，她拿什么去信自己能和他走到底。

这也许就是他不说的理由。他那晚在她的床边，说另外一件事与她的介意毫不相关。顾湘现在很想反驳，不，你把最重要的东西锁在一个最重要的匣子里，而自己忘记怎么打开了。

可她不想去揭他的伤心疤，她是那么个怕血怕死的人，直到今晚，她才明白过来，原来赵孟成因为自己的过错，亲眼亲耳视听着自己的好友没了，这种负疚感对他这样骄傲性子的人无疑是毁灭性的打击，而那样的过往岁月，他们毫无交集。偏偏与他相伴相守的人，最后也没有个好结果。

顾湘一时间不知道该同情还是嫉妒，总之，她以为的参与，其实是微乎其微的交集。

"赵孟成，你从来没和我说过'我爱你'，哪怕是亲热的时候。"她今晚十足地轻浮恶劣。

那头的人坐在台灯之下，聚拢的白光源照得他瘦削的五官过分分明，他以沉着冷静甚至略带疲惫的口吻问她："顾湘，你告诉我，那个姓纪的找你说什么了？"

顾湘不言。

没等到她的答案，可是答案呼之欲出。赵老师一向会琢磨人心，或者他那个家庭出来的孩子，向来会雕琢人心，他慧眼如炬道："顾湘，倘若你因为别人的三言两语又起了反复龃龉的心思，那么就此打住吧！"

"起跑线上都舍不得助跑的人，注定跑不完的。"

顾湘丝毫不觉得他在说气话，或者，这是都市饮食男女床笫之欢后必然的结果。

她不禁几分发笑，说不紧要，她也不会想不开地去质问他吃干抹净后就不认账了，因为那是物化自己，回击他的口吻十足地游戏："打住就打住，互相愉快的事，也没谁欠谁。其实远远到不了爱，对不对？赵老师前后两个样，足以说明问题。只是，赵孟成你记住，是我提分手的，因为前面几个男人都是我提的，你也不能幸……"

话还没说完，赵孟成"嘟"的一声挂断了。

快到零点的时候，他给她发信息："回来说。"

再无旁言。

顾湘失眠了，她白天跑了两个分厂，又在车间陪客户等新试机的样品。轰隆隆的声音，折腾她一个下午，明明躺下该很累的，可是她格外地清醒。

对工作或者感情，她都好像从来过分清醒。是不是糊涂点，人反而会轻松些？一个人或一颗心，到底哪个更重要些？她可以信誓旦旦地笑话纪纭对她是舍本逐末，那么她自己呢？好像最贪心的是自己，人也图，心也要。

理智与栖息的身体机能抗争之后，顾湘跌进沉沉的梦里。梦里她依旧是溺水的那个，她是被人绑住手脚丢到江心里去的那个，快沉到底的瞬间，站在船头的那个人一脚踩住绳索，继而扎进水里去捞她。

只是原本熟悉水性的那个人，突然自我挣扎起来，他好像不会凫水了。

顾湘于束束穿透进来的折射光源里看他，介于青与黄的深水里，汩汩被洇开的大片红色晕染，她手脚被束缚着，无能为力地看着那个人被血涂染，腥气随之蔓延开来，蛰伏着的是必然的蚕食。

如同鲸落一般的结果。

周五返程的路上，顾湘接到一通未知来电，对方自报姓名后，她微微有点诧异。

诧异这位大小姐会亲自给她打电话。

赵孟晞说给顾小姐送请柬的员工告诉自己，她还没回S城。

顾湘顺势婉拒了对方的邀请，心想我和你弟弟都快掰了，你还请我干什么？

可是赵孟晞的话里话外听起来，又极为地有趣。她好像不是来纯粹做东道的，而是一股了假意来撺掇什么的，她说：“上回去顾小姐那里十足冒昧，赵孟成因此和我摆臭脸到现在。他是个爱面子超过爱里子的人，我父亲老说他，生错了时代，生在战乱里，没准能引头颅博个千古好名。”

“我知道顾小姐同他来往过，他骗了我的珍珠耳环就是给你的。这样的事，他还是十七八岁的时候做过。”

“也知道顾小姐介怀他什么，尽管我剔出自己来看好像离婚没什么大不了，可是同为女人，我明白顾小姐犹豫或者拒绝的心情。”

大小姐以为顾湘拒绝了赵孟成？这信息量足够顾湘堵塞会儿。

所以是赵孟成自己说的，她拒绝了他？以至于他的家人都这么认为着，才有了赵小姐今日这般师出有名？

有趣也滑稽。

顾湘本着看你戏要唱到哪般地步，迟迟不语地端架子。

“其实赵孟成是个最无趣的君子。”

顾湘冷笑，他，君子？

“恕我说句不中听的话，也就他那个骄傲上天的前妻能容忍他那么多年。换我，我和他离八百遍。可是有些人的性子是往来中摸索出来的，他是个做的多、说的少的人，我们家庭聚会上，你问他为什么不说话，他说该说的今日全在学校说完了，读条为零了。”

“待中意的人细致周到到头发丝，待不满意的人，抬脚就走。”赵孟晞说，她的师妹和他相亲过，被他撂下了，而给的理由是他要去打牌了。

“上周我遇到他，提了一嘴顾小姐，他即刻反驳了，所以我看得出来，赵老师是有心了……”

骄傲的人兜圈子好烦哦，顾湘不禁打断对方的话：“不好意思，姐姐，我想知道您想干吗？”

“做媒吗？”顾湘促狭地问她，“是要替你弟弟做媒吗？”要知道上回这个赵小姐气势汹汹杀到她住处，可不是今日这般和颜悦色，顾湘觉得自己越发地恶趣味起来了，她发现辖制骄傲的人是多么有趣的一件事。

赵孟晞那头是暂时息声的动静，顾湘微微扬扬头，一副给自己体面也给人家台阶的良善社交态度：“姐姐如果承认是好心撮合，那么我便答应去贺您的新业落成，毕竟买卖不成仁义在，姐姐比赵老师好相处多了。”

这一家人都是属孔雀的，骄傲当饭吃的，赵孟晞苦口婆心一堆，被人打乱节奏后，倒有点不愿承认起来：“就当我想交顾小姐这个朋友吧。”

“好，姐姐又美又飒，可以拒绝漂亮的男人，不可以拒绝漂亮的女人。”

顾湘暧昧的态度许是骇到大小姐了，笔直的大小姐即刻挂了电话。

呵，一言不合撂电话的性子真是从一个娘胎跑出来的。

请柬上的时间是晚上七点。

顾湘到家后有足够的休息时间和换装时间，康樱犹犹豫豫问顾湘，她可不可以不去。

顾湘在喝冰美式，她睡了一个小时，怕脸有点浮肿。说话的时候已经选好晚上穿什么，她问："为什么不去？"

"且不去要提前回复你檀叔叔呀。"顾湘劝慰康樱，"赵老师姐姐正式邀请你，就是把你当后辈，你不去反而让檀叔叔难做。要知道这种大小姐轻易不低头的，她请你也是跟她先生低头或者缓和的意思，去也吃不了你，反倒是你，见见世面、吃吃美食，到时候就回家。"以不变应万变。

虽说道理如此，但到底还是个孩子。顾湘懂得她的局促与不安。

"没关系，跟着我吧。那个老小姐即便要吃人，先吃我。"

顾湘选了条一字领的黑色晚装长裙，她的这些社交装备全是敲的顾文远的竹杠。陪老爹去一次商务场合买一条裙子或者一个包，老顾说他就是养了个活土匪。

顾湘不以为然："你反正不是花在我身上也是花在不知道哪个女人身上，我起码还能给你养老送终。"

顾文远道："你最好记住你给我养老送终的话。"

赵孟晞的分店在园区，与金融街隔一条马路，这里的地价高到咋舌。

偏偏赵小姐这个洋服及革履纯手工定制店是单落一栋双层美术楼的设计，后来才听说这栋楼及地皮是赵母给老小姐的陪嫁。

今晚下帖请的宾客全是圈内人，院落及地库可供停车有限内的客数。

顾湘凭着请柬进到了小楼前的泊车带，她泊好车，招呼康樱下车时，高跟鞋踩到圆形砖的镂空部分，细细的跟陷在湿软草泥里。

她专心拔跟的时候，才感觉到她对面有车一把入库，并冲她们这头闪了下远光灯。

凡是随便闪远光灯的都是流氓！

顾湘即便认出，也不想搭理。

那人下车落锁，很自然地往顾湘这边走来。

康樱乖乖和他打招呼："赵老师好。"

某人回应学生："嗯。"

随即，灯火通明里他来扶顾湘没关得上的车门，以及端详她卡在泥里的高跟鞋："使劲儿拔吧，拔出萝卜带出泥。"

他一副冷嘲热讽的态度。

顾湘才不看他，拔不出她的鞋子，她干脆摘出自己的脚，还击某人：“一个合格的前任就该和死了一样。”

赵孟成一身正装，一只手扶着她的车门，一只手抄在西裤口袋里，他接受她的“诅咒”，漫不经心貌，当着他的学生面呀，仿佛谈论今晚月色一样的随意，怪罪风里的气息：“这石楠花的味道真真不好闻。”

顾湘站不稳地欲欲发作，你这个臭流氓！

[46]

“手！”不等她骂人的嘴脸下来，赵孟成扶车门的那只手拨动车门，并提醒她把手拿开。

下一秒，阖门带着风。

车门关上了，他才得以走近她。顾湘本能地后背贴着车身，而赵孟成从俯身到蹲身，去替她解救那只高跟鞋。

确实只有使劲儿拔的办法，好巧不巧地卡在正当中的圆孔里。他再力气大点，拽出来，细跟是羊皮包的，蹭破了。

顾湘无所谓，能穿就行了。

结果逞英雄的那人没有把鞋子第一时间还给她，抖开口袋巾把鞋跟上的泥揩掉了，转身却要走。

“你干吗去？”顾湘喊人。

“我找赵孟晞给你拿一双。”

“我不要，你把鞋子还给我。”

“新的。”赵孟成解释。

“不需要，你把我的鞋子还给我。从今以后，你不必动辄去骗你姐姐的东西，我不需要赵老师花心思在我身上了，把鞋子还给我！”顾湘站在原地，冲他毫无好脸色。

“那你来这里干吗？”他离她几步远，右手食指上勾着她的高跟鞋，永远那副四平八稳的腔调，质问她，“你不需要来这里干吗？”

“你管我，是你姐姐请我的。我和你姐姐社交，我来贺她的新店开张，你管我！”

“不好意思，赵孟晞的产业从来有我一半的股份。”

“赵孟成，你臭不要脸！”顾湘也不管他学生在不在了，因为他也丝毫不珍惜他为人师表的羽毛了。

他依旧坚持要去替她拿双新的鞋子来，并威胁顾湘：“不听我的，你就跳房子那样，跳进去？”

顾湘气急无语，从未见过如此厚颜无耻之人！

“你不是说你不来的吗，不是说很忙的吗？”赵孟晞从几个太太社交里被赵孟成喊出来，理由是老公子要双新鞋子。

要她开她的私人陈列间，找一双。并把手里的一只鞋递给她，供参考。

“灰姑娘的？”赵孟晞这个傻大姐，她愣是到这一刻都没闹明白是怎么回事，还自我逻辑地认为是赵孟成单方面殷勤。毕竟，那次在夏蓉街，那位顾小姐确实听到赵孟成有前妻，就即刻颐指气使地下逐客令了。

这个顾湘和冯洛不一样，无论是家境还是面相，都比冯更娇纵且更有自我主张，说好听点是人格更独立，说邪门点，是更会磋磨男人！

可是男人有时候就是这样，不邪门他们还不爱呢。

找鞋子简单，赵孟晞见怪不怪了，她领着赵孟成上二楼陈列间，由他自己找：“但是你别急着嘚瑟啊，告诉你一个不幸的消息，你前妻也在。”

赵孟成在鞋子陈列架上找合适的鞋码及款式，不紧不慢地问：“不幸在哪里？”

“你真不怕？”赵孟晞双手抱臂歪在门口，并给赵老师解释，“我没请她，你知道的，我向来不习惯这个骨头重的女人。是她领着几个客人来，对方夫家又和檀越有生意往来，伸手不打笑脸人，我只能招待。”

“你说她这是什么心理？我不信她是纯来给我站台的，她这分明是杀人犯忍不住回现场的心理。”

“赵孟晞，我前段时间和许岫远一起喝酒，你猜你前男友提到你是什么态度？”

“什么态度？”老小姐虚荣且好奇，瞬间收回抱臂，站直身子。

说话间，赵孟成选中一双裸色的，再扭头过来看人：“你现在俨然也是一个杀人犯。”

其实许岫远哪有多少谈及，即便谈到孟晞，也不过是分手之前的记忆。记忆自然在，过去的情情总总也都在，但你没时空胶囊，带不回现在。

不如就此，大家两相安，岂不甚好。

可惜女人不这么想，她们总有点妄想症，认为你该是没放下，你该是离了她，岁月的轴承都转不了了，星月都凉掉了。

除了她，其余女人全是冒牌货。

感情非得拖点泥点子，才觉得自己没白付出过。

反之，男人过后的清算或者两不相欠，落在她们眼里就是凉薄。

赵孟成把选好的鞋子找盒子放好，径直往外走："话说，你为什么舍得下帖子请她？"

说冯洛说得好好的，他突然话题一转，赵孟晞一时间都没拎明白他口中的"她"是谁，领会过来，才傲娇地重新抱臂，这是个下意识自我保护的动作："你管我！"

赵孟成慢笑，也不深究老小姐，只是没头没尾地来了句："说不定，你们两个驴脾气反而更合拍。"

谁，你说谁驴！你才驴！

赵孟成重新下楼的时候，在楼梯口就碰上了冯洛，她举着香槟杯，在不远不近的距离喊了他一声："赵老师！"

这些年，他们不是没遇上过，但大多数交流，都是赵孟成出于点头之交的礼数。他对她业务圈里的人从前就不感兴趣，分手后，彼此两清更不会去置喙她结交什么人。

冯洛今日的男伴是个外国人，她款款向他走来，说有事请教赵老师。

赵孟成上回就吃了冯洛母亲的暗亏，这一回，他学乖了，或者本身他今日心情就不佳，并不打算斡旋多少礼数与涵养："我女朋友鞋子坏了，我找孟晞拿了双，她还等着我去换。有事等我们进来再聊。"

冯洛今晚也穿了件黑色晚装，饶是赵孟成再镇静都隐隐觉得哪里不好，他没等到冯洛再出声，就颔首先出去了。

人踏进微凉的月色里，自我嘟囔："待会儿你和人家撞衫了，又得怪到我头上了。"

不得清净！

赵孟成抱着个鞋盒走回来，顾湘早就站累了，一屁股坐回车里。外面的人来拉她的车门，手撑在门边上，俯身来和她说话。

“我和你说件事……你先答应我不准跳脚，要跳先在这里跳完。因为确实不关我的事，我没下帖子请你，以及，晚装这东西，黑白色也确实容易撞就是了，对不对，湘湘？”

原本他坚持要去替她换双新鞋，再殷勤拿回来，顾湘即便嘴上不承认，心里还是有几分受用的。但是他一回来就急急地讲一番话，叫她有些摸不着头脑，又是跳脚又是撞色什么的，再加上他迟迟不语。

顾湘瞬间领悟过来，可她偏要他讲清楚：“什么意思？”

赵孟成屈膝下来，在车门边要替她换鞋子，捞出她那只光着的脚，顾湘不快地收回：“说呀。”口吻极为地刁蛮任性。

“冯在里面。”他连全名都没敢称呼。

果然，顾湘无可无不可地慢笑：“关我什么事。她在不在，穿了和我一样颜色的衣服又怎么样，赵老师未免太小心了些，不过是前妻和前女友的区别，怕什么！”

“我那是怕嘛！”屈膝的人突然喝高声音，“是因为你动不动就气啊，我能怎么办，上一秒还岁月静好地跟我聊天，回头就气鼓鼓，还不是听了那个姓纪的狗贼挑唆！”

赵孟成再放纵自己的声音：“你明知道他图你什么，你还跑去跟他喝酒，顾湘，得多窝囊的男人才能忍下这口气！”

“那你不必忍了，电话里你说的我接受，就此打住吧！”顾湘说，“我不过是重复赵老师的话。分手当面说，大家体面也尊重。”

说罢，她要掰开赵孟成一直捏在她脚踝上的手。一直在旁听的康樱后知后觉地有眼力见，默默下车走远些。小康樱毫不怀疑，如果这一幕的赵老师被放到学校官网上去，服务器得死一万次。

赵孟成不肯松，顾湘挣不过他，干脆一脚踹到他心口上。

赵孟成作势一副被欺侮到的心疼状，顾湘只抢过他手里的鞋子，穿上，重新站在地坪上。都说女人的高跟鞋是另一条天鹅颈，她一袭黑色长裙，散发红唇，在夜色里雾面妆容朦胧中藏几分邪性。

风里散着她的香水味。她警告他：“赵孟成，你越小心翼翼怕我生气我越气。还有我既然来了，没有退缩的道理，你的前妻你自己招待，别给我介绍，我没有拓展她社交圈的打算。”

赵孟成真真被她欺负到了，也无怨言，只慢慢直起身，不无做小伏低之态，缓了缓，说：“气话，那晚只是气话。”

“撤不回了，我当真了！”

“你不是问我来干吗的嘛，我来这里就是要把你气死，我才甘心。报应不爽。”顾湘狠狠挤对这个男人。

赵孟成却说：“你不来，我压根不会来。你又到哪里去气我？”

顾湘恨得直咬牙，就好比九成九的功都赢了，最后一哆嗦，又破功了。

“滚！”

她扭头就走，告诫自己，别回头，回头的那个是狗！

顾湘领着康樱去跟檀越打招呼，檀正在招待他的几个朋友，顺带着喊了孟晞过来。

对康樱，檀越依旧是念及旧人且去了的情分。这段时间没有与其见面，事无巨细的生活用品，也是透过秘书转交的，点滴痕迹都给孟晞知道。

老小姐因为那句杨不悔和殷梨亭的戏谑，足足被母亲念叨了半个月，说话没分寸，毁人也伤己。事后也琢磨过弥补，但也没借口或台阶，这次冷餐会，才想两全其美，给檀越台阶下，也卖赵孟成一个人情。

赵孟晞看那双鞋穿在顾小姐脚上，那个老公子却不见影子了。

四下一打量，救命！赵孟晞不禁捂胸口，这个不知死字怎么写的男人，他和冯洛站一块儿呢。

檀越招待顾湘饮香槟，又叫康樱自在点：“你那个一起复习的同学韩露也在，她随她妈妈过来的，你们同学一块儿去玩会儿吧，不必拘谨，你阿姨喊你来也没别的意思，去吧。”

康樱这才如同解了禁一般去找韩露说话。

赵孟晞拽拽檀越的袖口，夫妻俩心领神会，其实老小姐明白自家兄弟，还不是那个冯洛绊住他的，说罢，就借口去招待别的客人，而檀越笑吟吟地说要给顾湘介绍朋友认识。

顾湘怎么会看不出他们夫妻俩的哑谜，只擎着香槟杯浅浅饮一口：“檀先生也不必打掩护了，我和他掰了。”

“为什么？”

“吃不消他。”

按理，檀越总共没见顾湘几次，不该和她开玩笑的，但总觉得这姑娘不小家子气：“呃，顾小姐这话说得我没法子接。”

意识到口误，她连忙正色纠正：“我的意思是……”

“嗯。”檀越一副“你自在便好”的神态，“正如我们请小樱来这里，她自在愿意开开眼界才是道理，不然，白拘束一个晚上。”

感情同理。合则来，不合则散。

“我倒觉得顾小姐不是那种凡事都要跟别人一一交代的人。”

“我那小舅子也是，其实他要带我去和你谈租房的时候我就知道。说来惭愧，我至今还没补租房的钱给他，他也不跟我要。”

顾湘抬眼看檀先生，对方只和她微微举杯示好。

是点到即止的智慧。

无论冯洛今晚的来意是什么，赵孟成只有半个主人的心情。

他甫进门，就被她再次喊住。

拒绝他们饮酒的意愿，也花五分钟的时间粗略听完冯洛身边男人的诉求。这几年，面对各种孩子上学的问题，赵孟成已经没多少善心了，凡事都是打回去按章程办。他即便是内部的人，但是每年度的机选名额及语言考试都是很严格透明的，他做不了手脚也不想做。他每年花几个月替戚友圈里的孩子无偿指导，已经是最大的酬酢态度了。

冯洛男伴的孩子情况更为特殊，国际班已经没有名额进去旁听了。

赵孟成一副公事公办的态度：“先面试吧。回头我跟国际班那边老秦打个招呼。一切以亲子面试的初步结果再议。”

再想说什么的时候，赵孟晞这个疯女人就杀进来了。

她一把挽住赵孟成的胳膊，姐弟俩耳语：“你已经死得透透的了。”

“拜你所赐。”赵孟成怪罪她。

“我让你和你前妻叙旧的？”

“我不说就不存在了吗？你们都没错，凡事都是我的错。”

“认错别找我，找该找的去！”

冯洛眼见着赵家姐弟当面说私房话，一时难堪也知道是赵孟晞存心恶心她，借着开口的势头想分开他们：“前些日子我妈说遇到你了，说你交女朋友了，赵老师，不介绍介绍嘛！”

赵孟晞连忙搭腔，也没细究话里的信息量：“冯洛，你的脾气一点没改，为什么说点事情，不是为难别人就是为难自己呢？”

从前赵孟成最烦她们俩掐架，今天突然发现自己择出来了，她们尽管掐个够吧。

“你们聊。我还有事，哦，对了，也不是不想介绍，是她确实觉得没必要，来往不到。”

是的，赵老师最大的优点就是融会贯通，所以他学什么都比别人快一截。

从前他觉得有些事不提不说，是对后来人的慈悲或者尊重。

但是今天他被这位后来人点化了，他越小心翼翼她越气，因为小心翼翼里即便没有情意还有礼意，所以她气。

赵孟成自幼的教养就是不可以为难别人，凡是叫人不自在的言语或莽撞行为，都是没品行。

但有些事情，你不磨开面子，始终择不干净。

顾湘说得对，她的社交圈不必和每一个人都有交集。

赵孟成走过去的时候，顾湘正在和一个男士聊天，彼此不认识，对方问她是赵小姐什么人，还一副与她碰杯的绅士和煦貌。

“是弟妹，未来的！”

有人不仅贸然插话进来，还从顾湘身后夺了她的酒，一口饮尽。

“走吧！”搁下香槟杯，他就来抓她的手。

顾湘人前比他爱面子多了，不免忸怩姿态：“你干吗？”

“我要带你走。”

“听不懂中文是不是，分手了！”

“是气话，我说的是气话。”赵孟成再次强调这一句，他眉眼里十分认真，丝毫不觉得他这样是洋相，仿佛在人前被见证的歉仄更有诚意。

“湘湘，我只是怕你一直这样一时好一时坏，不知道你哪天后悔了真提分手，我是个什么滋味。不如你早点离开我，我还能有点回旋的余地。”

他的余地，是他的骄傲与尊严。

“你就这么信不过我吗，我是那种轻易把自己交代在别的男人面前的白痴吗？！”顾湘气这个，气他不信自己有自保的能力，她对自己的酒量有数，对不离开自己视线的酒有数。

“因为我知道那姓纪的绝对没好话说。”

“赵孟成，我信你的人品，但我还没有相信你的心，因为你确实瞒着我好多事，或者你觉得我还不够格知道，或者你觉得你的那些痛苦已经和你过去的人分担掉了。你根本不会理解我从别人那里听来你出了那样的车祸，整个人生轨迹发生改变，有人陪你熬过低谷，我心里是什么样的滋味！”顾湘明明劝自己沉住气，不去主动问他，可是真把自己放进局，她还是难以自抑。

而对面的赵孟成，看到顾湘说得好好的，陡然掉眼泪了，他几乎下意识地一把扪住她，众目睽睽下，他埋首在她的耳边，用闷闷的声音道：“对不起……”

[47]

那日在车上，赵孟成自己说的，男人未必有你想象中的聪明，你眼中的重点，可能在他们眼里是盲点。

他们别扭了这两天，此刻，他才明白，湘湘根本不是在介意他与冯洛从前的事。

而是介意他没有告诉她书惠的事，这个丫头只是介意，他的那段过去，她无能为力，全没参与。

赵孟成无法不心痛。他为这个盲点自责且喟叹，喟叹眼前的人比他想象中的还要认真，可能不止十倍、百倍，他甚至一时间拿不出值得回报的东西，爱嘛，他先前就说过，他觉得自己做得远远还不够。

那就剩下对不起，当他检讨也好，自省也罢。

赵孟成扪住顾湘的时候，才发现她身上凉丝丝的，这个爱美如爱命的女人，从来不知道温暖的重要性。

他微微动弹身形，怀里的人不肯，她用双手来环他的腰，哭得停不下来，仿佛这两天攒着天大的委屈，可找到归还的地方了。

赵孟成只得由着她，由着她抱也由着她哭，只是在她耳边提醒：“很多人看着。”

顾湘泪眼蒙眬地仰头看他，一时不言不语，低低地抽泣。

赵孟成回应她的目光，顾湘此刻在他眼里，也许是梨花带雨，楚楚可怜。

只有顾湘心里清楚，是的，她在哭，她在委屈，但是她很清醒，清醒地知道自己要什么。她依旧舍不得这个男人，饶是他三番五次地让她气馁、让她难过，但终究是舍不得把他变成前任。

他总能轻而易举击溃她的心防，正如进来前，他说：“你不来，我压根不会来。”

又正如眼下，他有怎样骄傲的头颅，顾湘再明白不过了，可他还是低声下气地搁在她的肩膀上了。

心里那口气也就去了一半了，最紧要的是，她不想半途而废。工作如此，感情亦如此。

她苦苦追求了这么久，明明看到他心弦松动的痕迹，这个时候撤退，没准成为别人的笑话或者再由别人钻了空子去。

所以，理智与感性都劝退不了她，她很清楚赵孟成今晚这个举动意味着什么，也知道在座里有些什么人，而他肯这般，足以证明他的坦荡，起码偏私。

那么顾湘就要狠狠抱紧他，抱紧这一刻她的所有权。

实实在在抱着一个人，贴脸在他的心跳边，才发现，没什么比活着更重要的了。

那个人可以拥有过去十年，那么她为什么不可以拥有今后的十年、二十年……

赵孟成解了外套衣裳，给她披上，擦泪的工夫，他原本想带她走的，转念却改主意了。

他牵着她的手上楼，顾湘稍显犹豫，赵孟成说：“我有话跟你说。”

于是，他找赵孟晞拿了楼上贵宾室的钥匙，女东家这时才后知后觉：“你们这是什么情况啊？”

边上的檀越且笑，既然窗户纸都捅破了，他也不必再打掩护了，揶揄小舅子："你也是矛盾，要么不干，干就干了票大的。"檀越是取笑赵孟成，先前作战方针那么保守的一个人，今天却全面进攻了。

得亏岳父岳母没来。

赵孟成依旧是那副懒得交代的德行，只管跟老小姐要钥匙，赵孟晞这才领悟过来："你早和她在一起了？"

某人不答，回以沉默。

沉默才是最好的佐证。赵孟晞这个疯性子哪能忍，一会儿问候他爹一会儿问候他娘，赵孟成提醒她："你骂的都是你自己的。"

不管。赵孟晞再掐他："你贱不贱，你和她好上了，还摆出一副要死不活的样子。好像全世界都欠你了。"

赵孟成说："不是说好送你花篮的吗？"

"什么意思？"

"意思是，既然你肯下一个台阶冲她示好，那么我也没打算瞒你啊，是你自己不当惜你的贺礼。"赵老师言尽于此，拿了钥匙领顾湘上楼了。

而赵孟晞当真去中庭里看今日宾客贺来的花篮，果不其然，赵孟成送的那个，贺卡上落款是：赵&顾。

老小姐把那个贺卡捏在手里："赵孟成，你这个臭人，你死得透透的了。"

待到关一室安静在眼前的时候，顾湘反而比在楼下众目睽睽之下更局促了。

因为赵孟成阖上门，站在门后，一言不发地看着她。

愈看，顾湘愈想远离他。她往厅里走，拣了个最远的沙发坐了下来，身上披着的西服外套也揭下来，盖在身前，这是个很拒绝的心理动作。

不远处的人迟迟不说话，她先张口了："我知道我又让你丢脸了。"

那头的人闻言，这才慢慢走过来，用可有可无的情绪说："脸可以丢也可以捡，主要看你。"

看她什么？

赵孟成走过来又折回头，去吧台那里，寻了一会儿，手里拿着听可乐过来了，"啪"的一声拉开，倒进玻璃杯里，递到顾湘面前的时候，"哧哧"冒着甜丝丝的香气。

“喝点，会舒坦点。”

顾湘仰头看他，他冲她努努嘴，示意她接。

几口碳酸饮料喝下去，好像郁结的东西瞬间被冲散了。赵孟成手里还有半听，他说他如今已经鲜少喝这些小孩玩意儿了：“佟书惠那厮更是矫情，他二十岁的时候就不肯喝这些了……”

“赵孟成！”顾湘下意识喊住他，因为她意识到他要干吗，就像学生没有完成周作，一股被老师留堂补的自觉与上赶着。

顾湘突然觉得自己太任性了，她就是个小孩子，跟别人家的孩子比长比短，不患寡而患不均。

“别说了。”她冲他摇头，这太残忍了，明明已经过去的事，过去的人死在过去，她因为拈酸也好嫉妒也罢，生生把他逼到这个地步，抓紧时间来跟她复刻。

明明等到这一松口的契机，她又不想听了，因为她不确定赵孟成有没有真正走出来，她先前全部的心理建设被仁慈一股脑推翻了。

她就是喜欢现在这个时间轴线上的赵孟成，为什么要那么顶真他的过去呢？

“我不想再哭一次。”顾湘用了更委婉的推辞，因为她确实不忍见落泪的赵孟成。

“湘湘，我们分手了吗？我还可以碰你吗？”赵孟成立在她跟前，顾湘目不转睛地看着他，不答他。

“没什么不够格一说，也没有痛苦只和她分担一说。顾湘，你还记得你第一次来我们‘复习室’，你拍了道数学题吗？我问你拍下来干吗，你说你回去解，那么，事后你解了吗，湘湘？”赵孟成伸手来托她的下巴，淡淡的形容，冷冷的手心，“答案很简单，即便我点拨了你辅助线，可是，也许你只是一时热情，回去并没有解，一转头就把这道题忘得干干净净。”

赵孟成说，这就是他担心的顾湘，谁也保不齐她是不是一时脑热。

可就是这样的脑热，会传染，传染得他也跟着疯：“书惠的事，我几回到了嘴边，还是咽回去了。湘湘，从来没有你多心的那些，仅仅因为我和你在一起很开心，开心到不想提，也没时间去正儿八经地和你交代这段不如意的过去。”

“说到书惠，就得交代两家的交情，两人一起在机关工作……我们一起进山夜钓，回城的路上，明明是他的车子，因为他吃了点药犯瞌睡，才由我开的……湘湘，我至今还时不时梦到那腥热的血一滴滴滴到我耳里的穿透感……”

“不要说了！”顾湘几乎腾地站起身来，去抱赵孟成，求他不要说了，“对不起，对不起，是我太任性了……”

赵孟成手里的可乐罐掉在地毯上，闷闷无声，但倾泻出来的液体，染污织毯，褐色的，像死坏的血。

他环住她，由她在怀里哭得歇斯底里。这一刻，毫无疑问，倘若时空换一换，他当年便遇到她，顾湘抱住当年失意的赵孟成，就是眼前这样。

“湘湘，我如何想把那样失败的赵孟成告诉你。”他已经对不起太多人了，书惠、冯洛，对他抱着过高期望的父母。

面貌簇新的感情，就像面貌簇新的新学期，新的课本、新的知识、新的进程。

“你越喜欢我，我越只想做一个面貌簇新的人。”

仅此而已，从来没有阴谋，没有三心二意。

“我也从来没有打算待你两样过。”赵孟成紧紧抱着顾湘，控诉她，那晚说他什么前后两个样，实在叫他难过，他是想过打住吧，理由也只是怕顾湘始终介意冯洛，介意他们的过去，这个心结打不开，他们未必能长得过从前，“湘湘，我宁愿你从来没有招惹过我，起码我没得到也没失去。”

顾湘二十岁那年，因为妈妈生病住院，哭得很凶，天全灰了的那种。

赵孟成出事正好也是那年。

她不肯他抹除已经发生的事，踮着脚尖告诉他：“赵孟成，如果可以回到那一年，也许我们会在同一个医院，我会去看你，我会去鼓励你。过去的事情总要过去，你未来会遇到一个很爱很爱你的人，所以请你务必振作……”

“为什么是未来？”有人目光散淡，徐徐来会她，“如果早点遇到你，湘湘，也许世事会全不一样的。”赵孟成怪她也怪自己。

今日开了个口子，他索性开诚布公了。他从前觉得昨日种种譬如昨日死，不提也是尊重。可是有些事情死了就是死了。和书惠进山之前，赵孟成和冯洛的感情已经近乎名存实亡，他提过几次分开，她皆不允。

书惠去了，他即便躺在医院里，也还是那样的意愿，想叫冯洛离开他，她死活不同意。

他在医院的那几个月，冯洛日夜地守着他，说不动容，除非他的心是石头做的。

出院没多久，赵孟成就被父亲发落到学校那头去了。从他去了学校，二人的争执就频繁起来，冯洛是不满赵孟成这个所谓不上进的态度，饶是他父母给予他殷实的基础。一年后父亲允他回公职，却是赵孟成自己不愿意了。

冯洛为此冷落了他许久，等他正式在S外站稳脚跟，已到冯洛三十岁生日。她说我们结婚吧，赵孟成义无反顾地答应了。

偏偏出了纰漏，她怀孕了。

没有书惠的死，赵孟成对生命的理解还不会那么偏执。他可以容忍冯洛对他的一切无理取闹，可以迁就她任何敏感的情绪，唯独这一点，孩子即便不想要，她不可以这么擅专地决定。

说到痛心疾首处，冯洛发难他："其实早在书惠死前，我们就完了，我不过是借着书惠的牌位多做了你几年情人罢了。"

这话严重也剜心。是的，很多事情当断不断，才容易酿成苦果。

与冯洛分开后，赵孟成从未对任何人说过她的不是，哪怕是他的父母。因为感情始终是两个人的事，两个人互为因果，互为始终。

羁绊也好牵扯也罢，对赵孟成来说，两年前是那句话，两年后还是如此，他不怪她，但两不相欠。

这就是全部，其中有顾湘知道的，有当时赵孟成扣下不表的，他现下对她诚实："湘湘，遇到你开始，注定我是个歹人角色。"

她越纯粹，他越想做个歹人，一个没有过去羁绊的歹人。

事实上，长长一个定语他没做到，但是歹人做到了。

冷口冷面再冷心，顾湘勾着他的脖子："我算是明白了，你就是交一百个女友，也热情不起来的。"因为有人就是金漆神像，他的作用就是无情无义。

赵孟成无言以对。

"吵架只会冷处理，丢一个短信过来，'回来说'。"顾湘啐他，

“回来说个屁，回来的时候，你的头上已经有一个草原了，赵老师！”

“那姓纪的他不敢。”有人过分自信。

“你怎么知道？”

因为赵孟成以其人之道还治其人之身了。顾湘说和纪纭一起喝酒的时候，赵孟成已经意识到什么了，他打电话给许岫远，以最短时间拿到了“敌人”的背调。

纪纭是跟着他叔叔讨生活的，叔子的家产并不是他的，人家有正经的继承人。只是对方是娱乐圈的，听说“咖位”不低，无心家业。纪家得有个掌门人出来，但说到底他是寄人篱下，连同婚姻都是工具，联姻的工具人罢了。

试问这样深受掣肘的一枚棋子，他敢玩出大浪来吗？

不过是下作得见不得人好罢了。赵孟成笃定纪纭只会阴招，他不敢玩真把戏，许岫远那晚奚落赵孟成：“真被撬墙你可怎么办！”

赵孟成好多年不顽劣了。他当时就在电话里回许岫远：“那我绝不会善了。”

可能当天晚上就要他父亲亲自打电话给纪家叔子了，谁也别想好过！

顾湘听得眉毛都快要竖起来了：“男人的胜负欲好可怕！”

赵孟成一把抱起她，托得她高高的，足以俯视他：“顾湘，你最好信。”信他的胜负欲。

她穿着裙子，这么被他抱在身前很局促且不雅观：“你放我下来。”

“还分手吗？”

顾湘不答。

她不言，他也不语。只是抱着她一路到了里间，这是间供客人更衣小憩的休息室，就近原则，朝南的两扇复古彩花玻璃窗，蒙蒙的影子由月色披露在地板上。赵孟成单手去合窗帘，再把顾湘搁在窗台的大理石边沿上，窄窄的阔度，往后靠是窗户，往前倾，他不肯她下来。

因为这个高度，正好够她与他平视。

他再问她一次：“还分手吗？”

她穿着黑色的长裙，肤白唇红，坐在红丝绒的帘布前，射灯下看，妖冶且迷人。

顾湘咬死不松口，只斥责他：“你放我下来，分又怎么说，不分又怎么说？”

“分不分，我都要把你吃到肚子里。省得你活着的主旨就是为难我！”

顾湘又气又笑，才翕动了嘴唇想说什么，有人已经准得丝毫不差地堵住她的话语。

这瞬间瓦解了彼此的对弈，顾湘原本就坐得摇摇不安，再被他这样掠夺般吻着，身体即刻软了下来，空气稀薄中求换口气！

气息一薄弱好像气焰也跟着萎靡掉了，窸窣昏暗里，顾湘一副撒娇口吻：“你很过分，整整两天，冷暴力。”

“回来说，因为你这个驴脾气必须在摸得着的距离才能顺毛捋。”他口中说顺毛捋，手当真附上来。

顾湘冷冷一激灵，又毫无脾气制止他的动作。

他再贴在她耳边喊她名字，顾湘好像觉得什么都没了，他问她：“想我吗？”

她不说话，只乖乖点头。随即手脚并用地来纠缠他，赵孟成的呼吸短且热，却耐力地安抚她：“回家。”

不。

赵老师时时刻刻理智向前，当头棒喝她。

顾湘才不管：“怀孕了我就嫁给你，赵老师，你会娶我吗？”

“我敢娶，你就敢嫁吗？”

“敢。大不了再离呗，我反正永远比你少一次！”

下一秒，她的肩头就被狗啃了一口。

赵老师批评过的，十二生肖里没有狐狸精的。不依不饶且媚骨天成。

顾湘头往后一磕，啊，疼还不是第一反应，是怕玻璃碎了，她该如何说得清：“你姐姐那么彪悍的一个人！”

赵孟成恨铁不成钢，就这点出息！

她干脆跌到他身上去，二人齐齐出了声。

红丝绒的窗帘摆动了下，没合拢的缝隙里漏进一道薄薄的月光来。

微末也足以证明，今晚月色真美。

Chapter17 吊不死个茄子

[48]

这栋稍有年限的商务小楼是孟家给赵孟成母亲的陪嫁。赵孟晞出嫁的时候，孟校长就做主转给了女儿名下。

楼体的全部设计都是孟校长自己操刀的，所以，处处痕迹能看得出精致与旧重感。

这个里间，整个地层是全靠榫卯木头承重的，不是地板，是整个地层都是木头的。所以脚步落在上面，尤为地空且重，顾湘整个心神像歇在鼓上，不敢动也不肯他动。

赵孟成抱她到软榻上时，让她看上面。

昏昏然的人还没明白，直到他抬她下巴，指引她看天花板，啊，尖顶的设计顶端，是玻璃制的。

三棱锥形的透明屋顶可以看到天空。

赵孟成告诉她，仅仅因为他母亲想躺着看星星，看下雨。

顾湘深受悸动，所以这栋承载着所有少女心的陪嫁品，才不能给儿子，这是女儿间的传续。

他母亲定是个极为有涵养并美貌的千金小姐，都说儿子像妈妈，也说好看的人，是上帝的作品。

顾湘拿右手食指描摹赵孟成："很显然，赵老师一定是上帝打瞌睡的时候捏的。"

"什么意思？"他问她。

"好看是好看的，却一身臭毛病。"

他捉她不安分的指头，放到嘴里，真真咬痛了，十指连心的那种痛。

"湘湘，答应我，以后有什么事情直接跟我说好吗？别让我猜，我们说好了，好不好？”赵孟成检讨自己，他可能三十年都是这么平和地过来的，他对他父母的管教已经免疫了，耳朵痞掉了。又或者，他母亲对他们一贯佛系，除了修个品行，自幼散养惯了，才纵得他们姐弟俩如此极端的两种性格。

赵孟晞是刁蛮任性，赵孟成是冷漠自我。

顾湘吟吟地笑：“喂，自己的毛病，凭什么甩锅给你母亲，渣男！”

“是孟校长自己说的。”赵孟成沿着她的指尖，一点点落吻下来，“说早知道我俩这么不争气，还不如不生落得省心。生孩子是门很大的学问，孟校长说起冷笑话来，得十分带脑子听，她说她和我父亲显然都是差生恶补知识一般，去考了个六十分，阿弥陀佛地拿到了踩线的通知书，谁晓得，年年吊车尾，滚雪球般越滚越大，这糟心的学，不上也罢！”

“你就是像你母亲！”顾湘这次十分笃定，说他噎死人的本事就是祖传的！

“你……”

毫不设防地，她的话被他阻止了，他说：“湘湘，从今天起，我每天给你讲一点我的过去。”

总有一天，她会全部知晓的。

“好不好？”一直隐忍的人，告诉她这两天他是什么感受，魂不守舍的，因为他的魂落她这里了，他要她还给他。

顾湘沉迷又害怕，骤跳的心快要蹿出来了。

赵孟成拿手去盖她的话与声音，微弱的光明里，只看得见屋顶最遥远处，有星星，在无尽下坠。

次日是周六，原本有个例会要去开。顾湘因为出差，可以在家里补报告给上峰。她答应十点前发过去，结果定的闹钟时间还没到，就被楼下一顿动静先折腾醒了。

是唐女士来了，来了就唠叨这家里乱得能开杂货铺了。实则因为顾湘出差的行李、化妆包没收，以及昨晚她和康樱回来的路上，在便利店买了好些吃食，吃完没收拾就各自洗漱睡觉了。

顾湘睁着眼躺在床上的第一反应是，幸好昨晚回来了！

不然，唐女士这突袭搞得！

“顾香香，我们来了，外婆来看你了，差不多起来吧，八点半了！”

哪有，顾湘隔空对唐女士翻白眼，明明才八点过五分。唐女士一直这样，人家是四舍五入，她是四入五更入！

唐女士不会开车，当初顾湘满十八岁去学车，还遭到她的反对。顾文远没听她的，说你自己胆小不肯学，不能拖延闺女，告诉你，这些技能早学早安心，在城市里生活，不会开车等于没长脚！

今天她过来大包小包带了许多，还扶着个老太太。外婆已经很少愿意出门了，嫌自己腿脚硬，去哪儿都拖累人。

顾湘揉着迷糊的眼，见到外婆就过去撒娇，亲昵地问老太太：“您怎么舍得过来的？”

梦到香香了。

外婆做了个梦，梦到自己不中用了，众多孙儿里，就剩香香没着落了。老太太一大早起来惆怅也沮丧，给唐女士吓得不轻，看老母亲坐在马桶上半天没起来，连忙去搀。

结果老太太说要到香香那里看看，到底是她爸给她的嫁妆。老太太要到那里给幺孙女亲自缝个百子被，怕以后想起来又没时间了。

哎呀！顾湘一听连忙拖外婆的手摸木头，乖囡囡可人儿安慰外婆：“就是个梦！瞧把您给失落的。”

外婆不以为然，说她确实要准备的：“你几个姐姐家，我都准备的，到了你，不管将来你们行什么式的婚礼，老话旧礼不能破。”

老太太连要缝的百子被单和弹好的棉花胎都带来了。

这些礼数早就被新时代革新掉了，但是外婆是个传统的老人，她觉得婚床上无论如何都得有床百子被，意义也深远。

外婆说着，又嫌弃自己的闺女：“到时候全指望你妈，她个马人哈什么都不会的！连年年端午吃的粽子都得从我这儿拿的主！”

顾湘平日最乐见唐女士在亲妈跟前立规矩，今天再听，倒格外地乖巧沉默了。她说明明好端端的，一大早就这么沉重，不开心！

那头，她还和赵孟成约好了，一起吃午饭。他今日要送书惠的父亲去定期体检，结束后过来接她。

他和佟家父母说好，带顾湘一起过去。

她上午的行程排得还算紧。唐女士听到她中午要出去吃饭，也没所谓，说我和你外婆就在这儿烧点吃吃，你去忙你的。

她们越这样春风化雨般宠惯着她，顾湘心里越不是滋味。吃早饭的工夫，犹豫再犹豫，反复再反复，她仔细揣摩唐女士今日心情指数，搁下粥碗道："妈妈……"

顾湘向来这么会讨巧，或者是刁滑，无论是求顾文远还是求唐女士，总之，求到人必然是卖乖向前，喊人都极为地甜，甚至发腻："你们都缝百子被了，要不，我就告诉你件……喜事？"

赵孟成是十点半到的。

顾湘也是在他来的路上告诉他，她妈妈在这边。

她的意思是，不算正式拜会，但是也不能不进来打声招呼。因为她已经说了。

事出突然，尽管顾湘说不必买什么东西，她妈妈不在意这些。

但她出来迎赵孟成的时候，他的后备厢里还是带了水果和鲜花，因为听她说过，唐女士自己也养了许多花。

他今日本就是休息，陪佟家父亲去医院，自然穿得素净。下车时，外套还在手上，一面看顾湘，一面穿好外套，两粒扣的西服，正式的底下一扣是不系的。

赵老师宽肩窄腰，真的穿得极为地……正。

顾湘问他："会不会为难你啊？"

"答辩永远是没准备好的多。"赵孟成只是怪罪顾湘，太突然了，一点没准备，进去未免太失礼了。

顾湘挨到他身边抱抱他："你信我，你们家的那些所谓礼数对我妈来说只会嫌多，还有，不是准姑爷，她不会收你太贵重的礼的。"

赵孟成微微往后梗梗脖子："不是准姑爷，你要我进去干吗？"

"碰碰运气。"顾湘一副半吊子的玩笑口吻，因为她也紧张，更知道赵老师的紧张。

只是有些事情，越往后捎越不知道出路在哪里。

索性一切过明路，是暴风雨还是艳阳天，起码有个对策。

择日不如撞日之下，其实紧张的不仅赵、顾二人，连同唐女士也跟着浮夸起来。

因为他们进来，赵孟成正式与唐女士打招呼前，顾湘发现妈妈偷偷补妆了、搽口红了。

先前唐女士来这里，在东门市那里只是远远看了眼赵孟成，今日在玄关口再看这个男人，唐文静私心来说，做个教书的真真屈才了。

因为整个人的气度，即便她这样市井粗鄙的人也看得出端倪，绝对是好人家养出来的。

不过话又说回来，S外这样的学校，学生非富即贵，老师自然也差不到哪里去。

赵孟成把手里的果篮与鲜花交给顾湘，正式冲唐女士颔首打招呼，先开口的话也是歉仄，因为时间仓促，也没来得及买什么：“等下次有机会，再正式到您那里拜会。”

唐女士对他们这些官僚话或者场面话向来不受用，时常歪派顾文远，别的文化没什么长进，就这些官话如今一套一套的。

过年那会儿，唐女士说过姑爷的标准的，初步看，这个姓赵的，除了年纪超出唐女士的标准，其余好像都还达标，起码拿得出手。

尤其长相，论标致，他甚至越过自家女儿了。

个头也足够地体面，叫她得足够仰着头瞧人。

“妈……或许我们可以进去说？”顾湘在边上实在绷不住了，紧张到窒息，脚尖抓地，忍不住出言提醒。

厅里正中间，老太太铺了块毯子在地板上，在细致地缝被子。

那醒目的红，以及百子千孙的图样，着实骇到赵孟成了。

外婆停下手里的活，没戴助听器的缘故，听不见，继而自己嗓门也大，问这是谁呀。

香香喊一般告诉外婆：“就是给你买助听器的那个人！”

唐女士平日最大嗓门的一个人了，今天嫌香香咋呼，让她小点声。再要他们去那边坐，赵孟成却不急，因为他要先跟外婆打招呼，进门的时候他面对唐女士多少有点吃不准喊什么，轮到老太太，简单多了，随在顾湘后面喊外婆。老太太盘腿坐在棉花胎边上，戴着副老花镜，一身的棉絮子，人老却不糊涂，瞬间明白了赵孟成是谁。

“这倒也是桩巧宗了。正巧给你们缝百子被呢。”

那头泡茶的唐女士听见了，制止老母亲：“瞎说八道什么呀！老糊涂了。”

外婆还击闺女：“你晓得什么呀！”说着把针搁头发上磨磨，继续手里的活，一边由针线在被子里穿行，一边感叹，“你说我们香香疙瘩大的一个人，也到嫁人的地步了，我们怎么能不老，唉……”

唐女士泡了茶，请赵孟成坐。

家里明明有那么多杯子，偏偏唐女士用了一次性的，是刻意怠慢还是随便惯了，顾湘也一时拿不准。

而有人之前好像说过，他不喜欢纸杯。

赵孟成被唐女士招呼坐下，面上不卑不亢，对搁在手边的热茶，也不声不响地端起，意思也好礼貌也罢，他喝了，不是那种潮潮嘴边，而是真的饮一口得小心翼翼。

顾湘没说什么，但心里还是暖洋洋的。

这种形式的碰面，作为家长，尤其是丈母娘身份的，不免就是那些章程话。

多大年纪？

是不是本地人？

父母做什么的？

唐女士问得直白，赵孟成答得简略。

所以唐女士接收到的信息量就是一个比香香大八岁的本地男人，父母健在都已退休的一般知识分子家庭。

还有个姐姐，出嫁了。

唐女士顺理成章地编织出一个对方的家庭氛围，张口便问：“那你母亲将来会替你姐姐看孩子吗？”

“嗯？”赵老师仿佛被触及知识盲区，一来赵孟晞那头压根没孩子带，二来孟校长怎么也不像是个愿意看孩子的人。

顾湘在边上快要背过气去了，听他们“跨服聊天”的缘故。

“妈，你操心这些干什么？”顾湘恨赵老师说话太隐晦，他一直这样，对他的家庭鲜少赘述什么，别说唐女士误会了，顾湘自己也是后知后觉。

等赵孟成意识过来唐女士问这话的意图，也用迁就的口吻答：“我母亲大概率不会替我们两家看孩子，也许，会补贴我们请保姆的钱吧。”

这个说辞，倒也合唐女士的意。只是下文又离谱了，她道：“孩子还是自己带比较好，有些老的去强小两口的主，这种就实在没必要。”唐女士说他们街坊里常有，四个老的过一个小的，去个医院吧，都像去春游，一家子，像什么话！

赵孟成只当在听笑话，最后四两拨千斤地保证：“我父母都还蛮不爱操心的。”

唐文静只觉得他说话还算和煦，起码性情看上去还不错，倒也不是那种温暾，是见过世面，但知道说话得分人的那种灵巧世故。

“我们香香被我和她爸惯坏了，脾气大，人也娇纵，我对家庭门第过高的是不肯的，瞧不上我们还是小事，瞧不上我闺女那我不答应。我辛辛苦苦养到这么大的姑娘不是送到男方家去被嫌弃的。当然，太一般的家庭也不行，在我们手里没为柴米油盐焦过心思，嫁人了反倒过得不如做姑娘的时候，那这辈子更没指望了。今天香香冷不丁地才说实话，说和你来往，我其余的也不过早声张，来者也是客，不好过分严苛。希望你明白，家庭社会关系乱且会拖累你们后腿的、父母不健在的、当真到谈婚论嫁拿不出房子车子的，在我这里是不会同意的。”

唐女士一番话是交底也是下马威，她管不住女儿谈恋爱，但是当真结婚，过不了她这关，谁也别想被她承认是女婿。

手边纸杯盛的绿茶过了最佳饮味时机，茶色开始褪，先前是清绿，眼下是浊暗的。

赵孟成沉着地附和唐女士的话，甚至是赞同，每一个字都是在为子女谋深远。换他，他也是，他的女儿嫁人，自然要锦上添花、烈火烹油，不如意、不顺遂，试问图什么？

第一次初照面，是点到为止的机锋。

唐女士知道他们中午有别的安排，也就顺水推舟地说，不留赵老师吃午饭了。

而外婆那床百子被也缝好了，唐文静喊顾湘到边上说话，老太太就招赵孟成过来，问他：“这被子你喜欢吗？”

赵孟成道：“嗯，鲜艳喜庆，是喜宴该有的样子。”

“你喜欢就好。”

那头唐文静问香香，中午和谁吃饭：“你见过他父母吗？”

顾湘摇头："是他的意思，先见见你们。他父母后说。"

看唐女士略微沉默，香香打蛇随棍上："妈，你觉得他怎么样？"

"这么大年纪不结婚的男人未必可靠。"

顾湘心上不免"咯噔"一下，但又不能现在告诉唐女士，其实他是结过婚的。

顾湘觉得自己在玩扫雷游戏，惊险又必须步步为营："也就是说，抛开这个疑点，您勉强还是同意的？"

"改天见见你爸再说，他和我看人的角度不同，男人看男人也更准些。"

顾文远，顾湘心想：早就见过了，他能看出什么来。换言之，赵孟成这个狗贼能将什么心虚的东西写在脸上或者揣在手里，等你们看见。

"香香，你和他……"唐女士问了个老母亲都会问，但也十有八九知道答案、明知故问的事。

顾湘毫不忸怩："妈，我都二十六周岁了，和男人交往那啥不是很正常嘛……"

老母亲很生气，生气白菜逃不过被猪拱的命："滚吧，我看你在这个家也待不住了，所以老话说，女儿是给别人家养的。"

"谁说的，我始终是我呀，我姓顾，这一点永远变不了呀。"

唐女士依旧不开心。顾湘他们一道出门的时候，她都一直待在厨房，还是赵孟成亲自走过来跟她道别的，说今日的饭局是招待他恩师的，贸然请她与外婆过去，估计她会不自在，改日他再单独请，请她及湘湘父亲。

后来，香香出嫁那天，赵孟成也是这样。众人在婚礼的喜悦里亦步亦趋，只有他，接走香香前，亲自单独拜别了岳母，保证湘湘会和从前在家一样自在顺遂。

眼下，他的言语里，很清楚地表明，他明白顾湘父母分开的状态。正式庄重地分别尊重他们，唐文静无声地端详这个男人，饶是她在闺女面前没松口，实则他确实有让人挑不出毛病的气场。

唯一可以挑刺的，大概就是香香不定降得住他。

这个降也是难字诀，降得住未必就是件好事，降不住也会如夹生饭般难咽。

说来说去，从来只有对的人，没有对的婚姻。

从屋里出来，赵孟成迟迟没言语。

自顾自从后座上拿出一个礼袋，说是给顾湘的礼物："俗是俗了点，一直想给你买点什么，又不知道买什么。"

最后还是套路得人心吧，他送了个包，防尘袋下，顾湘怪他："你该先问问我的，这款我已经有了。"

赵老师说："那旧的先放放，从今以后只背我买的。"

什么鬼，这是什么霸道总裁发言，顾湘好笑地问他："你怎么了？"

赵孟成拉着她的手，要她上车，各自坐回车里，他问她："你母亲要是不同意，湘湘，你会怎么做？"

是的，今日的会面，看似进了一步，实则还在原地踏步，他晓得症结在哪里。

顾湘尽管嬉皮笑脸，但不无认真地告诉他："赵孟成，不被父母祝福的婚姻是很唏嘘的，我不想那样……"她吓唬他，"如果我妈死活不同意，我也只能放弃了……"

赵孟成闻言来拨她的脸，逼着她看着自己，显然顾湘这样的回答他不满意。于是，他出口的话也置气起来："湘湘，那床百子被要是给别的男人盖了，我就……"

"你就怎么样？"

"我就去抢亲！"赵孟成一边撂狠话，一边拨档开车。

[49]

与佟家父母的会面很顺畅，饭也吃得自在和乐，大抵是有分寸的人互相给予的安全感。顾湘跟在赵孟成后面称呼对方佟老师及师母，一对皆已过花甲之年的夫妻，谈吐平和儒雅，感情甚笃，她甚至都能从他们身上描摹出书惠的轮廓及品行。

佟师母跟赵孟成学前几天的有趣事，说他们老两口去逛超市，满载而归时，有点饿也有点渴，就去肯德基坐了会儿，两个人琢磨着微信小程序里的自助点单。结果佟老师微信里没有钱了，想用支付宝付，怎么也付不起来。

就问身边的年轻人，年轻人替他们操作半天，结果才发现他们在微信小程序里操作的，自然用支付宝付不起来咯。

赵孟成一边呷茶一边冷漠嘲讽，看得出他们很熟悉，熟悉到像忘年交也像亲儿子才有的毒舌："嗯，这首先是个资本的黑色幽默；二者，老佟，我求您，微信里多存点钱吧！"

这些新鲜事物都是赵孟成手把手教他们的，这些年都是如此。

说笑间，师母照顾到顾湘的情绪："顾小姐不要嫌我们老人家啰唆呀。"

顾湘连忙摆手："怎么会，我是个很爱听别人话家常的人。"

赵孟成帮衬她："简言之就是八卦。"

人前顾湘不好有什么小动作，就横他一眼，横来他将剥好的几只虾，不声不响地搁到她的餐盘上，而他自己，摘了一次性手套，拿热帕子揩手。

他一边揩一边和佟老师试着聊去疗养院做康健的事。佟父因为严重的风湿病，不得不依靠轮椅，这次体检其余别无大碍，唯独这风湿，赵孟成的意思还是去疗养院住段时日。S城的四五月原本就极潮，而疗养院的设备环境都有专业考量。

佟老师如寻常人家的严父那样，威严不苟言笑，对子女的建议也轻易听不进去，朝赵孟成摆摆手："花那个冤枉钱干什么，我的身体我晓得，死不掉。"

赵孟成却不依，指尖转着茶盏："其余事可以迁就您，人家姚主任都这么说了，这事我就得拍板！您不听，我不怕去找书惠聊聊。"

嗐，佟老师瞬间老小孩地服输了："好端端的，这么个严肃的嘴脸干什么，也不怕吓着人家顾小姐。"

书惠的事，佟家父母当真放下了。说来也是他们父子沟通不当，书惠才想叫赵孟成出去玩玩散散心，他一点不想走仕途的，是佟家不惜去拜托赵父，这才得以两家儿子一起做同僚。

赵孟成把夜钓那晚书惠最后说的话告诉了佟父，老父亲哭得泣不成声，说原来临了，他没了，他们都没真正了解自己的孩子。

说来后怕，那天如果不是书惠服了药，没的就是赵家的儿子。

佟老师是最仁善理智的一个人，他说，不怪任何人，怪就怪，人心是肉长的，它在主观上容易生错，有些错，不必弥补，这就是人生。

当真争较起来，他们做父母的才是"元凶"。

所以，这些年，佟老师从来不肯赵孟成拿书惠的死为难自己，也不肯提，过去就要过去。

顾湘在他边上，突然明白了他什么都不说的苦楚。是的，有些人生，不必赏与罚，他自己就一直待在牢笼里。

就像前一天晚上，再欢愉的感觉，顾湘也理智地批评他，上好的皮囊，一身的毛病。

但她依旧喜欢他，喜欢这个优点与缺点都极为显著的男人。他细心地替她剥虾就是怕她不好意思自己动手，眼下肉在她盘子里，而辛劳的人除了手边一堆虾壳，自己没动几口筷子。

说服佟老师后，赵孟成唤服务生续茶水，顾湘悄悄把一块虾夹到他的盘子里，后者移目光来看她，微微挑眉，静默的神色仿佛问她：怎么?

“我吃不下了。”顾湘只这样说。

赵老师二话不说，拾起筷子，搛到自己嘴里去。

顾湘看他细嚼慢咽的样子，莫名喜悦，赵孟成督促她：“好好吃饭。”

饭后甜点他要了南瓜栗子蛋糕，跟顾湘说：“他们这里的也很地道，你尝尝，和你先前在江北吃的差多少。”因为佟老师和师母都不喜甜食，赵孟成订餐厅的时候就关照过了，甜点用代糖。

再重新要了壶普洱，配甜点正好。

他把所有人都安排得妥当，唯独自己没算进去。顾湘要他也尝尝，他摇头，只喝茶，他其实不爱甜食也不能吃辣。

顾湘才想起那次她点红薯千层外卖，他的委屈。

“不吃甜食，人生该少多少乐趣啊。”

“嗯，你替我吃吧。”二人挨得近，后半句他说得很小声，“我尝你就够了。”

顾湘在桌子底下狠掐他的腿，大逆不道的人，他永远大逆不道，别指望他能正经超过三秒。

吃完饭，赵孟成和顾湘再把老两口送回了家。原本师母是要正经招待顾湘的，赵孟成说下午还有事，就不多待了。

时间也差不多，他叮嘱佟老师：“歇个午觉吧，我们就先走了。”

师母送他们出门，再会前，她拿出一个红包，说是给顾小姐的，这是规矩也是礼数。

顾湘很是局促，原不想收，师母一味坚持。赵孟成没法子，就替顾湘接下了，这才算消停。

师母再叮嘱他："你的对象不先见见你父母，倒先会我们，回头你父亲知道了，又要不高兴了。"

某人没所谓："时机成熟了再说吧，你也知道老赵那个脾性……"

家家有本难念的经。师母自然回回要唠叨、劝和几句："你还不知道你爸是个什么人，爷俩能有个什么真仇在那里，不是我说你，你就是太不肯服软，但凡你低个头，哪家能有你们赵家日子好过！"

师母告诉赵孟成，过段时间，清明，他父亲还说接他们进山庄住段时间的。

"他又为什么年年这么招待我们，还不是因为你，都是犟种。"

赵家年年会有段时间去度假山庄小住，或春天或夏天，唯独赵孟成不随行。上下山的那段盘旋路，他已经很多年没走过了，因着书惠。

师母劝他，都过去了，凡事向前看。珍惜好春光与眼前人。

"我们有你，和有书惠是一样的。"

书惠自然也是这样想的。

门楼上的紫藤有跃跃要开花的势头，赵孟成立在微风里，恍惚，眼里有些脆弱的痕迹。

第二天，春光就被捣烂了。

事情败露得比顾湘料想的要快，她甚至都没问，顾文远从哪里得知的，不重要了。

因着赵老师周六一天又没复习通知，周日这天，他说全天上。

学生们就有怨言了，说老赵你这样不行啊，心跟长草了似的，督学工作都不积极了。

赵老师道："再说，直接就地解散！老子又可以多一天去约会！"

呜呼！这下堂子里可炸了锅了，旁听的那个老小儿章兰舟跳出来："请客吧，老赵！"

还有什么比官宣更值得庆祝的呢！

于是中午那顿，成了名正言顺的敲竹杠。赵孟成依旧是把咖啡当水喝的主，一一指摘一群猴崽子，没出息的东西，除了打秋风还会点什么！

中国人是开心也是一顿饭，不开心也是一顿饭。

明明再问赵老师：“也许过不多久，您又得请客了！”明父在市教育局里工作，家庭聚会里提过，赵孟成也许会被擢升到分校那里了。

对此，赵孟成一副四平八稳的形容，知会了明明一眼，意思是没影的事，先不要乱说。

明明这才乖乖闭嘴。

“赵老师，我下午想请假。”桌子上铺着外卖的一次性餐垫，韩露没吃几口，突地站起身来，丢了筷子就收拾书包。

明明问韩露：“怎么了？”

“我痛经，头也疼。”收拾完书包，她径直跟赵老师告假，“我可以走吗？”

赵孟成审视了韩露一眼，准了她的假，只要她回去小心，到家要她母亲给他来个电话。

韩露没应声，挪开椅子就往外走，动静大得碰歪了卫若手边的奶茶，没等人走远，卫若就一副背后说人的嘴脸：“疯了啊，这大小姐今天出门是忘记带脑子了，还是忘记吃药了？”

明明当即骂人：“你背后说女生，有多贱！”

卫若难得被师姐噎到真真生气的那种：“是你亲姐姐还是亲妹妹啊，你当惜她？”

明明道：“嘴女生就该骂！”

卫若不服气：“你知道这个韩露多……”

赵孟成道：“吃饭！”

大家这才安静下来。

顾湘那份是康樱送过去的，赵孟成过来看她的时候，她还在睡。赵老师的冷手伸进她被子里，替她醒觉：“你再不起来吃，全冷了。”

顾湘夜里三点才睡的，昏昏沉沉，还当半夜呢。

她迷糊间取笑他：“赵老师这个老师当得好憋屈哦，一分钱指导费没有，还得倒贴钱。”

她拿话促狭人，他拿手去还报她：“是的，这么一比，单身挺好。”

顾湘被他扪得低低地出着气声，她不出声还好，一出声有人整个就不好了，拿唇去吻，顾湘即刻就是打人的嘴脸：“别闹。”

“那你起来，我看你躺着就受不了。”

“滚。”

洗漱的时候，赵孟成问顾湘：“后来你母亲有说什么没有？”

没有。她回来的时候，她们已经走了。

赵孟成抱臂，心里有个打算，但拿不准，拿不准要不要这么做。因为有些事情不是他坦诚就有用的，可是他也不想过这种提心吊胆的日子。于是，顾湘还在抽洗脸巾洗脸呢，他走过去，从后面抱着她，两人的目光在镜子里交汇：“找个时间，我请你父母吃饭吧。”

顾湘想了想，明白他的意思：“那么要是我妈说些不中听的话……”一定会的，且会是他有生以来最难承受的，顾湘笃定。

“不要紧。”赵孟成突然扪紧她，嗅她身上的香气，“只要你信我就够了。”

这话过去没几个小时，顾湘就接到了唐女士的电话，在电话里很平和地要她回来一趟。

顾湘只问什么事。

唐女士说：“回来说。”

“电话里不能说？”顾湘说晚上还有事。是去陈桉那里，她要搬家，答应去帮她收拾。

结果唐女士误会了还是怎的，口吻突然一百八十度大转弯：“我要你回来趟！”

“怎么了啦？”

“怎么，你说怎么？顾湘，我养你是要你清白、上进，不是要你去学那些软骨头女人攀高枝的！那个男人结过婚，是个浪荡子，你也给我往家里带！你怕是学都上到狗肚子里去了，你现在就给我滚回来！”

[50]

顾湘长到这么大，在唐女士眼里起码都是循规蹈矩的。

七八岁开始跟着她生活，起初日子并不好过，后来顾文远发迹了，经济上越发地纵容香香。唐文静虽然嘴上念叨，但是也由着他去，毕竟两个人再怎么不过了，孩子是无辜的，他顾文远也就这么个独苗。

顾文远多次保证过，不再成家、不再有孩子，将来手里的全是香香的。

女儿冷不丁地往家里带了正在交往的男朋友，瞧样子还蛮热乎劲儿的。唐文静回去后一个晚上没怎么合眼，仿佛香香明天就要到人家里去了，这种姑娘大了焦心思，但哪天一锤定音地要嫁人的失落感，唯有养女儿的才能切身明白。

唐文静早说过，香香到底像顾文远多点，从眉眼到性情。

她几次恋爱对家里都没保留，所以，做母亲的才当真认为了解闺女。

次日一早，唐文静就给顾文远打电话，说明了情况："你姑娘谈恋爱了，你晓得吧，说不定你马上就要当岳丈了！"

顾文远在那头支支吾吾的。唐文静是什么人，当即就质问他："你晓得？"

两个人时常为了争女儿的宠乱吃醋，所以唐文静气的是，她先告诉了你？

顾文远昨晚的酒还没醒呢，晃荡到他甚至不确定到底是不是这回事，以及要不要跟唐文静说实话，或者他该先找女儿聊聊。

电话那头的人听他越磨叽，心里越急躁："你倒是说啊！"

"见面说。"

顾文远还特地借公事缓了半天神，歇中午觉的时候，他来唐文静店里，这个点也没什么生意，二人一个人坐着，一个人站着，顾文远粗略交代了下他知道的情况。

因为在他看来，香香也是糊涂了。事关女儿，他不敢瞒下来。唐文静是个什么性子的人，他再清楚不过。

尽管顾文远知道纪纭这般肯定有他作为男人的私愤，但是，他说："单看那姓赵的头一个对象，Ｉ年都没得赵家认同，就晓得是怎样的门第眼见了，就这一条，我也不肯我女儿去受这份苦！"

话音刚落，唐文静手边的一个搪瓷缸子就掷了地，里面隔夜的枸杞菊花，堪堪洒了一地。

顾文远好脾气地要去拾，听见缝纫机前的人迁怒地暴喝："都是你作的死，现在报应到自己女儿身上了，你为什么不肯，你最该肯的！攀上这样高门显贵的人家，你的生意才会更上一层楼！"

"你胡说什么呀？"

“胡说了吗？当初香香是怎么进那姓纪的公司的，你又当真没在女儿身上得什么便利？你心里最清楚！”这样的莫须有念头，从唐文静撞见纪纭存心和香香暧昧起，就很难抹去了。

“她是我女儿，我再浑蛋，也没到卖女儿的地步！”顾文远手里才捡起的搪瓷缸子也不无愠怒地撒开了，昨晚和纪纭那厮算是借着酒劲儿挑明了，买卖不在仁义自然更不在。

他不是取笑顾家的女儿攀高枝嘛，顾文远最后掷酒杯的时候，说的话气也狂：“攀高枝也没什么可丢脸的，怕只怕一时半会儿地攀着，给人撸下来了，有本事我就要她长长久久地攀！”

当然这话半个字不敢跟唐文静学。

眼下最要紧的是，找香香好好聊聊。

“聊？”唐文静冷笑，“你自己的女儿，你不清楚她？她不昏头，就不会把人往家里领！”

顾文远从男人角度给前妻顺毛捋，给她分析赵家的家世，按道理如果那姓赵的只是想和香香玩玩的心思，他不会肯见她的。

其实先前他见自己的那一面，也还好，不是传言中的浪荡。

“不浪荡为什么始乱终弃？不沽名钓誉又为什么甘心被他爹发落去教书？这种人家连死都可以分说，还有什么做不出来的！”唐文静光听这些事整个人就不好了，她说这种人家，自己的孩子当个宝，别人的孩子命如草芥，她想想就恶寒！

“他头一个老婆就这么个下场，你又凭什么相信，你女儿嫁过去有什么好果子吃！”

顾文远想反驳，但声音不敢多大：“你也不要什么都先入为主，这个社会，阴谋论的事情向来不少，出个事，女人向来是弱势倒霉的，男人向来是该千刀万剐的……”

“难道不是吗？”这声质问，别人不可以，唯独唐文静，二十年过去，她始终有根刺难挑出，挑不出就算了，还和肉鲜血淋淋地长在一起了。

至此，顾文远息声了，他无法再辩驳。这个当口辩驳自己，只会让她更迁怒女儿。

唐文静一通电话要召回香香，撂了电话也锁了店门，气势汹汹地回家去，顾文远已然预料到一场腥风血雨，他跟着她回去。

唐文静喝他走，顾文远不依：“我的女儿，我有权过问。”

顾湘到家的时候，穿一身姜黄底白雏菊碎花的连衣裙，对襟的毛衣外套没穿，两只袖子打结地披在身上。

整个人明眸善睐，率真活泼。

街坊里那些牌搭子有时候问起香香，都说不相信，不相信小时候动不动哭出鼻涕泡的顾家囡囡都二十六岁了，印象中她该永远长不大的。

长不大有长不大的好处，起码他们做父母的不会由人笑话，由人活打了嘴！

人还在门口换鞋子呢，唐文静就忍不住地奚落起来：“今天怎么不往家领了？”

“领什么？”

“领那个男人，那个离了婚不自觉的浪荡男人！”

“昨天领是希望你满意他、喜欢他，今天你显然不满意了，我又何必往你枪口上撞呢！”显然，顾湘是有备而回的。

是的，她是有备而回。一路上越发地清醒，清醒预料到唐女士任何可以发难的话。

而她之所以没有告诉赵孟成家里出了这一茬儿，轻飘飘地说去找陈桉玩了，也是因为，他来了无济于事。

有些事情不是一起面对就有用的，原生家庭就是原生家庭，后来参与进来的人，说白了，永远是外人。

他们家这三角，也只有三角参与，才能稳固。

“顾湘，我不会同意的，不会同意你和一个结过婚的男人来往，更不会同意你清清白白的一个姑娘家，去嫁一个二手货！”

看吧，顾湘太了解自己的亲妈了。她一定会说些不中听的话，尤为地刺耳，叫人难堪甚至耻辱。

“妈，我喜欢他，你就当为了我，先试着了解他一下，可以吗？”顾湘从小性子倔强，但其实有个最脆弱的内里，所以她笑点低、泪点低，有时明明是该笑的地方，笑着笑着她却哭了。

“了解什么，了解他家高门显赫，了解他头一个老婆跟了他十年，说分就分了？”

“他们是和平分开，感情不和而已。”顾湘解释。

“不和？和你就和了？即便不和，那当初呢，当初和不和，不和能十年？”

顾湘好怕这种冷漠的视角，仿佛在兜圈子，或者死循环。更像一个病入膏肓的人永远在唱那些想活下去的人的衰：“那照你这么说，所有活着的人都不必活了，反正都是死的下场。”

“你想活就换个人！”

“妈，到底是我喜欢，还是你喜欢？”

唐文静拍案而起，站起来的时候，顾文远几乎本能地一闪，再回过神来，一股劝架的自觉，要来拦，也叫香香少说几句。

唐文静拿手指顾湘：“你喜欢，随你去喜欢。总之，你跟了那个混账男人，一辈子别登我的门！顾湘，你胆敢嫁给他，我就死给你看！反正这辈子我也没什么指望了。”或者说，她活着的指望就是香香。

试问你二十几年的骄傲，一夕间砸碎在你面前，你还能有什么指望？

“你嫁给那个男人，别人才不会感叹你们感情多好多恩爱，只会说顾家的女儿贪图富贵门第，脸都不要了，才去给人家做二婚太太！”

“我不是为了别人活！怎么他们嫁女儿就可以要富贵、要门第，轮到我，就是贪图？我哪里比他们差。再说，赵孟成和那个女人并没有正式结婚，只是领了证，他们一天婚后生活都没有，算什么二婚！”

“这是他跟你说的？香香，要是这话是他跟你说的，我更不会答应。他不善待从前的人，我更不会相信他会善待你！”

“妈，你到底要怎么样？！”顾湘把手里的衣服和包全丢在地板上，她说服不了唐女士，却一副要被策反的软弱无能，“你就是要我承认他是个歹人，因为从前有感情的羁绊，没和过去的恋人善终，所以，和我也会遭报应，是这样吗？”

“报应”二字击中唐文静心思，她甚至下意识地不肯香香这样乱说！

顾湘径直掉眼泪了，做母亲的也跟着红了眼：“他是不是歹人我不知道，但不是你的良人，我们这样的人家也高攀不上。香香，你爸有句话说得对，人家十年都不得他父母认同，足以证明这样的家庭多么看中门当户对！那姓赵的出了那样的人命事故，家里都可以替他摆平，我更加质疑，质疑这样袒护自己儿子的父母，能多善待你！”

世事就是这么环环相扣。早一天她没随赵孟成去见书惠的父母，这一刻，顾湘都不能有十足把握地站在这里去替他正名，正名人言可畏，正名难堵悠悠之口。

正名，很多人都在别人的流言里去了解一个人的人生。

“妈，我庆幸今天没叫他一起来。因为我知道他的软肋在哪里，你可以质疑他待从前恋人不忠不义，你可以质疑他父母多么地冷漠高贵，你可以质疑他也许就是玩弄你女儿的感情，但是，唯独他去了的那个朋友，你不可以只凭你听来的就这么臆断一个人，人嘴两块皮，偏偏这两块皮很能杀人诛心的。”

这样的顾湘是做父母都陌生的，她今日这样信誓旦旦地与他们为敌，不外乎是为了个外人。

唐文静还记得生病住院那年，香香是怎么守着她的，那时候唐文静还说，这辈子最遗憾的就是没见到我女儿嫁人呀。

如今等到了，等到她为了一个所谓的爱人，与生她养她的父母为敌。

“从前那个小丁那么好，你不知足！”恍惚间，唐文静想起顾湘从前交的那个男友，她理想中的女婿是那样的，不过分冒进也不掉后腿，凡事迁就女儿，两家也好来往……

“他哪里好，分手是他提的！”香香突然辩驳起来，“我上一秒还在说国庆去哪里玩，他下一秒就提了分手！这样懦弱的男人哪里好？照你的这种逻辑，他和我分手了，也不该去找别的女人了，不然我算什么，我和他的两年时光算什么！我和他一起的时候，还要多真心待他，他和我在一起每一件事都谨小慎微的，这就是你满意的迁就我？他是迁就我嘛，他是迁就我的钱！”

“你住口！那么现在你和那个姓赵的，你以为人家不会说，你就是迁就他的钱？迁就男方的家世体面，才会去恬不知耻地攀高枝！攀一个二婚男人的高枝！”

“妈，是别人会这么想还是你现在就这么想了？”想自己的女儿为了虚荣去攀所谓的高枝。

“妈，你到底是为了你的私愤，还是当真为了我好？我说我喜欢他，很合拍，你听进去一个字了吗？你无非是对我爸意难平，所以对全天下离婚的男人都带着敌意。”

“你明明还在意着他，偏偏不肯承认，不然这些年追求你的男人你为什么都不肯，是你对他留着旧情，所以才擅自揣测别的男人也会如此，也会和前妻纠缠不清，或者哪天干柴烈火就重新燃起来，对不对？”这些话，顾湘存在心里好些年了，从前她问妈妈，后者只会告诉她，和你爸回不去了，也不想回。

今时今日，伤疤掉在自己脖颈上，她才明白，时间并不是全能的良药，有些事情，你不想过去，它就永远在，根深蒂固。

顾湘自然知道这事是顾文远告诉她的，他从别人那里听了几句，就来七拼八凑地学，才导致大家都被架在火上燎，燎得愈来愈愤，丝毫理智不顾。顾湘突然指着顾文远：“你们从来都按你们的意愿来爱人，结婚生子再离婚，到我这儿就不行。妈，我劝你趁早对老顾死心，他改不了的，这辈子都会这样，年前他才打发掉一个女人。”

“就他这样，多几个人，家私就没了！”

丑陋的嘴脸，自然有丑陋的行径来对付。顾湘一气之下，披露了顾文远的乌糟事，而她的话将将说完，唐女士上前就掌掴了香香一巴掌。

打得她耳里嗡嗡作响。

顾湘不气反笑，人为什么会气急败坏？理由无他，就是被戳中了，戳中了他（她）的软肋或痛处。

辣辣的耳光给予她的耻辱不仅仅是疼，而是让她瞬间明白了人性。

我们每个人都有软肋与痛处，是不容任何人侵犯的。

里间的外婆歇午觉醒了，闻得外面的动静，拄着手杖出来的时候正巧看见唐文静打香香的一幕，气得直跺脚：“怎么了呀，娘俩这是，这不是要我的命嘛，啊！”

[51]

眼见着香香半张脸都肿了起来，唐文静才意识到自己做了什么。顾文远想拦也来不及，再想说什么的时候，已经比草还贱般不值得了。唐文静叫他滚，连同他的女儿。

“这个家早在二十年前就破了，我当初怎么忤逆父母的，天道好循环，我的女儿，我养了二十六年的女儿，有朝一日也来诛我的心了！”

说话间声泪俱下，她望着香香，脸上的情绪比自己挨了一耳光还要剧烈：“顾湘，怪我们把你宠坏了，宠到你目中无人，宠到你把我们待你的好全当理所当然。我和你爸的不如意，一辈子也轮不到你做子女的指摘，他再怎么混账，是他的事，还轮不到你一个女儿当着我们二人的面来扯遮羞布！”

“你今天这样娇纵，是家务事，我认了；倘若你真真为了一个外人和我们这样，那你走吧，好坏全由你去！”

“得那赵家青睐，是你的造化；入不得人家眼，结果比人家原配还潦倒，也是你该。”

唐文静说，她早该想通的。她明明才是那个最德不配位的人，有什么资格和女儿在这儿争得乌眼鸡一样。

“或许你从头至尾听不得我劝也是这个道理，你觉得我是最失败的婚姻者，有什么资格来说教你！”

“我没有！”顾湘一副无比懊恼的形容，呼吸牵扯着一颗颗豆大的泪，簌簌落下。

那头，外婆依旧没闹明白是怎么回事，但是极威严地磕着手杖，让他们都闭嘴：“气头上说的话，怎么能当真！”

唐文静不听老母亲的，伸手指指门口，发难顾湘，让她滚！

“妈，我……”顾湘翕动几下嘴唇，是想道歉的，她不该的，不该这么没理智，不该这么任性妄为。明明之前，她最明白这事不能告诉唐女士，无论后者对顾文远还有没有留情，这样的事情一旦揭破，就是二次伤害。饶是妈妈明白，这些年顾文远不可能没有别的女人。可是，有些事情，天聋地哑，反而是最仁慈的。

“滚！”唐文静断喝一声，面容死灰一般，仿佛在告诉所有人，今日的局面，再无转圜的余地。

从小到大，顾湘没见妈妈如此过，今日算是母女俩第一次声张。她还记得有学期期末考前，初夏的晚上停电了，顾湘一觉睡醒，妈妈坐在蚊帐里给她拿蒲扇打风，她自己热得一身汗，仅仅想女儿睡个好觉，明天好有精神好好考试。

从老公房里出来，天灰蒙蒙的，隐隐地滚着春雷声。巷子里有小孩在玩掼炮，掼到路过的人身上，超市里看店的妈妈走出来，叉着腰骂人：“要死的，你炸到人眼睛，我把你头拧下来！”

下一秒，又喊，回来喝水，半天没喝水啦！

顾湘枯木尸首般坐进车里，良久，才发现挡风玻璃上密密起了层水珠子，下雨了。

而她漫无目的，仿佛哪里都不是她的归程。

她停止思考的唯一办法就是随波逐流，把自己归入这座钢铁森林的机械洪流里，起码这样，她一直在行驶着，或许这样比思考如何停靠，更简单些。

凭着眼里的直线走，不问始终。

顾湘不知道这样开了多久，油表提醒她该加油了，她还在只走直的路线。

车载电话响起时，她甚至在犹豫，犹豫接不接。几秒后，还是揿了通话键，那头，赵孟成问她：“还回来吗？”

顾湘不语。

“你不回来，我就走咯！”他那边复习结束了，学生也都撤了。

她还是不语。

“回来吧，我等你，因为不知道回家吃什么。”赵孟成说他知道一家很地道的江湖菜馆，江湖到他觉得没四个人坐下来，老板压根不稀罕招呼你，“你向来嘴馋，可以多点点，或者叫上你朋友……”

“赵孟成，我和我妈吵架了。我不知道怎么了，一气之下说了好严重的话，我长这么大没这么气过她……我不知道，不知道是不是她口里说的那样，为了一个外人……我只是不想她这么骗自己又不放过自己……”

顾湘思绪杂乱地陈述着，越说越懊悔，才冷静下来的情绪又沸腾起来，赵孟成听到她那头有车喇叭的声音，他问她：“你在开车？”

“嗯。”

“湘湘，靠边停车，发位置给我，等我到了再说好吗？”

“赵孟成……”

“听话，靠边停车。”

赵孟成赶过来的时候，已经快五点了，雨天的夜色本就深沉些，天透着些熹微的蓝光，他从对面的计程车上下来，撑着把黑色的直柄伞。

而顾湘因为在路边随意停车违章了，交警小哥冲她敬礼，示意熄火下车，出示驾照、行驶证。

她一身姜黄色的连衣裙，站在蒙蒙的微雨里，半张脸肿着，哭过的痕迹尤为重。人本就瘦削单薄，在这些鲜明的线索跟前，交警小哥没即刻开罚单，而是询问她：“你怎么了？”

顾湘略微局促地摇摇头。

赵孟成再赶过来的时候，这份局促更剧烈了，交警小哥的合理怀疑就更加证据化：“小姐，你需要帮忙吗？”

顾湘再次摇头，可是交警小哥连带着要盘查赵孟成的身份了，她这才说了实话：“您误会了，我是……和我妈吵架了，我男朋友来接我的。”

交警小哥闻言没说什么，目光只在顾湘身上打量，警告她：“这里全路段禁停，情绪不好就别开车，三分钟内挪走，不然回头还是要吃罚单的！”

“谢谢。”

交警小哥没再多言，知会他们抓紧挪车，说罢就骑回他的摩托车上，呜咽的引擎声消失在雨幕里。

赵孟成把伞罩到她的头顶上，被隔绝的雨，“啪啪”落在伞布上，而他形容冷峻到难以言表。

顾湘的样子，连一个陌生男人都足以动容，何况她口中的“男朋友”。

他伸手去拨她的脸，顾湘不肯，往后缩缩身子，被他一把扽住了，扽住她站在伞下。

“你母亲打的？”

顾湘摇头却气馁地沉默，那份沉默是认识她这些时长来，赵孟成第一次感觉到她在微微熄灭自己。淋了雨的缘故，她站在伞下的幽暗里极为地不熨帖，仿佛灵魂都是毛躁的。

“赵孟成，对不起，我昨天说的话是认真的，如果我妈死活不同意，我想我们就算了吧……”

她微微地抽泣起来，她说她实在太难做选择了：“就像我妈说的那样，我可以任性地冲他们发任何小孩脾气，但是我为了个外人，这样伤他们的心，我实在不知道……”

“好。”不等顾湘的话说完，赵孟成应承了下来。

顾湘泪眼看他，他也垂眸回应她：“因为我很确定，不和我有交集的顾湘，或许能过得更好。”

“湘湘，你该告诉我的，这一巴掌比直接打我，更叫我无地自容。”

下一秒，顾湘直接扑到赵孟成的怀里。他手里的伞落了地，两个人相拥也一身的雨，顾湘把声音全埋在他胸膛里，她从来没觉得自己错过，这一刻只觉得委屈。是的，世人存在太多的偏见与原罪，我们都把自己束缚在一个套子里，在活世人眼里的自己。

他们都不会死，爱情从来死不掉人。可是她可以确定，就这样放弃赵孟成，她会成为第二个书惠，或许她不及书惠在他心中的分量，但总归是一份遗憾，一份自己明明在努力攀登，但就是无能为力的遗憾山。

“你说过你要抢亲的？”顾湘抬眸看他，看他短发上、眉眼上透明的雨珠子。

“然后呢，杀光所有人，和你一起私奔到冰火岛？”赵孟成犹记得她说过，最爱张翠山的剑胆琴心与软肋，“湘湘，其他人都不重要，重要的是你。我只怕你会后悔，所以你任何时候喊停，我都不怪你。”

“为什么不怪？你不怪才不是真正的喜欢，真正的喜欢与爱就是排他的、占有欲上前的！赵孟成这一刻你都在伪君子！”

这样伪君子也不是一次两次了，他低头细细端详她的脸，心疼、懊恼一齐支配了自己，全然不顾地去亲吻她，再暴戾地企图她回应他，是的，他不想结束，不想不怪她。

听到她说算了吧，赵孟成甚至庆幸是三十几岁遇到她，他有足够的理智去“挽尊”。

祝福她也好，顺应她也罢。

他还能怎么做，杀人不过头点地。

求而不得而已，能做什么？

“先上车，我送你回家。”原本就是这么打算的，是顾湘擅自行动了。

“不要，你不要去。”顾湘不肯，不肯唐女士说过的话，再倒一遍，尤其关于书惠，她知道那是赵孟成最无助的软肋。

他把她塞到副驾驶位上，替她系安全带：“不，我无助的软肋是你说要放弃。”其他都不重要了。

“无非是你父母从别人口里听闻了我，这些年，这些事情毫不新鲜了。”

“但倘若仅仅因为他们‘听闻’了我，我就恼羞成怒些什么，才叫那些小人得利了。湘湘，我从前是懒得与任何人交代自己，那也是因为没我在乎的利益，而眼下，我很明白，我的积极或者努力能换来什么，我又为什么不去做？”

赵老师说，这些他天天督促学生的道理，没理由他自己不懂。

回去的路上，他趁着给车子加油的工夫，给顾湘父亲打了个电话，表示他想去拜会一下他们，以及把湘湘送回家。

唐女士在那头不依，但听到顾湘情绪不好一个人开车实在危险，也不再坚持。

回到车里的时候，赵孟成买了几听冰可乐，给顾湘冰敷的。

至于其他，他安慰她，船到桥头自然直。

既然想不通，就别想了。

大晚上的，一个男人送顾湘回家，不消言语赘述，就足以证明什么。

所以，赵孟成正式与顾湘父母碰面的时候，客厅里，唐女士先发难他：“这也是你们大户人家的礼数，不请自来？我以为按你们赵家的教养，不该办出这样莽撞的事的。”一来说他贸然登门，二来暗指他与香香来往。

“事出权宜。我知道您对我有许多误会，或者不认可，湘湘此番我也不知情，事先知道的话，一定不让她单独回来，至于她说了些顶撞的话，我想我应该替她给您赔个不是。”

“我自己的女儿，要你替她赔什么不是。你是谁？”唐文静又气又恼，她未承想，这个男人有如此傲慢的一面，或者说这份轻狂劲儿才是他骨子里的东西。想来也是，有钱有势的家庭，总要出几个刁主的。

赵孟成端正坐在唐文静下首，闻言倒也自若：“是的，就连湘湘也知道我是个外人，不该置喙您的家务事，但今天正是因为我这个外人让你们母女起了龃龉，我才不得不来，也不得不说几句真心话。此番能成，或许今日只是个插曲，母女俩没有隔夜仇，但是不成，彼此心里总要落个埋怨或不如意，到时候外人依旧是外人，不相干罢了，说到底，伤的是母女情分。所以，我才说事出权宜，我要是任由湘湘跑到我那里，或者干脆留她过夜，对您这里冷处理，您更该揣测我的用意了。”

“其实您或者湘湘父亲对我有不了解的偏见，我都可以理解，因为这些年我经历过许多。事情可以分说，人心可以检验，但是，越是成年人的父子仇或者母子仇，一旦结下嫌隙，越难解，我这般说是有缘故的。因为我与我父亲就是这样，所以我一点不想看到湘湘为我与您争吵，从旁观者角度出发，可怜天下父母心；从当局者角度出发，湘湘越和您顶撞，我越成为罪人！”

“所以，我今日才不得不送湘湘回来，也不得不做一次您眼中的无教养者。”

“其余的道听途说，我都不想第一时间去正名，唯独一点，我希望您与湘湘父亲能听我澄清一下。我父母是正经的读书人，无论仕途或者事业编制，都是他们一点点经营奋斗走出来的。说信仰托大了点，操守也好，珍惜羽毛也罢，他们都不是矫枉过正或者颠倒黑白之辈，我那起事故，多少人言可畏议论过来的，事故判定为交通意外，但舆论压力顶不住，即便佟家父母出面声明，可是阴谋论从来不断。我父亲这才劝退了我的公职，因为我后来的不愿回归，父子俩龃龉到现在，他都不太愿意与我沟通。”

赵孟成说：“只这一桩，因为涉及我及家庭的名誉，旁人我或许不在乎他们怎么想，但你们是湘湘的父母，我看重她，自然希望你们能够认可我，也认可我的家庭。”

唐文静听他说了许多，态度怠慢，只轻飘飘回他：“你既然晓得人言可畏的坏处，自然要体谅我们做父母的不舍。你也有个姐姐，或者你回去问问你母亲，天底下有几个当妈的舍得自己女儿去涉险、去蹚浑水，不能因为你们家世好，就瞧不上我们小门小户的尊严，你可以喜欢我们香香，自然我也有不满意你的权利。”

“退一万步说，你通身没毛病，只一条，我女儿好端端的头婚变二婚，有几个当妈的能受得了，单单我们这条街的唾沫星子都能淹死人！”

“他们才看不见香香多上心你、多在乎你，只会说，我女儿贪图你们赵家的富贵门楣，不然清清白白的姑娘凭什么嫁给个二婚的……”

这就是偏见，这就是世俗。

一直躲在房里偷听的顾湘跃跃忍不住要来打断的架势，谈不拢就是谈不拢。倒是外婆一把拉住了她，老太太几个回合下来，这才听出个大概，她戴着助听器，吓唬香香：“你不让你妈出了这口气，这辈子你都别想有下文……”

顾湘狐疑地看着外婆。

老太太戳囡囡的额头："人家说嫁出去的女儿泼出去的水，你还没嫁呢，已经泼出去一大半了！"

"外婆，我是怕我妈又说难听的话。"

"能有多难听！"外婆有句俗话，哭不死个孩子，吊不死个茄子。

孩子怎么哭闹都不必多紧张，他哭累了自会停；那茄子挂在藤上，沉甸甸的，也不必焦心思，掉下来自然是它熟落了。

"小赵这点软苦都舍不得吃，更别指望你妈能同意。"外婆说，"当初你妈和你爸，我们也不同意，顾家连个长辈都没有，我做母亲的还要多反对，最后他们有了你……"

偏生没个好结果。

轮到自己的女儿，又摊上个离婚的男人。

唉，世事都能从错处里反省出对来，人就好活多了！

怕就怕，错里来，依旧错里去。

"这才是你妈最不肯的道理，可怜天下父母心啊！"世人都是这么过来的，谁也逃不过，外婆说，"指不定若干年以后，你们俩比他们还严苛！"

外婆突然拄着手杖出去，原本下午说好送老太太回去的，快清明了，唐文静兄嫂打了几发电话说这头要办家族宴，说什么也得老太太回来帮忙定定军心。

这一闹，天都黑了。老太太还是坚持回去，唐文静不肯，说太晚了，明朝送你。

老母亲不依："我听了半天的经，头都疼了，我就要回去，你不送我，我自己走。"说罢就要回头拿自己的体己匣子。

那头，顾文远殷勤，说："我送您，您可慢点，别趺跤。"

老太太不肯，不肯这前姑爷送，四下一打量，目光落到赵孟成身上："小赵，你送我吧！"

唐文静第一个不依："你让一个外人送算怎么回事啊！"

外婆老糊涂般顽固："他不是香香男朋友嘛，成不了姑爷，也还是男朋友，我差遣一回不过分吧！"

说着，她拄着手杖，颤巍巍地来问赵孟成："你愿意送我老婆子吗？"

Chapter18 你放心

[52]

赵孟成起身朝外婆说话："我送您是没问题，不巧的是，我今天没有开车子……"

"不要紧，开香香的。"

老太太似乎打定主意要赵孟成送，唐文静气得反复吞同一口气，质问老母亲这是要做什么。

老母亲都八十三岁了，就是没功劳也有苦劳，这么大年纪了，重孙都进了的人，家里也没人敢和她叫板，唯独老幺闺女，她反问幺女："做什么？给你泼泼冷水，叫你醒醒神！"

别到时候，没事也闹出事了。

"你现在在气头上，越说越离谱，你怕到时候人家看香香的笑话，这么大晚上高一声低一声就不怕人家听见？"

"我要是你，不同意就是不同意，还肯他上门？别说你家里有钱有势，就是天王老子，我不肯就是不肯！"外婆说着望一眼赵孟成，回头再数落闺女，"说到底，你还是心软，怕逼急了香香干出什么傻事来，你有个这个念头最好。这年头这些事情不新鲜的，那上学的孩子功课被逼急了还有跳楼的呢，更何况感情，姑娘和你顶真几句也别往心里去，我都这么大年纪了，你们不是照样不听我的。"

这儿女啊，向来是债，眼不闭上，永远还不上。

外婆说，今日到此为止，说也说不出个真章来。

钻牛角尖的事，糊涂人才会一味坚持。

先前送顾湘回来的时候，她的车钥匙就还在赵孟成身上，临走前，他知会她："我回头再把车子开回来，你明天上班好开。脸，再拿冰敷一下……"

他怕她急脾气，留在这里又和她母亲起冲突，但是这里他才是外人，又在众人眼皮子底下，赵孟成很难说话，近了狎昵，远了又怕顾湘不明白他的意思：“有话好好说……”

外婆看穿他的心思：“你别担心她了，她在自己家，虎毒不食子，当真被吃了，我们反正都走了，你别怕，我给你去担保！”

顾湘委屈又好笑，先破功了：“外婆你怕不是来搞笑的！”

“我是被你们娘俩气得，气得一刻钟都不想待，回家！”老太太手上有个桃木匣子，连顾文远都知道那是老太太的体己，说白了就是家当！走哪儿带哪儿的，赵孟成不知情，体恤老太太，要帮着她拿，被老太太一把扒拉掉，“这个还和你没关系，我自己拿，这里面也没你的份，有也是你跟着香香后面沾光。”

他们说笑着一道往外走，唐文静气得径直回房，顾湘留在原地一时无措。

从楼上下来，顾文远这才跟解了禁一般活跃起来，他拍老太太马屁，说这个家还得您来坐镇。

从前，老母亲是有过希望他们复婚的念头的，今日这一闹，老太太彻底死心了，死心这个前姑爷，丈夫不像丈夫，父亲不像父亲。

站在春夜微雨里，老太太叫顾文远以后没事别轻易登门了：“你们能合早就合了，香香今日虽说莽撞，但也未必不是件好事，拿得起也要放得下，你当初就不算拿得起，今日又放不下。”

老岳母怪罪顾文远：“今日这个局面，你做父亲的什么时候有过威严在那里。寻常人家，闺女面对这种事情，哪里还要一个妇道母亲全程参与的，说白了，你自己也知道没权利主张。”

那就散了，各过各的。

“我女儿命中无福，无福享受你的荣华。”

“你戳在她跟前多一日，她就多一日地不相信香香能过得好。”

顾文远终究没跟上来，赵孟成把老太太搀扶上车时，他全程无话，老太太叹一口气：“叫你看笑话了。”

“家务事从来没有笑不笑一说，每家都有。”

外婆等他再绕上车，朝他说：“我昨天第一眼会你，就知道，我们香香有苦头吃。”

赵孟成系安全带的手顿在那里，再听外婆道：“年轻人的气度在那儿，成不成，都会叫我们香香难舍难分。”

果不其然，才一天，就闹出这么多事。

赵孟成闻言，惭愧不语。

“你也许会认为我叫你出来，是在偏帮你？”

驾车的人摇摇头：“但我明白，您在给我台阶下。”

嗯，是个灵巧人。外婆再夸他，举手投足、谈吐里都看得出是个很稳重的人，就这份稳重也足够与香香互补：“她是由她妈妈带大的，我从前也劝过她妈妈，找人家找个成熟稳重点的，最好能替她们拿主意的那种，妇道人家领大孩子不容易，有长处自然也有短处。长处就是我们香香足够独立，你别看她咋咋呼呼的，但足够坚强，她妈妈生病那年，她请假在医院里照顾她妈妈，前前后后都是她料理的，与主刀的大夫谈话，回头查出来是良性的，她一个人躲在楼梯口哭了好久……没事了，她反而哭得更凶，就是一个人小心翼翼地挨了太久的缘故；短处就是她一旦投入感情，容易依赖人……”

也许是父亲角色的缺失，也许是对父母感情破裂的遗憾，顾湘一直很较真，较真感情的纯粹。

可偏偏就是这么个较真纯粹的人，今日为了赵孟成和她母亲那般！

外婆用难掩嘲笑的口吻问赵孟成：“你自己说说，你算不算是给我们香香吃苦头的那种人？”

“是。送她回来前，她跟我说，要不我们就算了吧。我当时懊恼极了，看她像看一个孩子，好像我把一个孩子逼到这个份儿上，说再多的喜欢、认真都毫无意义。”赵孟成极为地由衷，“说句您不爱听的，这么多年，我哪怕面对我父母，都没有低过头，可是今天我愿意，我愿意为了她去见她父母，哪怕她母亲说再难听的话，因为我知道，我能做的远远敌不过湘湘待我的。”

“这些话，原封不动地说给你丈母娘听！”老太太给他出谋划策。

赵孟成微微转脸过来，外婆告诉他，男儿别怕低头，你不说他（她）怎么知道。

求娶求娶，你不求，怎么娶得到。

外婆说，从前她这个幺女儿的离婚是她极大的一个心病，攒到现在，她闭眼前，这块心病都没除掉。这个时代你说它进步吧，是真的进步，进步到她一个老太太都不敢出门，眼花缭乱的，跟着香香出去，她都是照脸一下就可以付钱了；你说它不进步吧，也实在落后，到现在人还活在别人的嘴皮子里。离个婚，仿佛犯了天大的罪，人人都来倒打一耙——好端端的人他能离婚？她没点毛病，夫妻俩能散？

单说香香父母。“你以为她妈妈不后悔？当初心高气傲地要离婚，没多久顾文远发达了，是个女人都意难平，我们也劝过，可是两个人愣是这么多年都没合得起来。”

仅仅以为一口气没出？只有当事人最明白，不合适就是不合适，哪怕你心存侥幸，还是不合适。

这样一想，离婚是和结婚一样的，都只是法律赐予我们的公平选择。

外婆再问赵孟成：“你和你头一个老婆有孩子吗？”

他摇头。

老太太不无侥幸地点点头：“没小孩还好，有的话，我头一个不肯。你看她爸爸就知道了，有了小孩，这关系断不掉的，到时候两头来往，没事也生出事，我们香香不是个会和别的女人打对台的主。她凡事都放在明面上。”

赵孟成按着导航走，地点还是顾湘分享给他的。查看路况之余，他郑重朝外婆说：“感谢您。”

“谢我什么？”

“谢您愿意相信我。”

老太太摇头，她再怎么愿意给这个年轻人台阶，无非是想她的闺女好，想她的孙女好。

“你也得体谅，体谅人不是年纪越大就越有本事的，再有，家务事这种东西，谁摊上谁知道。有句话怎么说来着，就像抱小孩，不是你有把子力气就有用的，你越关心越容易出错……”

“关心则乱。”

唐家舅舅那头早就得了信，在巷子口等着呢。

见到老母亲，不禁埋怨，也真是的，大晚上的非得回来干什么。

还劳烦香香男朋友送，真是越老越糊涂。

赵孟成原本打算就送到这儿的，结果唐家舅舅说什么要请他进去喝杯茶，没有过门不入的道理。

外婆也邀请，说反正晚都晚了，你就喝一杯茶吧。

老太太不和子媳住一起，年轻的时候给儿子起了栋独门独院，临了自己住在边上一户小屋里。小屋前面有块四四方方的菜园地，后面是一块林地接壤着省道公路。

赵孟成是被唐家舅舅的殷勤给吓到了，因为舅母要去烧红枣茶，说是新姑爷上门都得喝红枣茶。他那么个脸皮薄的人，实在难受用，借着去认外婆门的工夫，逃也般拒绝了。

外婆回到自己屋子，小且陋，但极为心安。墙上挂满了几个子女家的照片，还有年年一张的全家福，赵孟成在那些照片里找顾湘，她永远那么醒目、鲜活，是顷刻间就能被找着的显眼。

老太太告诉他，原先屋子后面是块菱塘，后来被填平了。香香小时候住这里，老是摸到船上去采菱角，一不小心就翻到河里去……

“这样啊，她还没跟我讲到，只讲到前面菜园子里老是为她种南瓜……”

老太太笑：“我们香香是再简单、再好不过的一个孩子了。”

赵孟成说：“当然。”

没几日就到清明了，连着三日假期，顾湘全歇在家里。

从那日争吵后，唐女士一直不理睬她，饶是她再殷勤也不买账。

顾湘选择两全的态度。和赵孟成那边，她不会放弃和他来往，因为放弃才坐实了别人的流言。只是和唐女士也是缓和为上上策。

她这几天已经再识相不过了，老实不出门，陈桉来看她的时候，问：“这是被软禁了？”

顾香香说：“精神上。精神上不敢出逃。”

两个人把一篓砂糖橘吃完了，那头去娘家帮忙家族宴的唐女士回来了，一回来就要顾湘打电话给赵孟成，连同陈桉都被吓得不轻。

“怎么了？”顾湘乖得不像话，问，“妈，你别吓我！”

唐女士眉头打结，又说起香香舅母起来：“你舅母这个人真是谁的便宜都不落下，我真是服了这些鬼亲戚了，好意思的，好意思张这个口的！

我替他们臊得慌。”

原来那日赵孟成送外婆回去，在唐家喝了杯茶，舅母就查点起他做什么的，在哪里工作，一听是S外，了不得！来劲儿了，张嘴就求人，求能不能把她娘家兄弟家的孙子弄进附属初中里。

“赵孟成答应了？”顾湘也同仇敌忾起来。

“他不答应，你舅母今天能有后话？”唐女士极为地不痛快，问顾湘，“他这算什么，上赶着献殷勤？拍马屁？”

顾湘小心翼翼地试探：“他也很难当面拒绝吧，你也知道舅母那张嘴……”

正好说到唐女士的痛处：“她好意思的，是个亲戚她都想认，有点关系她都想用，谁给她的脸，还是她的娘家人！”姑嫂关系本来就差，唐女士一听这事，整个人差点炸了，“别说还没关系，就是真姑爷，我也不允许她这么差遣，她也不问问自己配不配，张嘴就来，怎么不去抢！”

顾湘仿佛听到了什么弦外之音：“妈……”

“你别想，我是要你知会他，别用这些旁门左道的手段。还有，松了这个口，是不是以后你那几个姨妈家他都应付？他那工作还想不想要，这个时候，个人及家庭名誉就不重要了？”

顾湘莫名有点感动：“唐女士，你好有干部家属的觉悟哦……”

顾湘给赵孟成打电话，连续打了几次，他都没接。

当真以为他有正经事呢，没过一分钟，他回过来了，顾湘问他：“舅母那事怎么回事，你答应了？”

赵孟成说：“见面说吧。”

“你在哪里？”

“哦，有点远哦，你愿意过来吗？”他说，“陪朋友在酒庄试酒。”

“那你玩吧。”顾湘说回头说。

赵老师说：“哎？按套路不该是你要过来吗？”

顾湘问：“我为什么要过去？”

“你问我什么来着？”

哦，给忘了。“舅母娘家那孩子……”

“见面说。”

她又被他绕回去了。这个狗贼！

清明时节，天青等雨，红房子的酒庄上方萦绕着烟一般的云雾。

空气里有青草的香气，在接驳车上看视线的尽头，犹如一帧帧浓墨重彩的油画。

几株香樟树间，有一只小马驹，才生下不久的样子，脆弱地向前迈着步伐，顾湘掏出手机想拍这一幕，接驳车停了下来。不等前面的师傅提醒她，有人一步跨上来，酒气馥郁地在她脑后，顾湘回头，赵孟成一副微微挑衅的口吻："你不是不来的吗？"

顾湘说："小马很可爱。"

雾很重，浓郁到能滴露下来，沾湿他们。不到晚上，估计这里就会像锁城一般成为一座孤岛。

越孤越好，赵孟成一把扣住她的手腕："这样你就没理由走了。"

"什么鬼？"

"顾湘，见你一面太难了，这不是在谈恋爱，这比任何扛枷锁的婚外恋都难熬。"

啊，她连忙来掩他的嘴："乱说什么东西，你又喝醉了！"

赵老师来摘她的手，再捏着她的指骨，仿佛就是要她疼，下一秒把她扣在臂弯里，俯首来，被臂弯里的人格开了，人前她不肯他胡闹："我天花板疼。"吃太多橘子了。

赵老师道："天花板？"

[53]

顾湘张张嘴，舌尖去点自己的上颚，示意他，这里，这里叫天花板。

呜……呼吸被人打劫了，她明明说过这里疼，舔舐间，更疼了！

这个变态，他分明知道，也分明故意。

顾湘怨愤地端详他，才发现他的鬓角铲短了点，一身黑衬衫越发衬得人清瘦肃穆。饶是被他欺侮到了，顾湘的审美心还是在作祟，果然小脸才是王道，男女审美的天花板准则就是，脸小。

明前几个工作日，顾湘都是早出晚归，收工后回她母亲那里。放假这几天，她又要在家里博表现坐牢子，像个深闺小姐似的，仿佛这样就能叫她母亲的气一笔勾销，赵孟成如何不气。

他气到数落她："你不该穿得这么鲜艳的，口红也不该涂这么红。你就该像个为亡夫守节的女人，一身孝！脱了孝的女人，是会出乱子的！"

顾湘横他一眼，也噎他："亡夫，你好。"

被咒短命的人不气反笑，一脚迈下接驳车，也递手来，要她下车："请吧，赵小姐。"这个酒庄是许岫远的，"赵小姐"这个梗也是许那厮喊的。

赵孟成把人领回雪茄吧里时，许岫远就打趣他们，说喊赵太太吧，怕人家姑娘面上遭不住，只有这赵小姐最到位。

因为一眼就能看明白，有人逃不过。有些女人天生有叫男人喝几壶的能耐。

许家趁着放假，正好在酒庄里过家庭日。

赵孟成给顾湘介绍许太太和他们那粉嘟嘟的女儿，许家女儿在玩数独，碰到不会解的，就来缠赵孟成，因为知道他是老师，再看赵老师身边的顾湘，有点天然地不开心，不开心刚才还陪她玩数独的赵老师不睬她了。

许岫远让女儿喊人，岂料许家女儿喊，姐姐。

许太太纠正："差辈了，该是阿姨。"

许家女儿说了句全场最佳的话："为什么你们的女朋友都这么年轻呢？就是姐姐呀。"

落座的还有章郁云和他的未婚妻，章先生微微咳一声，说有被冒犯到。

赵孟成再给顾湘介绍章郁云和梁小姐，说是兰舟的父亲。

也怪他没说清楚，顾湘往对面那矜贵男人脸上一扫，父亲？未免太年轻了点吧，还有他的未婚妻更是！好娇小玲珑的一个东方美人，从骨相到皮囊。

冷冷的，像一簇冰蓝色的焰火。

赵孟成接收到顾湘的惊讶："他们家说来话长，你只要知道兰舟归他，跟他姓也归他管就行了。"

顾湘与梁小姐不同。后者是冷焰火的话，她就是活狐狸，风流灵巧到是个男人都会由衷喟叹。她来时穿了件白底红樱桃的连衣裙，两粒红豆大小的纽扣点缀在V字领口，脖颈上干净瘦削，身上的香气也在正好的社交范围。

那厢章先生起身来与她打招呼，递社交手，言语却轻佻散漫，喊她："师娘好。"

没等顾湘本尊反馈，落座的梁小姐就薄责起来："章郁云！"怪他头次见面就没正行。

章先生毫不受教，回头去和未婚妻说话："你又忘记赵老师当初是怎么打趣你的了！"

梁小姐依旧不肯他胡来，只几个眉眼流转，章先生便依她，作罢了。

今日便是章、梁来试酒，他们要结婚了，迎宾宴及正式晚宴上，需要的香槟和红酒悉数便定了许家酒庄的，这里头少不得赵孟成的牵头。

许岫远感激章先生照拂生意之余，也提前贺他们新婚之喜，要章先生届时无论如何要舍得赏面子给他们寄请柬。

章郁云说："自然。赵老师的朋友，我自然要交。他很少愿意联动的，凡事看他心情，高兴就应付你一下，不高兴就甩脸子，公子哥的脾气大到天上去！最近好多了，我请不动他做傧相吧，得，给我饶了趟生意，也还不错。我一个不字不敢提呀，因为我的崽在他手里呢，可怜天下父母心。"

章先生一番说笑，声情并茂的，叫人很难不附和。

他们要先走了，说梁小姐祖母还等着他们回去吃晚饭，章先生携着他的未婚妻表示今日就先告辞了，改日他还席，请许总一家，也请赵老师及师母。末了，那一眼落在顾湘身上，章先生慧眼如炬："初次见面，也不晓得师母会来，我给赵老师带了份答谢礼，答谢他帮忙牵头，眼下，就托师母先收着。"

赵孟成因为父辈及个人，一向对这方面谨慎且坚持，他们赵家也不必瞧得上这些惠而不费的馈赠，哪怕是多年的好友。

赵孟成冷脸劝退："拿回去，别搞这套。"

章郁云直接塞到顾湘手里："放心，三分不值二分钱，但很实用。也丝毫算不上私相授受的地步，只是我们夫妻俩暂时用不着了，才转赠赵老师的。"

或许其他人还一头雾水，但是赵孟成当即明白了是什么。

顾湘很为难，不方便收也不方便拒绝，就把礼盒递给了赵孟成，由他处置。岂料他拿在手里，却没多大发作了，只冷冷地骂章先生："你真是越老越……浑蛋了！"

章郁云冲他点了点指头："哎？赵老师秒明白不是更浑蛋！"

章、梁夫妇走了没多久，许家也去准备晚宴了，赵孟成是答应许岫远留下来住一晚的。因为清明期间，赵家全去了山庄度假酒店吃素宴了，也接了佟家父母，他孤家寡人一个。

特殊情况，也没想到顾湘可以出来的。眼下，二人在客房里休息，赵孟成煮茶的工夫，问她："你母亲是什么态度？"

说的是唐家舅母给他出难题这茬儿。

这间客房厅里正对的视野就是一片绿草坪，草地再过去是太湖，视野垂阔到叫人心旷神怡。

白色的纱帘在微风里鼓动，顾湘站在他边上，这才有时间问他："你答应了？"

"很难当面回绝。"这是他的实在话，再则实在话就是，这事也轻易不好允诺。

顾湘干脆替他决定："你别管了。我妈生了好大的气，说我舅母不知好歹，还是她娘家人，我妈不会肯帮的。"

并转告他，唐女士的原话，希望赵老师顾及个人及家庭的名誉。

等热水开的间隙，赵孟成福至心灵般明白了些什么，敌人的敌人便是朋友："嗯，那我改日再和你母亲亲自解释我的为难处。"他原本今天想过去的，又怕唐女士不肯见，二来他一身酒气实在不像话。

"你不要管就行了，其余的我来说。"顾湘未曾领会他的渗透战略，一副快刀斩乱麻的架势。

赵孟成细细审视她，用略微不快的口吻说："我不要你去说，你说不明白我的意思。"

"你的什么意思？"

赵孟成伸手来摩挲她唇上的红："我有多想要他们家香香的意思。"

顾湘当即被他给噎着了，纯粹是对这种掉一地鸡皮疙瘩的话受不了。偏偏有人永远说得那么清风朗月般不经意。

玻璃茶壶里的水烧出些密密的小泡来，赵孟成慢待地往沙发上一落座，饮了酒的缘故，他神思有些倦，想起章郁云送的那份礼，佯装不明白是什么，便叫顾湘拿来看看。

他要她帮他拆，顾湘不明就里，还认真问他："赵老师，你这样收礼，不怕授人以柄？"

赵孟成一副昏君的做派："不怕。"

顾湘横他一眼，他却催她拆礼物，一副无比自若端正的容颜。

顾湘不满意他的态度，认真规劝赵老师，戚友间更要有觉悟！她不喜欢轻易被腐蚀掉的赵老师。赵孟成原本就没多少耐性了，再听她念咒，说："你还没进门呢，怎么就有孟校长的那套了，啰唆，拆呀！"

岂料有人天生邪性，越让她做什么，她越反骨！

赵孟成真急了，急到上手，连人带物全揽到怀里来，他把她抱坐在膝上，圈住她，也捉她的手拆礼物："湘湘，你猜是什么？"

仅仅是个带着阻力的礼盒，上下拨下来，一盒花花绿绿的东西倾洒出来，顾湘看清，傻眼了！

啊啊啊！

"赵孟成你都交了些什么牛鬼蛇神的朋友啊！"

赵某人笑得无边轻狂，狎昵地凑近她，耳边问她："授人以柄吗？"

顾湘狠啐他，啐他竟然是知情之下收下的："臭不要脸！"

恶趣味，十足地恶趣味。

赵老师受用呢，受用礼物也受用她的嬉笑怒骂，起码她在他眼前，而不是见不着她人，他过得毫无意义极了。

赵孟成恨恨地来咬她，说原以为她会陪他去祭拜书惠的，可是整整一周，她都在冷落他。

顾湘难耐地往后仰躲着，才想起书惠这一桩，对，他肯定要去拜书惠的，她一时没想起来。

"对不起……"窸窣琐碎的声音里，她回应他，"我总不能再惹我妈生气，赵孟成，我想要你，但也不想我妈生气，这样会不会很贪心？"

于寻常人家，这是最简单不过的归宿。

于他们……赵孟成的一团心绪就像那壶烧开的水一般，沸腾滚烫："贪不贪心不重要，重要的是，你更偏心谁，湘湘？"

急躁间，他把她领口的那两粒扣子当可以解的那种，解了几次都徒劳，野蛮极了，直接给揪掉了。

红豆一般的点缀扣子掉到地毯上，微小到听不到、看不到。

顾湘生气了："你去给我捡起来，我喜欢这件裙子就是因为这两粒扣子……"

"可我不喜欢。"

小狐狸越发地狡猾起来，看猎人急，她愈躲闪周旋，猎人按住她，怪她：“坏透了。”

呼吸吐纳间，他一点点哄着她，顾湘被他抱着，心如擂鼓，一半昏沉一半理智，提醒他：“窗帘……”

天际线低低地压在阔阔的太湖面上，重重茫茫的雾，赵孟成安抚她：“不要紧。”

顾湘不依，在他膝上欲逃。

赵孟成狠心一把摁回了她，末了，他抱她进里，抱她躺在他的外套上，黑缎面的里子衬得她更加地肤白胜雪。

有人欺身而来，烈烈的酒气，哄她分神还是怎的，和她讲起从前少时寒暑假练书法的旧事，他父亲素爱逼着他们背默古人的诗词。

赵孟成记得有首词写得很豪情恣意，浪漫不羁在最后两句。

“应是天仙狂醉，乱把白云……揉、碎。”

[54]

事后烟有没有什么科学道理？

顾湘问赵孟成，为什么男人事后都喜欢抽烟？

这话问的，他问：“你见过几个男人事后抽烟？”赵孟成的目光蒙在薄薄的蓝色烟雾之后，狡黠地反问她。

顾湘丝毫不为难，诚实告诉他：“你是第一个。”

话和尼古丁一齐刺激到他了，夹在指间的烟送到唇上去，腾出空抱她起来，把滤嘴放到她唇隙间，眉眼教唆着她做什么。

不是好奇嘛，好奇就尝一口，就知道什么感觉了。

顾湘全凭嘴去吐纳，吸进去一口，然后从嘴里吐出来，吐得差劲儿极了。“吐了个咒怨出来。”赵孟成“吐槽”她。

二人在卫生间里嬉闹，他一支烟没到头就拿水浇灭了，要顾湘冲洗一下，晚上好好和许岫远夫妇联络一下。

联络什么？顾湘好奇。

赵孟成看着她冲洗，告诉她：“我叫你过来自然有来的由头，不然，你以为就真的只有色令智昏？”

顾湘揶揄他：“就是！你就是！”

冲完澡，赵孟成在给她吹干头发的空当里告诉顾湘，许岫远对顾湘印象很好，公私两厢都不错的那种，这次赵孟成给他介绍酒的生意，许又觉得欠一份人情。许私下问过赵孟成，有没有兴趣叫女朋友跳槽，他辖管内正好有个缺。

这个话家常的前提还是那日他盘查纪纭的当口，许岫远说，与其把女朋友放在危险地段提心吊胆，不如替她谋个更好的前程，离他将来也近点。

聪明人谈交易，总是在刃上游走。赵孟成自然知道许的打算，后者从和孟晞断了之后，就很难与赵家再来往了，现如今如果没有姻亲关系地从头再和赵孟成结交，这是再好不过的一个拐点。

赵孟成再和顾湘说，纪纭给他上的眼药，他权当没发生过也太窝囊了，但是挟私报复也太没趣了，当真把对方当个敌人才得花这门心思。

所以最好的办法就是要顾湘往上游走，还在他们圈子里，只是易地而处。

想够又够不着，才难受！这就是男人之间的胜负欲。

至于顾湘这里，赵孟成拿吹风机当耳旁风，聒噪她："去不去听你！"

顾湘被他的恶作剧弄得耳朵里嗡嗡的，没第一时间答应他，只问他旁的重点："什么叫离你将来也近点？"

因为S外分校在建，建成验收后，赵孟成大概率是去分校任职了，人事命令最迟这学期末公布。

顾湘这才听明白，听明白赵老师云淡风轻里的筹谋与进展，他要她去许岫远那里是私心不错，但绝对是顾湘可遇而不可求的职场机会，至于他自己，赵老师是要升职了，顾湘问他："是升职对不对？"

赵孟成一副再平常不过的神色，只发笑地反问她："你怎么比我还受用呢？"

"当然，赵老师升职，与我息息相关！"有人再市侩不过的口吻，偏偏市侩得极为生动可爱，哦，原来小狐狸不是饮露水长大的哦。

赵孟成扪住她，不无挑衅地还击她："狗屁息息相关，你不和我出现在一个簿子上，永远白瞎。"

顾湘气，气到蔫儿坏地去撩拨他，揶揄他："可能赵老师是个包袱一万吨的老公子，我可没什么包袱，你的簿子上当真再出现别的女人，我可真得学赵敏去抢婚的……"

赵孟成眉眼生笑，也捞住她不安分的手："抢吧，抢了好，起码保住了张无忌这个狗贼始乱终弃的名声。"其实抢不抢，张和周芷若都终将没好结果。

他没告诉顾湘，清明去拜书惠前，冯洛打了通电话给赵孟成。起初还是咨询她男友孩子的上学问题，末了，话锋一转，问起书惠的事，问他，今年还去吗？

言语间渗透他，渗透赵孟成的为人，旧人是他始终难忘怀的。

赵孟成坦荡地承认，承认旧人自然不必忘怀。正如书惠，他会年年去祭拜，但是书惠确实死了……

冯洛在电话里突然打断："赵孟成，你会娶她吗？"

"会，天时地利人和到了，我会娶她。"倘若她非得逼他说些叫彼此难堪的话，那也没什么不可的。

良久，冯洛冷笑："事到如今，我依旧不后悔拿掉那个孩子，我还是那句话，我也许还爱赵孟成，但不足够喜欢了，所以我看到他重新活过来，我发自内心地嫉妒，嫉妒那个女人的那些手段，嫉妒她也许会踩着我的伤疤甚至脊梁骨，去踏你们赵家的康庄大道。别不承认，也许因为我们的得失，你父母、你那个高贵的姐姐都会弥补你，因为弥补心，于是轻易不敢质疑她……"

"冯洛，你否定我可以，但我请你别否定你自己，更不要轻易否定任何一个与你无关的人。"

顾湘何其无辜，要与前尘人牵扯上一份先来后到的关系。

赵孟成隐忍不发许多，顾湘母亲说得没错，多少人就是觉得顾湘这么难堪还要坚持，无外乎图赵家点什么！

他反骨生，不是说图嘛，那么他就要她大大方方地得济，无论她将来和赵家有没有干系！他都给她图！

他从前喜欢一个人都没叫她受半分委屈，何以人会越活越回去？不能够！

许家的家庭宴很融洽，独生的那个上一年级的女儿依旧不过分喜欢顾湘，仅仅因为她是赵老师的女朋友。

人小鬼大地说，赵老师和她堂大哥哥一样，有女朋友就显得对别的人好冷漠，不喜欢赵老师了！

许太太立即训斥女儿，太失礼了。

顾湘倒没觉得什么，说小孩天性使然，她小时候特别喜欢舅舅家的表哥，后来表哥交女朋友了，她不是滋味了好久呢！

许囡囡问她："那你喜欢赵老师什么？"

顾湘逗小孩："好看呀。"

许囡囡说："幼稚，你一点不爱赵老师！"

"爱一个人好麻烦的，要把心剖出来拿给那个人，他还不一定喜欢你的心，好可怜……"顾湘哭唧唧且一副暗黑童话调地吓唬许囡囡。

这下赵孟成也听不下去了："喂，过分了啊！"

许囡囡爹毛了，跑到爸爸跟前去，撒娇也埋怨："我不喜欢他们。"

许岫远笑得极为亲爹："人家顾姐姐说得没错，爱一个人是比较惨的，所以轻易别把心拿出来，尤其是女孩子的心，我们要等着那些喜欢我们囡囡的，排着队把心捧给我们挑……"

家庭宴到最后成了个黑暗童话，童话的主题是：《给我看看你的心》。

晚上八点不到，太湖上笼着叠嶂一般的雾。

赵孟成抱歉今晚就不留宿了，得送顾湘回去，饶是成年人，还是得尊重父母的心情。

没一个母亲知道女儿在外面过夜会不生气的。于是，他坚持要送她回去。

喝了酒的缘故，许岫远安排了人手过来替他们开车子。

雾很重，白茫茫锁城一般。一路从环湖大道出来，开着大灯的车子像夜里出笼的野兽，劈开一道水蒙蒙的出路，赵孟成一再关照，慢点开，不要赶时间，安全最紧要。

那酒庄的工作小哥一再保证他开车子很稳的，赵先生请放心。

赵孟成还是谨慎的态度，小心再小心。

顾湘自然明白他的心情，二人挨着坐，她以低低的声音问他："重新开车子，也是冯小姐鼓励你的？"

赵孟成转过脸来小心翼翼地看着她，顾湘却极为坦然："你放心，我一点没有气馁，自从知道书惠的事后，我反而释怀了。真的，赵孟成，我懂你不肯任何人议论她的心情了，也懂你那般不愿意为难她母亲的心情了。她就是你的过去，我无法抹去她，我们每个人都不该这么霸道地抹去别人的经历，反而我感激她，感激她陪你熬过来了，不然，我甚至无法遇到你。”遇到那个骄傲且目中无人的赵孟成。

车顶灯下的他，是饮酒后形容依旧丝毫难溃散的矜持样貌，粗略去看，觉得这个人无情极了。他的目光从她的脸上落到她领口上去，那里少了两颗别致的红豆纽扣，顿时觉得少了点什么，赵孟成问她：“你的心呢？”

继续先前在席上的玩笑，她说喜欢他仅仅因为他好看，赵老师说她骗人，你的心就在我这里——

摊开手掌，是那两颗掉落的扣子。

他们下楼前，顾湘找过，没找着，那时赵孟成急急地催她，还没所谓地说不要了。

原来，尽在他掌心里。

这一晚，赵孟成送顾湘到家还不算晚，他原本想借着就在楼下的缘故，上去和唐女士打个招呼，并解释一下舅母所托的那桩事，顾湘电话打给唐女士，问而无果，不肯见的意思。

当事人也不气馁，催她快些回去。

顾湘临走前审视他的情绪，怕他觉得委屈，岂料赵孟成扶住她的脸，落下似有若无的一个晚安吻：“你放心。”

其他，不必讲也不用讲。

明后是各自正常的工作日，S外节后第一周的最紧要安排是高一高二年级的春游日。

这是每年都有的所谓一日春假。赵孟成没有随行，把一个班托付给手里带的两个实习老师去坐镇，但在班会上知会学生的是，他随时会过去看情况，一个个安分点。

全校只剩下高三在上课，他作为教研组长没得闲，例会没开多久，保卫处打电话找他，说门口有人找赵主任，打发了几次，对方愣是要见的意思。

赵孟成问对方姓名。

保卫处小哥说：“姓唐。说是您女朋友的家人。”

Chapter 19 破冰

[55]

接近中午的光阴，明后，天晴得像倒扣的镜像，澄澈干净。

赵孟成一袭干练的制服衬衫穿着，两鬓的短发在清明时候铲短了些，更衬得人瘦削挺拔，他年年如此。S城旧的孝俗里，晚辈要为去了的长辈剪发以表哀思，书惠不能有后代了，这些年赵孟成就一直自己替这个旧礼。

他到达学校东门保卫处，看清门禁外的人，着实叫他有些意外，甚至万万没想到。

因为保卫处的人说的是“您女朋友的家人”，他想不到唐女士会这样陈述。

赵孟成签了访客应答单，示意小哥放对方进来。

唐女士站在门外，一副冷淡的口吻：“我说两句就走。”

赵放了自己的证件在保卫处，再和煦东道的颜色不过：“您来都来了，就进来说吧。顺便替湘湘看看我的工作环境，她一直想来S外看看，说小时候因为机选派位没过，连语言能力考试这关都没捞着就被拒之门外了。”

赵孟成就是干教育这行的，他除了自己的术业，成日还要与各种家长乃至家委会那些棘手的官太太打交道，其实论话术，他很难不胜任的。

与一个母亲交流，再好不过的话题就是她的孩子。衣食住行，方方面面。

唐文静冷眼观人，正如老母亲教诲的：“你闺女喜欢他，你却一味地只盯着他的错处看，人家通身就没有一点叫你觉得值当的？”

值当的自然有。唐文静第一眼瞧他，就很中肯地表明了，气度、谈吐配香香绰绰有余。

正是绰绰有余，后来的浪头，才叫她这个做母亲的极为痛恨。就像她们这样的拮据人家，好像也只有买件水头很足但有瑕疵的物件，才叫人服气。

她那“吃人肉、喝人血”的兄嫂说的话，更是叫人恨得牙痒。

“这样的人家，你还不足？真做了亲，你那才是挺起腰板做人了！有个头婚老婆怎么了，只要人品没问题，又没个孩子，结婚还不准离婚啦？”

“这种厚实的家庭，知识分子的父母最好拿捏，要脸！只要香香和那小赵一门心，他们又是二婚，原本就会更当惜我们香香……你嫁女儿图什么，不就是图她嫁得好，图她过得好，你们面上也有光啊……”

“有个拿得出手的姑爷替你撑门面，这些年也不枉费你这么苦……”

唐文静那市侩的嫂子，一门心思劝小姑子要拎得清：“单单你姑爷待的那学校，多少有钱有势的父母削尖脑袋往里面送孩子，就晓得这样的人一手的人脉与经济，家庭出身也好，富贵堆里出来的人，难得脾气还不傲慢，你说你还不满意个什么？”

唐文静再明白不过兄嫂心思，就是朝廷有人好办事，只有香香和赵孟成落了定，他们才有名正言顺朝你伸手、张口的理由。

这不，没怎么样呢，就敢张嘴啄人肉吃了。几发暗示要唐文静打电话给赵孟成，说那娘家孩子上学的事。

那天在唐家就回过了，后来再接老母亲回来住，她还是一个态度，不肯帮：“想得所谓姑爷的济，就自己赶忙去养个女儿出来，别图人家的。我们香香命好命苦那是她的事，她自己都未必好意思张口求她男朋友办件事，有些人倒好，张口就来，臊自己就罢了，臊我们的，我可不答应！”

“谁不晓得现在上个学比去医院看个病还难，好意思张这个口的！一回冷落就该明白意思的，还二遭来求！”

她那泼蛮的嫂子眼瞅着没红利吃了，立马当面锣对面鼓地声张起来：“嗯哪，你命好摊上个好本事的二婚姑爷……”

唐文静一声断喝：“你别忙着同我们去外头宣扬，成了自然有你做娘舅的礼，没成你出去乱嚷嚷，我也不是好磋磨的！”

眼下，她说明来意，就是要赵孟成别管这桩乌糟事：“我不是卖女儿，我不同意的事，你也别想从这些人情世故里豁口子。”那晚他要上楼来说这事，唐女士没肯，今天是来夏蓉街给香香晒洗被褥，经过学校，她才临时起意，“香香不知道，我也不想让她知道。”

行政办公室里，赵孟成泡了茶端到唐女士跟前，氤氲的热气也化不开她眉眼里的冷意。

绿茶吃透八九成热的水，沉沉坠到白瓷杯底去，对面而坐的两个人，不尴不尬地沉默，亦如是。

到底还是赵孟成先开口了："湘湘舅母家那个孩子我没见过，不晓得资质怎么样，不瞒您说，是的，我们内部是有举荐名额，但也是要通过层层关卡面试合格，大抵没有问题的那种生源。我那晚也确实骑虎难下，才勉强囫囵下来……诚恳地说，饶是您今朝过来就是特为求我办这件事，我可能还是这么说……"

特殊时期，他面对审核领导班子，必须是谨慎又谨慎的态度，赵孟成很难言明他的难处。

唐女士冲他抬手，示意不必说："你自己清爽最好，我也不想给你或者你父母一种我们小户人家不懂事、乱攀附的浅薄印象。"

赵孟成却说："我宁愿您今日来是求我的，或者为难我的……"

唐女士一时吃不透他的意思，不作声地望着他。

赵孟成从会上下来，议题的提纲还卷着手里，A4纸展开又卷起，反反复复好几次，才拾起话题："要不然，我始终觉得自己没机会。"

他说："湘湘是个实心眼的人，我完全相信，倘若您坚持不同意，她会和我说再见的，我相信……"

赵孟成告诉唐女士那晚顾湘被打了的后续："她那天跑出来没有去找我，是我打电话给她，她才哭得没主意。见到我人，张口提的是分手，因为实在不知道怎么选。"

"我知道我现在说什么都难以抹掉您的不如意，更知道您的女儿对您的意义，因为我和她才短短这些时间就足以领会了，领会湘湘待我的情谊。我不说她离了我会怎样怎样的假设，只是我很清楚，我今后再也不会遇到像她这样当惜我的人了，我肯定。"

"她为了我前妻的事，和我闹得最凶也不过怪我从来没和她说过'我爱你'，我很难轻易去说，因为话很容易，做到才算。"不是记住她的爱好，不是买一些力所能及的东西，不是陪她花前月下，"而是参与她的生活，更不想她离开我的生活。"

"我父亲狠批过我，说好听点是物欲淡，说难听点就是不求上进。做事懒散只求本心，说白了，就是恨我不肯回公职。”

“从前我不肯回去，是和我父亲赌气。他为了他的名声，一气之下就摁下了我的前程，回头风波过去，又把我召回。”

“事到如今，我才发现，他是对的。因为有朝一日，你想爱护一个值得爱护的人，就得有足够坚强的盔甲与内心。所以，我为了我的盔甲本心也好，为了湘湘也好，我尤其认真地对待我的生活与工作，因为它能更好地反馈给我的爱人。而我希望，我爱的人里，有湘湘的名字。”

他很清楚，他的这份喜欢，无关弥补、无关愧疚，就是简简单单想跟一个人一起生活。

这原本也是一份感情最该有的样子。

是顾湘五次三番的坚持，才给予了他这样重新洗牌、从头开始的机会。他很清楚，很清楚这样纯粹的初心有多么可遇而不可求。所以，他不会放弃的。

“哪怕我清楚听到您不同意……”

男儿总是有泪不轻弹，相比，为人母亲的唐女士像是又被人逼到山崖间口，退无可退，颤颤巍巍的心情，不是软弱，而是女人天性的温柔甚至共情。

这些天香香坚持宿在家里，要知道她这样上班早晚太花费时间了，原本待在夏蓉街就不近的上班路途，唐女士催她好几次：“你搬回夏蓉街去吧！”

顾湘不依，说：“你明明还没原谅我，原谅我那天的莽撞甚至顶嘴，你就是想赶我走，我不答应！”

昨天晚上她又找借口，求老妈：“你去帮我把夏蓉街房子里的被褥洗洗晒晒吧，妈妈！都快发霉了，我也没时间去。”

顾湘是个再聪慧不过的孩子，她知道怎样让你找到一个做母亲的存在感。明明可以自己做到的事，她并不是懒，就是撒娇示意，示意我是你的孩子呀，这么多年你都是娇惯我的，为什么这次就不行了呢？

唐文静极为狼狈地在一个外人面前掉眼泪了，她难说明心里的感受：“她生下来六斤不到，早早地进了保温箱，又一身的黄疸，我们那时候甚至都没钱独立地养孩子，还得靠我爹妈接济……”

动容处，赵孟成不声不响地递过来纸巾。他用最肃静的沉默来尊重一个单身母亲的心酸不易。

宣泄完眼泪后，唐文静收拾形容时，才正色告诉他："打香香那一巴掌，与你们的事无关。"

"是我对不起香香，你替我转告她。"

赵孟成听后却和煦地摇头，唐女士不明白他的意思。

"您该明白原汤化原食的道理。湘湘从来没和我抱怨过一句。她那个性子，很难真计较谁的。唯一遗憾的是，她希望妈妈能真正做自己，回头或者放下，她都会支持您。"

学校的午休铃声清脆且雀跃，因为勤勉一上午，终于可以放饭了。

铃声很好地把他们的谈话剥离开，唐女士有不多打扰的自觉，起身便要离开，赵孟成试着建议，正巧饭点，要不……

话都没说完就被唐女士拒绝了。

她执意要走，赵孟成只能执意礼数要送。

行政楼与教学楼其中一栋连着天桥，清明假前的那次复习，赵孟成已经在群里催他们及时交作业了，拖拖拉拉，本校里就只剩下韩露没交。

赵孟成送唐女士才出办公室，就看到了韩露和康樱，后者纯属陪"太子"读书。因为韩露说不敢一个人来找赵老师，就拉她一起。

赵孟成的行政办公室，鲜少留女学生单独谈话的。有需要的情况也是在班主任值班办公室。韩露知道老赵的脾气，又因为专题作业整整晚了四天才交，她怕老赵骂人。

没等两个女学生走到跟前，唐女士板一脸严肃地劝退赵孟成，说："不必送了，你忙你的吧。"

那厢韩露看到的是，一向骄傲、目下无尘的赵老师，在一个老妇人面前，尤为地吃不开，甚至难堪。韩母是赵老师姐姐的老主顾，几处女人时装的生意，都常年关照赵姐姐。这才有了韩家女儿托到赵孟成私下复习的前话。

韩露晚交的作业，逃无可逃地被赵孟成念叨了，批评她最近几次复习状态都不理想，模拟卷完成度也不高，甚至都不到及格率。如果是复习额外增加压力，那么他建议先停一停，专心应对他们班级老师的节奏与冲刺。

他的意思是，我会及时跟你母亲沟通一下。

韩露跟着赵孟成复习已经大半年了，见到老赵这么严肃的劝退态度，面子薄又娇纵，大小姐当即甩头就走，康樱和韩露同班，吃饭时间，一路劝她先去食堂吃饭！

掉眼泪之余，韩露一副怨憎的形容：“老赵这是受什么刺激了，脾气那么大，刚才那个老女人是谁？”

康樱想说又不敢说，她想说赵老师也没说什么，确实是你最近几次复习状态不理想呀。“是香香姐的妈妈，她妈妈好像不同意他们的事，香香姐都好久没回夏蓉街住了……”康樱也是好心，好心劝韩露，我们每个人都有情绪不好的时候。

“为什么不同意？因为赵老师结过婚？”

呵，韩露泪在脸上，笑意也冷漠滋生，微表情很诡异，甚至可怖。可有可无的口吻像朝康樱说话，又像自言自语：“小门户的人家，粗鄙浅薄的偏见。她女儿又好到哪里去！到手了端起名媛小姐的做派了……”

没两日，家里送来一个包裹，只有外婆在家。

好巧不巧的是，前一天晚上，唐文静刚要香香买养生壶里的过滤芯，玻璃的，洗的时候不小心打碎了。

老太太只当那过滤芯到了，也没想多少就拆了……

唐文静在店里给一个熟客量旗袍尺寸，几句话的工夫，老公房隔壁的邻居就来喊：“不得了呀，文静啊，你老母亲跌了一跤，我们也不敢搀动，已经打了120了，你快点回去！”

唐女士奔回家，在门口直吓软了腿。

老母亲掼在地上，一副只出气不进气的样子。

而一个纸盒子里跌出一半黑黢黢的东西，像动物的皮毛，乌黑光泽到发亮。

猫皮还是兔皮。有趿的地方，像是鞋子。

鞋子里是红通通的干涸的……血。

[56]

高一年级这周的德育主题是“环顾世界电影发展史”，各班都要提交主题班会及观摩材料。

是以晚自习就改成了“学术班会”。赵孟成班的班长姓梅，是个很能言善道且抓大放小的女同学，老赵甚至干脆把很多涉及女学生的沟通任务派给班长大人，他微信里存的名片马甲就是班长大人。班会主讲人梅同学，小嘴叭叭的，章兰舟伙着陆鸣几个在嘴女班长，说她一个人就能抵一千五百只鸭子。

这话正好给老赵听到了，冷手连同腕上的冷表，一齐钻进了章兰舟的脖子里，揪着少年的脖子叫他站到后面听会去。

章兰舟戏谑：“老赵我错了，不该诋毁你的得意大将。”

赵孟成面上肃着，但心情愉快：“是呀，能分忧的自然是好同志，你只会给我添堵，所以，闭上嘴去后面。”

教室最后面，章兰舟站着，赵孟成坐没坐相地歪在椅子上，兰舟调侃老班：“我算看出来了，您老就喜欢话密的，那种‘嘚啵嘚’的女人，比如师母那样的。”

章兰舟不喜欢，他不喜欢话多的，小爷就喜欢笨嘴拙舌的。说回教学的事，赵孟成叫小章复习那里不必去了，还有半个月的进程自己也准备收工了。到月底，余下的几个专题，他听不着了。

齐活！章兰舟求之不得，只是他才和那卫若交手几次，对方还蛮对他脾气的。末了，想起什么，求老赵：“哎，您收工归收工，我们那个群您别给解散了啊，里面师兄师姐都还蛮有意思的，个别除外。”

个别是谁？赵孟成挑眉。

章兰舟这个小崽子，好意思说女同学顶多少只鸭子，说到别人是非，他比谁都来劲儿：“就是那个韩露啊，成天吊梢着个眉眼，摆大小姐的谱，卫若说她是个疯子……”

章兰舟刚想跟老赵说那女的有多疯，赵孟成没兴趣听这些嚼舌，手机来电，他起身出去接电话了。

眼下晚上八点不到，对打工人顾湘来说，这个点打电话给他，赵孟成接通的开场白是：“今天下班这么早？”

那头声音听起来空落落的，时而夹杂着高一声低一声的嘈杂音。

“赵孟成……”

赵孟成听清顾湘说什么，面上一凝，冷静地回应她：“我马上过去。”

唐家姊妹五个，一个独子。

按理，老太太年纪也大了，子女早做好一旦人横下来，该怎样应对的准备了。

偏偏不到那个节骨眼上，人不知道怎么担待。

老太太送来医院，唐文静第一时间通知了兄嫂。于是，家庭战争正式打响。老太太原本心脏就不太好，七十几岁的时候就老说房颤房颤，大家都以为熬不过了，谁晓得老骨头越活越当惜，生生过到了八十三岁。

年前她就说这个“三”是个缺，迷信地要去闺女家跨一跨，这一跨，当真没逃过。

事出在老幺家里，前几天唐文静还和兄嫂为了个求人办事的体面闹得不如意，这下，可被逮到煞气的由头了。

嫂子一副黑不提白不提的做派，来到医院就唉声叹气地喊作孽，好好的，怎么就昏过去了，怎么弄的呀！

老太太一向身体很好的，老人只要脏腑里没毛病准是长寿的命。

唐文静原本就两眼一摸黑，真到了这个紧要关头，哪还敢提因为什么，要是说因为看到个什么脏东西吓得，她这精刮的嫂子更是不得命。

上头还有几个姐姐也是老的老，远的远，唐文静征询兄长的意思，要不要都通知到了。老太太送进急诊的时候，看上去蛮凶险的。

唐家舅舅是个耳根子软的男人，里外都由着女人上前。舅母一副随你去的嘴脸，你通知吧，老太太在你那里出的事，你最好一手包办了才好！

唐文静听出来了，听出来他们作为子媳不想沾手了，真真到了横下来，一味全要她这个小幺子打发掉了。唐文静干脆也拿话来下兄嫂的颜面：“嗯哪，多做多错，你们也别门缝里把人瞧扁了，当真出事，我来打发就我来打发，只要你们做子媳的场面上过得去，谁又怕谁笑话。”

说罢，唐文静就打电话要香香过来，话也说得严重，说外婆跌了一跤，可能要不中用了……

顾湘上班的地方那么远，恨不能一脚跨过去般急，偏偏堵在了高架桥上，这才给赵孟成打电话。

转手的消息，自然听得都不齐全，重点就是外婆急救中。

赵孟成驱车赶到医院的时候，急救已经下来了，医生正在和家属谈话，唐家就舅舅一家在，子媳并孙媳四口人。

孤单的一个是唐文静。

术前沟通的是位主治医师，说明病人情况，阵发性室上性心动过速，目前病人体征并不良好，可能需要介入微创治疗。医生口中的微创在科学领域很成熟了，但是由于病人体征指向下滑，术前沟通还是出具了病危通知书。

老母亲平日里从来咒自己老不死，唐文静有时候和老母亲拌嘴也笑话她：“你反正有孝子贤孙，还怕没人给你摔丧？”

真真听到个病危，唐文静头一个眼泪下来了，她捂着嘴，想哭不敢出声。医院里对这些眼泪从来麻木，谈话的医生只催家属尽快沟通，签署病危通知书。

通知书在唐家舅舅手里，冷冷问话的却不是他，是在个个慌神里已然走近了他们都没被察觉的赵孟成，他问医生：“渡过危险期的概率有多少？”

说话人彻头彻尾是个外人，那医生觑对方一眼，要知道问概率、问胜算，原本就是医患沟通里的大忌。

那医生打太极，赵孟成干脆换了个问题：“手术几时？”

医生说已经通知了他们副主任来做这台高龄病患的射频消融术。

唐文静面上一木，只盯着赵孟成发蒙，后者告诉她也安抚她，湘湘还在赶来的路上，她太着急了，就通知了他先过来。

关键时候，唐文静是抓救命稻草也好，是亲疏有别自觉战队也罢，她把赵孟成喊到一边说话，简略说明了情况，不知道哪个挨千刀的送来个脏东西呀，老太太向来信佛信鬼神，那黑黢黢的皮毛带血……

唐文静急得直攥拳头，告诉赵孟成，这怎么好呀，救得活还好，救不活，她就成千古罪人了。

如果说，来前赵孟成一腔冷静是来替湘湘的，那么听清唐女士的话，他心上莫名起伏起来，额角生跳了好几下，怕是听错了般存疑，敛声静气地问：“什么皮毛带血？”

唐文静连忙拉住他的手，不让他高声，说是外婆拆了个快递盒子，盒子里有双黑色皮毛的拖鞋，沾着血，好生生的人都能被吓坏，那脏东西分明就是来咒人的！

唐文静懊恨的呀，说是得罪什么瘟神了要这么下作。

“报警了吗？”赵孟成问。

唐文静摇头，哪儿来得及呀，急忙忙地把人送来医院，那脏东西还在家里呢。

说话间，舅舅一家推搪地把病危书塞到唐文静手里，说事出在哪头，哪头签。先前赵孟成去家里，那舅母还要烧红枣茶呢，眼下看到他人，和岳母躲在角落说话，舅母越看越生气。

赵孟成一个外人不便多参与，只言语上宽慰唐女士，小声知会她："签，这个时候做无谓争执只会耽搁外婆的时间，谁也没规定，女儿不能签病危通知书。"后半句是光明正大的声音，"要都推搪，您老了，没儿子，我们还不能做主了？"

傲慢的人一身正装，校徽还在方巾袋口位置。他掏出手机，说去打通电话，要唐女士安心签字。

顾湘赶到的时候，赵孟成正巧从唐女士身边走开，她要说什么，赵孟成抬手朝她"嘘"，再看她急得眼圈都红了，招手要她过来，一只手碰到她手臂，一只手举着手机。

他单手揽着顾湘的肩，要她先平静。手机里的通话及时通了，赵孟成急急说话："姑姑，是我，老赵呢？"

顾湘被他揽在怀里，离他的通话很近，听到那头说，在洗澡。

赵孟成等不得："你叫孟校长拿进去，快！"

姑姑最八卦的一个人了，原本赵孟成找他父亲就已经很稀奇了，听到人在洗澡，还要他母亲递进去就更乖张了，忙问："出什么事了？"

"先让我找他！"赵孟成催。

果然，那头没敢耽搁，急急把电话拿给了孟校长，孟校长没问就明白小二定是有急事。

约莫两分钟的时间，那头窸窣有回音了，赵孟成这才继续，用再述职不过的口吻交代完眼前的事，提到顾湘，他没有说任何修饰词，就是顾湘家人。

仿佛这样的陈述对父亲来说，足以明白什么意思。

赵孟成说："这个手术他们定的是个副高。我想请王院来做。"

那头赵父没有反驳儿子的意思，已然默许："嗯，你打电话给他吧。"

"我想你亲自打。"赵孟成说到关键了，"老太太年纪大了，我不想有任何万一。"

赵父兀自笑了声："老二，哪怕现在是我躺在手术台上，你也不能和任何医生要这个军令状的。”

赵孟成说：“我知道。所以，我才请你亲自打，不求令，求个心吧。”

那头没答复。

赵孟成肃穆的目光一紧，薄抿着唇终究还是启口：“就当我求你，不，不是当……我就是在求你，爸。”

这样的生死门里，人会变得极为渺小，脆弱到像微尘，在世道里浮浮沉沉。

佟家书惠去世之后，赵家父子加起来说过的话，恐怕没有赵孟成一夜写完的教案多。

各自执拗，父亲一心只以为全为儿子好，儿子觉得父亲惜功名更甚过亲缘。

赵孟成因为书惠这个跟头，多年来，再难挨，都没冲父母言过一个求字。

老赵只以为这辈子他们家的小赵都不会低头了，未承想，今日他为了个外人，诚心诚意地破冰。

“好。你等电话吧。”父亲说完就收线了。

听到“嘟”的切断声，赵孟成没事人地把手机落回袋里，安抚怀里的人：“没事的，湘湘。”

顾湘却像百味倒在心头，她想不到，想不到赵孟成会为了她的家人去求他父亲，刚才进退隐忍间，他的下颌线是那么紧绷，他说过的，和他父亲关系很不好，因为书惠。父亲怪罪他，怪罪他进退间不知把握，仿佛去了个微时一起成长的朋友，就该像掉一块皮，结痂了就该不记得疼了。

“对不起。”她更该说谢谢的，可是不及前者的分量。

而赵孟成一脸凝重的形容，拍拍她的头顶，揽过她，下巴搁在她的头顶上：“说什么傻话呢，湘湘，我比你更希望外婆没事。她是唯一一个愿意与我为伍的人，也是她告诉我，男儿别怕低头，你不说他（她）怎么知道呢？”

他要顾湘看着他：“我不说，你怎么知道我有多希望你们都好好的。”

Chapter 20 父亲

[57]

赵孟成从前说过，人生的戏码里，唯有这有惊无险最温情。

今日蒙老天爷眷顾，他眼睁睁地等到了这有惊无险。王院是这方面的翘楚，这几年能让他亲自上手术台的，要么是棘手再棘手的病案，要么……是心知肚明的人情债。

下了手术，已经凌晨时分了。昔年，王院在牌桌上就打趣过赵家老二，秀气得实在不像话，把好些姑娘家都比下去了，活脱脱从他母亲身上剥下来的皮，倒像是老赵的不肖子。

不肖子，而非不孝子。不肖的含义，不像、不似，文化人拐着弯地骂老赵，你得了个隔壁老王家的儿子。

今天，王院再打趣老二："嗯，破案了，是亲生的。你家老爷子生生把我从被窝里喊出来的。"

赵父的原话是："我那小子轻易不求人的，你今天无论如何也得卖我张老脸。"

手术很成功。王院用了个意气的"很"字，大有宽慰赵孟成的意思，只是接下来的几天，还是得密切观察术后有无并发症。

赵孟成听到如愿的话，即刻礼数地颔首，并喊顾湘过来，示意她致谢。

王院打住了，开起赵孟成小女友的玩笑："让你家老太太多将养些日子再出院，一切花费叫他出，等于两重丈母娘呢，他不孝敬谁孝敬。"

顾湘到底面子薄，接不住他们的世故话，赵孟成应酬道："是的，我改日还要孝敬您，您选地方吧。"

王院也不拿乔："行吧，叫你父亲准备好茶饼等我吧。"

赵孟成送对方离开，等再折回来的时候，老太太已经被安排到加护病房。看护不肯家属全围在这里，只准留一个陪床。

唐文静便主张她留下，兄嫂一家都回去吧，还有香香和赵孟成。

赵孟成没管唐家那一家子，只招呼顾湘出来说话：“你母亲这里这几天肯定是离不了了，我随你回去替她拿些衣服、换洗用品来，外婆这里暂且安稳，有情况特护会通知的，你明天也还要上班，先回去，全窝在这里也不是个生意经。”他还有下文，“家里还有事没完呢……”

顾湘整个脑袋像碾米机一样，有东西进来就又机械地碾掉了。她惧怕医院里的一切事物，是怕外婆出事连同着妈妈也跟着难过，怕一条命没了，好像能把她们全拽走的那种恐惧感。

小时候外公去世，停灵在家里，她眼睁睁地看着一个人躺在那里，其余人都在为了这条生命的咽息而忙碌，那时候她觉得是场悲剧，如今看，是场荒诞剧。

人没了，还忙给谁看。

她忽地醒过神来：“什么事？”哦，对，那什么鬼吓人的东西。

今日这一遭，顾湘才真正意识到纪纭口里说的赵家的人脉。

因为赵孟成母亲桃李满天下，因为赵家两代仕途经济，人情往来上面，他们的子女多多少少能得益些什么。

白天还要上班，顾湘是自己开车回去的，她和赵孟成一前一后到家，准备上去的时候，他说等个人。

凌晨一点多了，她问：“等什么人？”

不多时，薄暝的夜色里，有人深一脚浅一脚地从巷子尽头走过来，身后披露着阴郁的影子，有光这一面的相貌硬朗端正，但也透着足够的城府与计算。

赵孟成介绍对方姓孟，是他母亲那头的叔伯兄弟，早年是干刑侦的，因伤坏了一条腿，干脆辞去公职自己出来做生意了。

他们这一辈从日字，对方单名一个晗。

孟晗小时候跟着姑姑后面上语言课，小队伍里也有赵孟成，彼时大家都喊他孟成，仿佛这样他也是孟家的了。这些年过去，孟晗还是戏谑他为师兄，就是因为补课那会儿，赵孟成比他早进去三天。

“说吧，什么样棘手的事？”孟晗开门见山，大半夜吆喝他来查勘。

赵孟成抛烟给母家兄弟："我听着太邪乎了，又怕查不出什么所以然。你晓得我的，我不要章程，只要结果。"

两支烟在夜色里飘忽地燃着，继而，三个人一起上了楼。

唐女士说得没错，饶是好生生的人，十分的心理准备，看到那腌臜东西也要即刻生理不适起来。

太可怖了，黑森森，就是诅咒，像棺材一般的诅咒。

孟晗跛着腿走近蹲身下来，烟吸得急，一簇长长的灰掉在地板上，回头跟师兄说："不是血，是食用红色素，但皮毛是真的。"孟晗戴着手套，查看一番，"上好的兔毛，里衬也是缎子的，这鞋子不便宜哦……"

说话人诘笑一声："师兄，经验来看，是小把戏，上不了台面的玩意儿。"玩意儿是指人。

赵孟成却寡着一脸："你就说你能不能告诉我结果吧？"

"你什么时候报警？"孟晗反问。

"你走之后。"

"行吧，反正我比他们快一步告诉你就可以了。"

赵孟成淡漠地点头。孟晗告诉师兄，这盒子是个假物流，查不到底单信息的，想必是托人送上门的，即便查到人也未必能查到元凶。这种恐吓物件他经手太多了，有些追星的孩子也是这路数，给明星寄一些恶劣的东西，圈内叫"私生饭"。

孟晗的意思是，追究到了，也别计较。这种疯人，你去较量，只会白费热气。

赵孟成的烟还在唇上，他紧咬着烟蒂，朝孟晗说话："要是有人因此搭上性命，也不较量，也任由白费热气？"

家族兄弟一时无话。因为事不摊在自己头上，永远难有感同身受。

事实上，赵孟成从听到唐女士那般描述，心上就隐隐觉得不好，这份鼓动在看到这下作的玩意儿后越发地剧烈了。

他直觉这腌臜东西不是冲着唐女士或者外婆，而是冲着顾湘来的，或者追根到底，是冲着他来的。

可是他一时毫无头绪，是什么样的人有如此简陋且恶寒的心思。

对方根本就是想吓顾湘的，没想怎么样，属于单纯偏执的狭隘，但是没想到骇到了老人，没想到这样做可能会连累无辜的性命。

赵孟成目光戾气得很，他无论如何容不下这份歹毒。试问要是今日老太太一口气上不来，就这么过去了，也要他们不与疯子计较？

是疯子也得出来该怎么样，就怎么样。

孟晗走后，赵孟成第一时间要顾湘报了警，物件留给警方去取证，而他相信，孟晗会提前给他答案。

他之所以做两手准备就是怕对方还有下文，以及这类事件，往往瓜葛着弱势群体的舆论偏向。他自然懂孟晗说的意思，但这种在暗的感觉实在太糟糕了，对着他也就罢了，对着顾湘这头，孤儿寡母的，他感觉活像把妻儿给别人当箭靶子。

无论如何，他要揪出那双肮脏的手。

而相较赵孟成的严肃，顾湘就好比奓毛的猫，经过长战线的冷静，她已然不在乎是为什么那般奓毛了！

她只要外婆平安渡过，只要妈妈不跟着掉眼泪，只要赵孟成陪着她。

她替唐女士打点简略行李的时候，很严肃地告诉他："你这样我有点怕。"

"怕什么？"顾湘在里间，房里只揿了盏床头灯，而赵孟成站在门口，身后是厅里通明的灯火，逆光里，把他的影子衬得越发地高人。

"或许就只是恶作剧。"顾湘试着建议，建议他听他族兄弟的，寄这些下作玩意儿的人，可能心智上多少有点病态，她不想外婆和妈妈有危险；同理，更不想赵孟成涉及其中。甚至有一瞬间，她冒出一个极为荒唐的念头，但也仅仅是瞬间，即刻就被她掐灭了，因为她确定，确定赵孟成不会肯她这样想。

"湘湘，不要有事后侥幸心理，或者未遂饶恕心态，恶就是恶。"

出勤的片警，如赵、孟二人所言，勘查现场，带走物证，其余的就是等他们的进展，饶是受害者家属强调有老人因此涉医了，但是他们还是得按章程办事、追查线索。

"不，我没有饶恕。"顾湘走到他身边去，抱住他，也仰头看他，"我只是不想赵老师和这些官司牵扯在一起，你也说了，职务背调审核期间，我不想你出任何差池，你明白吗？赵孟成，你今天在我妈跟前忙前忙后，她没有赶你走的意思，你难道还不明白这意味着什么吗？我不想查出点什么，与你有关，到时候我妈又得怪罪你。”

唐女士私下见赵孟成的事，前者不肯告诉香香，赵孟成也只得遵守君子协议了，所以顾湘才觉得唐女士的松动那么难得，她不想节外生枝。

糊涂有糊涂的好。

赵孟成任由她圈抱着他，因身高差落下来的目光，是再寻常不过的恋人对视，他兀自摇摇头：“不，湘湘，倘若真和我有关，那么我更得清算自己。你以为我的工作、我的名利是图什么，就是图能更好地造福我爱的人，那我爱的人都为我背难了，我还有什么图头呢？”

赵孟成拿指腹去摩挲顾湘凉丝丝的脸，不无自嘲地笑：“倘若水落石出，真因为我害外婆这般受罪，你母亲发难我，或者坚持不肯了，那我也认了……”

这与方才轻佻章程只求结果的赵孟成判若两人。眼下的他，原则感极为深刻，他不肯糊涂，因为他不能容忍有人怠慢了性命还不知。

三日后，孟晗那里有了结果，而警方那头还在摸排闭路电视。

证据最终指向S外的一个学生，赵孟成听到这儿，其实没有多大的意外，但是“元凶”是个男生，这让一切狭隘的情绪突然失去了立脚点。

孟晗那厮在电话那头笑，是男生怎么就令证据链不成立呢，师兄向来男女通杀的。

滚！赵孟成骂人。

下午他上完一节专业课，笔记本电脑连同讲义资料全搁在多媒体讲台上，他要去高三独栋楼转转。临去前，被章兰舟绊住了，太阳打西边出来了，小崽子也知道学习了，问问题了。

赵孟成问他怎么了，少年说：“我妈过来了。”过来陪读一段日子，吃完二叔的喜酒再走。

赵孟成极为不厚道地笑，笑话少年，你且会安分一段日子了。多好，有妈的孩子就是好，对不对？无论什么年纪的我们。

题给他点拨了，榆木脑袋只能敲，敲完，老赵问他点私事。二人趴在讲台上，亦师亦友、亦兄亦父。

“什么事？”

赵孟成问少年：“高三国际中加班上的于昊认识吗？”

兰舟旁余不说，只问老赵打听那谁干吗。

“你只说认不认识。”

章兰舟如实陈述：“我不认识，但是有人认识。”

“谁？”

“卫若……”

少年秃噜开的关系网，瞬间叫赵孟成认同了孟晗的话，就是群不识愁滋味、上不了台面的玩意儿。

是日晚上八点，赵孟成以赵孟晞的名义敲开了韩家的大门。

韩太太的丈夫是他们学校一项奖学金的捐助人。之所以这么拗口地称“太太的丈夫”，是因为韩家夫妻早不在一处生活了，老夫少妻。韩太太也不是韩某人第一任原配，当然，也不是最后一位。

赵孟晞说起这些情报，口吻向来刁钻，视角也很辛辣：“想是韩某人不中用了，如今外面那野路子反而过得如鱼得水的，就仗着生了个老来子，老来老来，老到太太圈里都不相信是那韩某人的种。他还当个宝呢！”

管他呢，赵孟晞只问：“你找韩太太做什么？拉外联赞助哦？”

赵孟成两手落袋，站在月明里，一副冷落的眉眼：“家访。”

[58]

周五，顾湘从公司过来医院接替妈妈，说晚上她留在这里陪外婆。

老太太一个人都不要陪，叫她们母女俩都回去。

掰扯到最后，祖孙三人全留下了。

这特护病房好是好，就是不让点外卖，顾湘只能去楼下便利店买了点饼干吃。外婆看着不落忍，因为过了饭点，带过来的病号餐又吃掉了，一味地叫香香开车去正经吃点晚饭再来。

顾湘就着热水吃干粮，哄外婆开心：“您有这个精气神催我吃饭，我就是再饿三天也乐意！”

那个快递盒子的事，外婆让唐文静摁下再也别提，让她哥哥嫂子晓得，又不得命。

“就当没这回事。”

而至于医院这一头，老太太清爽得很，说患难见人心。尤其是这样焦头烂额的事，最能看出一个人的人品。

这两天赵孟成下了晚自习总是来这里看一眼再回去，唐文静也不怎么热络，饶是明白这里里外外都是赵家安排的。王院长连着早上查了三次房，言语间也是亲昵称呼“亲家老太太”。

眼下，外婆问：“小赵今天会来吗？来你就跟他回去吧，那个饼干别吃了！”

“你要他来干吗，他是能伺候你吃还是能伺候你穿？”顾湘慧黠地发问，目光不时审视唐女士。

妈妈始终沉默着，沉默地不参与她们的话题，顾湘悄悄挨过去，嘴边还沾着奥利奥饼干的屑子，把余下不多的几块饼干分一个给妈妈，后者不理会她。

顾湘一天还没来得及跟赵孟成联系，她不知道他那边的情况。但是家里发生的事，她还是告诉唐女士了，包括赵孟成找了两条线调查的事：“他说这事蹊跷得很，也认定，可能和他有关。一旦水落石出了，会来给你个交代，哪怕你气上加气……”

“妈妈，你会怪他吗？”

白天，顾文远来了一趟。还是从唐文静哥哥那里听到的消息，他问她，出了这么大的事，为什么一声不吭？

唐文静反问他：“是呀，为什么我一点没想起你来呢？”

二人俱是面上一肃。

不提还好，他又提起那晚，她打香香的那一巴掌。顾文远认定，她没有过去。她始终还记着他们从前的情分。

“你也说是从前！”唐文静说，“打女儿的那一巴掌，我事后有多懊悔，就有多恨你。”

可是正如赵孟成那天说的那样，无论是她选择回头还是选择放下，香香都是支持她的。

可是她不会回头的。这些年，她早已跟不上顾文远的眼界了，也融不进他的圈子，他们不过凭着一口意难平的气纠缠着。要不是因为香香，他们早成陌路人了，陌路到同在一个城市里，可能二十年都未必碰得上一面。

是的，愧疚不能算一份感情，同样，怨恨更不是。

唐文静感谢顾文远来看她的老母亲，但也只是止步在朋友线上："你要是想你女儿过得好，不想你未来女婿也像你这样留恋过去情分，从今以后，就请以一个离异父母该有的身份各自同他们来往。"

顾文远笑，笑得无比冷漠："唐文静，你甚至没香香活得通透，活得洒脱。"

他想：可以，这么多年都过来了，你无非是忌惮婚姻给你枷锁了，不要紧，没有那道枷锁，我依旧可以管你们母女到底！

来得巧也不巧，韩家似乎在发落什么家务事。

但是还是请他们进来了。

今晚韩先生歇在这里，按赵孟晞的说辞，这韩先生如今光明正大地养姨太太，正房却一句话都没有，可想而知活得有多矮。

韩父年纪与赵父差不离了，只是比他们父亲更老相些，纵情声色的缘故。

披着件黑色的睡袍，指间夹着烟，见客的地方，这韩某人在泡脚。客人进来了，才由夫人撤去了脚桶。湿漉漉的一双老态龙钟的脚，没有揩，径直趿进拖鞋里。

起身要来见礼赵孟成，一面说着，还要老保姆把窗户开开，换些新鲜的空气进来。

是的，外人都嗅得到，这屋子里有震怒的余威。

赵孟成意思地伸出手，表示这么晚，委实叨扰了。

那韩太太四十岁上下，保养得很好，平日最能说会道的一个人，今日在丈夫后面，只言片语没有。穿了条墨绿色的裙子，配着珍珠的耳饰，难为这样深沉的配搭，人一点不老气，反而是相得益彰的典雅。

这样的老夫少妻，丝毫不让人艳羡，反而，空气里都能感受得到如履薄冰的家庭气氛，二人不像夫妻，倒像雇佣关系，常年合法的雇佣关系。

到此，赵孟成心里已经有答案了。

德不配位的富贵偏门从来有外人难以想象的软苦，这女人十八九岁就跟着他韩某人，到头来，正房太太过得不如外面的野路子体面。

有些男人永远是得利者、权利者，他们天性不会共情女人，更不会共情弱势。

赵孟成开门见山，表明今晚的来意，他说韩先生在家便是更好，不然他晚上来这趟更显得失礼了……

简明扼要地说明了始末，并表示，他想见见韩露。

当初韩家的女儿是被韩太太硬塞到赵老师的复习队伍里去的，为人父母在亲子教育这条路上，随着孩子越发地大了，总是被动的那一方。

韩太太吐苦水，说请了好几个家教，都不中露露的意。

年纪大的吧，她嫌人家啰唆；年纪轻点的，她又不服人家……

甚者，还闹出难听的话，说那在校的大学生接近她，总之，哪儿哪儿都不好。

直到送到赵老师那里听课，这牢骚才算止住了。

韩太太从前只是赵小姐的老主顾，也晓得他们赵家的出身，几番示意要请赵老师，都被对方回绝了。他的指导督学原本就是无偿的，全是戚友圈里的孩子。这事和老韩提过，老韩笑她眼皮子浅，他们这种人家会稀罕你一顿饭？和你吃，白瞎一顿饭的工夫，谁不晓得赵家那儿子最是个眼睛长在头顶上的人。

他的傲慢是打娘胎里就带出来的，说好听点是无偿给戚友家的孩子指点功课，说不好听点，不外乎是笼络人心罢了。

不缺物质的人家，也就剩人心可图了。

这是老韩这样铜臭商人的钩心斗角。他也晓得，没点根基、没点殷切的人脉，他也攀附不上这样所谓的清流人家。

索性不攀也罢。

厅里鸦雀无声的，老保姆在给客人上茶，落地窗外一轮明月倒扣在天幕上。韩父良久才蹊跷出声："赵老师是怀疑我们家露露和你说的恐吓事件有关？"

不等赵孟成回应，韩父手一指，冲着韩太太，一副恫吓的口吻："去，把你女儿叫下来！"

楼上，旋转楼梯口已然有了声响，父亲的威严之下，韩露是生生被韩太太拉扯下来的。

当初八个高考复习学生中，属她最乖巧、最恬静，去夏蓉街之前，每周都是去赵孟成家里的。正是考虑到有女学生，他后来才同意了檀越的化缘。

平心而论，赵孟成已经很注意了，注意避嫌，注意与孩子相处的界限感。

这些年的教学下来，他不是没遇过这种情况，年轻孩子们的孺慕之情。即便如此，他也很严肃地规避着。

韩露穿着素净的睡袍，赵孟成不便长久地将目光停留在她身上，只问她："为什么要这么做？韩露，你知不知道，你差点害死一个老人！"

"我没有！"突然，素净单薄的女孩骤烈地呼吸起伏，她矢口否认，没有，她没有做！

是的，从头至尾，那个包裹她就没有沾手，是于昊，那个蠢人要替她出口气罢了。

卫若口中的韩露与眼前怯懦软弱的女孩判若两人，他说于昊很想认识韩露，才答应交个朋友的，没多久又不睬他了。

二人拉锯时，这个大小姐万般作践人，说你求我啊，我就再考虑看看……

真依她愿了，她非但不领情，还骂对方活该。

这事在男生堆里传疯了，个个骂韩露是个疯子。

赵孟成再问她："为什么是鞋子？"

颤抖的肩头与隐忍不发的唇角情绪已然泄露所有心机，真正的答案已经不重要了。

他之所以没有直接把事情反映到学校层面，或者等着警方披露合法的证据结果，就是想给彼此一个机会，听听当事人及家长的态度。

可惜，目前为止，韩家并没有想善了的样子。

甚至诡辩，巧言诡辩。

因为韩父灭了的烟重新点起来。他质问赵老师："捉贼拿赃，您所说的证据指向的并不是我们露露呀，你也听到她辩驳了。"

"这事捅破天，也是那该死的男学生恶作剧，不能因为他，就赖到我家孩子身上。"

"还要高考，还要出去留学的，十八岁的姑娘家背上这样龃龉官司的骂名，赵老师面上过不去，我们姑娘更是过不去。"

赵孟成冷笑一声："是的，韩先生，您的女儿已经满十八岁了。"他提醒着什么。

对方面上一怔，烟上一截灰没来得及弹，掉到脚下的地毯上去，顷刻间，焦出一块难看的黄斑，像极了一个污点。

这是他韩某人不允许也不肯发生的。

两方僵持不下，最后客人自行起身，赵孟成说，他嘱咐两件事。

一，韩露从他的复习队伍里停学。哪怕他那里只剩下一天的日程，韩露也必须从他的学生名单里剔除掉。二，他给过机会的，既然学生本人及家长都没有及时悔改歉意的态度，那么他会将此事件如实上报学校保安处并移交警方立案处理。

不等赵孟成移步离开，韩露突然急言开口：“赵老师……”话没真正袒露，就被韩父上前一个巴掌打断了。

这威严用力的一巴掌下去，二十岁都不到的女孩子，活像张削薄的纸片被刮开了。赵孟成眼里心里都是一恸，一瞬间，他甚至想到了那天顾湘是不是也是这样被母亲无情地掌掴。不一样，唐女士那是气湘湘口不择言置喙了父母的隐私；而眼前这个与他父亲一般大的男人，丝毫没有体恤幼女的心情，或者他的体恤是建立在家族、个人荣耀之上的。

他不允许他的孩子有污点，即便有了，也不是教导孩子正视，而是遮掩甚至试图抹去。

韩父是个纵横商场的老狐狸，从他能周旋各种女人，而女人也乖乖不和他闹，就能揣测出这样的人，再会钻研人心不过了，

他劝赵老师留步：“这事一旦剖开了，免不得要质疑您几句，师德被架到高处盘剥那是肯定的了，话怎么也不会好听的；二者，这事归根结底，就不是我们露露做的，即便对簿公堂，也还是这么个结果，谁也别想往我女儿身上泼脏水。”

“最重要的一点，我听闻赵老师不日就要升职去桐城分校挑大梁了，这个关头又何必因为个人隐私去招人话柄呢？我想您父亲也不肯的，赵家的儿子跌过一个跟头，不能再重蹈覆辙了。”

不愧是生意人的口条，条理清晰，层层递进，最重要的谈判砝码就得压轴。可惜，他谈判的对象是赵孟成，后者两手落袋，一副轻慢的腔调：“那么，韩先生觉得我今晚来这一趟是为了什么？”

韩某人才欲张口，赵抢断了，抢得傲慢无礼：“承蒙您如此留心我的生活，不才，我的吊儿郎当是圈里出了名的，正如您所言，我也不是没因

为私事丢过功名，一回生二回熟。所以，您说的前两条或许我还受用，升职的事，诛不了我的心的。”

言尽于此，赵孟成知会赵孟晞走，随即，对韩家一行人，颔首：“再会。”

踏进庭院，明月溶溶，细细的春夜柔风。

韩露追出来，哭声连连，喊他：“赵老师……”

赵孟成很难不动恻隐之心，这一刻他甚至更明白要如何做好一个父亲。父母永远是孩子的因，也是果。

很矛盾的一个社会结合体。从出生那一刻起，生命就在仪式化地告诉我们，亲子关系终究走向剥离，可是就是这份剥离，我们很多人一辈子都没明白这条父与子的界线在哪里。

我们该如何教善我们的孩子，成为一个好人，一个有品格的人，一个有担当的人，一个有血有肉但要对社会有贡献的人……

小时候，赵孟成问母亲：“碰到你教不会的学生你怎么办？”

孟校长说：“老师只是个职业，你当我们是圣父圣母吗？”

“这世上除了外科医生可以治人心，其余任何一个行业都不行。别绑架人心，我的小子！”

于是，赵孟成一言不发地离开了韩家。

偏偏这一沉默，倒塌了一个病态女孩最后的尊严与信仰。

韩露一直在看心理医生，只是韩家人对外瞒着。韩太太那么要强的人，也轻易不敢让丈夫知道女儿的毛病。

事情败露后，韩父说无论如何，他的女儿不准有这么丑陋的污点，更不准韩露承认这件事是她教唆的。

他说他来料理，他总有办法叫赵家按下这事不表的。

不过就是个小孩过家家的把戏罢了。

夜里，韩露就吞服了安眠药……

消息走漏开，传的不是韩家孩子妄行犯罪未遂，而是，韩露因为被班主任上门家访了，人走后，韩家女儿就羞愧到差点寻了短见……

赵家，赵父得知消息后，气得在书房里来回踱步。

找不到赵孟成人，干脆发难女儿，质问她：“为什么肯陪他登这个门？”

赵孟晞知悉事情始末：“那个姓韩的，他反咬一口，他女儿犯了错他还姑息，他们差点害死人，你知道吧！”

“我不知道！”父亲大动肝火，冲她拍桌子，“我只知道，你们的上门，差点害死人！”

“没准这就是他的一步棋……”

“住口！”赵父断喝。

这种口水官司向来比白纸黑字的罪过更难一笔勾销，赵父怪他们太意气行事了，混账东西，两个人被一个孩子牵着鼻子走了。

赵孟晞不服：“那是因为他们下作啊。”

“你懂个什么！”父亲凝神在想什么，背着手，冷脸看着窗外，时隔这些年，父子才刚刚破冰，这个关头，他不想再和老二正面对峙，这事也只能私了，他跟赵孟晞说，“这也是韩家的对策。”

赵孟成升职期间，这盆脏水泼下来，想洗也洗不清，赵父道：“你难道想看他因为别人再跌一次？”

想了想，父亲说，解铃还须系铃人：“你替我打电话给他那个对象！”

“谁？”老小姐当真没明白是谁。

“你说是谁？”

哦，顾湘。赵孟晞不肯，不肯打：“你要见人家干吗？老赵，你才和你家老二缓和点，我求你了，你就尊重他的意见吧，是他娶老婆又不是你……”

赵父漫不经心地训斥：“你也知道他是娶老婆，不是养女儿！这点台面都上不了，以后夫妻俩还怎么同进退？”

Chapter 21 此心安处是吾乡

[59]

赵孟晞说："你要见人家，也请先知会你儿子知道。我不替你去做这个推手。"

吃一堑长一智。人总要慢慢识相的。

从前赵家父母就不乱置喙儿女事，饶是当年赵孟成与冯洛闹成那样，父母也只是气他们拿婚姻当儿戏，而至于到底能不能长久，那是他们自己的事。

如人饮水冷暖自知。谁又能保证，这一笔下去，必定撇捺出个上好的"人"字呢。

父亲执意要见顾湘："你告诉他也无妨，或者，那位顾小姐如果只能由赵孟成陪着来才敢见长辈，也随她。"

一个半小时后，赵孟晞接来了顾湘。

一处带院子的旧式干休小楼，庭院里最醒目的就是一株越人高的罗汉松，精神且翠绿。赵孟晞告诉顾湘，这棵树他们搬了几次家就跟着挪了几次土，她父亲可宝贝着呢。

顾湘跟着赵孟晞往里走，院里的一草一木，一苔一痕，都足以见主人的细与雅。拾级而上，正门横联上的"姜太公在此百无禁忌"还很服帖、清楚。

不等外面的人叩门，里面就先开了，门后站出来一个朴素的老人，梳着个独辫子，衣着简单，围着上灶的围裙，见人三分笑，不是看赵孟晞，而是目光直勾勾落在顾湘脸上。

赵孟晞打趣对面人："姑姑，你锅上什么煳了！"

"瞎说，我是关了火出来的！"

原来这就是赵孟成口里的姑姑，一个没多少文化，却勤苦乐天，叫赵老师由衷服管教的老保姆。

赵孟晞介绍起来，顾湘也就莞尔冲对方开口，顺着他们的口吻，喊人："姑姑好。"

不卑不亢还在其次，是灵，姑姑打量这小丫头，暗自琢磨道，好灵的一个人，不说话，眼睛也在流动，清清爽爽尤为招人看。

一回头就喊里面的孟校长。早听赵孟成说，全家就属他母亲学问最高，现在退休在家里，也还在译稿，听起来是最清冷孤傲的文人，其实不然，社交上，他母亲是真正富贵人家出来的小姐。他的麻将就是母亲教的。孟校长说过："你可以说我书教得不好，可以说我稿子译得不信达雅，但是不可以说我牌打得不好。因为对后者我极为地用心且爱好。"

孟校长穿一身普通的白衫黑裤，很复古的扮相，因为雪纺衫衣摆束在裤腰里，像民国画报里从网球场上下来的骄矜小姐，烫得微卷的齐耳短发，饶是看得出年纪，但气度与娴静更甚。

她是女主人，理该更热络地招呼人的，却在打下手地帮忙剥蒜，姑姑埋怨她："你那蒜头先放放，客人到了呢！"

孟校长好小孩气地顶嘴："是你呀，你刚才着急忙慌地要我给你剥蒜，说等着下锅……"

啊，顾湘心里喟叹，真的好像，赵孟成真的很像他母亲，从形容到谈吐，到高高在上的小脾气。

丢了手里的活计，孟校长正式和顾湘打招呼，说她事先不知道，不知道他爸爸这么唐突："但不要紧，他不是乱得罪女人的人，所以就当来家里坐坐，话话家常罢了。"

顾湘颔首，浅浅地笑，作为回应。

随即，她就被领进了赵父的书房。茶水先备下了，人来了，赵父就叫赵孟晞出去，把门带上。

老小姐不放心地嘱咐几句："我妈可跟人家保证了，保证你不会得罪人，你要是说些什么，惹你太太不开心，家宴成家变，那也是你该！"

赵父拿手边的镇纸作势要摔人，赵孟晞这才躲出去了。

书房里是落针可闻的动静，赵父从案前绕出来，与顾湘并坐，中间隔一个茶几案，案上放着扑鼻而香的铁观音。

主人劝客喝茶。

趁着顾湘端着杯盏时，不紧不慢地诉明他请她过来的意思。

赵孟成今日去省里开会了，她还没碰上他人，自然也不知道韩家那头出的事，听清赵父的话，只冷静地先问了句："韩露人没事？"

赵父摇头。

父为子谋深远，自然是百分百无私的爱。赵父的意思是，特殊关头，他不想赵孟成出纰漏，甚至是瑕疵，更不想由那混账韩家牵着鼻子走，他指责自己的一双儿女，做事太良善了，才会被人欺到头上来。

与君子可以辩，与小人只能远。

既然晓得是韩家的女儿做的，就该由着警方上门去料理……

"可那样就不是赵老师了。"顾湘转着手里的白瓷杯，杯上的式样是仰月啼啭的夜莺。

她作为晚辈打断长辈说话，很失礼，但她还是坚持说完后半句："我晓得您的气愤，也晓得您今日权衡之后找我来的意思了，但我还是要说，赵孟成作为老师去这一趟才是最该的。"

教而能改，才是为人师愿意看到的，同理心，也是为人父愿意看到的。

可惜韩家人不懂，赵老师大概是怀着对牛弹琴的心情回来的吧。

"哪怕他涉险，置自己于人言可畏当中？"赵父问她，也端正看着眼前这姑娘的一双眼睛。诚然是个端正标致的孩子。清明的时候，与书惠父母聊天，佟家夸赞不已，回来后他与妻子还为这事闹了不愉快，起因只是老二把人领进圈子里，却迟迟不予他们相知。

其实知不知，赵家对这个对象也已然有所耳闻。客观来讲，并不满意的出身，父母离异的家庭，且她父亲名声也不好，赵父对此多少有些介怀。介怀老二找的永远与他们相中的大相径庭。

可那日赵孟成一个电话急急打回来，甚至都没提女友二字，父子俩心领神会，他想来也知道他们是知道的，不告诉他们也不等于想瞒。这通电话，下了好大一个台阶，于父子俩。

赵父自然得成全，那日成全一条性命，今日成全一桩姻缘。

顾湘束着低低的马尾，一身通勤穿着，还是昨日去医院看外婆的样子，留在医院一天，只换了里面的衬衫。

她回望着赵孟成的父亲，后者有着经年浸淫人心的素养，与其说他在用言语说话，不如说是一双眼睛在说话，也在审视人心，他在审视顾湘与他的儿子到底精神能不能契合。

“赵孟成瞒着他姐姐租我的房子，后来他姐姐杀过来了。”顾湘口中的“杀”字叫赵父下意识眉宇间一动，是很生动的赵家情绪，“他和姐夫用一致口吻预判没发生过的事，说不告诉姐姐就是怕她闹，怕她不同意，怕姐姐不认可康樱那个孩子。我当时还和赵孟成争辩，说他们这是否定没发生过的人格，我不知道您明不明白我的意思……”

赵老师如果此番没去韩家，他就是否定了一个没发生的人格。他是寄希望他的学生承认错误，他一定会动恻隐之心的。十八岁的我们，就能保证一步不错?

顾湘告诉赵孟成父亲，她小时候弄丢了一个同学的漫画书，她没钱还人家也不敢跟妈妈说，偷过妈妈外套口袋里的钱，直到她工作拿到第一笔奖金才和妈妈摊牌的。

“出事那个晚上，我和您有同样的顾虑，我不想他在关键时候扯上官非，多少有点晦气。可是他坚持要查，我想他心里就是有大方向才要彻查到底，您或许认为他太固执，可是这个世道终究需要一些匠气的人、固执的心，不然，人人把自己择得干干净净，一步不肯错，一步不肯丢，就没有今日的赵孟成，也没有今日我和您的谈话。”

“他说过，多年以后遇到我，他有点后悔了，后悔当日没有听父亲的安排再回公职，也许今日面对我的父母，他会更光鲜点，毕竟是子承父业，一家子笔杆子……可是我不认同他的假设。因为那样的他，是注定和我没有交集的，或许他的前妻也不会和他出现观念分歧了，他会按部就班地结婚生了，平步青云……总之，那样的赵孟成与我无关，而我认识的，一开始就是赵老师，所以我尊重他也尊重他的职业，更相信真正的人品是不会被众口铄金的，正如六年前书惠的事。赵老师之所以一直没回公职，不是他逃避，不是他不听您的话，仅仅因为书惠说过他的愿望是回去教书，而他一直没承认的是，他也喜欢这份职业，喜欢这样简简单单传道授业的工作模式。您可以去他住处看看他书房里那些为了校编而整理出的资料，您可以去细细打听他与他的学生是怎样的相处模式，您可以去问问檀先生，赵老师待他托付的那个小康樱如何……所以说，他这样一个问心无愧的老师，倘若还被有心人泼脏水的话，别说您不答应，我也不答应！”

赵父原本的意思是，看在你外婆有惊无险的分儿上，能否撤销立案，这事私了。也指望她做赵孟成的思想工作。

父亲是出于对儿子升职在即的人事背调考量，是对无瑕疵履历的考量，韩家那个女儿关键时候来这出，太毁人清誉了，饶是他择干净，学生因他闹出性命之忧也是不争的事实。

“那么我更不会轻易和解。”顾湘斩钉截铁地道。

赵父只觑她，不言语。

少时，再听顾湘开口：“我要见过韩家女儿再决定。”

“我要她及家人亲口撤销对赵老师的污蔑，我才决定要不要私下和解，不然，我会尊重赵孟成的意见。”与他同进退。

她爱他的光，自然也爱他落下的尘。

夜莺杯盏里的茶凉了，顾湘缓缓凑近唇边抿一口，湿润的嘴边勾起浅浅一抹笑，云淡风轻又没心没肺，她大着胆子问他父亲：“您是不是很失望？”

他的本意是希望顾湘来做个识相的规劝者。

“失望是有点，但也在意料之中。”意料之中，老二只会选固执的人。

顾湘摇头：“来前我妈嘱咐我，外婆那事算了，别追究了，和他们家人说话也注意分寸。”

“见到您和孟校长，我反而平静了，因为我对着赵孟成都没有藏着掖着，我更没有必要在他父母面前扮端庄。坦诚地告诉您，我甚至比您更希望他升职，我之前就说过，赵老师的福利与我息息相关，可我不希望我们赵老师的坦途上有这些猥琐的妥协，因为我知道赵孟成是再骄傲不过的一个人，我爱的就是他的骄傲，他拿自己的骄傲与下作人做交易，才是我最不甘的。所以，我愿意替他走这一趟，办成了是我们俩的收获，办不成我们赵老师也不跌面……”

良久，微妙的静默里，赵父缓缓起身，先前是劝客喝茶，眼下却要她放下。

“凉了，喊他姑姑再换一杯。”

说罢，回案前继续他手里的字。很惭愧，赵父的字写得过于草，顾湘是一个字没看得出来。

直到那句脍炙人口的——

五花马，千金裘，呼儿将出换美酒，与尔同销万古愁。

她才看出是李白的《将进酒》，顾湘告诉赵父，赵老师说过，他小时候，您尽逼着他背李白的诗了。

赵父搁下手里的秃笔淡墨，饶有兴致地问顾湘：“他没告诉你，我还逼着他们姐弟俩背嵇康的《与山巨源绝交书》？”

顾湘摇头且笑：“大概还没‘吐槽’到。”

赵孟成回来的时候，已经晚上七点半了，赵家人还没开晚饭，等他。

而他在外面转了一圈，没见到人，最后，在厨房里见到了。他略微有点不快，径直走到料理台边。

姑姑在细细摆盘一盘南乳汁醉虾，冷不丁被他个猴崽子没动静地窜进来，吓了一跳。连锁反应，姑姑一叫，顾湘切番茄的刀一滑，番茄没切着，切到手了……

赵老师见状，依旧冷着一张脸，看一眼顾湘，再侧首问姑姑：“什么意思？”

姑姑茫然。

“让她在厨房是什么意思？”赵孟成再问一句，脸色差到爆。说罢，走到顾湘跟前，摘了她手里的刀，丢到一边，再看指头上切开的一道口子，来不及找纸，几乎本能地捉着放进嘴里，可把顾湘吓坏了，姑姑也没眼看。

顾湘连忙缩回手，用眼神问他：你在干吗？太羞耻了！

赵孟成丝毫没觉得不妥，只是问她：“你待在厨房干吗，你在家都不做饭的人，跑别人家殷勤起来了？”

“等你等饿了，姑姑给我一个番茄，太大了，我只想吃一半……”还没切呢，就被他吓到切自己一刀。

姑姑用一种无比鄙视的眼神扫射赵孟成一眼：“你别让你妈看见，小人之心，有了媳妇忘了娘，生你们这种儿子不如养条狗子忠心，哼！”

不如狗子的儿子问：“孟校长和赵孟晞呢？”

“去库房拿你妈压箱的餐具和杯子了。”姑姑拿拳头捶他，“你妈嫌在用的一套餐具豁了个口子，不吉利，硬是要孟晞陪她去库房重选一套出来。”

赵老师这才微露歉仄的表情：“哦。”说着，看顾湘，两个人微妙地尴尬。

姑姑恨铁不成钢：“行了，别握着了，去找个创可贴贴一下吧，不然待会儿好了，你都心疼不上了。”

[60]

赵孟成的房间，三分之二的空间全用防尘布罩着了，因为他几乎不在家里落脚。

衣柜里倒是有几身常替换的衣服，楼下已经帮着布菜了，赵老师还要抓紧时间洗个澡，说中午在酒店有个同僚喝吐了，溅了他一袖子。

他忍到回来，已经到极限了。

趁着他穿衣服的工夫，两个人隔着一道门交代完各自。

他知道家里找她，而之所以没有打电话给她，也是信她可以应付。

“那你一回来就大呼小叫个什么？”顾湘问这话的时候，赵孟成正好开门出来，氤氲的热气从他两侧挤出来，一身白衣黑裤的他有着卸下心神后的懈怠与轻慢。

他回答说：“谁晓得你会不会这么笨，一时无话，就转战去厨房了。”

“我不会！”顾湘摸着那缠着创可贴的手指头，“我不是去厨房博表现的那种人。”

“嗯，很棒。”

“什么？”

“我说你今天表现很棒。”赵孟成在卷他的衬衫袖子，卷了一只，还有一只，他递手出来，示意她帮他卷。

顾湘横他一眼，只听他说：“好累……”

开会一层累，开车再一层累。

顾湘来到他身边，才碰到他袖口，就被他一把扽过来，抱在怀里，俯首过来落吻之前，告诉她：“韩家那头，不准去！”

呜，随即以吻缄默一切。

顾湘才吃了半个番茄，酸酸甜甜的，她很想啐他，你的洁癖都是假把式……越挣脱他越来劲儿，恍惚间在她耳边说了什么，顾湘直接狠心在他腰上一拧，这才择开了彼此。

“疼呀！”

他如是控诉着，眼底却有风流云散的笑意。顾湘看着更生气，怪他不正经：“我那么正经地来你家，你这个时候还戏弄我……”

赵孟成拿行动告诉她，他没有，一丁一点的戏弄都没有，可彼时他还在南京，怎么办呢，她总是办些叫他插翅也难飞回的事情。

“可是我相信你能应付老赵，他那样的思维导图碰到你这个话痨也是遇到行家了。或者你在他跟前哭一波，总之你的那些撒手锏，杀他儿子都干干净净了，老爹估计也没跑。”

这是什么话。顾湘气鼓鼓地埋怨他，她很紧张，紧张一大家子一团和气的，只有她一个外人在，站也不是坐也不是，不需要他的家人给她什么排头吃，她已然像个操练场上同手同脚、尽是洋相的大头兵了。

“是，我知道。所以我回来，才会误会你局促到进厨房里去了也没人管你。”赵孟成告诉她，那一瞬间他觉得他的孩子被别人边缘化了，气得不得了。

“赵孟成。”顾湘笑吟吟地来攀他脖子，“你母亲真的很漂亮，很有气质，我今天总算见到了。”

“嗯，待会儿我告诉她。”

“不要，多难为情啊。”

“你夸她漂亮这有什么好难为情的，再好听不过的话了。”他也捞住她，二人默契地沉默，在沉默里互相观赏彼此，赵老师又禁不住不学好起来，“你这样待在我房间里，我必须干点什么。”

“去！”顾湘骂他死性不改，随即和他说正经事，“韩露那里我要去。”

“不准去。”赵孟成很是严肃的脸色。

“我就要去。我答应你父亲了。”

“湘湘，我不需要女人去替我周旋什么……”

“我也不行吗？”

“你不是女人吗？”

“是，我是女人。我还想做赵孟成最后一个且唯一的女人。”顾湘在他面前从来大胆，她问他，“为了我呢，或者我愿意为你去周旋呢？你不稀罕和韩家再对话了，更不稀罕他们的莫须有罪名了，要是我说，为了我再谈一次呢，你肯不肯？”

“湘湘，冰冻三尺非一日之寒，韩家那样的家庭，养出什么样的孩子都不稀奇了……”赵孟成说这话时，极为地痛心疾首。

“赵孟成，我怀孕了。”顾湘关键时候急转向。

对面的人，怔怔立在光源里，被她的话噎到了也吓到了：“真的假的？”

“假的，一秒钟，给你先当一秒钟的爹。”顾湘一副无赖的嘴脸，“其他都不管，我只问你，赵老师的原则是不是你未来太太和孩子也打破不了？”

“别闹。”说着，一股负负得正的存疑，赵孟成扳过她的脸，逼她看着自己，“到底有没有？”

“你想有还是没有？”顾湘笑他也绕他。

赵孟成鼓噪的火被她彻底点燃了，他干脆抱起她：“谁跟你去猜，我要自己来问问他！”

顾湘一开始还没明白什么意思，直到他抱着她去洗手间，后者才明白他要干什么，双手双脚全在拒绝：“赵孟成，你疯了，这是你家……”

“嗯，就是我家，不是我家我还不那么想……”

顾湘又气又恼，偏又不敢出声，只求他别闹了，楼下还等着他们吃饭呢。

“我只想吃你。”

“赵孟成，我生气了！”

“你每次都这么说。”

箭在弦上的两个人没狎昵多久，房门响了，顾湘如蒙大赦，卖命地推开他，催他去开门。

门外姑姑的声音很响亮，催赵孟成快点，楼下都等着呢。

“吃饭三催四请的毛病什么时候能改改。”

而赵孟成也在里间“吐槽”：“有时间的时候没心情，有心情的时候没时间，碰上个急火饭，还来个压哨捣糨糊的，你说要不要命！”

韩家就是算准了赵家父母都是要体面的人，但父母归父母，儿子是铁板。

六年前那事，那么嚣张的舆论，他都挺过来了，更别提今日眼药般的口水仗了。

周从森知道的时候，在办公室冲赵孟成狠拍桌子，威胁他："你桐城还想不想去？啊？你关键时候给我掉这么个链子，我的电话都快要被家委会那几个刁茬太太打爆了。"

而赵孟成一脸的悉听尊便，坦然告诉老周："原本我是听之任之的，哪怕你罢了我的晋升名额，但是我家属劝我，善了善了，我也听她的了。她作为受害者家属再去一次，但如果韩家还是贼喊捉贼，那么，周校，您就罢免我吧！"

赵孟成把他的证件丢到周从森跟前。

不是，老周听得云里雾里，倒不是稀奇这公子爷这副做派，他轻易低头就不是赵孟成了，而是："你什么时候有家属的啊？"这家属这么厉害，能叫你耳根子软，也是不容易。

赵孟成说："嗯，如果我和您还是同僚的话，结婚一定给您寄请柬？"

老周道："哦，合着不是同僚你就不打算请我了？"

"嗯哪，不同僚，我也懒得巴结您了，怪累的！"赵某人大放厥词。周从森把他的证件摔回去，要他滚回去上课，事没了之前不准离岗，事了了也正经给他一份书面检查。

而另一头，明明听了赵老师的派遣，来陪香香姐去见韩露。

明明本来就不是应届毕业生，在家待考的状态，时间自由些，但那卫若不知从哪里冒出来的。在医院住院楼下等着她们，一见到她们人，就不停地唠叨，说那个韩露是个疯子，你们见状不好就跑，别和疯子讲道理啊。

明明却不那么认为，韩露就是爱钻牛角尖，她其实很早就看出，而赵老师也为避嫌不单独与女生接触。对走偏的人来说，这种只有若离没有若即的感觉，才是压倒心理防线的最后一根稻草。

"她需要正规的疏导与良性的陪伴。"明明说。

卫若一直跟在明明后面，说："师姐似乎很懂若即若离的感觉。"

明明闻言，回头看他，再坦荡不过的同学目光，丝毫没有那什么若即若离的觉悟。

韩太太还是那句话，她不想她女儿再受什么刺激。

顾湘见不到韩露，只得对韩太太说："我来这里，不是来吵架的，这里是医院，病人最紧要的准则就是被救护。"

"韩太太，我只再问您一句，您女儿那晚如果不被及时发现并救护，那么她的命没了，您的一切对抗还有什么意义？"

同理心，赵老师那晚登门也是这样的气馁。他气馁，为什么总有他无能为力的事发生，从前他故友去世，如今他女友的家人差点因为他一命呜呼。

我们之所以这么鲜活地蹦跶是因为这条命还活着，命没了，还有什么意义？

"所以，命是底线的话，您触及了我的底线，我又为什么不可以追究！"

顾湘从包里翻出她的名片，她说这件事即刻起，关乎赵老师名誉，也关乎她家人的性命："派出所那里，我可以撤销控诉，但我不是来私了的，也不是来模棱两可的，我要听您及韩露正式出具对赵老师的正名书。"

"他明明可以等着警方来介入，仅仅因为您的女儿跟着他复习了几个月……"

忽地，特护病房的门"呼啦"打开了，里面的韩露，单薄、惨白到像纸片人，顾湘听到她咬牙切齿地说："你是代表赵老师来的？"

顾湘身边的明明悄悄扶了扶她的胳膊，小声提醒她："香香姐，冷静，别刺激她。"

顾湘记得第一次见韩露，她也是气鼓鼓的，但那时比现在有生气，现在更像冷掉的烛火，没了那一息一息的跳动感。

"不，我是我，他是他。但赵老师有话托我带给你。"

偌大一个病房，只一个瘦瘦单单的韩露。

她抱膝坐在床上，整个人和这里的一陈一设都尤为地融合，这在顾湘眼里是挫败的。

明明先跟韩露说话的，她们是同龄人，先前复习间歇还讨论一起追的剧或小说，她们还有共同应援的偶像。明明说：“我们不是说好高考后，一起去莫干山玩的吗？”

顾湘参与了她们的话题：“真好，趁着上学的时候多出去转转，国内国外，我那时就是玩得少了，现在想去也腾不出假来，打工人的卑微。”顾湘告诉她们，高考毕业旅游，她妈只准她在周边转转，当天来回。

韩露却丝毫不领情她的热络，只冷冷地批评她：“你好假……你明明恨死我，还这么假惺惺……”

顾湘接过她的话：“我一点不恨你。因为你们的恨与我的恨，阈值显然不一样。”

顾湘说，如果她的有限人生以来，当真恨过的，应该只有她父亲。

来前，她做过调查，韩露的症结就出在她父亲身上。

“我父母很早就离婚了，我爸的过错，我当真恨了他好多年，恨他的背叛，才导致一个家庭的瓦解。可是我妈一直说和他过不下去就该离，不然绑在一起更痛苦。是的，这些年除了他们各自分开了，除了我的父母不睡在一张床上，其余，他们待我也没什么不同。反而，如今的我该庆幸，我没有看到他们因为委曲求全而绑在一起互相怨怪、互相责备、互相糊涂彼此的人生。当然，他们现在的关系更复杂，一对已经走离法律约束范围的‘夫妻’，分道扬镳的‘夫妻’，因为我，他们总是有牵扯，甚至可能是一辈子，但我也懒得管了，也许这样至近至远是最好的结局。”

“我连我曾经最恨的人都不恨了，又怎么会恨一个才十八岁的孩子呢？”

顾湘莞尔：“我也是从你们这个年纪过来的，少年的我们，喜怒哀乐都好像一座座山，那么沉、那么重。”

“赵老师要我带给你的话，那晚院子里，对不起，他该听你说的。也许听你说了，今天就不会是这样的局面。”

只有前面一句，后面一句是顾湘擅自加的：“他说，他始终信他的学生。”

解铃还须系铃人。韩露理所当然地吸收了赵老师的两句话，她哭得潸然泪下，她说她从来没想过任何不该想的。

可是，他一气之下就要她不必来复习了。韩露觉得所有的尊严在那一刻全被搅碎了。

她分不清赵老师是失望还是厌恶，或者纯粹是因为他自己的感情不顺。

“你误会了，我妈妈那天去找他，相反，是认可了他。你们也知道赵老师有张最会说教人的嘴，我妈也不能幸免。”

韩露闻言，讶然地盯着顾湘看。后者只悄然地颔首加重肯定。

“其实学生时期有孺慕之情再寻常不过了，怎么说呢，慕强也好，青春期荷尔蒙作用下的欣赏也罢，都是再天然、自然不过的情绪。你们的赵老师不傻的，他能感受到，但他作为一个正经的师长自然只能漠然或者冷处理，就好比我们跟父母吵架，他们总要我们自己冷静地想想是一个道理，没什么大不了。我倒觉得，有些感受就像大浪淘沙，筛掉的自然是劣的，留下的，有念念不忘的，有有缘无分的，有假爱之名的，我们能做的就是择选那个努力回应你且足与你相配的，其他的都只能是风景，而身边的是陪你看风景的人。”

小说里总要有个白玫瑰与红玫瑰，而我们大多数人，平平凡凡得个对的人就够了。

十八岁的花骨朵少女，有什么好气馁的。

而这个年纪行差踏错，真的就不能原谅吗？

看情况，可以饶恕自然要饶恕，难逃的审判，也终将难逃。

这也是赵孟成那晚去的初衷。他还是希望，他的学生只是在可饶恕范畴里迷途了。

临走前，顾湘瞥了眼窗台边水养的那瓶鲜切白百合，她凑到窗边嗅了嗅，顺便提了提花枝，使其中一枝拔高些，沐浴阳光，汲取生长。

她由衷祝福韩露：“祝你早日康复。”

她和明明快走到门口了，病床上的人喊她：“我只是对不起赵老师，我依旧不喜欢你。”

“不要紧，这样已经很好了。”

从医院出来，顾湘问明明：“晚上去哪里？去我那里吃火锅吧。”

明明只问，赵老师也参加？那多别扭啊！

顾湘笑：“啊，原来你不喜欢他啊。我以为他的学生都喜欢他的。”

明明说：“喜欢也不影响别扭。他那张扑克脸，很少有学生不别扭的。”

卫若跟在她们后面问结果，怎么样，疯子答应和解了？

没人理他。

他不是S外的学生，现在这个时刻应该在上课，明明提醒他。

卫小爷才不惮，极为自来熟地爬进顾湘车里，在后座上继续问她们结果。

顾湘好脾气地认真开车，明明翻出耳机，隔绝噪音。

良久，后面那人趴在副驾驶座椅边，伸手来摘副驾驶座上人的耳机，继而，时间仿佛过去一世纪，后面的少年问：“师姐，说真的，你高考还填你从前那个学校吗？”

明明反问：“有什么问题？”

“没问题，只是跟你确认一下这个问题。”

[61]

许岫远那里的面试很顺利，对顾湘来说，无疑是晋升。许总亲自关照的人，人事那里也不过走个过场，面试结束的时候，那个人事经理已然递手说，今后共事愉快。

她换完证件从大楼出来，艳艳的一个黄昏天。

顾湘站在余晖里给赵孟成发信息，告诉他，承蒙赵老师的关照，她成功跳槽了！她问他，她这算不算傍男人呀！

赵老师秒回：“不，这是你该得的。许岫远比谁都精明，不中他意的人，他才不会给自己找不痛快。”

顾湘回：“赵老师，我晚上请你吃饭吧！”

赵孟成回：“好啊。”

下一秒，顾湘听到一记利索的鸣笛声，她抬眸去寻声源，那头，赵孟成从车里下来，扶着车门，冲她勾勾手，手机也进来电话，他说：“上车！这里不能久停。”

顾湘几乎一路小跑过去，一人忙着上车，一人忙着挪车子，两个人合拍地作怪。

她问他：“你怎么会有时间过来？”

赵孟成说，被他们周校长喊去听了半天的“政治课”。韩露那头，她亲自写了份陈情书，披露了事情始末，包括赵老师去韩家的缘故，她自请退学。

家委会作保，以及她父亲到底捐助了奖学金，最后准予韩露保留学籍养病一年以观后效。

而对赵孟成的处理就是，升职公布延期一学期，以他为个案的复习指导，学校今后严令禁止，无论是不是无偿。

赵孟成被要求三日内，交具一份书面检讨书，检讨书没上报前，这几天也不用来上课了。

因祸得福，他说再兢兢业业都得不到一天大假，这下放三天假不止，他还能就此堵住悠悠之口，不必再应付任何一家亲戚朋友的孩子了。

无债一身轻。

“湘湘，陪我去个地方吧。”

“哪里？”

“山里。”当日，赵孟成和书惠约好夜钓的那个山里湖边。

今年闰四月，书惠的生日就是四月，他今年有两个生日的。

山里有个度假山庄，长长的栈道一直修到湖里最深腹，那里山月清幽，是夜钓者最爱出没的地方，不论春夏秋冬。

江浙一带，春里最常吃的不过就是鲈鱼或白鱼。佟书惠烧得一手好喝的鲈鱼莼菜羹。

出事前一晚，他钓了好几尾鲈鱼，自己因为重感冒，也没精神做新鲜鱼羹吃了，钓上了，又“扑通通”全放生了。

二人在星月粼粼的湖面上，各自抽烟，各自诉说着彼此的不如意。

烟在风里，风又在袖子里。书惠说，他要回去教书了，赵孟成提前喊他佟老师。

那晚他们说了许多许多，事后，赵孟成又把他们的谈话内容，这几年多多少少拆分给了各自需要知道的人。

唯有一桩，他从没告诉任何人。他答应过书惠的。

四月往五月过渡的夜晚，赵孟成把外套给顾湘穿上，他说山里会愈来愈凉。

明月别在蓝蓝的天幕上，渐渐地往下沉。

书惠说，他撒了谎。赵父做媒的时候，孟晞拒绝了，因此他才说，兔子不吃窝边草。他说，爱情是新鲜的，他与孟晞最大的问题，就是彼此早不新鲜了。

其实不然，孟晞答应檀越求婚的那晚，书惠喝得酩酊大醉。

赵孟成当时说他："你怪不了任何人，别的女人我不知道，赵孟晞是个最要降服的人，你不说，她一辈子不知道，也不想知道。"

而书惠摇头："说不说，结果都是我和她，桥归桥、路归路。因为我不能想象，她和我过柴米油盐的日子。"

也想象不到。

赵孟成问："你没试过，为什么就不敢想？"

那晚谈话终结在书惠的那句："我喜欢她，可是我不知道如何爱她！所以，就这样吧，这样也许是最好的结局。"

一语成谶，最好的结局，他死在了永远的二十八岁。同年，赵孟晞嫁给了檀越。

风吹迷手上的烟，散开的烟灰，一星星一闪而逝的火。

顾湘说："赵老师，你违背了你与书惠的诺言。"

蓝蓝的夜幕，有流星划过，散落下来，像掉在他们左右。顾湘与赵孟成并肩坐在栈道边，她有点怕，死命地拽着他胳膊，风里有她的香气，赵孟成伸手替她拢住吹扬的长发："嗯，他知道是你，不会怪我的。"

"为什么？"

"因为你是顾湘。"第一面就叫他难以忘记的顾香香。

一个市井里长大却比任何人都懂饮水人生的姑娘。

一个洒脱天然、拥有无限元气与勇气的姑娘。

一个能治愈赵孟成的顾湘。

"此心安处是吾乡。"——湘。

"赵孟成，没有那些大道理，仅仅因为我喜欢你，舍不得你，我很自私，不想你落到别人手里去。"

"嗯，这条长期有效。"

顾湘于暗处掐他，然后又自己扭起来，说这才什么天，有蚊子了！

说罢，撸起袖子抓痒，赵孟成拿手机给她照，不肯她乱抓，万一是什么蜱虫就糟糕了。

有限的一簇灯光里，赵老师仔细检查她胳膊上的疙瘩，确认只是蚊子叮的，就贱兮兮地说：“这个蚊子技术真好，咬得又大又圆。”

顾湘又被他成功逗笑，笑得咯咯的，赵孟成急急地拽着她：“别疯，掉下去我可不去捞你。”

“我不信。”她爬到他身上去，星月里，手机里的电筒还没来得及关，弃在一边，灯光像一处地灯暗暗地散开，她一点都不怕掉下去，掉下去也是他们一齐掉，“赵老师，今晚月色真美。”

说着，她捧着他的脸，要他抬头看。赵孟成摘掉她的手，逼着它们牢牢抱着他的腰，再俯首去纠正她：“月下人更美。”

山月良宵里，二人似两簇孤独的魂灵相拥相吻。

“我们今晚宿在这里吗？”

“嗯。”

“可我都没带换洗衣服。”

“可以买。”

“我肚子饿了……”

“想吃什么？”

“鲈鱼莼菜羹。”

“明晚，明晚来钓。”

“啊，明晚还在这儿？”

赵老师提醒她：“我有三天假期。”

顾湘才不理他：“你有我没有！我明天还要上班！”

声音很高，不远处的湖面上跃出个什么，“扑通”再落回水里，给顾湘吓着了，死命地挨着他，问他是什么。

“鬼。”

“骗人，是鱼吧，是不是鱼？”

他不语。

“赵孟成！”

“嗯哪，是鱼呀，大呼小叫什么？”

“快回去！”她从他身上下来，捡起两只高跟鞋，急急忙忙往栈道边上走。

走出一段距离，看赵孟成还懒散着精神，回头来扽他，扽他快点，她说，她怕黑，怕夜里悄然的动静，怕鬼，怕一切毛骨悚然的故事。

所以她夜里睡觉都得留灯。

赵孟成说，留着灯，不是更看得见那些可怖的东西？

顾湘把手里的鞋子掷到他身上去：“你还说！”

他越笑，她越跳脚。最后跳到他背上去，要他背。

赵孟成说：“把你房间那盏落地灯搬到我那里去吧，我保证常年给它开着，陪你入睡。”

“然后呢？”

“什么然后？”

顾湘笑吟吟地问他：“赵老师的计划是什么？”

“我的计划是，你离不开灯，我离不开你。”

庚子年，春夏之交。

【正文完】

番外 01
赵 与 顾

[1]

新工作上任前，赵孟成给顾湘赁好了新的住处，挨着她公司，二十分钟的车程。

说这样，她起码每天有充足的睡眠，不至于她每天上下班通勤他都提心吊胆的。

房子是他找的，保洁也是他监督的，带着她的家伙什儿搬进去的第一天，顾湘给吓到了，太干净了吧！

屋子里还分别摆着几束百合，阳台上留着通风的落地窗灌进来南风，把熟落的花瓣簌簌拂落。

窗明几净，一室芬芳。处处恰恰好，恰恰好的无尘，恰恰好的熨帖。

顾湘喜欢这样的放心，她不必来看，赵老师就能处处照顾到她的审美与欢喜。

她唯一要做的就是换鞋子进里，盘腿坐在沙发上连Wi-Fi，而行李自有他给她去归置。

里面的人全收拾妥当后，沙发上的人从坐着改躺着了，躺着任由天然的凉风吹进来，都不必开冷气了。她在和陈桉聊天，正在屏幕上打字呢，有人径直把她手机收走了。

“今晚吃什么？”赵孟成问。

“你做主。”你做主的意思是，在家吃就你做，出去吃就你选。

她不怕冷，怕热，一到夏天就能自行瘦一圈。茶饭倦思的缘故。

赵孟成说，这不行，人眼瞅着清瘦下去，他不同意。

顾湘只笑，问他：“你不同意什么？”

“硌得慌。”说着，他欺身过来。盛夏南风里，二人闹得一身汗，缓神之余，赵孟成问她这房子还满意吗?

顾湘点头，赵老师亲自料理的，自然满意。

“满意的话，我们就在这小区买套大的吧。”

大的?

赵孟成说这里地段还可以，离她新公司以及他们分校都近，上高架也方便，今后有事回她母亲那里也顺畅。

赁房子的那个中介手里正好有套四居室，房东屯在手里急着抛，全款的话还能小刀些。

赵孟成的意思是把自己那套房子卖掉，加些积蓄，正好买那套四居。如果顾湘喜欢的话。

“为什么要买？”顾湘跃起身来，湿发沾在脸颊上，赵孟成伸手替她一点点拈开，顺到耳后去。

“你说呢？”

“喂，你确定我跟你一辈子哦？”那么草率地就决定买房子。

先前他们打赌，他们的多巴胺会死在多少夜。九十九天。

现在赵老师要增补这个协议：“乘以一百吧。”

“为什么？”顾湘笑，为什么是乘以一百，那是多少天，九千九?

“到时候我反正也动不了了，随你去吧。”

“你哪里不能动？”

“你说呢？”

[2]

他和冯洛结婚时，孟校长送了套房子给他们。

一双儿女结婚，都有馈赠，但是孟校长说过的，婚姻不是儿戏，你们也只得我一次馈赠。

赵孟晞结婚时，是那栋母亲的嫁妆楼。

轮到赵孟成，可想而知，那套大平层价值可观。他自作主张给了冯洛，于是，赵孟成对顾湘多少是愧疚的，愧疚他能给她的，目前也只有这些了。

说完全不在意那套房子的价值，是骗人的。但是顾湘骄矜地说：“即便你当初没给你前妻，我也不会住。”

给有给的好处，一了百了。

“赵老师余下的二十年给我，还不够一套房子吗？”

“况且我自己有房子。我有我的嫁妆。”

赵孟成悄然地打量顾湘，说这就是大小姐的好处。他们家也是孟校长说了算，经济就是王道。

他父母是相亲认识的，孟家一眼相中了他父亲。要女儿嫁，女儿哭闹了好久，两个人是典型的“傲慢与偏见”，先婚后爱。

偏能把日子过成如今的柴米油盐。

孟校长至今不会做一顿像样的饭，他们的父亲从来不要求他的女先生会这些。因为他娶她的时候，就知道她天生不是做这些的，包括她肯生这一双儿女，这辈子活下来，老赵依旧觉得意外。

意外这样的天之骄女，甘愿在他的身边，落地生根。

赵孟成说，有他父亲在前面，他更要好好珍惜值得的人。

因为那个女孩，为他千千万万遍。

晚餐只剩下一个蚝油生菜没炒，顾湘跃跃欲试，说这么简单的，她可以的，说着抢过赵孟成手里的铲子，

就是听他聊父母爱情，一个分神，蚝油倒多了，冲下去半瓶。

啊，怎么办？

赵老师犹如第一面见她时那样冷酷，说教：“舀出来，当什么都没发生。”

“哈哈哈哈哈哈……”

[3]

赵孟晞交友满天下，PR（公关）时常塞一堆品牌产品给她，她自己店里也会季度性地分发一些员工福利。

老小姐多到家里盛不下，时不时都会转送给赵孟成。

赵孟成更懒，他能攒家门口一玄关的快递不拆，纯粹对赵孟晞的东西没兴趣。

顾湘按照他的意思拿给家里头，几乎囊括了衣食住行。唐女士不放心地问：“这些东西可都不便宜，该不是他收的礼吧？那样可不行啊，为人师表的，品格比业务更重要。”

顾湘再一次感叹老母亲的干部家属觉悟，用赵老师最经典的话学给妈妈听：“你放心。”

许是拿人的手短，吃人的嘴软。

某一天，唐女士突然跟顾湘说：“你问问他，周末有没有时间来吃饭吧！”

顾湘问：“因为他送您礼物了？”

唐女士懒得理她。

老公房原本就人多口杂，星期天这天晚上没多久，上上下下的邻居都晓得了，香香有个S外的男朋友，还是领导层。

其实唐女士厨艺一般，拿手菜也就那几样，可为了这顿饭当真忙活了一天。

尤其那道狮子头。请人家师傅手工斩的，先是回来过油炸，再搁到炉子上用小火慢慢煨。

上桌的时候，浓油赤酱，挂着一层好看的芡汁。

唐女士不会主动给赵孟成夹菜，也晓得他们那样的人家不兴这样小家子气的殷勤。外婆不懂这些，见赵孟成吃了一个狮子头，问他：“怎么样，这是你丈母娘特意为你做的。”

赵孟成自然百分百地认可，认可就好，老太太拿公筷又给他夹了个……

一顿饭下来，赵老师在回去的路上，认真规劝顾湘，盐还是少吃点好。

顾湘笑得把不住方向盘：“你嫌我妈烧菜咸，我要告诉她！”

赵老师当即改口：“算了，食得咸鱼抵得渴。”

从此，赵老帅在“爱吃”红烧狮子头的路上，越走越远。

[4]

人人都逃不过“真香定律”。

包括我们口口声声不同意的唐女士。

陈桉好奇，老赵是怎么攻略唐女士的？

顾湘说：“并没有。他就不是个会攻略的人。”

来的时候认真打招呼，走的时候认真说再会。

久而久之，唐女士就习惯了，习惯了赵孟成的各种礼物，帮她修理各种家电；习惯了香香有事没事都喊赵孟成弄，而她自己像个地主老财似的在那儿当甩手掌柜……

吃不下的东西也塞给他，唐女士见到一次唠叨一次，像什么样子，他是个垃圾站嘛，吃不下给人：“你这是在我这里，在他父母那里也这样，人家要说你没家教的。”

顾湘很想反驳：“你那是被他斯文的表象骗了好嘛，他……不斯文的样子你只是没看见！”算了，说了有人信才是！

赵老师这两天伤风了，理由是两个人吵架，顾湘一气之下，在他洗澡的时候关了热水器。

他在里面喊，喊她别闹。

不服输的老男人最后洗了个冷水澡。结果就……伤风着去上课了。

唐女士知道伤风的由头后，把顾湘狠狠骂了一顿，不像话！

[5]

所谓的洞房花烛夜，顾湘直接累瘫了。

毫无疑问，结婚将排到她人生劳神费力事情的榜首上去。

回来的路上，她还和赵孟成说，她要数份子钱，她要躺在床上数钱。

结果，那些钱随它们去吧，左右也少不了。她是真的太累了，剥去那些仪式感的衣裳，她觉得世上最舒服的衣服还是睡衣。

洗漱后躺在床上，迷糊间就睡着了。

肚子饿得“咕咕”叫，她一天都没怎么吃东西，上午行中式嫁娶礼，唐女士有多讲究啊，硬生生只肯亲生闺女吃了碗蜜枣和红枣煮的甜汤。

顾湘恨不得连那碗都嚼了。晚宴又是闹哄哄，新娘子就是不能大口吃东西。眼下回来第一件事，她就是要吃东西，赵孟成煮好一碗面端进来，床上的人是怎么也喊不醒了。

猪油化开的汤底，最普通的阳春面。热气腾腾，飘散的味道里还有胡椒的香味。

她“呜呜”地挣扎着，这世上最折磨人的食欲与睡欲齐齐来袭。

最后她是打坐般坐着，晃来晃去，被赵孟成喂完一碗面，某人说教她，在床上吃饭，最没出息的人。

她才不管他说了什么，吃饱喝足继续躺下去，等赵孟成洗漱完再出来，看到的就是顾湘随便拖过一床被子，侧睡着，一条腿大剌剌伸出来，搭在被子上。

醒目的白衬着鲜艳的红。

那床被子正是外婆送的百子被。

最普通的一床被褥，被面上是最传统朴素的百子千孙图。前一天晚上孟校长和姑姑过来检查新房布置，看到这床被子给吓到了，主要是孟校长，说，这……未免也太直接了吧。

赵孟成却觉得没什么不好。尤其是看着顾湘躺在上面，他觉得有趣极了，心动即行动，扽着她的两只脚，拉她过来，把她埋在被子里，围成个襁褓形状。

"襁褓"里的人原本就困，困的时候道德标准也低，一记窝心脚踹到他心口上去，警告他："我很困，不准碰我。"

"不碰你，怎么洞房？"

"呸！"

困倦的身体原本就散着筋骨，最后集体拆卸掉了，顾湘犹如被呼啸的车碾过去一般的粉碎。

最要命的是，百子被被折腾毁了，只有一个问题：这个被子是面子与里子两件缝起来的，要洗就得拆，要拆就得缝？

赵某人问："给谁缝呢？"

给姑姑还是给外婆，他都难说明白，为什么好端端的被子新婚第二夜就给拆了？

[G]

除夕夜。

新媳进门的第一个春节，赵家晚宴热闹非常，连同孟家舅舅一家也从日本回来与小妹家齐贺新春。

顾湘这才知道赵孟成的日语为什么说那么好。孟家几代家族生意，胞舅生意营盘在日本，跟随过去定居的孩子自然个个要会日文，赵孟成小时候在孟家时常跟着孟家的孩子后面学日文。孟家甚至想把赵孟成过继过去，跟着姓孟。

无奈小妹没肯，这起旧闲话说到现在舅舅依旧不死心。时常要赵孟成别教书了，随他回去打理生意吧。

有人自然左耳朵进右耳朵出，一家子其乐融融之际，赵孟成起身出去了会儿，再进偏厅的时候手里拿着他和顾湘的大衣。

时下夜里十点多，他回了父母并舅舅、舅母，说要再去他岳母那里坐坐。明日不一定起得早，干脆现下去拜个早年。

厅里一室沉默，姑姑提醒他，初二才回娘家的。

赵孟成说："不要紧。新时代有新时代的作兴。"他执意现在去。

顾湘还晃神坐在那里，赵孟成喊她出来。后者依言出来时，手里还握着一把瓜子，汗早把瓜子焐潮了，赵孟成给她穿外套、系围巾的时候，她干脆把瓜子揣进他口袋里，问他："怎么想起现在去我妈那里？"

"因为我知道你难熬。"这样的家庭聚会，哪怕对着他父母，其实也难熬。

"哪有。"顾湘反驳。

赵孟成牵着她的手往外走："哦，那你没有，我有！"

"你有什么？"

舅舅向来和老赵不对盘，商人看不上文化人，文化人瞧不起臭做生意的！赵孟成说："我们走了，没准这郎舅二人才掐得起来。"

二人都喝了酒，没法子开车。出了大院，拿手机喊车子，这个节下也很难招得到，顾湘再劝他："算了，别去了，没准我妈都睡了。"

赵孟成抬眸审视她，讥诮有个新媳妇口不对心："明明在里面坐得比生意局都难熬，我解救你出来，有人还拿乔！"

不过她的话，倒是提醒他了："提前打个电话给你妈，说我们过去！"

"赵孟成，谢谢你。"四下冷清清的，没有烟火、没有炮仗，只有呼吸间冷冽的空气，老城区里禁燃明火的缘故。

"谢我什么？"

"谢你这么贴心。"

赵孟成不以为意，他说，赵孟晞这些年都很少愿意陪檀越回去过年的。老小姐为此时常被父母念，但她就是不愿意，不愿意去适应她不习惯的环境。

有赵孟晞在前面，今晚他才觉得顾湘过分懂事，也才明白旧时的一些习俗过于男尊女卑。

赵孟成说，他们要反封建、反迷信。新时代的婚姻，本来就是情投意合者的结合，两个家庭的和睦更是靠他们这一对中间人来联络，他不能自作主张接岳母来这里过年，那么从第一年开始，他说："就轮流转吧，今年这头，明年那头。"

各家有各家的门户要应付，两厢安好，两厢不搭界。轮流转是最好的公平。

他再说："我们做在前头。倘若将来有个女儿，她也这么应付我们。"

逆光里，有辆车子逐渐靠近他们，停泊下来。

顾湘没来得及问他什么，就被赵孟成推上了车。

到了唐女士那里，家里早就布置好了茶盘、果子，唐女士怪他们这么晚还要来，她都准备睡了。

顾湘全由赵孟成做好人，告诉妈妈，是他，他非要过来看看。

赵孟成坐下喝茶："您别听她瞎说，是在那头熬得都快要哭了，我才带她到这里打个岔的。"

唐女士闻言怪香香，大过年的，你作什么怪!

"嗯哪，我作怪，你女婿什么都对。"

唐女士又端了碗冻菱角来，稍稍热过了，说是江北亲戚给的，他们那里过年有吃冻菱角的习惯，也要赵孟成尝尝："他不对的时候我再说他，你要是头一年在婆家就小家子气闹脾气，那我不欢迎你回来。"

说是这么说，老母亲恨不得把能上桌的都搬上来，足以说明口不对心。

赵孟成继续打圆场："我舅舅一家是有好多难相与的地方，别说我们，就连我母亲有时候和她嫂子也不对付。他们很少回来，我们也很少去应付他们，全是我父母主张。我都不高兴同他们玩了，更不想湘湘打起十万分精神地去逢迎他们，怪累的。"

话是这么说，每家有每家的门户差事。唐女士自然懂亲戚难打交道的苦楚，但是也说教他们："你不能全由着她适意，回头你父母该怨她处处拿捏你。"

“不会的。”赵孟成难得展颜般笑，“您信我，我们家没那么多弯弯绕绕，因为我父亲就被我母亲拿捏了一辈子，他们只会觉得祖传，不会敢有怨言的。”

唐女士用一记薄责的笑回应，随即安生话起家常。

这里不比干部大院，外面闹哄哄的鞭炮声，楼下还有小孩在玩花炮，震得各家停的车子响起此起彼伏的防盗声。

说到车子，唐女士拽着香香说起对门陈阿姨的是非。

他们结婚，孟校长要赵孟晞提了辆车子给顾湘，其余也没多少过分的表示。因为房子那头，全是赵孟成自己料理的。

顾湘原不想要这份礼物，赵孟晞把车钥匙塞到她手里，说长辈给的就是赏，新兴头上，不要干什么?

于是三朝回门那天，他们正巧开的就是那辆车子。街坊里短的，这些是非传到唐女士耳里就变成了——到底二婚是要些体面来弥补的，光一辆车子就百来万的，啧啧，是多想堵人家的嘴哦。

说来可笑，他们只有两个车位。到现在那辆车子还停在他父母那里，顾湘通勤很少开这么显眼的车子，赵孟成的工作更不需要这些门面，学校也有公车出行。

原是孟校长一番心意，倒成了甜蜜的负担。

也成了别人口里的弥补，顾湘很想说，你在别人嘴里，永远都难做对。

她还怕妈妈生气介意呢：“你不会跟陈阿姨吵了吧？”

母女俩在厨房里准备下酒酿汤圆，唐女士说：“我给她脸了，和她吵！她那是纯粹嫉妒，说酸话呢。”

酒酿烧开，圆满的汤圆一个个往滚水锅里下，唐女士和香香说：“日子是过给自己的，别人越说，你们越要给我过好了。”

“妈……”

“行了，人是你自己选的，路也要你自己走。我和你爸唯一能做的就是不成为你们的负担。”

唐女士说，这是天底下每一对父母最矛盾的妥协，也是最本质的希望。

[7]

顾湘工作之余，夜读的书都需要那种减压类的。

没甚烦恼，没一地鸡毛，只有人间小品类的舒心文字。

因此，赵孟成被她成功推荐汪曾祺。

某晚入睡前，赵老师翻到汪老写他独创的塞馅回锅油条。大致做法就和面筋塞肉差不多，只是后者要炖，汪老说的回锅油条是炸，炸到酥脆金黄。

于是周末天，赵老师就试着来做这道菜，恰好陈桉也在。

二十四孝好男人做了整整一桌子的菜，端着那盘塞馅回锅油条给她们，要赵太太点评点评："看看你男神汪老的菜谱可不可？"

顾湘前一秒还跃跃欲试地爬起来，下一秒闻到那黄澄澄的油和肉味，就直奔了洗手间。

干呕了好长时间，出来的时候脸色煞白。

陈桉本能地问："你有啦？"

[8]

毫不夸张，妊娠期前三个月顾湘是抱着垃圾桶过的。

吃什么吐什么。

姑姑说这喜害得也太严重了，跟个小孩直肠胃一样，吃下去就呕出来了。好几个周末回去吃饭，她都在边上不和他们同席。

赵孟晞"吐槽"顾湘："是不是娇气的呀，一口不能吃未免也太夸张了吧。"

不等赵孟成开口，父亲先不快了："你管好你自己就行了。"

老小姐次日给弟妹送了一篓了新鲜的杨梅，顾湘在那儿喝口水都吐，哇啦啦的，给老小姐吓得，屁股没坐热就要走。

她说，这更坚定了她的想法。她没这么无私。

这日夜里，顾湘冷不丁地跟赵孟成说，好想吃茶叶蛋。

"现在去买。"

"不想吃外面的，一点茶叶味也没有。"

"那我现在去做，明天早上吃。"

"可是，要是我睡醒了又不想吃了……怎么办？"这样的事情，近来常常发生。

赵孟成说："凉拌。"

第二天一早，顾湘不忍心，不忍心赵孟成连夜给她炖茶叶蛋，硬生生逼着自己吃了一个下去。

送她上班的路上，赵孟成一直时不时打量她。

"你看什么呀？好好开车。"

"我怕你吐。"

[9]

玄关处的灯，只要赵孟成在家，他都会开着。

睡前也是他检查水电门窗，最后揿掉玄关灯。

这几年，顾湘早已习惯有人留着灯等她。

剔掉高跟鞋，手袋随便搁在玄关柜上，才进里一点就听见家里有低低的童谣声，在那棵盛扮的圣诞树下，播放着浅浅的温柔的*Jingle Bells*。

左侧往厨房方向去，听到里面有一高一低两个人声。

小的问大的："爸爸，我们家没有烟囱，圣诞老人怎么进来呢？"

"或许我们把阳台窗户打开，他看见圣诞树就会来的。再不行，他可以通过油烟机的排烟管爬进来。"

顾湘在外面翻一个白眼，果然是赵式黑色幽默。

里面那个小的明显也不服气："排烟管没有可进来的地方。"

"是啊，好糟糕的设计啊。"

"那他会不会不来？"这是重点。

"不会的，他一定会来的。你妈妈打过电话跟他确认过的。"

小的更气馁了："妈妈什么时候跟你说的，她都没有打电话给我。"

顾湘站在门外，赵孟成先看到了她，于是要赵祎一回头："她现在跟你说！"

不等他们的小公主回头，顾湘径直冲进来，一把叉抱起赵祎一同学，扪在怀里各种亲昵，问她有没有想妈妈。

她出差一周，赶在平安夜回来了，好不容易。

赵家祖传的骄傲到了这一代也没有失传。赵祎一同学，一半她爹的傲慢，一半她姑姑的目中无人，娇滴滴地问妈妈："圣诞老人会进不来我们家吗？”

“不会。他一定会来的，我已经和他确认过了。”

“在你回来的路上？”

“妈妈出差的每一天。”

好吧，赵祎一这才原谅了妈妈缺席她的汇报演出。软绵绵的一双小手捧着妈妈的脸，亲她一口，告诉她：“我也每天都想妈妈。”

可人儿，手上的糖粉，沾得顾湘脸上黏糊糊的。

哄完小的哄大的，她搁下女儿，凑到赵孟成跟前去，一半抱歉一半撒娇：“抱歉了，赵校这几天辛苦了。”

“为人民服务。”

哈哈哈，听到他的回答，顾湘又破功了。是的，女儿第一次正式意义的上台演出，她就缺席了，她不要他批评，已经很愧疚了，只问他：“拍视频了吧，我要看！”

“我当初就不该把你弄到许岫远那里去，惯得你成天不着家。许岫远那厮也是混账，他那些外国客户不要过节嘛，死磕不回来！”

顾湘从善如流：“是的呢，我这还是提前溜回来的。你知道的，平安夜，我一定会回来的。”

连他们的赵祎一同学都知道，平安夜是爸爸妈妈的纪念日。

话说，她问：“你准备什么礼物给她了？”

嘘，赵孟成连忙捂住她的嘴，再轻轻替她擦掉女儿蹭到她脸上的糖粉，示意别给旁边这个精豆子听到。

“她已经在怀疑世上没有圣诞老人了。”他在顾湘耳边说。

“谁告诉她的？”

“赵孟晞这个杀千刀的。”

“哈哈哈哈哈……”

父女俩在做圣诞饼干，那种摇摇乐饼干。顾湘这些年都始终没走进厨房来，做这些东西她从来没有赵孟成细致，看到做好的饼干，她讶异极了，连连称赞，太好看了吧。

“爸爸都可以去开店了！”

她问小房子上的玻璃是怎么做的，赵祎一告诉妈妈，是透明的糖果，融化了就成了玻璃窗户了。

天！好可爱的玻璃，好可爱的房子。

父女俩忙着将各类雪人、房子、圣诞树的饼干装进礼盒，烤箱里还有一拨，顾湘问，要做多少啊？

赵祎一细数他们要送的人："爷爷奶奶、外公外婆、姑姑姑父、干妈、章家姐姐、我的同学、老师……"

不到四岁的孩子，注意力总是难集中，陪爸爸装了几盒，就跑出去看动画片了。赵祎一说，她要晚点睡，等圣诞老人来。

"下雪了吗，外面？"

顾湘摇头："我回来的时候还没有。"

"吃了没？"

顾湘再次摇头。

赵孟成问她想吃什么："冰箱里还有牛腩汤。"煮面给她吃。

"待会儿，我们把她送我妈那里去吧！"顾湘诚挚邀请赵孟成，"晚上去喝一杯？"

"她等圣诞老人呢？"

"就说婆婆那里有烟囱。"

赵孟成笑纳她的主意。

顾湘剥开一颗透明的糖果，吃进嘴里，没两口，她来攀赵先生的脖子，扳他的脸过来，说："平安夜快乐，老公！"

她把糖喂给了他。

一室灯火，温暖可亲。

番外 02
陈桉 / 赵孟晞

我听别人说这世界上有一种鸟是没有脚的，它只能够一直地飞呀飞呀。

飞累了就在风里面睡觉，这种鸟一辈子只能下地一次。

那一次就是它死亡的时候。

——《阿飞正传》

[陈桉]

陈桉每次搬家，都要找头顶能看到梧桐树的地段。

她喜欢这样闹中取静的老城区，当然，租金也不便宜。

陈母从来念叨她，江南挣钱江南花，没一分钱带回来。

注意，是带回来，不是攒起来。

顾湘每次听到这种发言，就恨得牙痒痒。香香是独生女，她不懂有兄弟姊妹的心酸。陈桉每个月给家里寄千把块的生活费，她声明过，是给父母的，其余人不在她照顾范畴，因为人只有渡己后才能渡人。

最新一次搬家是因为躲骆海洋，和他分得很不利索，这也许就是和小男人周旋的窝囊之处。

对方陆陆续续各种花样地给她打电话，骂也有，求也有，陈桉永远是没有心的那一个。

“我不会回头的，任何一个过去式都是如此。”陈桉打发他。

这个比她小两岁的男生，在通话那头沉默，沉默中他爆发了，“咣啷”一声摔了手机，而陈桉这头感受到的只是“嘟”的一声，总算熄灭了。

酒局上才认识的周先生听完她的话，只在边上一副看客嘴脸地笑，这是今晚他第一次主动应付陈桉，讥诮她："业务还挺多。"

他左手无名指上有一圈干净的婚戒。这个男人，仪表堂堂、风流倜傥，一双好看的内双桃花眼，天生会在脂粉堆里惹是非的货色。

男人的酒局，总要知情识趣的解语花来增色。陈桉今晚是来做清客女相公的，自然算是业务。

他说得一点没错。

酒三巡不到，周先生说先告辞了。起身急，手拂落了桌上的酒樽，白酒烈烈地、冰冰地全浇在陈桉的裙子上，醇香的酒气洒开，始作俑者问她："不要紧？"

陈桉摇头，但不回应他。

他由侍者交还外套，从外套里掏出丝绢手帕递给她，走离几步，又折回来："你随我出来一下。"

她今晚就是他的陪客，他要走，还喊她离席，做东的那位伙同着几个男士在那儿起哄，说这才几点就要走。

男人没在意他们的取笑，揽着陈桉离席，把她送到洗手间门口，要她进去收拾一下。陈桉静默地打量着他，男人好看但无情的眉眼只稍微流转一下，好像随她去了，收不收拾，反正懊糟的也不是他。

不多时，他的司机还是助手模样的一个人跑过来寻他，喊他周总，递给他一个信封。

男人接过来，随手递给了陈桉："赔你的裙子。"

陈桉见过太多这种生意场上的男人，这么冷漠礼遇的态度，通常只有两种人：一种对你没兴趣，或者你不符合他胃口；二种已婚守则，或者你达不到他打破原则的地步。

偏偏陈桉觉得眼前的男人，这两种都不是。

信封捏在手里很厚，她从里面抽出两张，说只是白酒，不打紧，谢谢周先生的洗衣费了。

其余还给了他，男人两手闲抄口袋，没接回的意思，见她执意，便示意司机收下了。

没等他开口，陈桉先抢白了："周先生能回答我一个问题吗？"

他倨傲地笑，表示洗耳恭听。

“您结婚几年了？”陈桉无端一声笑，“婚戒还很新。”

“是我很少戴的缘故。”

“那今天为什么戴？”

“想起来了。”

进退之间，男人把分寸拿捏在原位，他陡然一声慢笑，再问：“还有问题吗？”

陈桉才意识到他生气了，起码不快了，不快她如此冒犯他。

她也有点生气，生气他把她当玩物戏弄，或者没放在眼里。

又或者明晃晃地戴着婚戒来与别的女伴产生不该有的交集。

终究男人棋高一着，他看穿她的心思：“知道我为什么叫你出来吗？”赔裙子还在其次，“你不说话的时候很像我太太，但仅仅是不说话的时候。”

所以他才想帮她解围，算了，小姐似乎并不领情，自始至终他都没记住她姓什么。

“再会。”他的手还落在西裤口袋里。

临去前，陈桉问他：“你和你太太感情一定很好。”

“恰恰相反。”至于反在哪里，他表示无可奉告。

都说是红尘。陈桉想，他们都是尘埃，粒粒滚落着，仿佛没有尽头。

或者，只是她不想有着落。

因为心动是别人的，她从来没有，没有那种有归属的心动。

仿佛今晚的艳遇，彼此未着姓名。

从酒店出来，身上的白酒已经风干了，没有任何痕迹，但只要你信，它赫然存在在那儿，像一记荒唐的失手。

只有明月见证一切。

夜色里，她如一粒尘埃归于无形。

一辆黑色轿跑从她眼前，魅影般，呼啸而过。

[赵孟晞]

宿醉的下场就是衬衫纽扣扣歪了，直到店里才被员工提醒了：“晞姐，你的扣子……”

是的，每个扣子都有它注定的下场，去错一个，满盘皆错。

今天总部盘点并早会，她总要应卯出来鼓舞一下士气的。

只是士气被她头一个给败掉了，一早哈欠连天的，总部的店长与她相交多年，如同“毒闺密”了，说：“你还不如不来，等我给你报告拉倒了。”

赵孟晞连忙跟她的店长牢骚，牢骚她家老公子的那个闺女，她的侄女，赵祎一同学。每天作精似的有一百条花样，拿她爷爷的微信给姑姑发各种微信语音，回头爷爷还要来着重强调一下会议精神：“你给她买！”

才四岁不到呀，怎么会这么多花招，长大了还得了？

店长回她：“你赵孟晞的侄女，将来能差到哪里去！”

是哦。

转头老小姐就问员工，哪里能买到什么黏土，就是小孩手工要的那种……橡皮泥？

女下属们异口同声：“某宝呀。”

老小姐说：“不行，我等不及了，我答应中午就给她的。”她爹妈去旅行了，全家就来奴役她了。

学校门口的那种文具店啥的，应该都能买到，超市，对，超市也有。

于是，早会的途中，老小姐一身精致的时装，一脸无可挑剔的妆容，居然坐在上首给侄女发微信，说中午就能给你了，别烦我了。

“她爹妈什么时候回来啊？”

面对老板的“吐槽”，店长同志驳得好：“我看你倒是蛮喜欢你们家的一一的。”店里的人都知道了，知道晞姐有个侄女叫一一。

“笑话，我会喜欢孩子？我喜欢我为什么不自己生一个？”

“所以啊，抓紧时间生一个呀。”店长劝赵孟晞，年纪已经不小了，再犹豫想生也不能了。

“开会！”突然，老板冷下脸来，一切言归正传。

最后一个议题是店里一个高级销售跳槽了，店长最近在面试，选中两份简历，等老板最后敲定谁。

“你做主吧。”赵孟晞在人事上向来疑人不用，用人不疑。

虽是这么说，店长还是把简历推到了她眼前，让她会后亲自面面两个吧。

两份简历，扇开在赵孟晞手边，她最先看到的是左边那份，因为名字，名字很特殊。

面试的时候，那份特殊名字的是后一个面的。

那姑娘坐在她跟前，落落大方地自我介绍：“我叫书惠……”

一席话说完，赵孟晞坐在面试官的位置呷咖啡，她表示第一次见到有人姓书。

面试很顺畅，因为一些不可言说的秘密。总之，赵孟晞最后定了这个姓书的，店长好像更属意另外一个，赵孟晞难得霸道总裁般发言：“那就听我的吧，你都是我招进来的。”

无懈可击的资本嘴脸。

只是店长好奇，第一个差在哪里，她在揣摩老板的心思。

赵孟晞丢开手里的咖啡，重新补口红：“不差，只是第二个胜在眼缘，以及她的名字和我一个故人很像。”

好吧。很老小姐派的逻辑。

补好唇妆，赵孟晞徐徐起身，捡起她的外套和手袋，很是郑重其事地告诉她的店长：“他死了，这一算好多好多年了，我除了他的名字，其他一切都记不住了。”

他永远活在那个年纪了，温文尔雅，斯文有礼，谪仙般的一个人，就是没长张嘴。

赵孟晞说，有一天她会忘记他，连同他的名字。

因为他不朽了，而她一直在老去。

番外 03
秘密 / 制服 / 赵祎一记

[秘密]

婚前，顾湘和赵家那头有限且有效的来往皆来自赵孟晞。

每次随赵孟成参加赵家所谓的家庭聚会，她唯一能聊得上几句的就是老小姐。

因为老小姐这人简单。他们赵家座上宾动辄说些仕途经济的话，也只有赵孟晞说“人话”，再白一点就是，有点“二”。

这话是顾湘在喝酒的状态下说的，彼时语境里，“二”这个词很中性，甚至是俏皮话。

但传到赵孟晞耳里就成了赤裸裸的嘲讽、诋毁。

赵孟晞即刻给胞弟打电话：“赵孟成，你找的女人都一个货色。”

喜欢在背后嚼人舌根。

结果，老小姐闺密圈的酒局，顾湘不请自来。就是为了和她把这误会掰扯清楚，顾湘骄矜地解释，她是在什么场合、什么情境里说这话的，又是被在座哪个嘴上没把门的男士传出去的。

顾湘一边正名，一边还牢骚，事实证明，男人爱好八卦的程度从来不亚于女人。

他们有时冷眼旁观，恨不得她们打一架才痛快呢。

赵孟晞问她讲完了没，讲完了就走吧：“你在这儿左一杯右一杯的，浪费我酒钱不说，回头我还招你家赵主任的骂。”

果不其然，没多久，赵孟成的电话打过来了，问：“湘湘你在哪儿？”

顾湘捧着个手机，都倒着个了，那开口娇滴滴的调子哦，赵孟晞算是服了，她这辈子、下辈子都学不会的娇。

一口一个“赵老师”“呜呜呜”“我难受”“喝多了”。

赵孟晞赶忙把顾湘弄到隔壁包间去单个躺着。

等赵孟成来领的空当，喝醉的人还念念有词：“我从来都是喜欢你的。”

老小姐给酸到了，问她，你老爹怕不是开醋厂的吧？

顾湘撑手，从沙发上爬起来，长发歪到一肩来，人虚晃着酒气，倒也有别致的小意、温柔。她认真摇头否定老小姐的玩笑，不，她老爹并不开醋厂，她说：“但我喜欢你是真的，喜欢赵家姐弟这样恣意优越、目中无人的性情，还有人也喜欢你。”

还有人？赵孟晞想当然地落到了赵孟成头上：“你家属啊，算了吧，你俩都给我算了，我不稀罕。”

顾湘小赵孟晞近十岁，可是他们家老爷子说，真论起来，孟晞弄不过老二家那位。

赵孟晞今日还真得会会这位，她想弄明白，她哪里就弄不过这位顾湘了。

没有她会撒娇罢了。呵，天之骄女的赵孟晞压根不稀罕这些讨巧男人的伎俩。

却听顾湘说：“不是赵孟成。我说的另一个喜欢你的人。”说话人，潦草的醉意，眼睛却亮晶晶的，叫人不舍得怀疑她，还有她的话。

赵孟晞唇上衔烟，烟蒂摘开时，印一圈圆圆巧巧的口红印，她干脆把烟灰弹在脚下，漫不经心道：“你喝醉了。”

“嗯，好像是有点。但是，我酒量一向很好的。”

“姐姐。”顾湘头回这么喊，“大概我和赵老师吵架的缘故吧。”

“哦，所以你来陈情是假，要赵孟成来找你才是真咯。”

沙发上的人，笑得隐晦狡狯：“两全其美不是更好嘛。”

妖精狐媚。赵孟晞心上诋毁两下。

时下，正值盛夏，冷萃茶最能解酒。可是赵孟晞要了一杯来，不是给顾湘喝的，抵到自己唇边，兀自灌了一大口。

顾湘凑到她眼前：“你不开心？”

话音将落，有人推门而入。

赵孟晞摁了手里的烟，一副交差的嘴脸，知会门口人：“把你的人领回去。”

在此之前，赵孟晞以为赵孟成和顾湘委实地蜜里调油、难舍难分呢。

“哦，原来也会吵架啊。”

赵孟成进来，迟迟不语。

再看顾湘不响应他，倒是挺尸般重新躺回沙发上，赵老师也不急，应老小姐的话，却不客气：“谁让她喝成这个样子的？”

“她自己。”

“赵孟晞，不是我说你，你眼里还有谁！老赵惯着你，檀越惯着你，我可没义务惯着你，你这大晚上的不归家就算了，还带累着别人，她喝这么多，你当真没责任吗？”

“我有什么责任！”赵孟晞顿时火冒三丈，却依旧稳稳当当坐在位置上，她才不站起来，站起来也没他高，“你倒是给我说说看，你的人跑来喝我的酒，倒成我的不是了？”

“嗯，既然知道是我的人，你处处为难她干吗？”赵老师尾音里有十万分的质问火气。

好家伙。

顾湘瞬间“装死”不下去了，她再不开口，赵家姐弟没准就要火并了。

椅子上的赵孟晞气得跟个炮仗似的，已然引子都着了，往天上冲的时候，沙发上的人爬起来，借着酒劲儿，她径直站在沙发上：“不至于，不至于。姐姐没有为难我，我来找她玩的，我也没有醉。”

顾湘站在沙发上，扽着赵孟成的手，喊他也是打住他，要他看她，她千真万确没有醉。

外头，檀越过来接孟晞，一进门就看到妻子在边上气得团团转，一丝不苟的小舅子任由沙发上的顾湘抱着脖子。

“什么情况？”檀越不懂了。

顾湘先开口：“他们要吵架。”

赵孟成狠推一下顾湘脑门：“人头猪脑。”

后知后觉，房里两个女人才明白过来，都由赵孟成算计了。他就是“打草惊蛇”，故意招惹赵孟晞，来逼顾湘主动和他说话也自觉站线。

作为女主角的顾湘倒勉强受用。

嗯哪，他们两个闹矛盾，这会儿又好了，不害臊！

赵孟晞大为光火，骂赵孟成，臭不要脸，臭狗屎！

“见色忘义的老狗子！”

赵老师为人师表，一个暑假各种谢师宴都疲于应付，满口有教无类，师德仁德，应付家里这几个女人，也满头包。这会儿有工夫了，他免不得澄清几句：“湘湘确实没说你的不是，相反，她私底下全夸你了。”

夸老小姐赤子之心，任何年纪都活得恣意潇洒、明白。

尤其女人，活明白，比什么都重要。

“她说你‘二’，跟你动不动骂我狗一样。”话都由赵老师说了，别人无话可说。

赵老师拿和的嘴脸：“看在我的面上，你也得担待她。”

“凭什么？”老小姐死傲娇样。

“凭我喜欢她。”赵孟成说这话时，还任由沙发上的人抱着他脖子。顾湘本意是怕他们姐弟吵架，岂料架没吵得起来，还一时怪腻歪的。

腻歪得，她都忘了，这两天为什么和他冷战的了。

说起来可笑，不为事，两个人一个屋檐下过柴米油盐，免不了磕碰。

唐女士说得对，两个人过日子，总得互相你捧捧我，我捧捧你，顾湘从善如流，顺着赵老师的台阶立马“噔噔”下来，说天好晚了，她开车来的。

一旁的檀越也在哄妻子：“我看看哪个刀子嘴今天生锈了，怎么不刀了呢。要刀早点刀，别回去发作我啊，我多冤大头啊，他赵老师偏袒自己的人，我们就不必跟他客气，一致对外才是硬道理！”

檀越一边哄，一边看见孟晞鞋面上的烟灰。

要替她去掸，赵孟晞没让，却是挽住丈夫的手臂，赶赵孟成他们走：“嫁出去的女儿泼出去的水，娶了媳妇必然忘了娘，几千年，亘古不变的道理。”

“彼此彼此。”赵老师说着，捡起顾湘的一对鞋子，再来背她。

一向少言寡语的赵孟成当真要背顾湘下楼去，临走前，他补充也揶揄：“我知道，你也喜欢她。”

“谁？”老小姐蔑视。

赵孟成仅有的一次，张冠李戴：“他。”

从酒吧出来，赵老师背着顾湘去取她的车子，明月皎皎，披一层盛夏炎炎余威后的银辉，白月光里头，背上的人喊赵老师：“你最后说的是谁？”

赵孟成说：“闭嘴，你的酒气冒犯到我了。”

顾湘死死勒住某人的脖子，言语傲娇：“我还没原谅你呢。”

赵老师被香香同学勒得快断气了，这才把她从背上放下来，鞋也不给她，由她赤脚站在青砖上，他做失忆状：“你说说看，为什么事吵来着？”

为赵老师同事的家务事。男人代入男人视角，女人共情女人视角，顾湘说一句，不谈感情，屁事没有。

眼下，赵孟成告诉顾湘：“人家齐老师两口子都好了，我却因他代过了，你说我冤不冤。”

冤不冤倒在其次，主要是赵老师说这番话的样子属实有趣且动人。

一本正经，娓娓动听。

瞬间，顾湘就破功了，随即，那不为事的一点事也烟消云散了。

浮云散，明月照人。

有人赤脚站在那里，笑吟吟的，像一笔拖沓的笔锋，迟迟不收，晕得纸上一圈墨。

赵孟成把鞋扔给她，嘴上批评：“笑屁，像个傻子一样。”

然而，言语背违心迹，他蹲身去给她穿鞋。

顾湘一只脚穿进高跟鞋里，她平淡如水地告诉低头的人：“孟晞知道。”

那一刻，咬在烟蒂上的口红，掉在地毯上的灰，全是上帝的破绽。

“她知道书惠的秘密。”

“嗯，那是他们的事。”赵老师专心替眼前人穿好一双鞋，他们好早点，归家去。

[制服]

S外一年一度的元旦迎新晚会，因为时下情况特殊，校务会议商定，各班级自行汇报演出。

因为有晚报版面报道，校领导和各年级主任督导会莅临各班会主题观摩。

赵老师班级这一期班务留给实习老师指导，他则陪着校领导去各班级观摩，是与会人的觉悟。

轮到赵老师班级了，周校长一行人进来的时候，班上汇报演出的是女生独舞。

当下最流行的练习生舞曲，活力元气的女生，独舞这一段，丝毫没有矫揉造作，力量与热情，全在契合的节拍里。

女生穿着一袭崭新的制服，拍拍到位的动作，引得班级男生女生欢欣鼓舞，雀跃的是年轻的心，热络的血。

全场点燃的气氛，只有一隅气氛略端正，饶是周校长私心是认可的，孩子嘛，就该有个孩子的样。

所谓少年性。

可是一行领导太过庄重，从穿着到言行。那独舞的女学生也感觉到了校领导的气压，面上表情管理从先前的青春活力，弄得有点“应试”感。

就在这个节骨眼，校领导最后头的赵老师一袭正装制服，戴着金丝半边框的眼镜，人站在最靠后，却凭着出挑的身高和冷峻的形容，好墨出彩般浮现出来。

他远远地给自己的学生鼓掌，面上不显，掌心里却满是鼓励。

班级的几个刺头看到老赵的态度，才跟着活跃起来，喝彩声、吹哨声，校领导露出中肯的笑意，点头颔首，略观摩会儿，折去下一个班级了。

这次迎新晚会，晚报那头版面的报道，中规中矩。

倒是学生自己拍的视频上传到网络，出圈了。女同学的舞蹈，以及一行校领导最末端的赵老师。

出圈到什么地步呢，连赵老师自己都苦不堪言：“我丈母娘都刷到了！”

底下的评论清一色“哇哇哇，这个老师未免长得也太帅了点吧”。

顾湘作为出圈人的家属，倒显得很淡定。

嗯，我们赵老师是最好的老师。

他爱他每一个学生。

就是待她差了点。顾湘坐在沙发上，反复刷这条视频。

边上的赵孟成受不了了，来抢她手机，不肯她放了，也问她：“我待你差哪儿了？”

“我和你在一起这么久，都没好好看过你穿你们学校制服的样子。”

他只有周一穿，以及学校各种校务活动时穿。

赵老师不懂了：“你怎么没看过了？”

哪回不是在她眼皮子底下出门的。

“可是我没你学生看得多。”

“我好爱赵老师穿制服的样子，端正潇洒，谦谦君子。”

赵孟成不大受用状，眯眼盯她两秒：“少来这套。”

香香同学，千穿万穿，马屁不穿。

花言巧语地哄着赵老师按照视频里的扮相，穿一套给她看看。

赵老师才不理会：“别闹。”

顾湘软磨硬泡，作为交换条件：“我也穿套给你看看。”

有人这才慢撩眼皮：“什么？”

“制服。我要制服你。”她贴在他耳边促狭道。

严阵以待的赵某人，手去到她后颈项上：“成交。”

只是赵老师有言在先，现在怎么一件件穿上，待会儿又得一件件脱掉，很折腾不是？

他当着顾湘的面，穿制服打领带，西装笔挺地站在她面前，像一个等待检阅的英勇战士。

莞尔问她，还满意嘛，首长大人？

顾湘的“满意”二字还没出口，有人就扑了过来，也确实如他所言，这急性子上来，脱掉还真麻烦！

蛮横到魂飞魄散之际，顾湘啐他，说好的天底下最好的赵老师呢！

[赵祎一记]

[1]

女儿刚出生的时候，头一个嫌弃的不是别人，正是亲妈，顾湘。

她委屈巴巴地说：“我生了个好丑的猴子，怎么办，赵老师？”

初为人父的赵老师喜不自禁，滤镜效果叠满了：“谁说的，明明很好看。”

唐女士也在边上宽慰香香，月月孩，一天一个样的。

“你小时候比这还不如呢。不也长得像朵花一样。”

又说，她爹品相就不差，小孩不会难看到哪里去的。

唐女士回去给香香煲汤的时候，赵孟成悄没声地问顾湘：“你妈这是属于爱屋及乌的节奏吗？”听丈母娘这么夸自己，赵老师表示不大自在。

顾湘说：“父凭女贵吧。”

赵老师也不恼，抱着他的小丫头不撒手，隔一个小时要给顾湘强调一遍：“不差的，你放心。”

从前他的“你放心”言论，如今延伸到女儿身上了。

直到月嫂开始住家，赵老师的陪产假也用完了，他得回校去销假了。还处处不放心，即便月嫂专业熟稔地要孩子爸爸不必事必躬亲，赵孟成回房看顾湘的时候，依旧处处叮嘱到。

又嘱咐湘湘，有什么情况，给他打电话。

出院至今，顾湘还是不敢抱孩子，她怕抱不好，方方面面都是赵孟成帮她料理的，包括喂奶，都是他帮她托着。

月嫂阿姨看着赵老师这么不大放心的样子，有些好笑，回头待男主人出门去了，私下和顾小姐念叨，到底是咱们江南的男人，细致得很，他出门的样子，倒不像撇下妻儿，更像扔下两个女儿，一个大的，一个小的。

顾湘听到这儿，产子后的愁闷才勉强一扫而空，连频频喂奶这个苦活计也勉强能胜任了。

某日，赵老师下班回来的时候，他洗了手进来，看到顾湘自己轻便自在地抱着孩了喂奶，一时间轻手轻脚地坐在边上的椅了上，端详，久久不出声。

顾湘很寻常地问他：“怎么了？”

赵老师淡淡地坐在灯下，说：“就觉得自己怎么辛苦都值得了。”

万家灯火里，有一簇是属于自己的，家里一个大的一个小的，在安静温柔地等着他。

回来了，爸爸。

[2]

四岁的赵祎一，生活就像张印写纸，近日和谁有来往了，她就会频频提到谁。

幼儿园里的同学，楼下游乐场的伙伴，章家的无忧姐姐。

有段时间，章家姐姐长、章家姐姐短，突然哪天开始不说了，改说兰舟哥哥了。

一句一个大哥哥，叫得又甜又糯。

彼时的章兰舟回国度春假，闲散少爷，哄家里头的小孩玩。

无忧、祎一都被哄得服服帖帖。

赵祎一要去看龋齿，兰舟正好得空，开车送师母顾湘和小师妹去。回来祎一就一直念叨兰舟，问妈妈："大哥哥为什么喊我小师妹啊？"

什么意思啊？

顾湘的教育观被赵孟成感化了，也随着老父亲，无有不依的耐性——经济上可以约束，精神上一定富足。

顾湘解释给祎一听："就是大哥哥是爸爸的学生，他是师兄，你是师妹。"

赵祎一梳着两条小辫子，毛茸茸的脑袋，大大的眼睛，问："那无忧姐姐也是师妹吗？"

顾湘摇头："那得看无忧会不会做爸爸的学生。无忧是大哥哥的亲妹妹。"

章郁云和梁京一向这么给女儿解释的。

赵祎一不懂了，歪着头，眨巴着眼睛，半晌思索出一个问题："妈妈，那是亲妹妹重要还是师妹重要呀？"

回头顾湘跟赵孟成念叨这事的时候，玩笑道："完了，你女儿疙瘩大的年纪，已经有媲美心了，她拿自己跟无忧比。"

"比什么？"赵老师问。

"比谁在兰舟心目中更重要。"

胡闹。老父亲很是不开心，顺带着还大放厥词一通，他章郁云的儿子就没有好的。

老章就爱找小姑娘，这小章更是个花头经。

哼。

顾湘心想：老父亲每日爱女狂想症一则。

[3]

某日，姑姑、姑父请客，赴晚宴出门在即。

住家的保姆，祎一喊吴姐姐，因为对方确实年轻，但有过带小孩、陪小孩的家政经验。

当初顾湘去家政公司一眼相中了小吴。

她作为东家，诉求很简单，每日帮忙接小孩回来，烧一顿晚饭，陪孩子几个小时，待她和赵老师回来，小吴就可以干自己的事。

双休日她可以再去兼顾别的东家。

吴姐姐给祎一编了两条再复古不过的长辫子，只是晚上穿哪条裙子一时选不定。

她要去问妈妈，才跑到主卧门口，要去旋门锁的时候，发现旋不开，她拍门也没人理。

祎一就急了，吴姐姐过来，顺势把她领走了。

一边走，祎一还不大乐意，问吴姐姐："姐姐，里面什么声音？"

爸爸妈妈去哪里了？

吴姐姐一脸赧然："呃，他们临时出去了，一会儿就回来。"

直到爸爸来祎一房里要抱她下楼的时候，祎一抱着爸爸的脖子问他："你刚才去哪里了啊，爸爸？"

爸爸理理她的两条小辫子，说："啊，有个小朋友迷路了，爸爸去帮他（她）找妈妈了。"

"找到了吗？"

"嗯，找到了。"

【番外完】

MEMORY
HOUSE